U0837741

Ancient Greek Mythology and Legends

古希腊神话与传说

杨建峰　编

百花洲文艺出版社

图书在版编目(CIP)数据

古希腊神话与传说/杨建峰编. —南昌：百花洲文艺出版社，2018.3

ISBN 978-7-5500-2667-4

Ⅰ.①古… Ⅱ.①杨… Ⅲ.①神话-作品集-古希腊 Ⅳ.①I545.73

中国版本图书馆CIP数据核字(2018)第023829号

古希腊神话与传说

杨建峰 编

出 版 人 姚雪雪
出 品 人 杨建峰
责任编辑 童子乐
美术编辑 松 雪 王 进
制　　作 段小红
出版发行 百花洲文艺出版社
社　　址 南昌市红谷滩世贸路898号博能中心A座20楼
邮　　编 330038
经　　销 全国新华书店
印　　刷 河北鹏润印刷有限公司
开　　本 880mm×1230mm 1/32 印张 13
版　　次 2018年3月第1版第1次印刷
字　　数 297千字
书　　号 ISBN 978-7-5500-2667-4
定　　价 39.00元

赣版权登字 05-2018-56

版权所有，侵权必究

邮购联系 0791-86895108
网　　址 http://www.bhzwy.com
图书若有印装错误，影响阅读，可向承印厂联系调换。

前 言

古希腊神话原本是欧洲最早的口头文学。 它包括了口头或文字上一切有关古希腊人的神、英雄、自然和宇宙历史的神话，既是原始氏族社会的精神产物，也是西方世界最早的文学形式和西方文化中人文思想的发祥地。

古希腊神话大约产生在公元前十二世纪到公元前八世纪之间，是处在生产力发展水平低下时期远古人类借助想象征服自然的产物，着重以艺术和哲理的形式反映了当时的氏族社会最本质的生活面貌。

古代希腊神话的内容总体说来包括以下几部分：

一是诸神的故事。 人们通过故事，创造出了克洛诺斯、宙斯、波塞冬、雅典娜、阿波罗等具有强大自然威力的神灵，体现了古代人类把强大的自然现象形象化的丰富想象力，涉及宇宙和人类的起源、神的产生及其谱系等内容。

二是英雄的传奇故事。 此类故事可以说是起源于对祖先的崇拜,主要是对可能具有某种历史性的传奇人物及相关事件的崇拜和理想化，反映了远古人类的生存活动和与自然进行的顽强斗争。故事的主人公也大都是神与人的后代，半神半人的英雄。 他们体力过人，英勇非凡，体现了人类征服自然的豪迈气概和顽强意志，成为古代人民集体力量和智慧的化身。

还有第三部分则反映了人与神之间的联系。这些故事着重体现高高在上的神灵与凡世中的人之间错综复杂的毁灭与创造并存的关系，以及爱与恨、喜与怒的冲突，赋予神灵更多人的情感和性格，也将人类以及万物来源印上神的标志。

古希腊神话故事的形成时期很早，是远古一代代人集体创作的结晶，并随着古老民族的沉浮变迁而不断地在形式与内容上发生变化。这种变化的基本特点是由自然崇拜转向人性崇拜。人们所熟悉的这一时期的希腊神话的基本特点是人按照自己的形象创造神，神既有人的体态美，也有人的七情六欲，懂得喜怒哀乐，有善恶，有计谋，参与人的活动，赋予神以人形、人性，甚至人的社会关系。希腊神话中的神个性鲜明，没有禁欲主义因素，也很少有神秘主义色彩。神和人的基本区别在于神强大，长生不死，生活闲逸快乐，随意变形，各具特殊本领和巨大威力。其好恶态度对下界人类的生杀祸福起着决定作用；人类弱小，生命有限，有生老病死，生存艰辛，不得不经常求助于神明，但也常常诅咒神明作恶。在这些神话故事中，虽然人们崇拜神，但并不赋予神明过分的崇高性，也不把神明作为道德衡量的标准，而是把他们作为人生的折射。人们也在积极发现和赞美人类的勇敢和进取精神，同时也批评骄傲、残忍、虚荣、贪婪、暴戾、固执等人的性格弱点，并且认为往往正是这些性格弱点造成人生悲剧。

古希腊神话最初只是口口相传，后来发展到见之于书面文字。它的最早的传世书面文献当推宏大的荷马史诗。这部史诗中除了主体故事外，还提及了许多其他的神话故事，那些故事显然在当时已是广为流传的。在荷马之后不久有古希腊诗人赫西奥德的长诗

《神谱》，扼要地记述了许多神话故事，并且力求把那些故事谱系化。古希腊悲剧的题材基本都是取材于神话，是作家对那些神话故事的现实理解的戏剧体现。公元前三世纪之后希腊化时期的亚历山大里亚学者们在对古典作品的收集和注疏中，对古希腊神话的收集和保存做出了巨大的贡献，一些诗人则在学识性原则的指导下，发掘出许多鲜为人知的神话典故。希腊神话或传说大多来源于古希腊文学作品，除了《荷马史诗》《神谱》《工作与时日》《伊利亚特》《奥德赛》和《变形记》等经典作品以外，还有埃斯库罗斯、索福克勒斯和欧里庇得斯的戏剧。古希腊神话和传说中最有名的故事就有：特洛伊战争、底比斯战争、奥德修斯的经历、伊阿宋寻找金羊毛、赫拉克勒斯的功绩、忒修斯的冒险和俄狄浦斯的悲剧等等。

古希腊神话故事内容丰富，艺术技巧高超，是世界文学遗产的重要组成部分，也是西方文明的灿烂起点。经过漫长岁月的涤荡，抹去历史的尘烟后，它仍以动人的故事、纯真的艺术形象和深邃的思想内涵，吸引人们阅读，并且成为历代文学艺术创作的丰富的源泉。所以，重读它对于了解西方思想文化的起源、理解欧洲文化的背景和发展脉络有着很大的帮助。

古希腊神话故事散见于各种文献资料中，凌乱复杂，矛盾歧出。本书以国外古希腊神话故事的权威版本为基础，参阅相关资料整理译出。由于书中人名在各版本中各不相同，容易产生混乱，所以本书主要以希腊神话的体系为主，用以保持人物名称前后的一致。有些故事在希腊和罗马故事中都有讲述，各有重点或艺术风格不同的也加以保留，特此说明。另外书中还有少数几篇有关北欧神话的篇目，是为了让读者对整个欧洲的先民文化有个完整的了解而补充的，它们本质上也和古希腊神话有着紧密的联系。

古希腊神话内容广博，人物谱系复杂。在选译过程中由于篇幅所限，未必能完全体现其全貌，而且讹误之处也在所难免，还望读者指正。

2018 年 3 月

目　录

诸神的传说

奥林匹斯山

奥林匹斯山是一座神圣而峻峭的山，山势雄伟壮丽，巍然耸立在群山之中。大神们都居住在这个人们无法攀登的峻岭之上，在那里建造他们的宫殿并统治世界。

在这个被云海遮掩着的奥林匹斯山上，每个大神都有自己的宫殿。这些宫殿中要数宙斯的最为富丽堂皇。每天清晨，当曙光女神奥罗拉打开天门，让灿烂的阳光映红天际时，众神就会云集到宙斯的宫殿里。宙斯坐在金色的宝座上，接受他们的祝福。众神一块儿享受着人们难以想象的幸福，而这幸福看上去是永恒的和无限的。在这些坚如磐石的宫殿里，强风不会光顾，也从未出现过暴风骤雨。山顶上总是风和日丽，阳光明媚，花香扑鼻。

宙斯（罗马神话称为朱庇特）

长着棕色卷发的太阳神阿波罗为众神弹奏竖琴，悠扬悦耳的乐声使他们如醉如痴。美丽的卡里忒斯穿红戴绿，在草地上，在树丛间翩翩起舞。缪斯那柔和悦耳的歌声使众神陶醉。席间，婀娜苗条的赫柏给宙斯的客人们送上精美的食品和仙酒。她用金杯盛着仙酒，送到奥林匹斯众神面前，这些琼浆使众神保持着充沛的精力和活力，使得他们治理世界和人类时永无倦意。他们每天都如同一家人一样聚集在一起。当黑夜女神诺克斯点亮天上的繁星时，众神才依依不舍地回到各自的宫殿。这时，只有终身保持少女纯洁的家庭女神赫斯提仍驻留在殿堂里，担负着为众神所住的各个宫殿的照明责任。

每个神在各自的宫殿里，俨然一个国王，他们拥有众多的随从供其驱使。有些负责传达命令、口信；有些负责办理盛宴；有些负责表演歌舞。他们使奥林匹斯山的不朽者愉快地度过他们的闲暇时光。缪斯和卡里忒斯的任务是在大会堂为众神表演文艺节目，赫柏则在幕间众神休息时给他们端上精美的食品和仙酒。光辉的奥林匹斯山的天门则由三位终身保持少女贞节的赫耳负责关照。她们态度温和，举止文雅，脖子上套着金项链，穿着饰有花果图案的服装。她们把奥林匹斯山的金门打开后，就步履轻盈地跑去同缪斯和卡里忒斯会合，一齐组成合唱队，歌唱光明的到来，她们使地球上一年四季协调更替。

赫耳的母亲忒弥斯（或称正义女神）经常坐在宙斯的宝座旁边。她铁面无私，执法如山。她以自己的智慧使天公做出各种无可争议的决定。她也是掌管奥林匹斯山各殿堂以及整个宇宙的治安女神。宙斯不仅是奥林匹斯山众神之父，而且是人类之王。宙斯在忒弥斯的建议下做出的有关决定和命令由女神伊里斯传递给众神。伊里斯长着一对翅膀，双脚走起路来快如疾风，当她从天上下凡到大地时，速度就像冰雹从云层往地面下降。她一字一句地给人们重复宙斯的决定，说完，便展开一对彩虹色的翅膀飞回奥林匹斯山上。她坐在宙斯宝座的台阶上，犹如一头聚精会神的看家狗。即使在睡眠时她也从来不松鞋带，也从不揭去面纱，因为宙斯一旦下达命令，她就得立即飞往指定的地点。

另外，忒弥斯的三个女儿也协助父母，监督人们遵纪守法。她们住在青铜宫殿里，每天在宫殿的墙上写上每个人的命运。这些字迹十分牢固，任何东西也擦不去。三位女神身穿白色、飘逸的连衣裙，细纱般的裙子上饰着星星、水仙花。这三位女神坐在光彩照人的宝座上，决定每个人的命运，为每个人纺织生命之线。她们三姐妹中最年轻的叫克罗托，她持着纺锤杆，拉克罗斯转动纺锤，为每个人纺出命运之线；阿特洛波斯决定每个人生命线之长短，她一旦做出决定就无法改变。她们根据宙斯的命令和每个人的功罪，决定每个人在地上应该遇到的祸福。帕尔卡三姐妹用白羊毛和黑羊毛，还有金色羊毛给人们纺织生命线，白色和金色表示幸福的日子，黑色表示不幸的日子。

奥林匹斯山上的大神和小神就是这样度过他们的日子的。他们平时就生活在这种幽静的环境里，只是偶尔下凡人间。他们下凡人间时，都以人的面貌或以动物的形态出现。

奥林匹斯山的十二个主要大神有：宙斯、阿波罗、阿瑞斯、赫淮斯托斯、赫耳墨斯、波塞冬和女神赫拉、雅典娜、阿佛洛狄忒、赫斯提、阿尔忒弥斯和得墨忒耳。

众所周知，宙斯是奥林匹斯山之王，也就是世界之主。宙斯是克洛诺斯的儿子。而克洛诺斯的父母便是天神乌拉诺斯和地神瑞亚。克洛诺斯被称为时间的创造力与破坏力的产儿。克洛诺斯的妻子瑞亚是一位掌管岁月流逝的女神。瑞亚生了许多子女，但每个孩子刚一出生就被父亲克洛诺斯吃掉。当瑞亚生下宙斯时，她被那个十分可爱的小东西迷住了，这是一个与其兄弟姐妹都不一样的儿子，他的脸红红的，一双眼睛又大又亮，炯炯有神。瑞亚决心保护这个小生命，不让他被克洛诺斯吃掉。她用布裹着一块石头，谎称是新生的婴儿，克洛诺斯深信不疑，将石头一口吞下肚。于是，宙斯躲过了灾难，被送往山中由克洛诺斯的姐姐宁芙女神抚养。宙斯长大成人后，知道了自己的身世，他一心想要救出自己的手足同胞。他娶智慧女神墨提斯为妻并听从其劝告，引诱父亲克洛诺斯服下催吐药。服了药的克洛诺斯只觉得肚腹中好像波涛翻滚难受得不能忍受，接着就是一阵稀里哗啦的呕吐，这一吐，便把他腹中的儿女们一股脑儿地吐了出来。他们是哈得斯、赫斯提、得墨忒耳、波塞冬。为了酬谢他们的兄弟宙斯，这些兄弟姐妹同意把传家之宝雷电赠给他。于是，只要宙斯抖动盾牌，立即就会电闪雷鸣，暴雨如注。因此他的力量强大起来。

宙斯对于其父克洛诺斯的暴政极为反感，他联络众兄弟姐妹，和他们的父亲进行了一场历时十年的战争。宙斯为了尽快结束战争，听从了堂兄普罗米修斯的建议，把囚禁在地下的百臂巨灵和独眼巨灵放了出来。这两个力大无穷的怪物有着非凡的力量。在他们的全力帮助下，宙斯和他的兄弟姐妹们取得了最终的胜利。他们的父亲克洛诺斯和许多提坦神被送进了地狱的最底层。

胜利后应该由谁来当王呢？宙斯和他的兄弟们都不愿意轻易放弃权力，眼看他们之间又要开战了，这时普罗米修斯想出一个办法：“由拈阄来决定吧！”于是他们拈起阄来，结果，宙斯做了天上的王，波塞冬做了海里的王，哈得斯做了地府的王。宙斯以奥林匹斯山为他的大本营，这可是希腊最高的山呀，高得差不多挨着天，大家便称他为天神。从此，宙斯的统治时代开始了。

宙斯成为宇宙之王后，坐镇奥林匹斯山，明媚亮丽的天空或暴风骤雨的天气都是宙斯喜怒哀乐的反映。宙斯的意志和力量能驱散乌云，能使天空万里无云，或出现五颜六色的彩虹，能使海上的船只乘风破浪。宙斯又是黑云之神，他经常把乌云堆积在天空，刮起破坏性的飓风，在海上掀起狂风恶浪，使地上飞沙走石，使天空电闪雷鸣，大雨瓢泼。所以，宙斯又被人们称为雷电之神、震天之神、云雨之神。

宙斯强有力的手为什么要高举，宛如一道火光的雷电？这仅仅是为了劈打山巅或房顶，为显示他专制的力量和吓唬人类吗？不是的。因为坐在天上的宙斯是由正义所引导的。他虽然能呼风唤雨，但是他对人类的统治却是公正不偏的。他的劝告不易理解，他的决定不可改变，但他的意愿就是审慎的、正确无误的智慧之意愿。他对最有权势的人和最穷苦的人一视同仁。在宙斯面前，人人平等。人生之祸福完全是善恶之报。当人们行善无恶时，黑色的土地就长满小麦和大麦，树上就果实累累，大地牛羊成群，鱼虾丰收。当人们做了恶事、办事不公、缺乏正义、失去理智时，飓风和洪水就会铺天盖地而来，江河泛滥，雷电交加，山崩地裂，冰雹使作物歉收。

宙斯既是众神之王又是人类之王，所以人们往往描绘他坐在精致的宝座上。肃穆的头部表现出驾驭风暴的力量，同时也显示出控制亮丽星空的魅力。人们通常用母山羊和母绵羊，或牛角涂成金色的白公牛给他献祭。

赫拉（罗马神话里称朱诺）

赫拉女神是克洛诺斯所生之女，也就是宙斯的胞妹。有一天夜晚，在诸天神都酣睡时，赫拉和宙斯悄悄起来，到芬芳扑鼻的花园，在星光闪烁的苍天下，站在草坪上完成了婚姻大事。大地为了庆祝他们的美满婚姻，特别为他们生出许多高大的苹果树，树上结满了金光灿烂的苹果，这些苹果树就是生命树。

在希腊神话中，赫拉是最有威信的一位女神，她双目炯炯发光，脚穿黄金草鞋，坐在黄金宝殿上，其光荣与威严，简直无与伦比。每当她出外巡视，都用黄金制的马车，坐在黄金车上，气派不凡，仪态万千。由于赫拉威仪堂堂，才使许多天神慑服。

赫拉是天后，所以威权极大，雷霆和命令是她有力的武器。赫拉的个性专权跋扈，尤其具有强烈的嫉妒心，恰巧宙斯又风流成性，俩人为此闹得天翻地覆，使她变得更冷酷寡情。赫拉的报复心很强，常常玩弄欺瞒的手段，宙斯就曾力斥她不可理喻。俩人之间的感情纠纷，好像变幻莫测的暴风雨，有时是宙斯占上风而制服赫拉，有时是赫拉用计谋制服宙斯。也因为如此，赫拉的好战远胜过宙斯，因此希腊各地方都在赫拉祭典时举行凯旋大典，而且在希腊，所有崇拜这位女神的人，几乎全是战功彪炳的武将。

最初当宙斯热恋赫拉时，经常变成杜鹃接近她，所以后来杜鹃成了这位女神的圣鸟。

宙斯和赫拉之间的争吵，在多数情况下是由于赫拉的嫉妒心所引起。宙斯经常离开奥林匹斯山，下凡到大地上拜会仙女们。赫拉常常以为自己被宙斯抛弃而大发雷霆。当丈夫回到家里时，她就在众神面前训斥他。她不止一次怒不可遏而离开奥林匹斯山。一天，她火冒三丈，离家出走，发誓再也不回来。她来到优卑亚岛，也就是宙斯第一次和她相会的地方。宙斯因妻子出走而发愁，晚上翻来覆去无法入睡。他反复思考，想出一个惊人的计谋使妻子同他和解。他设法使她的嫉妒心达到顶点。于是，他也来到优卑亚岛陡峭的山上。他佯装同一个双目明亮的仙女结婚，他取了一个木偶，给它穿上衣服，把它装扮成自己的未婚妻，然后用几头大牡牛套上一辆五颜六色的车子，让这个衣饰华丽的木偶坐在牛车上。牛车来到优卑亚岛各市镇，深入到乡村，车夫沿途告诉人们，车上坐着的是雷电之主的未婚妻。赫拉得到消息，对丈夫这种厚颜无耻的行为十分愤慨。她来到华丽无比的牛车前，向她那虚假的对手扑上去，把对手的衣服和帽子撕成破布。她把对手的面纱也扯了下来，这才使她大吃一惊，原来这是个木头人。现在她笑了，她终于同丈夫一同回到快乐的奥林匹斯山。

一天，赫拉坐在天后宝座上闷闷不乐，因为宙斯下凡伊达山访问山泉仙女已多日未归。她想了一条妙计使见异思迁的丈夫回到自己身旁。她决定下凡人间，以绝世美王后的面貌出现在伊达山上。出发前，她来到自己的化妆室，关起门，用圣水洗了个澡，然后在身上喷了神香液，香气扑鼻，从天上到人间都能闻到。接着，她用娇嫩的手把头上发亮的头发梳成小环状，把额上头发梳成波纹状，使之更能表现她那脂粉浓抹的脸庞的娇艳。她穿上天蓝色的连衣裙，腰上系一条镶着珠宝的金光灿灿的腰带，披上华丽的头巾。最后，她像一颗灿烂的明星出现在绿茵茵的伊达山上。宙斯为妻子的姿色所惊讶，一见妻子，他的心就为妻子的温存和爱慕所燃烧。他向妻子伸出双手。一朵太阳光都不能穿透的金色云彩便把他们送回天上。

尊严的天后赫拉是完美女性的典范，是忠贞妻子的形象，是妇女的保护神。虽然她是除阿佛洛狄忒以外最美的女神，但是她从来不会在向她求爱的众多的仰慕者面前让步。她以婚姻关系和宙斯结为夫妇，除了对宙斯的爱以外，对别的神从未产生过爱情。

在被赫拉非凡的姿色弄得神魂颠倒、不知天高地厚竟敢向她表示爱情的人当中，最出名的要算伊克西翁。伊克西翁此人道德败坏，寡廉鲜耻。他曾与一个漂亮女子订婚，临近结婚时，伊克西翁答应给岳父送一件名贵的礼物。婚礼举行了，可新郎并没有实践诺言。岳父指责他说话不算数。伊克西翁借口要同岳父和解，于是请他参加一个宴会。这位可怜的老人信以为真，按时赴宴，伊克西翁却趁老人不备，把他推入火坑，让烈火将他烧死。伊克西翁这一残暴行为激起了人们和众神的愤慨，他成为一个千夫所指的罪人。他走投无路，被迫逃到宙斯那里，宙斯对他产生了怜悯之心。宙斯不但宽恕了他的罪行，还让他同众神共同进餐。伊克西翁却忘恩负义，以怨报德。

这位曾被宽大处理的杀人犯忘乎所以，竟敢把他渎圣的魔爪伸向宙斯的妻子天后赫拉。他不仅双眼老盯着赫拉，而且讲一些低级下流的话来污辱她。赫拉对这个厚颜无耻的无赖不予理睬，让他自己独个儿又哭又喊。她埋怨丈夫不该收留这个无赖。为了考验伊克西翁，宙斯把一朵云变成严肃的赫拉的模样。伊克西翁一见这个假赫拉便发狂似的扑上去，紧紧把她抱在怀里。宙斯亲眼看见伊克西翁污辱女性，他不能让这忘恩负义之徒不受惩罚。于是，他把这个罪人推下地狱，还用结实的绳子把他的四肢捆住，绑在一个燃烧着的车轮上。车轮永无休止地转动，伊克西翁受的折磨是天神对他的报复。

我们讲过，长着一对大眼睛的女神赫拉是忠贞的妻子形象和家庭母亲的保护神。协助赫拉主持家庭事务的另一女神叫赫斯提，赫斯提的职责是关照家室炉火和家庭道德。她是克洛诺斯和瑞亚的女儿，宙斯和赫拉的妹妹，阿波罗和波塞冬都曾向她求婚，但她发誓终身不嫁，以保持少女的贞节。宙斯考虑到她需要有个栖身之处，就答应让每个家庭都给她一个席位。她静悄悄地住在奥林匹斯山上自己的寓所里，保护每个有炉灶的家庭。她不仅是灶神，而且是家神。火焰象征着她的存在，又是家庭永续、稳定、和睦与繁荣的保证。祭坛上的火是由我们的祖先点燃的，也是由我们的祖先维持的。他们的后代有义务让烛火继续点燃下去，因为烛火的熄灭意味着人种的灭绝。每家每户都有自己的炉灶，每个市镇都有自己的祭坛，祭坛就是公共点火的地方。祭坛上的火象征着这个市镇的生命，每当一个市镇的人到新的地方建立殖民地，圣火也就伴随着这些勇敢的移民到别的地方去。

阿波罗（罗马神话称福玻斯·阿波罗）

宙斯十分喜欢奥林匹斯山上的女神勒托，她与宙斯相爱后有了身孕，但是却引起了宙斯妻子赫拉的妒恨。勒托在临产前被迫离家出走。她走了九天九夜，也找不到一个栖身之处，后来她变成一只鹌鹑，来到一个浮岛，在宙斯的帮助下，用四根金刚石柱子把浮岛固定在海底。阿波罗和他的姐姐阿尔忒弥斯后来便出生在这个岛上，这个岛被取名为提洛岛。这个小岛荒无人烟，寸草不生，勒托来到这个荒岛后，已经筋疲力尽，她对小岛祈祷说："让我的儿子有个栖身的地方吧，愿你成为我获得自由的地方。直到今天，没有任何人来过你这里并向你表示他的心愿。你是一座干旱的石山，在这块土地上，没有一株树木，也没有能放牧牛羊的草地。然而，如果让我的儿子在你这块地方出生，并为他建一座庙宇，来这里烧香拜神的人群就会给你带来大批财富，这就能补偿由于你这块不毛之地造成的贫困。"

这时，吹过小岛上空的微风发出声音回答说：

"尊敬的勒托，请你别难过，我接受你的儿子，让他留在我这块土地上。但是，请你保证你怀里的孩子同意永远居住在这里。"

"我向你发誓保证。"勒托回答说。这位美丽的女神刚说完，一群天鹅就出现在她面前，给她唱起欢乐的歌。岛上的土地笑逐颜开，大海和高山都变成紫红色，接着又变成金黄色，太阳神小阿波罗降生了，他发出万丈金光。天上的女神都高兴得惊叫起来。忒弥斯立即从奥林匹斯山下来，亲自给新生儿送来了仙酒和仙丹。

光辉夺目的阿波罗刚喝完仙酒，母亲给他穿的热气腾腾的襁褓就再也包不住他那迅速成长的身体了。银色的腰带和金色的绑带都自动脱开，这位光彩照人的太阳神便立即高喊：“给我一把声音动听的竖琴和一只刚硬的弯弓吧，我要用他们发出神奇的预言！”这样，阿波罗在提洛岛的名气越来越大。阿波罗为了得到众神的承认，便想去奥林匹斯山，想去那里显示一下他独特的本领，并且取得一个显要的位置。可是奥林匹斯山的众神却不把这个连出生地都没有的可怜人放在眼里，尤其是赫拉，她根本瞧不起他。于是阿波罗决定自己去闯荡世界，为自己建立庙宇。

他来到了一个地方，这儿有葱郁的森林，还有一股清泉从山上流下来，阿波罗一眼就看中了它。可是住在泉边的女神却不同意，她说：“每天都有许多人来饮这泉水，马和骡子也常从这里过，这里太嘈杂，你的庙宇不能引起人们的注意。”阿波罗接受了女神的意见，他又继续往前走。

当他来到小镇克利撒时，他看中了一个可建造庙宇的地方，那是高山上一块又大又平的岩石，它俯瞰着小镇通往大海的路，四周既有参天的古树又有各种鲜花，更主要的是，有一股清清的泉水从岩石的裂缝中流淌出来，真是个不可多得的好地方呀。可是那个地方仿佛已经被早来者占住了，周围的草地有被践踏过的痕迹，不远的树丛里好像还有一个洞。阿波罗是一个胆大心细的神，他爬上了岩石，扑面而来的是一阵阵奇异的气味。顺着气味他很快发现，那岩石上有一条深深的裂缝，那股泉水正是从裂缝中涌出来，而气味也是从那里发出来的，一条正在酣睡的大蛇妖盘成一团守护着泉水。

大蛇妖感觉到有人走近了，就睁开眼睛，张大嘴咝咝地叫着，吐着火焰的舌头一伸一缩的，放出了一阵阵令人昏晕的气味来，同时它的身子很快展开，窸窸窣窣地向来者窜去。阿波罗是宙斯的儿子，他是神不是人，所以毒气不能伤害他。大蛇妖一看来人居然不怕毒气，立即扭动身子向阿波罗扑来。阿波罗立即退到一边，拔出他的弓箭，对准了大蛇身体七寸之处，很快就是一箭，飞去的箭正好射在大蛇妖致命的地方，箭透过了它的身体又穿了出来，只见大蛇妖扭动着它那大碗口般粗的身体，头向上蹿了几下，倒地便死了。

阿波罗在那块岩石上建起了他的第一座庙宇，他让裂缝里冒出的奇异气味从庙的圣坛上散发出来，人吸了便会产生奇异的效力。庙宇修好了但却找不到人来做侍者和祭司，因为大蛇妖吞食了这一带的所有牛羊和庄稼。于是阿波罗潜入大海，变成一只海豚将一艘航船吸引到了庙宇附近。船上的人们惊异地看着这风景如画但又荒无人烟的小岛，人们不知所措，于是阿波罗显出原形，叫他们留下来服从他的命令。

先前，阿波罗在杀死大蛇妖时，蛇血溅到了他身上。根据惯例，他必须清除污秽。为此，他决定自愿流放到特萨利亚，为国王阿德米托斯服役九年。阿波罗悦耳的竖琴声，给田园带来了生机。特萨利亚的国王阿德米托斯想娶阿尔西斯提斯为妻。但是，姑娘的父亲珀利阿斯有言在先，说他的女儿只能嫁给敢于乘坐狮车的男人。阿德米托斯倾心爱慕阿尔西斯提斯，为了达到娶她为妻的目的，阿德米托斯只好求助于阿波罗。阿波罗因受到主人的器重而感到高兴，他轻而易举地驯服了两只凶恶的狮子，使它们乖乖地听从阿德米托斯的指挥。就这样，他终于娶了阿尔西斯提斯。

可是，新的考验又在等待着他。

他进入新房时，看到房间里满是毒蛇。阿波罗又替他杀死全部毒蛇。这时，不幸的消息又传来了：阿德米托斯得了不治之症。阿波罗请求命运女神准许可由他父亲、母亲或妻子替死。决定命运的时刻已到，他的双亲尽管年事已高，但都不愿替儿子去死。他的爱妻则相反，她毫不犹豫地自愿代替丈夫去死。众神为了奖赏她对丈夫的献身精神，把她从死神那里救了出来，让她回家和丈夫团圆。

当冬日云雾遮天蔽日时，古希腊人就以为阿波罗离开希腊圣地，出发到遥远神秘的地方去旅行了。他在固定的时候回来。他们把那遥远神秘的地区叫北极区，那地方很远很远，霜和雪就是来自那里。希腊正值冬天，那里却是春天。那里没有黑夜，金色的阳光总是照耀着那里的居民，使他们感到温暖舒适。阿波罗正是到那个阳光王国避寒去了。他在那里和天鹅生活在一起，同幸福的、和平的、为他唱赞歌的居民们生活在一起。光明之父每年秋末离开希腊的土地去避寒，来年春天当阳光洒满希腊土地时，他又回到故土。天鹅套的金光耀眼的车子把他载到得洛斯岛的棕榈树下。当他出现在阿提喀岸边，弹起他那用黄金和象牙制作的竖琴预告天气晴朗时，夜莺、燕子和声音嘶哑的知了都为他歌唱。

一天，阿波罗碰见小爱神埃罗斯，他嘲笑埃罗斯的箭像一只玩具，不可能建立不朽的荣誉。埃罗斯面带微笑地听阿波罗的吹嘘后，说道："阿波罗，你的箭虽然能杀死毒蛇猛兽，但我的箭却可以制服你。"他说完后，轻盈地从箭袋中抽出了两只不同颜色的箭。一只是金子做的，另一只是铅做的。金子做的是爱情之箭，谁中了它，心中便会燃起爱情之火；而铅做的箭却是抗拒爱情之箭，谁中了它，便会铁石心肠。小埃罗斯将金色的箭悄悄地射向阿波罗，把铅箭射向仙女达芙涅。一场爱情悲剧开始展开。

几天后，阿波罗感到心中有了一种从未有过的情感，他被这种情感搅得心神不定、坐卧不安，就连辉煌的事业也不能让他把心绪定下来。他心里总有一种渴望，一种说不清楚的要求，为此，他无心去干计划中的大事，而是到处游荡，企图摆脱这种不安。有一天，他无意中看见了仙女达芙涅，打那以后，达芙涅的影子再也不能从他的心中除掉。他每天都想见到她，所以每天都去佩内奥斯河边。

再说达芙涅被铅箭射中之后，她对那些求婚者简直恨透了，她恳求父亲同意她永远不嫁人，永远守在父亲的身边。当她看见阿波罗时，就像看见恶魔一样，尽管他有健美的体魄，金色的头发，高贵的仪表，但是达芙涅却厌恶他，只想拼命地逃，尽力地避开那双火一样的眼睛。

“达芙涅啊，你就让我看看你吧，我不是山中的村民，也不是普通的过客，我是阿波罗，宙斯的儿子阿波罗，你为什么要害怕我呢？”然而，达芙涅根本不听他那些絮絮叨叨的情话，她仍然像一只小羊见到狼一样地拼命跑。阿波罗可是个力大无穷的神，他跑得更快，紧紧地跟在仙女的后面。眼看就要追上仙女了，他已经摸到了她随风飘起来的秀发，闻到了她那令人神往的香气。正在他要伸手搂住达芙涅的一刹那，仙女气喘吁吁地叫道：“让我变样吧！”话一出口，她的身子就变硬了，变成了一根树干，飘动着的头发变成了树叶，挥动着的双手变成了树枝。只有她那美丽的脸庞仍隐藏在浓郁的树叶里。她变成了一棵月桂树。阿波罗愣住了，迟疑了一下后，就抱住了她，不，他抱住了一棵美丽的月桂树。他禁不住哭了起来，眼泪顺着树干流着，他一边哭，一边不断地亲吻着那青青的树干、树叶和树枝。

“可怜的达芙涅啊，”阿波罗动情地说，“你虽然不能做我的妻子，但你今后就是我的树，我要用你装饰我的弓、我的箭、我的头发，我的衣冠。”月桂树抖动着，不知是仍然害怕阿波罗呢，还是为他的爱所感动。不过，从那时起，我们可以看见阿波罗身上那些美丽的月桂叶了。

后来，太阳神阿波罗和大洋神俄刻阿诺斯的女儿克吕墨涅生了个儿子，取名法厄同。法厄同长大后，与其父阿波罗一样争强好胜。一天，法厄同和一个年纪相近的年轻人发生口角，那个年轻人不承认法厄同是太阳神的儿子，法厄同怒气冲天，与那个青年厮打起来，在众人的一再劝阻下，双方才悻悻地罢手。法厄同回家后，怒火难消，他将同别人斗殴的事告诉了母亲。克吕墨涅为了证实儿子没撒谎，便把他打发到天上他父亲那里去。于是，法厄同来到太阳神宫殿。他受到了热情的接待。他请求父亲证实他的确切出身。太阳神没等儿子解释就出于父爱而满口答应。于是，鲁莽的年轻人便又要求父亲让他用一整天时间照耀世界，让他驾驶四马太阳车奔驰一整天。太阳神一言既出，驷马难追。他苦口婆心地向儿子解释驾驶太阳车的各种危险，试图让儿子放弃他那狂妄的要求。不管父亲好说歹说，法厄同仍然坚持原先提出的荒唐要求，并且马上跳上耀眼的太阳车。当奥罗拉正要下达出发信号时，做父亲的叮嘱儿子说：“我的儿，你一定要走直线，要勒紧缰绳，千万不要鞭打马儿。”

法厄同出发了。当他站在旋风般疾驰的太阳车上时，他往下面看了一眼，立刻害怕得心惊肉跳。四匹高头大马感觉到这不是平时驾车的人，于是它们渐渐离开了正道。它们一会儿往高处跑，使天空烧得像火一样红，一会儿又往下面奔，烧得河流干枯，森林起火。最后，法厄同对太阳车完全失去了控制，缰绳从他手上掉下，车子像暴风雨中的小船，火从车上撒到地上。这时，地神呼吸到的空气仿佛是从火炉里冒出的热气，她惶恐不安，只好举起双手向宙斯求救。为了把世界从火海中拯救出来，主神向太阳神的儿子发射了雷电。法厄同被雷击死，掉进了厄里达诺斯河里。而马儿则继续往前走，回到马厩里。法厄同的姐妹赫利阿得斯把他的尸体掩埋以后，悲痛欲绝。众神为这种亲情所感动，他们便把赫利阿得斯姐妹们变成婆娑娇艳的杨树，他们的眼泪也随之变成了金黄色的杨树籽。

阿波罗主管音乐，同时也主管舞蹈、诗歌和灵感。诗人和预言家都全靠他的启示。他给人们以灵感，让一些人创作出热情豪放的歌曲，另一些人为众生揭示未来的秘密。因为阿波罗是照亮世界之神，所以没有任何东西能逃过这个伟大的裁判。他那神奇的光线能照到任何地方，有时还会照亮人们的智慧，使一切事物都变成可见的和现实的东西。在德尔菲求得的阿波罗神谕最为人们所崇拜。人们经常从希腊各地到德尔菲来求阿波罗神谕。神谕是从一个冒着蒸汽的深洞里发出的，那蒸汽会把阿波罗对求神者的答复通知女祭司，由女祭司回答求神者向神祇提出的问题。

阿波罗的名气越来越大，奥林匹斯山的众神现在都对他刮目相看。后来，阿波罗有了一个会治病救人的神医儿子，叫阿斯克勒庇奥斯。他可以让人死而复生。这样生、老、病、死的秩序便被打破，地府中空空如也。冥王哈得斯怒火冲天，他找到宙斯，宙斯用雷电击杀了阿斯克勒庇奥斯。阿波罗听到后，悲痛万分，但对宙斯又无能为力。

艺术家们笔下的阿波罗是站立着的，他年轻，没有胡子。他像一个精力充沛、血气方刚的年轻人。散发着芳香、略微飘起的头发垂在肩上。脸呈瓜子形，显得精明、坚定、安详、端庄、自豪。前额宽阔，头上通常戴着用月桂树、爱神木、橄榄树的枝叶编成的冠冕。在艺术家们的笔下，这位光明之神有时穿着奢华，昂首蓝天，仿佛在他挂在胸前的齐特拉琴伴奏下放声歌唱。他表现出来的激情使人仿佛看到他在翩翩起舞，使他显得更加俊秀和刚中有柔。阿波罗的标志是竖琴、弓、箭、箭袋、三脚架。人们通常用天鹅、秃鹫、鹰、狼、牝鹿和知了给他祝圣，用棕榈树、橄榄树、睡莲、爱神木，尤其是月桂树的枝叶给他编织冠冕。

阿瑞斯（罗马神话中称玛尔斯）

阿瑞斯是宙斯和赫拉的儿子。还有一种传说，阿瑞斯是赫拉通过嗅一朵奇花而生下的。相传性情多忌的赫拉看到宙斯没有通过自己而从脑袋中生出了雅典娜后十分气愤，气急败坏的赫拉离开宫殿来到阿卡伊地区，山谷中争妍斗艳的奇花深深地迷住了赫拉，赫拉陶醉在花香中。在一朵异常美丽的红花前，赫拉既惊喜于花朵的芳香，又为宙斯的薄情而愤恨，这样在忌愤和清香的交融下，赫拉生下了一个性格执拗、暴烈的儿子——阿瑞斯。他为人性情暴烈，喜欢看战场上厮杀呐喊，以及刀光剑影的血腥场面，生平以制造纷乱和杀戮为能事，作战时，任何危险都不畏惧。他的神性是不论正邪，只管作战，所以父母对他一点好感也没有。他的盔甲能发出耀目的光辉，头戴随风招展的羽毛盔，左手拿一个皮盾，右手持一枝黄铜巨矛。他身材魁梧而健硕，但行动既迟缓又缺乏智谋，十足是一个有勇无谋的莽将。荷马曾把他形容为残酷的、血腥的，以及死亡之祸的化身。他通常都是徒步作战，不过偶尔也坐兵车，那拉兵车的马，是北风与愤怒之神所生。

在战场上随同他一起作战的是他的儿子——分别代表恐怖、战栗、慌张、畏惧等等，和被称为纷扰之母的妹妹伊利斯，以及代表都市破坏者的女儿埃奴欧，此外还有最喜欢喝人血的恶魔。总之，希腊神话中的这个战神，毋宁说是个暴乱之神，因他并不保护希腊民族。而且他所生的子女，个个都不成器，例如以恐怖而闻名的狄摩斯，以及以败退而著称的佛包斯等。

阿瑞斯的野蛮残暴行径使奥林匹斯山众神都十分憎恶他。

“凶残的神，”有一天宙斯对他说，“在所有永生的神当中，你是最可憎的，因为你不断地制造不和与混乱，不断地挑起事端和发动战争。”

阿瑞斯的主要敌人是骁勇善战的雅典娜。这位才智非凡的女神虽然是个女性，但她对粗野残暴的阿瑞斯做了坚决的毫不妥协的斗争。她经常挺身而出，同阿瑞斯进行面对面的斗争，保护为正义事业而战的战士。

在凶神恶煞的阿瑞斯的子女当中，最残暴的要算奇克诺斯。这个强盗经常在路上拦截、抢劫，并残忍地扼死过往旅客，被他扼杀的人很多，如果把他们的头盖骨垒起来，他可以为其父建一座神庙。有一天，他身披闪光的盔甲站在一辆结实的车上，准备抢劫过路旅客。车子在通往树林的路上走着，他遇到了赫拉克勒斯。这位伟大的英雄也站在一辆车上，轮子扬起一股灰尘，他正在到处巡视，扫荡抢劫分子。奇克诺斯遇见赫拉克勒斯时，看到这位大英雄臂上光彩夺目的盾牌很是眼红，他毫不迟疑就对赫拉克勒斯发动进攻。

双方打了起来，杀声震天，先是战马奔腾嘶叫，接着是战车互相碰撞，发出的撞击声犹如地动山摇、山崩地裂一样猛烈。奇克诺斯先是用长矛一枪刺向他觊觎的赫拉克勒斯的铜盾。赫拉克勒斯遭到奇克诺斯的这一击，身子晃了一下，但立即又恢复了平衡，用丈八长矛向奇克诺斯刺去，正好刺中这个臭名昭著的大盗的下巴，穿过他的咽喉。奇克诺斯宛若被雷击的橡树一样倒地毙命。暴躁的阿瑞斯获悉儿子被刺身亡，这个人类祸害便立即赶往出事地点，为其儿子报仇。他两眼冒火，饿狮般扑向赫拉克勒斯。正当勇猛的阿瑞斯的长矛刺向赫拉克勒斯时，雅典娜突然从天而降，她顺势拨开阿瑞斯的长矛救了赫拉克勒斯一命。赫拉克勒斯乘机反扑，刺了阿瑞斯一剑。阿瑞斯受了重伤。

女神阿佛洛狄忒是沉湎于屠杀的阿瑞斯的情妇。这位爱与美的女神负责掌管一切动植物的繁衍和生长，她怎么会和这个以破坏和杀戮为乐的阿瑞斯搞在一块呢？因为生活的长链就是这样，它一环扣一环，其中有创造，也有破坏。然而，阿佛洛狄忒并不是阿瑞斯的合法妻子。她的合法丈夫是火神赫淮斯托斯。为了勾引绝代美神阿佛洛狄忒，凶神阿瑞斯便向她送最华贵的礼物。他们的情感渐渐发展起来了。当火神赫淮斯托斯在炼铁作坊里打铁时，他就悄悄来到美丽的阿佛洛狄忒身边。因为他害怕天亮后被太阳神看见后会告知赫淮斯托斯，所以他经常带来一个年轻人。后来这个年轻人就成了他的侍从，他掌握着阿瑞斯的全部秘史。战神进入阿佛洛狄忒家的时候，就把这个叫阿力克提翁的青年留在门口做哨兵，他的任务是当太阳快出来时学公鸡啼叫，为阿瑞斯通风报信。然而，有一天早上，阿力克提翁睡着了，他没能给阿瑞斯传达信息。因此，太阳神一睁开眼睛就看到阿瑞斯在阿佛洛狄忒的怀抱里。他们抱成一团，安详地睡觉，他们以为有人在门口守望，便那样毫无顾忌。

太阳神对阿瑞斯的这种卑劣行为十分气愤，他立即把这一丑事告知火神赫淮斯托斯。这令人痛心的消息使火神惊愕得目瞪口呆，他正在锻打的铁块从手中的钳子里掉到地上。他立即想了个报复的办法，马上在巨大的铁砧上锻打钢丝，又用钢锉和钳子把钢丝做成链环，然后用钢丝织起来，做成一个钢丝网袋，网眼比织物或屋梁上的蜘蛛网还要密。钢丝网织好后，他便回到卧房。当时阿佛洛狄忒正在洗澡，他利用这个时机，快手快脚地把钢丝网张开，固定在床脚和天花板上，然后他便佯装回炼铁作坊。

他一走，藏在屋角的阿瑞斯就回到房里等待阿佛洛狄忒。他们根本没有想到赫淮斯托斯会布下罗网，所以就坐在床上鬼混。他们刚坐下，神奇的罗网突然收缩，他们像网中之鱼一样被捕住了，丝毫动弹不得。他们明白自己要出丑了。果然，赫淮斯托斯很快就回来了。一方面他对自己的不幸气得要命，另一方面，他因为能出一口气、报了这个仇而感到高兴。他把自己的金色宫殿的象牙门全部打开，放开嗓子高声召唤众神到他的卧房里来。只有女神们因为害臊而留在奥林匹斯山的宫里。当众神看到阿瑞斯和阿佛洛狄忒被网在一起时，他们都惊讶不已，放声大笑。在他们当中，有些神对火神的机灵表示钦佩，有些神则对阿瑞斯表示羡慕，还说如果他们能和漂亮的女神在一块，他们也甘愿被网在一起，让众神一睹为快。后来，在众神的劝说下，赫淮斯托斯终于息怒，把罗网里的两个无耻之徒放了出来。阿佛洛狄忒因感到羞耻而到塞浦路斯岛去了。为了惩罚阿力克提翁，阿瑞斯把他变成一只公鸡，要他永远给人们报告太阳的升起，而阿瑞斯则到荒凉的色雷斯地区隐居。

赫淮斯托斯（罗马神话称伏尔甘）

炼冶神、火山神、工匠神赫淮斯托斯是天神宙斯与赫拉之子，他很少列席诸天神所召开的大会。这其中自有很多不平凡的原因。他事母至孝，有一次，赫拉由于嫉妒而被宙斯惩罚，宙斯用黄金铁链把她捆绑打下凡间，就是由他拼命把铁链拉回天上，为母后解开铁链，且百般劝慰。不料宙斯回来，看见这种情形，大为震怒，一脚就把他从天上踢到地上。

天地之间距离很远，赫淮斯托斯历经一昼夜的时间，才像流星一般掉在爱琴海中的雷姆诺斯岛。不幸由于落地时力量很猛，就摔断了一条腿，结果成为一个瘸腿神。

尽管赫淮斯托斯如此孝敬父母，可是竟被父王一脚踢落大地，以后也一直没有得到母后的爱护，因为赫拉一直假装不知道他悲惨的遭遇，于是他心中愤恨不平，下决心不再回到奥林匹斯山，悄悄隐居埃托纳山，联合独眼怪族开采丰富的矿山，专门打造各种精密的器具。

赫淮斯托斯容貌丑陋，满脸被熏得黝黑，一条腿也断掉，但他的灵魂与才智倒是十分卓越的。他心智灵巧，而且充满热诚，几乎可说具有艺术家的气质。他在奥林匹斯山上建筑了诸神的宫殿，为宙斯打造了雷霆以及胸甲，此外还制造了宙斯的笏、爱神的弓、赫拉克勒斯的马车等诸神所携带的物件和武器。他的工作场内，有以金属制成的侍女，她们都很能干，帮他工作。在后来的诗歌里，人们说他的铁厂是在各个火山底下，而且经常造成火山爆发。

他虽然又丑又残废，可是却有一个貌美惊人的妻子阿佛洛狄忒。阿佛洛狄忒不是一个贞洁的妇人，经常私通阿瑞斯，所以当他们幽会的时候，赫淮斯托斯就张开一个精巧的黄金网，让他们两个在诸神面前丢人现眼。最后这对貌合神离的夫妇还是闹得不欢而散。

赫淮斯托斯这个字，希腊文就是火神的意思，供在所有铁工厂和木匠家里，被他们尊为保护神。他算是个温和、爱好和平的神，无论在天上或地上，同样获得众望。

赫耳墨斯（罗马神话中的墨丘利）

赫耳墨斯是宙斯和能唤雨的仙女迈亚生的儿子。赫耳墨斯出生在一个又深又大的山洞里。他早晨出生，中午便挣出襁褓，走出山洞，爬上山顶。他在人世间碰见的第一只生物是一只巨大的乌龟。赫耳墨斯一看到这乌龟漂亮的壳子，便想出一个美妙的主意，他把乌龟带到一个山洞里，去掉了它的头足，取下它的龟壳，用它做了一把琴，然后又在琴上装了七根羊肠当成琴弦，这就是世界上第一把竖琴的来历。

赫耳墨斯是个快活的小人儿，聪明顽皮，常常搞一些恶作剧。他出世才一会儿，就独自来到一片平原，那里养着阿波罗的牛群。赫耳墨斯从中挑选了五十头又肥又壮的牛，赶着它们倒退着离开平原，他自己则用树枝捆在脚上，造出些假象。这事可叫一个老头看见了，那时老头正在他的葡萄园里干活。"老头儿，你想叫你的葡萄丰收吗？你只要管住你的舌头，忘记你所看见的一切就行了。"说完他又向前走去。在一座山下，赫耳墨斯杀了两头牛，用最好的部分献给神，自己只使劲地闻了闻烤肉时发出的香味，因为他还没有牙齿呢。然后他把牛头和牛腿都烧了，没有留下一点痕迹。干完这些事后，他回到山洞的摇篮里，要知道，他出世才一天呢！

当然，母亲知道他干的这一切，她警告儿子说，阿波罗不会放过他的。"母亲，你不要骂我，请你告诉我，为什么我们住在山洞里，没有仆人也没有祭品呢？我们难道不是神吗？我和阿波罗一样不都是神的儿子吗？ 我们应该和他们一样富有，否则我可要做一个强盗的王。”他说得振振有词，母亲也没有办法。

第二天，太阳出来时，阿波罗来看他的牛群，一眼就发现丢了五十头牛，他立刻发起怒来，是呀，谁敢偷神的牛呢？ 阿波罗去问老头，老头说：“我想我是看见了一个小孩和一群牛，牛群是倒退着走的，小孩的脚上捆着树枝。”阿波罗仔细看了看地上，好像是有一些痕迹，它们既不像人的，也不像兽的，不过他还是跟着它们走，他要找到他的牛，而且要惩罚小偷。 他来到一个山洞里，看见里面有只摇篮，一个小小的婴儿抱着一把琴睡得正香。 凭借他的神性，他知道这个小孩就是偷牛的贼，于是他把小孩弄醒后抱在手上。 赫耳墨斯没有一点畏惧，他坚决不承认是他偷的牛，可是他说着说着便打了一个喷嚏，这是个预兆，阿波罗知道他一定能找着他的牛群了。

对于赫耳墨斯的抵赖，阿波罗十分气愤。 他一把抓住这个小东西，并把他带到奥林匹斯山宙斯的宝座前。 众神之父一见阿波罗就问：

“啊！ 光辉灿烂的阿波罗，你为什么把这个新生儿带到我这里来？”

“啊，父亲，我给你带来一个小偷。”阿波罗回答说，“这个还在摇篮里的婴儿竟偷了我的牛。 我知道，他犯了罪，一个耳聪目明的老汉看见他带着一群牛经过。 但是，他却矢口否认到过我的牛棚，也否认偷了我的牛。”

“不对，爸爸，”迈亚那狡猾的儿子说，“我没有罪。 你知道，我昨天才出生，我还没有离开过我的摇篮。 你瞧我的小手和小脚，我能去偷牛吗？”

宙斯见儿子竭力否认这次毋庸置辩的偷盗，他先是狡黠地一笑，接着便要求这个狡猾的小偷把阿波罗带到他夜里藏匿牛群的地方去。于是，宙斯的两个儿子来到了阿尔菲河畔。他们接着又来到牛棚附近。赫耳墨斯走进山洞，把牛赶了出来。

阿波罗虽然找回被偷走的牛，但他并没有放松警惕。为了平息阿波罗理所当然的怒气，赫耳墨斯拿起竖琴弹奏起来。竖琴发出令人惊讶的优美的声音，主管音乐和诗歌的阿波罗听得入神，竟忘记了那件不愉快的事。

“啊，宙斯和迈亚的卓越的儿子，”阿波罗对赫耳墨斯说，“这个音质优美的乐器，你是怎么制作出来的？是哪一位缪斯女神把这个迷人的秘密告诉了你？你刚才弹奏的曲调是那么和谐悦耳，从来没有人听过，甚至奥林匹斯山也没有任何一个神听过。我觉得，你弹奏的曲调使人感到轻松愉快，如痴如醉。”

赫耳墨斯立即回答道：

“啊，光辉灿烂的阿波罗，既然你希望得到我的竖琴，那就请你把它从我的双手中接过去吧！用这竖琴伴唱，根据弦音调节你的音调，你尽情地欢唱吧。给你，拿着，请你留下这个音质优美的乐器吧！你带着它去参加欢乐的宴会，给幸福的美慧女神卡里忒斯伴唱和伴舞吧。”

赫耳墨斯边讲边把竖琴递给缪斯的首领阿波罗。阿波罗接过竖琴，说道：

“赫耳墨斯，我们交个朋友吧。如果我成为主管使人平息怒气的竖琴之神，那么你就成为畜群的保护神。我把我那些耐劳的牛和生产羊毛的绵羊托付给你。这是保护畜群用的金鞭和金棒。从今以后，牧人的六畜兴旺应归功于你的保护。”

阿波罗和赫耳墨斯的争吵就这样结束了，他们终于言归于好。从那时起，对于阿波罗，没有一个神比穿着飞行鞋的迈亚的儿子更为亲密了。这里所说的阿波罗的牛指的是什么？在古希腊人的富有诗意的想象中，天上飘浮的云彩犹如地上奔腾的畜群，云彩受冷会结成水滴落到干旱的地上，使土地肥沃丰产，为畜群提供丰富的草料。赫耳墨斯象征着天上的疾风，他把云彩吹到陌生的地方去。但是，太阳光是无处照不到的，这就是说，阿波罗什么东西都能看见，他知道被盗牛群关在什么地方。有时，风也会把吹走的云彩吹回来。所以，赫耳墨斯赶走的牛群又会被赶回蔚蓝的空中草原。

赫耳墨斯是疾风之神，所以，当风吹过的时候，芦苇和树枝会发出声音，仿佛是在歌唱。这样，赫耳墨斯就自然被人们看成是歌唱和音乐之神。由于苍穹是宙斯的寓所，风是从天上吹来的，所以他仿佛是宙斯打发来的。赫耳墨斯象征疾风，行动像离弦快箭一般迅疾。

波塞冬（罗马神话称尼普顿）

当主神宙斯推翻克洛诺斯的统治时，就把宇宙的统治权分为三部分，吩咐哥哥波塞冬负责统治海洋和其他所有的水域，他的地位仅次于宙斯。

波塞冬的眼睛就像碧波那样灿烂夺目，当他愤怒时，海底就会出现怪物。象征他的圣兽除了牛之外还有海豚，海豚象征海的宁静和波塞冬亲切的神性。其实他本身就是海，所以又有“大地支柱”“震撼大地”之称。因为古人认为大地浮在海上，而地震就是因为大地的基础不够坚固才发生的，所以才认为海洋是大地的支柱兼地震的形成者。

波塞冬经常手执三叉枪，这就变成他一大特征。当他挥动三叉枪时，立即海浪滔天，一放下来，风浪随即平静。而且他只要把三叉枪往地上一敲，便会造成地震。但另一面，这种三叉枪是渔夫的工具，可见波塞冬也是渔业神，受到渔民的崇拜，尤其爱琴海两岸的希腊人都是海员，对他们而言，海神的崇拜更为重要了。此外，他的枪并非渔业专用，也用来打击岩石，从裂缝里喷出滚滚清流，灌溉大地上的田园，使农民五谷丰收，所以又被称为“丰盛神”。

波塞冬也制造马，他给予了人类第一匹马，所以也是“马神”。他所乘坐的车就是用马拉的，这种马长着黄金蹄和黄金鬃毛，波塞冬经常乘坐这辆四马战车，在广大无边的海洋上巡视，每当战车在海上奔驰时，雷霆似的波浪自动会平静下来，并且有海豚在四周戏水。

波塞冬并非单纯的海神，而是一个神力无边的水神，所以伯罗奔尼撒半岛的居民，大都认为波塞冬是水中仙女的领袖，特别和泉水有密切的关系，因而才传出他和仙女的恋爱故事。尤其是阿戈斯地方的希腊人，更相信泉水是波塞冬的恩赐。在南希腊的阿克地，还有人认为他是农业女神的情夫，所以就称他为谷物神、酒神、牧羊神、农业神。

波塞冬不仅身兼牧羊神，而且是有名的金羊毛之父。特别是马，跟他有不可分离的亲密关系，因为马是一种具有蓬勃朝气、自由奔放的动物，怒奔的情景恰似惊涛骇浪，因此世人才以万马奔腾来形容波涛的汹涌。

波塞冬的神性既然如此广泛，他在天地间几乎无所不管，权柄实在很大。他具有强烈的侵略性和政治野心，因此不满足于自己海神的职位，无时无刻不在企图争取宙斯的天帝宝座。不料被宙斯发觉，就把他从天都放逐到地上受刑，让他为拉俄墨冬王建筑特洛伊城。此外，波塞冬为了生存空间，曾经与诸神交战过，在雅典和特罗森两城，就都有过海神波塞冬与智慧女神雅典娜的争霸战。此外在科林斯城，也发生过波塞冬与阿波罗的争霸战。

海神也跟宙斯一样风流成性，而且是个爱情能手，情妇满布天下，但他的婚姻相当美满，他们夫妻两人在海洋上的势力，恰似主神宙斯和天后赫拉在奥林匹斯山的势力一样。提起波塞冬的正宫王后安菲特丽特，大家都晓得她是德利斯和尼雷斯所生的五十个美女之一，人长得非常美，浓眉大眼，素有“黑眼珠女神”之称。其实安菲特丽特的名字，希腊文就是“海后”“海女”“深沉”的意思，是主司海上宁静无波与日光灿烂夺目的女神。

当初安菲特丽特很畏惧波塞冬，千方百计逃避他的追逐，幸得口才良好的海豚代为说词，终于说服安菲特丽特下嫁波塞冬。海神为了报答海豚成全好事，就超度海豚到天上，变成“海豚星座”。后来波塞冬和安菲特丽特白头偕老，生了很多帮他统治海洋的子女。他们的儿子特里同，上身像人，下身却长满了藻类，而且还有一条长长的尾巴。特里同有一个海螺壳制成的像螺角一样的法宝，这个螺角可以吹出大海狂风恶浪发出的声音。然而在强大的海王儿子中最著名的叫波吕斐摩斯和安泰。

波吕斐摩斯长得异常高大，令人生畏，他住在西西里海边。他前额不高，浓密蓬松的头发遮盖着肩膀，宛若一片茂密的树林，粗壮的四肢长着长长的汗毛，在布满皱纹的前额和扁塌的鼻子之间，一道弓形的野草般的乱蓬蓬的眉毛把两只耳朵连在一起，眉下是一只盾牌般的独眼。

每天清晨，他就拄着一根松木当手杖，大步走在海岸边，拦截、抢劫、杀害因暴风雨而迷失方向和晚上回岩穴休息的海员或渔民。有时他则坐在跟随他的绵羊中间，吹起他那由一百根芦竹组成的笛子，清脆悠扬的笛声回荡在山谷之间和大海之上。然而，就在这个庞然大物出没的海域不远的地方住着一个叫盖拉忒斯的海中仙女。据说，她的肤色比百合花还白，皮肤比天鹅绒还柔软，身躯宛如柳条一样软。

一天，她陪母亲到山上采摘花朵，波吕斐摩斯的羊群正在那里吃草，这位独眼巨人看见这位仙女便一见钟情。但她却倾心爱慕阿西斯。后者是一个十六岁的青年牧人，他长得像阿多尼斯一样俊俏，他那俊秀的脸庞不是被浓密蓬乱的胡子所遮盖，而是像金色的麦子在阳光下一样，满面红光。波吕斐摩斯为了讨盖拉忒斯的喜欢，他用一个耙子把自己蓬乱的头发梳得整整齐齐的，他还用一把镰刀把自己脸上野草般的胡子割掉，力图使自己的面目不那么狰狞。但是，这一切都是白费劲，他怎么也不能使这位叛逆的仙女动心，因为她的心已献给了牧人阿西斯。一天，波吕斐摩斯看见这位仙女喜欢在浪涛中沐浴，于是，他便高声叫道："喂！盖拉忒斯，天长日久，海浪已把你的身体荡得比贝壳还要光滑，你让蓝色的海紧紧地拥抱那海岸吧，请你到我身边来。我在这座山的侧面挖了一个很深的洞穴，里面有月桂树、挺拔的柏树、绿色的常青藤、长着甜美果实的葡萄树，还有埃特纳给我送来的白雪化成的清凉的水，你可以到这个山洞来避暑。来吧！盖拉忒斯，我求求你，可怜可怜我，不要再爱阿西斯了。请你再也不要像我绵羊脚下的毒蛇那样，请你把刺在我心上的利剑拔出来，医好我心灵上的创伤。"

不管波吕斐摩斯怎样恳求，盖拉忒斯还是不动心。他一讲完，她就像被猎狗追逐的野鹿一样消失在波涛中。波吕斐摩斯孤零零一人，心情十分痛苦，他在山上和森林里到处游荡，边走边吼叫。一天，他心情忧郁，兽性大作，走在临海的一块高地上，他忽然瞥见阿西斯和盖拉忒斯就在下面的海滩上。他非常嫉妒，停下脚步，注视着这对情人的举动，突然他狂叫起来："可怜虫，我看见你们啦！要知道，这是你们的最后一次抚爱了！"

话一说完，波吕斐摩斯捡起一块巨石，用尽全力投向阿西斯，可怜的阿西斯惨叫一声，呜呼哀哉。后来在他鲜血染红的那片土地上出现了一口清泉。

海神波塞冬和地母盖亚所生的绝世安泰更是凶猛不已。他从来就不会感到疲劳，他的身体一接触大地就能吸取大地的力量，从而一下子恢复体力。他最喜欢吃的东西是活着的幼狮，他睡觉时不是睡在他打猎取得的软绵绵的兽皮上，也不是睡在树叶做的床上，而是睡在他母亲光秃秃的硬邦邦的怀里。在他占据的地盘，人畜均不能幸免于难。每当外地人不管从陆上或海上来到利比亚，他就强迫外乡人和他决斗，把外乡人打翻在地，并把人置于死地而后快，用死者的头颅骨来装饰他在海滨为其父建的神庙。安泰的残暴行为令人发指。

一天，大英雄赫拉克勒斯来到此地。众神交给他一个任务，即消灭海边和各条道路的伤害人畜的一切怪物。当赫拉克勒斯和安泰较量时，前者强有力的手狠狠地猛揍后者的脖子，但毫无结果，安泰仍然岿然不动。真是棋逢敌手，将遇良才。双方打得难解难分，双方都为对方的力气感到惊讶。赫拉克勒斯在开始时并不用尽全身力气，不使尽浑身解数。决斗开始不久，他就感到对手力气不支。安泰气喘吁吁，满头大汗，赫拉克勒斯抓住他的头使劲地摇，接着又把他的双手扭到腰后，把他举到半空，像滚木头一样让他滚到地上。

然而，大地盖亚把他的汗水吸干，又给他补充新的血液，松弛他的筋骨，以便让他重新战斗。他从赫拉克勒斯钢钳般的手中猛烈地挣脱出来。于是，决斗又进入了新的高潮。宙斯的儿子每次把他打倒在地，大地母亲就把力气和生命传给他，他就精力充沛地站起来。最后，赫拉克勒斯终于发现了安泰被打翻在地时吸取了神奇的力量。他高声喊道：“站起来！安泰。我再也不让你吸取力量。你将要在我手下丧命！”

说完，赫拉克勒斯便抓住这位可怕的巨人，让他双脚离开大地，紧紧地把他扼在怀中很久很久，最后终于把他扼死。

雅典娜（罗马神话称密涅瓦）

雅典娜是宙斯的女儿，她的母亲墨提斯是智慧的化身。墨提斯在怀着雅典娜时便觉得她将生下一个非凡的子女，她告诫丈夫宙斯即将出生的孩子将对他的权力和地位构成威胁。于是宙斯毫不犹豫地将怀孕的墨提斯吞进肚中。但是雅典娜非但没有死去，而且吸收了其父的力量和其母的智慧。雅典娜快出生时宙斯头痛欲裂，他把火神赫淮斯托斯叫来。宙斯命令赫淮斯托斯劈开他脑袋。

天王的命令是不能违抗的，赫淮斯托斯只好遵命，抡起斧子往宙斯头上劈下去。宙斯的头颅一裂开，就从里面跳出一个少女，她高呼胜利万岁，然后就跳起舞来。她头戴光芒四射的金盔，身披崭新的甲胄，手执闪闪发亮的长矛。看到这位少女，众神惊异地赞叹，崇敬之情油然而生。惊奇的太阳神勒住战马停下战车，整个奥林匹斯山都被她的舞步所震动。

雅典娜从父亲的头中生出来后，就被送到了海神特里同那里去哺育。特里同自己也有一个女儿名叫帕拉斯，她正好与雅典娜一般大。两个女孩成天在一起游玩，形影不离。她们最喜欢玩的游戏，就是打仗或者比武，两个女孩都想看看她们谁最强。有一天，她们又拿起长矛玩起来，你追我，我刺你，一时分不出胜负高低。帕拉斯是个聪明机敏的小女孩，她看到雅典娜追来，突然立定，转身将矛对着同伴，想杀一个回马枪。真够危险的，奥林匹斯山上的宙斯见到此状，唯恐他的女儿受伤，赶快用一个羊皮盾将女儿保护起来。帕拉斯见到一个盾牌从天而降，惊恐万分，一时呆住了。她抬起头恐惧地望着天空，雅典娜一看伙伴站着发呆，认为机会来了，她可是不管父亲的保护来自何方，马上绕过面前的羊皮盾，向还在发呆的女伴刺了一枪。她们的长矛可是真格的，这一刺恰好刺中了帕拉斯的致命之处，帕拉斯叫了一声便倒下了。女儿死了，海神悲痛不已，他不愿意再看到雅典娜，把她送回了奥林匹斯山，因为看到她就会想起自己的女儿。雅典娜的悲哀不亚于朋友的母亲，她哭了许多天，眼睛都哭肿了。为了纪念朋友，雅典娜在自己的名字前面加上了三个字：帕拉斯。自那时起，她的正式名字就叫作帕拉斯·雅典娜。

一天，雅典娜为了模仿暴风雨的呼啸声，拿了一根鹿骨，细心地在上面挖了几个孔。她回到奥林匹斯山给聚集在一起的众神吹奏她刚刚发明的笛子。可是阿佛洛狄忒和赫拉都取笑她，因为当她吹奏笛子时，脸蛋鼓胀，脸上的线条变形。戴着金盔的雅典娜女神十分懊恼，她来到一眼清泉旁照了照自己的影子。她明白了大伙并没有无故取笑她，于是，她把笛子扔得老远。所以，后来人们不改变脸上的线条就吹不响笛子。

正是这位令人生畏的战神教给人们种植橄榄和无花果。据说，从前海神波塞冬和雅典娜争夺阿提克地区的所有权，永生的众神被他们聘为裁判。众神决定，让他们两个神进行一场比赛，谁给人类赠送最有用的礼物就能获得这片土地的所有权。两个神都同意比试高低。于是，波塞冬把他的三叉戟往岩石上一击，一匹战马便呼啸而出。而雅典娜则用她那金色的长矛往地上一戳，地上立即出现一株长着银色叶子的橄榄树。众神经过裁判，认为橄榄枝是和平的象征，它比用于屠杀性战争的战马有用得多。

如果说雅典娜是男人从事的工艺和职业的保护神，那么，她尤其是妇女针织和缝补的保护神。雅典娜心灵手巧，她的头巾就是自己亲手织造的，赫拉结婚用的连衣裙也是她绣的。所以，擅长针织和刺绣的希腊妇女都说她们聆听过女神雅典娜的谆谆教导，看过她针织和刺绣。

因此，妇女们都感激她，把她尊为无与伦比的工艺之神。只有吕狄亚的一位姑娘不知天高地厚，胆敢和宙斯的女儿比灵巧。这位少女叫阿拉喀涅，她善于织绣。她闻名遐迩，誉满全球，不是因为她出身高贵，也不是因为她的家乡特别富裕，而是因为她心灵手巧，聪颖过人。连山林水泽仙女也经常下来观赏她的织绣。她的织物纱线细柔，织工精细。仙女们对她的织物赞不绝口。一天，她们问她的高超手艺是不是从雅典娜那里学来的。阿拉喀涅认为要向雅典娜学习什么东西是一种耻辱。她说：

“请她来同我较量一下吧，如果我输给她，对我怎样处置都可以。”

她的话传到了雅典娜的耳朵里。这位女神便扮成一个满头银丝、脸上布满皱纹、四肢干瘪的老妇人，拄着拐杖向阿拉喀涅走来。

“孩子，”老妇人对阿拉喀涅说，“年岁不仅给人带来各种坏处，同时也给人带来经验。对我的话你可不要置之不理。你可以声称你比任何人都灵巧，可是，你不可能像你所说的那样比永生的神还要灵巧。”

“我就是比女神还要灵巧。”阿拉喀涅高声说，“你叫她来同我比一比吧。”

“她已经来了。”雅典娜边说边脱去老妇人的装束打扮。

她们立即并排坐在一起，开始织绣。她们都希望获胜，一点也不感到疲倦。雅典娜织了一幅宽阔的奥林匹斯山和众神图。骄傲的阿拉喀涅织了一幅表现宙斯到处恋爱的片段。她们织完以后，阿拉喀涅的作品无懈可击，雅典娜挑不出任何毛病，但作品中的喻义让女神恼羞成怒，抓住阿拉喀涅的织品搓成一团，撕成碎片。可怜的吕狄亚少女受不了这种欺负，她试图上吊自缢。但是，长着一双蓝眼睛的雅典娜出于怜悯，把这个姑娘从死神手中夺了回来。

“可怜的姑娘，你不应该死，但是从今以后，你的生命就系在一条线上。”雅典娜对她说。

就这样，阿拉喀涅便变成了蜘蛛，整天悬吊在空中吐丝织网。

雅典娜才华横溢，是脑力劳动和体力劳动的主神，她俏丽的容貌闪烁着睿智；而一身戎装又显露着英武。著名的雕塑大师菲迪亚斯曾经用象牙和黄金为雅典娜雕了一尊塑像。这尊塑像是站立的，女神雅典娜穿着垂到脚上的宽大长裙，胸前披一块用金线缝制的山羊皮，中间绣有墨杜萨的头像。头盔上部是一个狮身人面像。她右手托着长着翅膀的、象征胜利的胜利女神像，左手提着椭圆形的盾。这尊高大的女神塑像是万神殿里的一件珍品，万神殿是雅典城最富丽堂皇的一座神庙，是雅典人为他们城市的保护神建造的。雅典人每年都以最隆重的仪式纪念这位女神。为了把这尊女神塑像装饰得更美，雅典的妇女特地绣了一件精致的无袖女上衣。雅典娜女神节那天，人们便隆重地用专船把这件女上衣给她送去。人们还在雅典古卫城举行声势浩大的游行，进行诗歌比赛，演出戏剧。 这个节日把各地的希腊人都吸引到雅典来，使节日增添了喜庆的气氛。 人们把到雅典来参加纪念活动的希腊人称为泛雅典娜。

对于眸子明亮的女神雅典娜来说，眼睛在夜里发亮的猫头鹰，还有公鸡和毒蛇都是神圣的动物。

阿佛洛狄忒（罗马神话中称维纳斯）

她是爱情与美丽的女神，她诱惑所有的神和人。 这位爱笑的女神，她用甜蜜或讥讽的声音笑着那些被她的诡计征服的人；这位令人无法抗拒的女神，她甚至于将聪明者的智慧偷走。

在史诗《伊里亚特》里，她是宙斯和戴奥妮的女儿。 但是，在后来的诗里，她被叙述成是由海沫中冒出来的，同时，她的名字被解释成“上升的泡沫”。 她的名字即希腊文“泡沫”之意。 这个“海生”发生在靠近塞希拉岛的地方，她从那里被漂流到塞浦路斯岛。 这两个岛屿后来都供奉她，同时，和她本名一样，她也常被叫作塞西莉雅或塞浦莉安。

阿佛洛狄忒到奥林匹斯山占有一个席位，这不能不引起一些神的嫉妒。 赫拉和雅典娜都说她们能同阿佛洛狄忒媲美。 一天，当众神正在欢宴，不和女神悄悄来到奥林匹斯山宴会厅。 她乘一些神在喝酒，另一些神在听阿波罗为缪斯伴奏之际，把一个上面刻着“属于最美者”的金苹果放在餐桌中间。 赫拉把金苹果拿过来，但雅典娜和阿佛洛狄忒大叫大嚷，说金苹果应该属于她们，并要求宙斯做出裁决。 由于这个案子很棘手，众神之王便将这事推给了英俊的牧羊人帕里斯。 宙斯命令赫耳墨斯拿着一个金苹果交给帕里斯，要帕里斯将金苹果送给他所认为的最美的女神。

帕里斯把她们一个个端详一番，面对这三个女神，他犹豫不决，不知该把美貌奖发给哪一位。经过反复考虑，他把金苹果给了阿佛洛狄忒。三位女神的纠纷解决了，她们回到了奥林匹斯山，从此，阿佛洛狄忒便成为无可争辩的美神。

阿佛洛狄忒的美貌不仅征服了奥林匹斯山上的天神，还完全征服了人们的心。她以甜蜜的愿望给人们点燃激情之火，使他们产生爱情，使他们感到幸福或难以忍受的痛苦。然而，爱不能平均分配，并不是每个人都享受得到，阿佛洛狄忒庇护的情人会感到甜蜜和幸福，但她虐待的不幸者则在痛苦中挣扎，因为单相思是最使人痛苦的。

阿佛洛狄忒的魅力不仅征服了人心和神心，而且她的影响遍及整个大自然。在茫茫大海上，她以光的形式出现。惊涛骇浪见到她会立即平静，暴风见到她也立即停息，明朗的天空会对微波欢笑。她使大地处处充满生机，繁花似锦。在明媚的春天，阿佛洛狄忒的活动使花园和丛林特别多产，这时人们都载歌载舞欢迎阿佛洛狄忒的到来。

可是，人们注意到春天时间并不长。花儿开放不久就凋谢了。为了解释花儿短促的存在，古希腊人编了一个神奇的传说，他们把阿佛洛狄忒看成是植物之母，说阿多尼斯是阿佛洛狄忒之子。人们把阿多尼斯看作是欢乐的短促的春天的化身。他是在春回大地、草木欣欣向荣的时候从一株树干爆裂出来的。阿多尼斯成长迅速。然而他的寿命犹如玫瑰花一般短暂。他的美就寄托在花丛中。花儿凋谢就意味着他的生命的终结。所以，当夏日的骄阳把植物晒得枝叶垂下时，阿多尼斯就要到阴间去。据说，有一天，阿多尼斯去追逐一头野猪，突然，这头野兽转过来向他进攻，把他咬成重伤。听到儿子的呼救声，阿佛洛狄忒马上跑到出事地点。因为走得太匆忙，她忘了穿鞋子，接着又不小心踩在一株玫瑰花上，被玫瑰刺伤了脚，血往外流。本来玫瑰上的花儿都是白色的，自此，她的血便把白玫瑰花染成鲜红色。当披着金黄色头发的阿佛洛狄忒来到儿子身边时，阿多尼斯的尸体已经僵硬。她伤心得眼泪如断了线的珠子一样往下掉。她那掉到地上的泪珠后来就长出了银莲花。

普绪喀是某国王三个女儿中最漂亮的一个。她是那么美貌迷人，以至人们都像爱慕阿佛洛狄忒一样爱慕她。爱与美的女神看到普绪喀和她一样受到人们的爱慕，便产生了嫉妒之心。一天，她决定对普绪喀进行报复。于是，她把儿子厄洛斯叫到跟前，并对他说："厄洛斯，我的儿，我请求你，你一定要帮助母亲实现一个计划。人们居然把我的美貌同一个凡人的相貌相比。我的儿，你去吧，让我的对手狂热地爱恋世上最丑陋、最可悲的男人。"

厄洛斯从奥林匹斯山下来。然而，当他看到普绪喀非凡的美貌时，竟热烈地爱上了这"另一个阿佛洛狄忒"。他把普绪喀带到一座坐落在林荫之中的幽雅而堂皇的宫殿中。厄洛斯不让普绪喀看见自己，然而他对她非常殷勤，并对她产生极大的魅力。他每天直到晚上才回宫殿和普绪喀聚会。普绪喀要什么他就给她什么。可是，普绪喀从来没有在阳光下或灯光下看见过她心爱的厄洛斯的尊容。一天晚上，她要求厄洛斯让她用手去抚摸他那还未见过的脸庞，让她猜想他的容貌，阿佛洛狄忒的儿子却回答说："噢！普绪喀，只要你保守我们爱情的秘密，你就会得到幸福。你不要试图看我的面貌，也不要试图知道我是谁。你爱我就是了，千万不要因为试图了解不应知道的事而把幸福葬送掉。"

可是，普绪喀的两个姐妹嫉妒她的幸福，她们力图把她毁掉。于是，她们去找她，努力说服她，说她所隐居的那座富丽堂皇、满是财宝的宫殿的主人是个妖怪。

“你如果要确定这是真的，”普绪喀的两个姐妹补充说，“你可以把一盏小油灯藏在一个瓦罐里，当你的所谓丈夫熟睡时，你起来把油灯拿到床前照一照，你就会看到你身边躺着一个什么样的怪物。”

听了姐妹俩人的话，普绪喀呆若木鸡，心情焦虑不安。当天晚上，她就把一盏点着的油灯放进一只瓦罐子里，然后躺在床上等待丈夫进入梦乡。丈夫睡着后，她就悄悄爬起来，拿起油灯走到床前。出乎她意料之外，她看到的不是一个吓人的怪物，而是一个美男子：他金黄色的头发散发着阵阵幽香，嘴里散出一股仙酒的香味，结实的肩膀下长着一对粗壮、机灵的手臂，一手执弓，另一手弯着放在头上，露出像百合花一样的椭圆形脸蛋。普绪喀心中的爱情之火越烧越旺，她想拥吻俊秀的脸庞。可是不料一滴滚烫的油从瓦罐中滴出，掉在了厄洛斯的脸上，厄洛斯痛醒后发现秘密已被揭破。一怒之下，展翅飞去。普绪喀痛不欲生，几次想自杀了之，但每次都不能如愿。后来，厄洛斯听说普绪喀忠贞不渝地爱着他的事后，将她带到了宙斯面前，正式要求宙斯同意他娶普绪喀为妻。宙斯同意了厄洛斯的请求。他委托赫耳墨斯给普绪喀服下仙丹，让她与厄洛斯永结百年之好。

阿尔忒弥斯（罗马神话称狄安娜）

月亮女神阿尔忒弥斯，是太阳神阿波罗的双胞姐妹。她是位活泼、健美、爽朗的女神，和哥哥几乎具有同样的神性。阿波罗被尊为太阳神（日神），阿尔忒弥斯被尊为太阴神（月神）。上弦月就是她的弓，静静的月光就是她的箭。

阿尔忒弥斯特别厌恶恋爱，因而凡是侍奉她的女神都必须立下当永恒处女的誓言。如果有谁胆敢破坏誓约，就会受到严重处罚。阿尔忒弥斯平日以爽朗优美的姿态，打扮成巾帼英雄般的猎人，率领一群风姿绰约的处女，遨游于森林山谷之中。因为她本来就是一位主司狩猎的女神，兼野兽的保护者，并且管辖森林、沼泽、草原，她所发出的箭能射遍海洋与陆地的任何角落。她最喜欢富有林泉的风景区，率领侍奉她的仙女寻幽探胜。她特别宠爱小动物，所以使得牧场和耕地绿草如茵。每当她在山野打猎疲累时，就弹起竖琴或笛子，跟众仙女婆娑起舞，缪斯女神、优美女神以及其他女神都经常为她举行盛大庆典。

虽说宙斯圣洁的女儿渴求永远保持贞操，但这并非说她不懂得爱情。阿尔忒弥斯曾经强烈地爱慕过猎人俄里翁。正当她决定要嫁给俄里翁时却遭到了阿波罗的竭力反对。由于无法说服姐姐改变主意，阿波罗便越来越嫉妒阿尔忒弥斯对俄里翁的爱。为了拔掉这个肉中刺，阿波罗采取了残忍毒辣的手段。

一天，俄里翁在海上游泳，他游到离岸边很远很远的地方去，露出水面的头只剩一个模糊的黑点。这时，阿波罗佯装怀疑姐姐的箭术，他采用激将法，说阿尔忒弥斯无法射中那隐约可见的黑点。阿波罗这句话刺痛了她的自尊心，她立即弯弓搭箭，“哧”的一声，利箭便往那远处的黑点飞去。她万万没有想到，她射中的远处的那个黑点正是她的心上人。

对于俄里翁的死，阿尔忒弥斯痛不欲生。宙斯被她对俄里翁的深情所打动，同意让俄里翁变成猎户星座。俄里翁在天上过着美好的生活，狩猎仍然是他的业余爱好。当夜晚天空无云，海上风平浪静时，人们经常听到他的猎犬在天上吠，阿尔忒弥斯则举着火炬紧跟其后。在他们经过的时候，其他星星都得赶快让路。

为了解释皎洁宁静的月夜使人们产生的甜蜜的温情，有人说阿尔忒弥斯又叫塞勒涅。她倾心爱慕俊美的青年牧羊人恩底弥翁。众神之主宙斯让这个牧羊人选择自己最喜爱的生活方式，他提出希望永生不死，永远处于睡眠状态，以葆青春常在。打那天起，这个英俊的牧羊青年便永葆青春，在一个山洞里进入了永久的睡眠状态。一天，月神阿尔忒弥斯来到这个山洞，看见正处于睡眠状态的恩底弥翁。她对这个俊美青年一见钟情。从此，她每天夜里都到山洞里和他幽会。她蹑手蹑脚地向青年走去，吸着他呼出的神奇的香气，静静地欣赏他俊美的两颊和闭着的双目，她低下头，让甜蜜的睡意向她袭来。

阿尔忒弥斯给大地带来朝露、月相的变化。这些事物又往往给大地带来雨水、雪花、冰霜等。她会给耕耘过的土地、谷麦，丰收在望的田地、正在草地上吃草的畜群带来益处或造成灾害。她带来的雨水使谷物和水果生长、成熟，但她要求人们用时新水果和谷物向她献祭。如果人们忘了给她献祭，她就会大发雷霆，用冰霜冻死作物，放逐野兽去践踏庄稼。

阿尔忒弥斯喜欢忘情驰骋在森林草原上，她脸上稚气未消，肩上挎着箭袋，身旁往往有一头牝鹿或一条猎狗，俨然是一个出色的猎手。为了突出表现她那月神的性格，艺术家笔下的阿尔忒弥斯往往手举火炬，头发往上隆起，头周围是星星，或一轮镰刀形的新月高挂于前额上方。她体态苗条轻盈，裙子不过膝，露出白皙细长的小腿和匀称的脚。她有时坐在由大眼牝鹿套着的车子上。母鹿、公鹿、猎狗、公鸡、鹌鹑、大熊、野猪和狼对她来说是神圣的动物。她最喜欢的树木是月桂树、爱神木、松柏和橄榄树。

狄俄尼索斯（罗马神话称巴克科斯）

酒神狄俄尼索斯又名巴卡斯，他虽然只是太古时代极为单纯的一个神，其实却是个最复杂而又最有意义的神。他表面上似很软弱，实际上却很强大。普通人都称他为酒神，可是在社会上也有各种功能，所以也被崇拜成社交神、文明神、进步神、立法神、繁荣神、自由神、友情神。

酒神巴卡斯的头上有葡萄叶，或者缠着常春藤，经常骑狮子、老虎、花豹、山猫，有时也会坐这些动物拉的车。巴卡斯的崇拜者，叫作“巴卡斯教”或“巴卡斯教徒”。每当巴卡斯祭典时，都有一种名叫希雷尼的半兽神跟在后面，同时又有一个名叫麦娜杜丝的女性崇拜者，手拿权杖，一边挥舞，一边跟随在后面歌唱。

巴卡斯长大成神之后，发明了葡萄栽培法和酿酒法，立志要把自己的发明传授给全世界，而且当作一种宗教来传播。于是，他天之涯海之角，无所不去。巴卡斯神性激烈，凡是信仰他的人，都能获得洪福；反之毁谤他的人，必定遭受残酷的惩罚，因为他是个百折不回、天下无敌的神。

此外，巴卡斯也是一位欢乐神、愉快神、活动神、感情神、生长神、光耀神、上升神，所以希腊人认为他是个奋发上进的神。西洋戏剧起源于希腊，而希腊戏剧则起源于酒神。因为当希腊人举行酒神大祭时，都要表现酒神的经历和传说，这种表演，就是西方戏剧的起源。

在人类日常生活中，最能沟通感情、增进友情、维持和平、敦睦社交、消除戾气的东西，大概是酒了。酒应该是最伟大的功臣，所以巴卡斯才被认为是和平神。 在某一个故事里，巴卡斯是快乐之神，在另一个故事里，他却是残忍、蛮横、兽性的神。 但事实上，这两种性格都是十分合理的，因为他是酒神，酒有害亦有益；酒能令人心温暖愉快，亦能令人酩酊烂醉，做出违反情理的事情来。 无论如何，酒是欢乐的制造者，能使人人安宁，带来无忧无虑的悠闲、欢乐和愉快。

相传，狄俄尼索斯是宙斯和大地女神塞墨勒的儿子。 塞墨勒非常仰慕赫拉的地位和本领，为此她一个劲地在宙斯面前哭闹，要求得到雷电。 宙斯被塞墨勒纠缠得心烦意乱，便勉强答应了她的要求。 宙斯要她先转过身去，等他拿出雷电后稍许片刻，等火花减弱后再转交给她，可是心急如焚的塞墨勒没等宙斯叫她便转过身来，凶猛的雷电之火一下将塞墨勒烧焦。 正当塞墨勒化为灰烬的一瞬间，宙斯从她的肚子里救出了即将出世的狄俄尼索斯。

赫拉知道这件事后，非常气恼，她下令不许任何人收留这个孩子，赫耳墨斯只好求自己的姨母抚养小孩。 可是赫拉还不放过孩子，她不是让猛兽来袭击婴儿，就是派她的各种怪物来迫害婴儿，于是神的使者不得不把他送到瑞亚那里。 其实，瑞亚就是孩子的祖母，她是大地之神，连宙斯也要让她三分。 赫拉不敢再耍她的威风了。地母瑞亚很喜欢这个聪明可爱的小东西，她亲自哺育他，并教会了小狄俄尼索斯驯服野兽，再凶猛的动物在他手中都变得十分听话，宙斯为此很高兴。 许多年之后，他召见了儿子，对他说：“你已长大了，应该在奥林匹斯山上为自己争个地位，但是，这可不是凭口说的，要凭本事，孩子，自己去闯吧。”于是，狄俄尼索斯开始了自己的道路。

狄俄尼索斯有一个非常要好的伙伴，他们常常一起玩耍。 后来这个伙伴死了，狄俄尼索斯有说不出的悲伤，他几乎天天都要到朋友的坟地去，泪水不停地洒在朋友的坟墓上。有一天，他发现坟上长出了一种植物，它有弯弯曲曲的长藤，就像伙伴蜷曲的头发，上面还结了一串串红红的果子，红得就像伙伴的脸蛋。看见这一切，狄俄尼索斯更是触景生情，他吻着那果实，不停地流着泪。无意之中，他弄破了一粒果实，舌头沾着了猩红的汁水。啊，那水是如此地甜，他不由得吃了一粒又一粒，顿时心中的悲哀一扫而光。

“我的朋友啊，这是你的血液。现在你的一部分就在我的身上了，它使我忘了悲痛，给了我力量。”狄俄尼索斯动情地说。原来，那一串串的果实乃是葡萄，那汁水就是葡萄酒。从此，狄俄尼索斯开始教人类种植葡萄并酿制葡萄酒，他成了大名鼎鼎的酒之神。但是酒神总是一再教导他的信徒们，要学会控制自己，喝得有节制，得到的是快乐，要是喝得太多，就会发狂好斗。

酒神狄俄尼索斯发明了甘美香醇的葡萄酒后，他想把这种饮料变成能给人们助兴的东西。于是，他带着血气方刚、热血沸腾的助手跑遍了世界。他满腔热情，教给人们种植葡萄和酿制葡萄酒的技艺，并教给他们品尝葡萄酒的秘诀。对于敌人，他严惩不贷，绝不心慈手软。一天，他在依卡洛斯家落脚时受到了依卡洛斯的热情款待。为了感谢和报答主人的热情好客，他教给依卡洛斯种植葡萄和修剪蔓枝使葡萄丰收的方法。当葡萄收获季节到来时，沉浸在欢乐中的依卡洛斯十分慷慨，他希望众人都能品尝这一美酒，分享这一欢乐。于是，他背着装满新酿造的葡萄酒的酒囊，从一个村子走到另一个村子，一边歌唱狄俄尼索斯。他让他遇到的每一个人品尝美酒。可是，有几个农夫不听劝告，他们喝得酩酊大醉，步履蹒跚，精神恍惚。他们看到一位伙伴跌倒在地，失去知觉，便以为这是酒中毒。因此，他们大发雷霆，发疯似的向依卡洛斯扑来，用镰刀、锄头、木棒和石块把他活活打死。这几个农夫杀害依卡洛斯后便醉倒在死者身上睡着了。第二天他们醒来后，都为这位慷慨的伙伴过早离开人间而惋惜。他们把死者的尸体藏在一个浓密的灌木丛里。依卡洛斯的女儿爱丽果娜见父亲一直没有回家，不知发生了什么事故，她十分悲痛。一天夜里，由于她一夜没有合眼，她看到父亲的影子出现在她面前并指着伤口对她说："我的女儿，你醒来吧，快起床！我是你父亲，几个被巴卡斯弄醉的农夫在树林里把我杀害了。我的女儿，快把我那藏在荆棘丛中的尸体找回来埋葬掉。"

讲完，这个黑影就消失了。爱丽果娜从床上爬起来，泣不成声。她把自己的头发剪掉，披上服丧的黑纱。天刚蒙蒙亮，她就动身去寻找还未埋葬的父亲的尸体。可是，她在森林里寻了很久也没有找到。她身边带着一头叫马伊拉的小母狗。在沉寂的山谷里，只听到这只忠于主人的小狗那悲伤的回声。

在一个交叉路口，爱丽果娜遇到一个农夫，农夫答应带她去她被害父亲陈尸的地方。爱丽果娜跪在地上，泪水湿透了一片土地。但是，泪水没能解除她的巨大悲痛，她悲伤欲绝，什么也无法使她感到安慰，她终于在一棵树上自缢身亡。只有她的小母狗马伊拉为她哀悼。它蹲在爱丽果娜自缢的树脚下不停地叫，宁死也不愿离开它的主人。从附近经过的几个牧人听见小狗的叫声，走了过去，他们把爱丽果娜的尸体放到地上，把她埋在其父身边。马伊拉一直没有离开依卡洛斯已离开人间的女儿，它最后饿死在埋葬着女主人的坟墓上。

哈得斯（罗马神话称普路同）

当宙斯三分世界时，哈得斯就负责统治地下世界。地下跟阳间一样是个广大的世界，蕴藏着极丰富的矿物，所以罗马人称他为“普鲁图”，意思就是广大丰盛。

哈得斯是使任何人都感到恐怖的天神，每个人都敬而远之，他如果走出阳界，必然是为了带领牺牲者的阴魂进入冥府，或者检查是否有日光从地缝射进黄泉。他有一件闻名远近的衣服，能使任何穿上的人隐形。

哈得斯的王国也叫地狱，这里的交通极为不便，地狱门设在泰纳斯海角附近，而且任何人一旦进入地狱门，绝对不能再重返阳间，冥王为了防止人民偷渡，特别派了一只三头猛犬塞伯勒斯看守地狱门。

从地狱门通往地狱底层，有一条很长的路，路上经常有虚幻的幽灵来来往往，尽头就是哈得斯和波西凤的金銮殿，金銮殿下面有很多河流往下奔流，其中一条叫作科库特斯河，是由地狱中服苦役的坏人的眼泪所形成的，所以上面经常发出极恐怖的哀鸣，因为这条河的名字本身就是“远方哭声”的意思。

哈得斯为了划分地狱的各部门，就用灼热的火河把每个单位隔离，还有被押到哈得斯面前聆听宣判罪状的犯人，在来到这里以前，必先渡过阿克隆河。这条河的水是黑色，而且水流湍急，波浪滚滚，谁也无法游过去，尤其没有桥梁，不得已只好仰仗船夫卡龙，坐他那艘已经破烂不堪的小船渡过，但得把嘴里含的一块钱吐出来做船费，否则卡龙拒载。所以希腊人在家人死后，通常都往嘴里塞一块钱，使他能安然渡过阿克隆河。这些等待宣判的人如果没钱渡河，他们就必须在河岸上苦等一整年，因为到时卡龙会免费接渡。

除了上面所说的河流之外，还有一条叫斯提克河，意思就是地狱里的神圣河。因为在这条河岸宣誓的鬼魂，以后永远都不能改变，所以任何人都觉得很可怕。最后还有一条利提河，意思就是“忘川”，当死人刚进入地狱时，必须喝一口河水，以便忘掉人间一切的苦乐。

在冥王哈得斯的宝座一侧，坐着弥诺斯、拉达曼提斯、艾库三个审判官，专门负责审理新来灵魂的思想、言论、行为。最后再到正义女神忒弥斯面前，她手持利剑蒙住眼睛，为每个灵魂称善恶，如果一个灵魂的善多于恶，审判官就宣判他上天堂享福，反之一个灵魂的恶多于善，审判官就宣判他下地狱受苦。

被宣告有罪的灵魂，首先交给愤怒三女神阿勒特、奇西荷妮、美盖拉，由她们手持带刺的鞭子，一边抽打，一边赶到各层地狱里。她们都以心肠狠毒而闻名，每天均按照冥王的命令，把灵魂赶进全是烈火的地狱河。

在哈得斯宝座的另一侧，还有命运三女神克罗托、拉克罗丝、阿特罗波丝，她们专门负责处理人类的命运。

在整个阴曹地府里，最恐怖的莫过于“无间地狱”，其实这是阴曹十八层地狱中的最下一层，凡是被打入这一层的人，将永远接受无间的痛苦和折磨，不过只有在阳间作恶多端、罪大恶极的人才会被打入这一层地狱。

总而言之，哈得斯把阴间的事处理得井井有条，纪律严明。他个性残酷，毫无恻隐之心，但正直无私，是一个令人敬畏的神。

据说，有一天这个地狱之王突然想起他需要一个王后。于是他回到人世间，漫无目的地寻觅。终于有一天他发现了得墨忒耳的女儿珀耳塞福涅。哈得斯深知没人会到他黑暗的宫殿中做王后的，珀耳塞福涅肯定也不例外。他决定用强抢的办法得到珀耳塞福涅。

在一个阳光明媚的夏日，如花似玉的珀耳塞福涅和她的女友们一块到野外采摘野花。在一个清泉流淌的山坡，鲜花争丽斗妍，在他们眼前简直是一片乐土。珀耳塞福涅高兴得高声叫起来："喂，女友们，快过来，把你们的裙子饰满鲜花，头上戴上花冠。"

听了珀耳塞福涅的话，一位女伴立即把花篮拿来，另一个女伴马上松开身上的腰带，放松百褶长袍的腰围，一个赶紧采摘金盏花，一个则采摘紫罗兰和罂粟。她们中一些人采风信子，一些人则被鸡冠花所吸引。她们还采摘了大量玫瑰花和其他生长在潮湿草地上的不知名的花。珀耳塞福涅主要采摘了一些百合花和藏红花。姑娘们如同蝴蝶采粉一样从一株花到另一株花，她们渐渐便分散开来。珀耳塞福涅独自一人。

突然，这位迷人少女看见地上长出一株奇妙的花，这是一株颜色鲜艳、芬芳四溢的水仙花。得墨忒耳的女儿感到十分惊奇，她被这株花深深地吸引住了。正当她伸手去采花时，她脚下的地面突然裂开，冥王乘坐的由四匹黑马拉着的黑色车子正从一个大洞里冒出来。哈得斯紧紧拉着缰绳，他把珀耳塞福涅拦腰抱住，劫持上车往回走，珀耳塞福涅被吓得魂飞魄散，她高声呼救，但是没有一个神，也没有一个人能听到她那凄厉的叫声。只要她还能看见地面和阳光，她就仍然希望她尊敬的母亲或哪一位神能瞥见她，这一线希望减轻了她那巨大的悲伤。

由于地面裂口射进的阳光耀眼，拉着车子的黑马走得很慢，这时冥王用他的三叉戟对大地用力一击，大地一震便给他开辟了一条新路，马车沿着新路飞快驶向深渊。珀耳塞福涅在进入地狱前发出的呼救声是那么强烈，以至在海底和山峰都能听得见。她的母亲，即宙斯的妹妹得墨忒耳吓了一跳，她知道女儿出了事。她的心像被刀绞一样痛。她把扎着头发的头带撕破，在肩上挂上黑纱，离开奥林匹斯山，像一只受伤的鸟儿一样，飞到养育人类的土地和大海上寻找被劫的女儿。但是，她遇到的神和人，没有一个愿意告知她是谁劫走珀耳塞福涅，也不愿意告诉她珀耳塞福涅的命运如何。

这位忧伤的母亲是一个长寿的金发女神，她使小麦和水果生长、成熟。她因失去女儿而无比愤懑，一气之下使田地荒芜，颗粒无收，造成了可怕的饥馑。那一年，犁地、播种全都白费劲，地里什么也不长，太阳似火，滴雨不下，灼热的阳光把发芽的麦子全都烧坏了。

要不是宙斯发慈悲，人类说不定会全被烧死。他听到人类的呼唤，为人类的不幸所感动，于是派出使者伊里斯去寻找得墨忒耳。但是，得墨忒耳断然拒绝了女神使的请求，对宙斯的命令置若罔闻。

“在我没有找到我那长着一双美丽眼睛的女儿并和她见面之前，土地就不长小麦，”谷物女神回答说，“我就绝不回奥林匹斯山。”

宙斯只好派赫耳墨斯去找哈得斯给人类说情，并要求他让珀耳塞福涅重见天日。长着黑色头发黑色眉毛的亡灵之王同意了宙斯的要求，但有一个条件，就是让他的妻子尽快回到冥府。接着，为了让妻子不至于忘记自己的许诺，哈得斯要她吃一些石榴核子。珀耳塞福涅坐上丈夫平时使用的车子，由赫耳墨斯驾驭，很快便来到了得墨忒耳隐居的散发着芳香气味的神庙。母亲一见到自己的女儿，立即迎了上去。

珀耳塞福涅跳下车，扑到母亲怀里，紧紧地长时间地拥抱，替她擦干脸上已经流了很久的眼泪。得墨忒耳重新见到自己的女儿，怒气才消了一些。地上又长出了鲜花、小麦和水果。她得到宙斯的许诺，每年可以有三分之二的时间和女儿在一起，这时她才同意回到奥林匹斯山上去。打那天起，珀耳塞福涅每年都有三分之二的时间同母亲和奥林匹斯山众神在一起，另外三分之一的时间同自己的丈夫哈得斯在暗无天日的下界度过。她在阴间和丈夫一起主宰在漫漫的黑暗中飘游的没有血肉的影子。她的金宝座位于塔耳塔洛斯地狱无底深渊的中央。

普罗米修斯

普罗米修斯是正义女神忒弥斯的儿子，宙斯的堂兄。他与雅典娜是非常要好的朋友，他们时常在一起游玩。一天，普罗米修斯来到大地上，他看着蓝蓝的天空和绿油油的草地，觉得一切都那么美好，只是有些单调。于是他用泥和上水，并捏了许多像神模样的泥人，那些泥人个个栩栩如生，雅典娜看得目瞪口呆，惊讶不已。她向泥人吹了口气，泥人们立即有了生命，这就是最初的人类。

被造出的人类开始就像一群蚂蚁，成天聚居在漆黑的洞穴里，茹毛饮血，不知道怎样生活，更不知道怎样利用自然。为了帮助人类摆脱愚昧，普罗米修斯经常来到人间，他教人类盖房子，教人类观察日月星辰，分辨四季，计算时间，教人类饲养牲畜来为人类自己服务，于是人学会了许多本领。他又教给人类配制药剂的方法，使人类解除痛苦，驱除百病。

那时，天神之间发生了一场大战，宙斯与他的兄弟们企图推翻他们的父亲克洛诺斯的统治。普罗米修斯的母亲能够未卜先知，她卜知宙斯将在这场大战中获胜，于是与儿子普罗米修斯一起帮助宙斯。宙斯在他们的帮助下，登上了王位，成了众神之父。然而，宙斯并不关心普罗米修斯新造的人类，他只想做人的主宰，要人类给他进贡大量的牛肉和牛油。

可是人类的生活并不富裕，即便他们杀死一头大公牛，上贡的肉和油仍然不够分量。他们哪有许多的大公牛来杀呢？人们非常着急，聪明的普罗米修斯想出一个办法：他把杀死的牛分成两堆，牛肉和内脏放在一起，用牛皮盖住，算一堆，另一堆则在牛骨上面裹上牛油，这一堆显得很大。当然这个小小的诡计骗不了宙斯，他立刻识破了普罗米修斯的小把戏。恼怒万分的宙斯决定要惩罚人类和普罗米修斯。

宙斯拒绝向人类提供最后一件礼物——火。于是普罗米修斯取来一根大茴香长茎，扛着它走近太阳火焰车，他将茴香长茎放在火焰上，带着火花来到人间。普罗米修斯就这样架起了人类第一堆熊熊燃烧的烈火。宙斯看到后十分恼火，他计上心来，决定报复人类，并借以惩罚普罗米修斯。宙斯叫来火神赫淮斯托斯制造了一个美丽绝顶的少女石像，又命雅典娜用其奇异的神功赋予石像生命，让赫耳墨斯给其传授语言，让阿佛洛狄忒赋予她迷人的魅力。这便是给人类带来灾难的潘多拉。宙斯把年轻的女子潘多拉带到人间。他看到神和凡人在地面上散步休憩，十分自在。大家看到天上降落下一位漂亮女子，齐声称赞。潘多拉来到普罗米修斯的弟弟厄庇墨透斯跟前，给他献上宙斯赠送的礼物。厄庇墨透斯是个心地善良的人。

普罗米修斯曾经警告过弟弟，绝不能接受奥林匹斯山上宙斯的任何礼物，要必须迅速地把礼物退回去。可是，厄庇墨透斯想不起这番忠告，高兴地接纳了美丽的姑娘送上的礼物。直到后来祸端连绵，他才意识到当时的轻率。因为迄今为止，人类社会的男男女女都遵循厄庇墨透斯的哥哥的教诲，远避祸害，从来没有繁重的劳动，也没有折磨人的疾病。

姑娘双手送上她的礼物。这是一只紧锁的礼盒。她当着厄庇墨透斯的面拉开了盒盖。厄庇墨透斯正想瞧个仔细，看看盒内是什么礼物时，只见盒内升腾起一股祸害人间的黑烟，黑烟犹如乌云迅速布满了天空，其中有疾病、癫狂、灾难、罪恶、嫉妒、奸淫、偷盗、贪婪等等。种种祸害闪电一般地充斥了人间。盒子底部藏着唯一的好礼物，那就是希望。潘多拉听从神之父的建议，趁着希望还没有来到盒口的时候，连忙把盖子重新关上，把人们的希望永远锁闭在潘多拉的盒子内。

从此以后，地面、空中和海洋里失去了平静，到处充满了各种各样的灾难。形形色色的疾病，侵害着人们的肌体。疾病无比猖獗却又悄然无声，那是因为宙斯不让他们发出声响，高烧犹如歇斯底里的狂犬病包围了全球，死亡也加速了迅猛的步伐。

接着，宙斯又对普罗米修斯施加报复。他把这名倔强的敌人迅速交给火神赫淮斯托斯以及两名仆人——克拉托斯和农亚，这是两个执行强迫和暴力使命的仆人。他们一起动手，把普罗米修斯押送到中亚细亚斯库提亚的荒山野岭，用永远不能开启的铁链把普罗米修斯锁在高加索山岩的峭壁上。赫淮斯托斯并不愿意执行父亲的命令。他把这位提坦神的儿子看作自己的亲戚，认为他是曾祖乌拉诺斯的子孙，因此是门第相当的神的后裔。可是执行残酷使命的仆人们却粗鲁地把他骂了一通，因为他说了许多同情普罗米修斯的话。

普罗米修斯被强行吊锁在悬崖峭壁上，他直挺挺地吊着，根本无法入睡，也不能让疲惫的双膝弯曲一下。“不管你发出多少叹息和抱怨，这一切都是无济于事的，”赫淮斯托斯对他说，“宙斯的意志是无情的，这批不久才登上奥林匹斯山的神都是十分狠毒的人。”

折磨这位俘虏的旨意已经天定，大家都认为对他的磨难应该永无止境，至少也必须经历几千年的历史。普罗米修斯大声地叫唤，希望唤起风儿、河流、山川、海洋、大地之母以及洞察一切的太阳的同情，让它们见证自己的苦难。可是，他在思想上却是不屈不挠的。“命运中注定了的事，”他说，“对那些意识到必须承受暴力的人来说，那就应该乐于去承受。”他丝毫没有为宙斯的恐吓所屈服。

宙斯不忘诺言，给捆绑着的普罗米修斯派去一只凶猛的鹰。鹰每天飞来啄食普罗米修斯的肝脏。肝区的伤口不断地痊愈，又被鹰不断地啄开。为此，普罗米修斯必须永远忍受痛苦的煎熬。直到将来出来一个人，他心甘情愿地准备为普罗米修斯而献身，才能最终结束对普罗米修斯的折磨。

普罗米修斯被紧紧地锁在山岩上，度过了漫长的悲惨岁月。拯救苦难的普罗米修斯的时辰终于来到了。这一天，大英雄赫拉克勒斯前往寻找夜神赫斯珀洛斯的四个女儿，在寻访赫斯珀洛斯的旅途中经过高山危岩。当看到一只鹰在啄食一个可怜人的肝脏时，大英雄连忙放下大棒和狮皮，取出了弓箭，把那只残酷的鹰从苦难的人的肝脏旁边一箭射落。接着，他解开了锁在普罗米修斯身上的铁链，带他离开了山地。

为了满足宙斯的条件，赫拉克勒斯把半人半马的肯陶洛斯家族的喀戎留在山边当作替身。喀戎是一位不死的神，情愿放弃自己的永生，为解救普罗米修斯而甘愿牺牲。最后，为了彻底执行宙斯的命令，普罗米修斯必须戴一条铁制的项圈，项圈上镶着一枚高加索山上的石子。这样宙斯可以自豪地宣称他的敌人仍然被牢固地锁在高加索的山岩上。

北欧诸神

没有一位希腊神能成为英雄，所有的奥林匹斯山神都是长生不死和无法屈服的。他们绝不会感到勇敢的热忱，他们绝不会向危险挑战。当他们战斗时，他们有必胜的信心，而且任何伤害也不曾靠近他们。阿斯嘉特（北欧诸神的住所）的情形不同，居住在乔登海姆城的巨人族，他们是伊息耳①的顽强主动的敌人，而他们也以顽强主动的敌人称呼诸神。巨人族不只是永远存在的危机，而且他们知道，最后，绝对的胜利必定属于他们。

这个认识对所有阿斯嘉特的居住者而言，是个沉重的心理负担，但是，它将最重的担子给予他们的领袖和统治者奥丁。就像宙斯一样，奥丁是天父，他：

> 穿着一袭云灰色的外衣，
> 而戴着一顶和天空一般蓝色的帽子。

但是，相似之处止于此。奥丁是一位奇怪而肃穆的人物，总

① 伊息耳：条顿民族（即北欧民族）万神庙中诸要神。

是格格不入。甚至于在他的金殿格拉得斯海姆中与众神宴饮，或是和英雄们在华哈拉大厅里宴饮，他什么都不吃。他将摆在眼前的食物分给蹲在他脚下的两匹大狼。他的双肩上栖息着两只大乌鸦，它们每天环绕世界飞行，将所有人类所作所为的见闻带回来给他。其中一只名叫乌金，代表“思维”；另一只叫穆宁，代表“记忆”。

当其他诸神用餐时，奥丁便沉思着“思维”和“记忆”两鸦告诉给他的东西。

他负有尽可能拖延“世界的末日”（雷格那洛克，即众神的黄昏）的责任，比其他所有神所负的责任加在一起还要重，到世界末日时，天地都将毁灭。他是万物之父、众神和人类的至尊，虽然如此，他仍不断地追求更多的智慧。他下到由智者密弥尔守护的智慧之泉，要求饮一口泉水。当密弥尔回答，他必须为这一口泉水而付出他的一只眼睛时，他竟然愿意失去眼睛。他取得鲁涅文字（北欧的古文字），也是忍受痛苦而得来的。鲁涅文是一种神秘的文字，能把它们刻在任何东西——如树木、金属和石头上的人，将拥有极大的权力。奥丁付出不可思议的痛苦学得这种文字，在旧爱达中，他说，他悬在——

> 一棵风摇的树上整整九个晚上，
> 被矛所刺伤，
> 在那棵无人知道的树上，
> 我被献给奥丁，我自己献给我自己。

他将痛苦得来的知识传授给人类，使人类也能用鲁涅文字来保护自己。他再度冒着生命危险，由巨人族里取走古斯堪的纳维亚人的蜜糖酒，这种酒能使尝过它的人成为诗人。他将这份佳礼送给众神，也送给人类。从所有方面来看，他是人类的恩人。

一群唤作华尔邱利的少女是他的随从。她们在阿斯嘉特侍候宴饮，替饮酒的角杯添满，但是，她们的主要任务是上战场，照着奥丁的命令，决定谁当战胜和谁当战死，而将勇敢的死者带到奥丁面前。"华尔"（Val）意即"杀戮"，而"华尔邱利"（Valkyrie）意即"杀戮的选择者"。她们带英雄前往的地方，就是英灵殿华哈拉。战争中，注定要死的英雄们将会见到——

美丽绝伦的少女们，
身着耀眼的盔甲，驱驰着她们的马，
肃穆而深沉地想着，
挥动她们洁白的手以示意。

星期三当然是奥丁的日子，他的名字南方的写法是"乌顿"（Woden）。

至于其他诸神，只有五位是重要的：巴尔德、托尔、福雷尔、海姆达和狄尔。

巴尔德在天上和在人间都是很受喜爱的神。他的死亡是降临众神身上的第一个灾难。有一个晚上，他被噩梦骚扰，梦中好像预示他有一个极大的危险。当他的母亲奥丁之妻裴莉嘉听到这事，决心保护他，使危险没有机会伤害他。她走遍全世界，要所有的生物和无生物发誓，绝对不伤害他。但是，奥丁依然觉得害怕，他策马来到死亡的世界尼福尔海姆。他在那里发现死亡之神赫拉（或叫赫尔）的住所，已粉刷一新，像正在为酒宴而布置。一名女智者告诉他，这房子是为谁而准备的：

蜜糖酒已为巴尔德而酿造，
上天的众神的希望已幻灭了。

于是，奥丁知道巴尔德必须一死，但是，其他诸神相信裴莉嘉能使他平安。因此，他们做了一个能使他们大为开怀的游戏。他们试图去击打巴尔德，或向他投石头，或掷矛，或射箭，或用剑刺，但这些武器往往沾不到他，或者毫无伤害地跳开，没有任何东西会伤害到巴尔德。在这个奇异的不受伤害的能力下，巴尔德的地位似乎被提高在他们之上，所有的神——除一位神洛奇外，都因此而尊敬他。洛奇不是一位神，而是一名巨人的儿子，不论他走到那里，麻烦就随之而来。

他不断地陷众神于困难和危险之境，但他被允许自由地进出阿斯嘉特，因为在某些无法解释的理由下，奥丁和他发誓结拜。他经常妒恨善良，他嫉妒巴尔德。他决定要尽全力找出伤害巴尔德的方法。他扮成一名妇女来找裴莉嘉，并和她倾谈起来。裴莉嘉告诉他关于为确保巴尔德的安全而作的旅行，以及万物如何发誓不伤害他。她说，除了一种灌木上的寄生小虫，它是那么渺小，所以她将它忽略掉了。

这对洛奇已经足够了。他取得小虫，然后带着它走到众神自娱的地方。巴尔德的兄弟盲眼的赫尔德坐在一旁。洛奇问道："为何不参加游戏呢？"赫尔德答道："我这么个瞎子能参加吗？""没有任何东西掷得中巴尔德吗？""哦！有本事尽管使出来。"于是洛奇说："这里有个小东西，你来掷它，我会矫正你的目标。"赫尔德拿了小虫奋全力掷它，在洛奇的引导下，小虫飞向巴尔德，并且贯穿他的心脏，巴尔德于是倒地而死。

到了这时，他的母亲仍然未放弃希望。裴莉嘉向众神哀求一位志愿者，下到死亡之神赫拉那里，试图赎回巴尔德。她的一个儿子赫摩德挺身而出。奥丁将自己的马斯雷普尼尔给他，于是他飞驰下到死亡的世界尼福尔海姆。

其他的人准备着葬礼。他们在一艘大船上建造一座高大的火葬场，而把巴尔德的尸体放在上面。他的妻子南娜看他最后一面，她的芳心已碎，竟倒在甲板上而死。她的尸体被安放在巴尔德的身旁。然后将柴堆燃起，将船推离海岸。当船驶向海中时，熊熊的火焰将它整个吞没了。

当赫摩德带着诸神的请愿而来到赫拉之处，赫拉答道，只要能对她证明各地的人都在哀悼他，她愿意将巴尔德交回。但是，如果有一件东西或一样生物拒绝为他落泪，那么她就要留下他。诸神派使者到各地要求万物流泪，以使巴尔德免于死亡。他们没有遇到拒绝，天地万物都自动地为这位可爱的神哭泣。使者们欢喜地将消息带给诸神。然后，在他们的旅程几乎要结束时，他们遇到一位女巨人——因为她拒绝流泪，于是世界上一切悲哀都变成无效。“你们只能从我这里得到干泪，”她嘲笑地说，“我未曾受过巴尔德的好处，我也不会给他好处。”因此，赫拉留下她的死者。

洛奇遭受到惩罚。诸神抓住他，将他捆缚在一个深洞中。在他头上放着一条蛇，因此蛇的毒液流到他面颊上，使他有难以忍受的痛苦。但是，他的妻子西姬来帮助他。她坐在他的身旁，用杯子接住毒液。虽然如此，不管任何时候她要倒光盈满的杯子时，毒液还是会掉在他身上，虽然只是片刻时间，他的痛苦却厉害得足以使他的痉挛摇撼整个地球。

至于其他三位大神，托尔是雷神，星期四即以他命名，他是伊息耳中最强壮的；福雷尔照顾地球上的水果；海姆达是通往阿斯嘉特的彩虹桥毕福罗斯特的守护神；狄尔是战神，星期二曾一度被写为“狄尔的日子”（Tyr's day），即以他而命名。

阿斯嘉特的女神并不像奥林匹斯那么重要。在北欧女神中没有一位能和雅典娜的地位相比，除了奥丁的妻子裴莉嘉。有些人说，星期五是为她命名，她被描述为相当聪明，但她却非常沉默寡言，她甚至于对奥丁都不提她所知道的事。她给人的印象是模糊的，常被描写为坐在纺轮旁边，纺轮上所纺织的全是金线，但她为什么要纺织，却是个秘密。

裴莉嘉是爱情和美丽的女神，但是很奇怪地，战场阵亡的战士有一半是她的，奥丁的女侍华尔邱利们只能带一半回到华哈拉。裴莉嘉亲自骑马上战场，而要求分给她的死者，这在北欧诗人看来，是自然而适合于爱之女神的职务。星期五被普遍地认为是以她而命名。

但有一个国度是交给一位女神来单独统治的，死亡之王国即属于赫拉的。众神在那里没有特权，甚至奥丁也如此。金碧辉煌的阿斯嘉特属于众神；荣耀的华哈拉属于英雄们；“中间世界”是男人的战场，没有女人的事务。在旧爱达中，顾得伦说：

> 男人的凶猛统治着女人的命运。

在北欧神话中，死者虚无缥缈的阴冷世界是属于女人的活动区域。

北欧创世记传说

在旧爱达中，一位女智者说：

> 旷古本空洞无物，
> 没有沙粒，没有海水，也没有冰冷的波浪，
> 上面无天，而下面无地，
> 只有开口的裂缝。

太阳不知道她的住所，

月亮也不晓得他的国度，

星星更没有它们的立足地。

这裂缝虽然巨大，却未延伸到每个地方。遥远的北方是尼福尔海姆，那里是寒冷的死亡之国；而遥远的南方是穆斯贝尔海姆，那里是片火土。由尼福尔海姆起，有十二条河流流进这个裂缝，并且在那里结冻，慢慢地把裂缝填满了冰。从穆斯贝尔海姆吹来火融融的云，将冰化成雾气。水滴由雾中落下，由这些水滴形成霜美人和最早的巨人伊米尔。他的儿子就是奥丁的父亲，他的母亲同时也是他的妻子就是霜美人。

奥丁和他的两个兄弟杀死伊米尔。他们用他来创造天地，用他的血作海，用他的身体作地，用他的脑壳作天。他们从穆斯贝尔海姆取得火花，并将它放在天空，成为太阳、月亮和星星。地球是圆的，由海所围绕。众神用伊米尔的眉毛做成一道大墙，保护人类居住的地方。墙内的空间称为凡尘（人世），在这块地方，最早的男人和女人是用树木做成的，男的是由梣树，女的则是由榆树。他们是人类共同的父母。在这个世界中，还有侏儒——丑陋的人物，但却是纯熟的工匠，他们居住在地下。还有伊尔毕斯，是可爱的小精灵，他们看管花卉和溪流。

一棵神奇的梣树伊格德拉西尔（乾坤树）支撑着整个宇宙，它的根盘踞整个世界：

伊格德拉西尔有三条根脉，

赫拉居于第一根之下，

霜巨人居于第二根之下。

而人类则居于第三根之下。

又据说："其中有一根脉上达阿斯嘉特。"在这条根脉旁，是一处白水泉，称为乌达泉，它是那么神圣，以至无人能饮用它。有三位命运女神诺伦看守着它，她们：

将她们的生命分派与人类的子孙，

并将她们的命运分配给他们。

这三位女神是：乌达（代表过去）、韦丹地（代表现在）和史科德（代表未来）。众神每日驾临此地，经过颤动的彩虹桥，坐在泉水旁，审判人类的行为。另外一处泉水是在另一根脉之下，那是知识之泉，由智者密米尔把守着。

在伊格德拉西尔之上，也和阿斯嘉特一样，受毁灭的威胁。像众神一样，它也注定要死去。一条蛇和其子孙在尼福尔海姆（即赫尔的家）旁，不断地啃啮着树根。有一天，它们将成功地啮死该树，而那时，宇宙将会倒塌下来。

居住在乔登海姆的霜巨人和山巨人，是善良者的敌人。他们代表地球上的兽性力量，在地上兽力及天上神力之间的竞争中，兽力获得了胜利：

众神的命运已定，其结果是死亡。

但是，这种信仰和人类心灵深信的"善强于恶"的信仰大违其旨。甚至这些不抱任何希望的北欧人，他们的日常生活是在冰寒的土地以及黑暗的冬天度过，他们是对英雄行为的不断挑战者，他们也看到一线遥远的曙光从黑暗中突现出来。旧爱达中，有一则预言，颇类似于约翰《启示录》（《新约圣经》的末卷），曾提到众神战败之后的事：

当阳光转趋黑暗，大地沉没于海中，

火热的星星由天空掉下来，
而火焰高高地在空中跳跃。

将会有一个新的天和地产生：

再度地呈现艳丽灿烂，
屋宇以黄金为顶，
田野不经播种而结实累累，
永远生活于幸福快乐之中。

然后将出现一位统治者，他甚至较奥丁更为高贵，和更超越于邪恶：

一位较所有人更伟大的人，
但吾人不敢道出他的名字。
而只有少数人能看得到，
奥丁殒逝的片刻。

这个遥远无际的幸福之梦，似乎是避免失望的些微原动力，但这是两部爱达所提供的唯一希望。

英雄的传奇故事

金羊毛的故事

寻觅金羊毛的艰难行程，是欧洲传说中最早的旅行。这趟旅程是以水路为主，在整个旅途中，不仅要面对海中的险恶，而且陆上的危险也不能幸免。凡是水手们经过的地方，都隐藏着能置人于死地的妖魔鬼怪。勇气，这个词对于水手们来说是极其需要的。驾驶阿耳戈号寻觅金羊毛的英雄们的经历，生动地说明了上面的事实。

传说，希腊国王阿塔马斯最初爱上了仙女涅斐勒并和她生了两个孩子，即王子佛里克索斯和公主海莉。然而没多久阿塔马斯移情别恋，他又娶腓尼基公主伊诺为王后，伊诺为阿塔马斯生了两个儿子，为了使自己亲生的儿子登上王位，伊诺千方百计陷害前妻的孩子们。不久，大规模的饥荒开始蔓延全国。伊诺顿时计上心来，她想利用这次饥荒来实现她的野心。伊诺对阿塔马斯说："这次大饥荒是因为我们触怒了天神，你必须赶紧把前妻的两个孩子杀死祭神，才能使天神息怒，解除我们的灾难。"

阿塔马斯王最初当然不肯这样做，因为那两个孩子毕竟是自己的亲生骨肉，怎忍心杀来祭神呢！无奈伊诺一再从旁怂恿，而且说出许多危言耸听的话，终于说服了这个昏君，把自己的骨肉杀来祭神。岂料正当准备要杀这两兄妹的那一刹那，突然刮起一阵大旋风，旋风的中心是一条上通云霄的乌云柱。这时，天使赫耳墨斯应涅斐勒的祈求，从天上派来一只披满纯金毛的公羊，背起那两兄妹，顺着乌云柱，腾空而去。

正当他们飞越分隔欧亚两洲的色雷斯海峡时，海莉坐得不稳，一不小心便掉下海中，随即被汹涌的波涛卷进海底。后世人们为了悼念这个死于非命的公主，就把这个海峡叫作海莉海峡，不过今天已经被名为达达尼尔海峡。

金羊继续载着佛里克索斯横过黑海，在科尔喀斯国降落。佛里克索斯长大以后，就娶了科尔喀斯国王伊奇斯的公主为妻。这时，贪心的伊奇斯王竟把金羊抓来，杀死祭神。然后把金羊皮剥下来，占为己有，挂在供奉战神阿瑞斯的树上，并且派一只可怕的巨龙在树下看守，如果有人想去抢夺，立刻就会被巨龙吞噬掉。

没多久，佛里克索斯不幸一病不起，当然也无法把尸体运回祖国底比斯安葬，只有草草地葬在科尔喀斯。然而他的灵魂却一直惦挂着故国家园，每天都为客死异乡而痛哭，因此经常托梦底比斯的人民，他说："我是你们的王子佛里克索斯，不幸在科尔喀斯病死，但我的灵魂无时无刻不想回到祖国。请你们赶快来，取一些金羊毛回去，因为我的灵魂就藏在金羊毛里。"

但底比斯离科尔喀斯很远，而且那只巨龙凶猛无比，根本没有人敢奋勇前往迎接王子灵魂回国。

佛里克索斯王子有个名叫埃宋的堂弟，他是伊俄尔克斯国的国王，为人英明睿智，贤明仁慈，而且德行高尚，所以境内国泰民安，充满幸福祥和的气氛。可是他弟弟珀利阿斯，却是个无恶不作的大坏蛋。有一天，他带兵前来，向伊俄尔克斯国宣战，并且打败埃宋的军队，进而篡夺王位。珀利阿斯意犹未尽，还想杀害埃宋的儿子伊阿宋。埃宋获悉奸计，立刻带着儿子逃亡，最后逃到北希腊的一个大山洞里，投奔半人半马的仙人喀戎。

喀戎是位有名的良师，希腊各城邦的许多贵公子几乎都在他门下拜师。因而埃宋也就趁着流浪在外的机会，专程拜访这位大仙人，准备把王子伊阿宋托付给他。喀戎一眼就看出伊阿宋气质不凡，将来必然是个治国安邦的好君主。所以就一口答应下来说："我会全心全力来教导你儿子，他以后必能为你雪耻复仇，放心好了。"埃宋听了这话非常高兴，就一再向喀戎表示感激，然后依依不舍地和儿子吻别。

从此，伊阿宋正式成为喀戎的入室弟子，他非常顺从老师的吩咐，每天都按照课程努力学习，跟各城邦的公孙王卿在一起生活，学习社交礼仪。白天到山上打猎砍柴，并且学习拳击和剑术，晚上学习剥兽皮和唱歌，顺便聆听老师的训诲，夜里就睡在山洞里。

光阴似箭，日月如梭，十五年的时间，一眨眼便过去，伊阿宋已经是个英俊挺拔、智勇双全的少年了。喀戎看他已经达到标准，便叫他回国，伺机复国。伊阿宋叩谢老师多年教育之恩，收拾细软，立刻兼程回国。故国山河，毕竟是令人最迷恋的地方。

拜别恩师下山回国的伊阿宋，走不多久，来到一条大河旁。那时正值炎夏季节，连日滂沱大雨，使河水猛涨，急流拍岸，发出惊人的浪涛声，使他为之裹足不前。正当伊阿宋彷徨之际，发现有个瘦弱的老太婆正望着他，故意装出一副倚老卖老的样子对他说："唉！我真老啰，说走不动就走不动。喂！年轻小伙子，看你那么健壮，应该背我过河。来吧！"

伊阿宋觉得这个老太婆实在太没礼貌，就想发脾气，顶撞她几句。可是他仔细想一想，又觉得不应该这样做，因为自己也算是个王子，不能有失风度，只好压着一肚子怒火，弯下腰，背起老太婆，再一步步涉水过河。

河水深及腰部，风浪又大，而河底又全是鹅卵石，走起路来，摇摇晃晃，使他几乎跌进水里去。那老太婆竟责骂他说：“你这中看不中用的东西，不要把我的衣服沾湿了！”他觉得她实在太不讲理，真想把她丢到水里去。可是，他咬紧牙根忍住，一直背她上岸。

他把老太婆放在草地上之后。刹那间，闪光一道，这老太婆倏然变成了一位貌美如仙的女神，头戴战盔，金光闪闪，她的脚边，立着一只孔雀，那紫色、蓝色、绿色的羽毛，在草地上迎风招展，美不胜收。伊阿宋看了，吓得不禁跪下来，连连双手合十，对女神膜拜。

女神一看伊阿宋心地善良而又敬神，就用银铃般的声音说：“我是天后赫拉，方才那个瘦老太婆就是我变的。你对我既然大发慈悲，那我也要以恩德来答谢你。到了必要的时候，你尽管呼唤我的名字，我就会立刻出现在你的身边，为你解除困难。”

他叩头拜谢之后，再抬头看时，已没有女神的影子，只见一片片白云，高挂在高山顶上。伊阿宋走了几步，才发觉脚上的鞋子，在过河时已丢了一只，他也不管，就这样一直向目的地进发。当他一走近伊俄尔克斯的首都时，人们都以惊讶的表情警告他说：“你是从哪里来的野人，竟胆敢穿一只草鞋在街上乱走？前些日子，阿波罗已经发出神谕，说不久将有一名穿一只草鞋的人来夺取珀利阿斯王的王位。你如果再继续往前走，马上就有国王禁卫军把你抓走，到时你的性命必然难保。”

伊阿宋听完这番话，就很郑重地回答围观的人说：“我的名字叫伊阿宋，本来就是伊俄尔克斯的王子，我现在是为了复国而来的。阿波罗的神谕就是针对我而发，这对我实在是天大的好消息，我为什么要害怕呢？”说完之后，就大摇大摆走进珀利阿斯的王宫，沿途没有一个禁卫军敢拦阻。

为人残忍而狡猾的珀利阿斯王，一听说伊阿宋回来夺取王位，就佯作高兴地欢迎他回国，摆设盛宴表示庆祝，并且隆重地款待他。但珀利阿斯却私下设法陷害伊阿宋，在宴会曲终人散之后，他装出一副恳切而和蔼的样子对伊阿宋说：“你要取回王位，这是绝对没有问题的，但必须先办妥一件事，客死异乡的佛里克索斯经常托梦给我，叫我派人到科尔喀斯把他的灵魂带回底比斯。但我年迈，已经力不从心，而你年少有为，智勇过人，相信一定可以完成大任，安慰佛里克索斯在天之灵。我以宙斯为证人发誓，你如果把金羊毛拿回来，我马上把王位与统治权双手交还给你。”

珀利阿斯以为这是解决伊阿宋的最好办法，他深信那只巨龙以及旅程的诸多艰险，会使他无法活着回来。

伊阿宋对于伟大的冒险很感兴趣，并且听说能够和平解决王位的问题，便一口答应下来。他首先派了两名特使去底比斯，和一起在喀戎那里学艺的师兄弟联络，邀请他们拔刀相助。那些血气方刚的青年，每个人都想找机会大显身手，因此纷纷到伊俄尔克斯助阵，其中的英雄豪杰中，包括了宙斯的儿子赫拉克勒斯、美女海伦的兄弟卡斯托尔和波吕丢刻斯，还有最好的舵手提毕斯、海底和水平线都可以一目了然的林考斯、著名的大英雄阿喀琉斯的父亲珀琉斯等等。总而言之，所有希腊最勇敢、最卓越的英雄，都渴望参加这次大冒险，把金羊毛带回底比斯。

结果连伊阿宋在内，共召集了五十人，经大家慎重商议之后，公推伊阿宋为统领，同时又推选擅长造船的阿耳戈斯造船，他指派工人临时造了一艘巨舰。接着伊阿宋又去爱琴海北岸的色雷斯，把大音乐家俄耳甫斯请来，叫他演奏悦耳的音乐，慰劳造船工人。于是，船很快就建造完成，为了纪念阿耳戈斯的功劳，便把这艘舰命名为“阿耳戈号”。

船造好以后，伊阿宋就率领全体人员把粮食和淡水搬到船上。然后再选择一个黄道吉日下水启航。他们沿着爱琴海北岸往东行驶，经过十几天的不断航行，才穿过达达尼尔海峡，进入黑海。黑海里的波涛汹涌，一眼望去，水天相连。在这种惊险万状的情况下，就连舰上的勇士也感到胆战心惊。所幸这时俄耳甫斯赶紧操起竖琴，演奏歌颂古代英雄的民谣，以鼓励大家冒险犯难的大无畏精神。在振奋人心的乐声中，阿耳戈号才能在惊涛骇浪中继续前进。

正当阿耳戈号跟狂风巨浪苦斗时，却又被一道宛如浮城一般的大岩石挡住去路。同时又吹来一阵强烈的刺骨寒风，使五十名勇士更加觉得胆战心惊。当船快驶近大岩石时，又发现无数浮石漂来，就如同冰山一般在海上荡漾。其中有两块大得就像海岛，在波浪间分分合合，每次碰击，都会发出惊天动地的巨响，这便是令人生畏的雷姆诺斯岛。这些岛上居住着一群怪异的女人，她们曾杀了除国王以外的所有男人。

国王的女儿海丝比尔就是这些妇女的领导者，她放过了老父，用空箱子载着老父，在海洋中漂泊，最后，箱子将他带到安全的地方。然而，这些可怕的女人却非常欢迎阿耳戈号的船员，在船驶离前，准备许多食物、酒和衣服作为礼物送给他们。

他们离开雷姆诺斯岛后不久，发现赫拉克勒斯脱离他们而不见了。赫拉克勒斯有个很喜欢的侍从少年海勒斯，当海勒斯用水壶汲取泉水时，沼泽女神看见他如此俊美且容光焕发，想要吻他，于是将他往水里拉，她搂着他的脖子，把他拉到水底，少年便失去了踪影。赫拉克勒斯疯狂地四处寻找，呼唤着少年的名字，向着离海很远的森林走去，愈寻愈深。他已忘了金羊毛，忘了阿耳戈号，忘了同伴；除了寻找海勒斯以外，他已忘了所有的事。最后，航船只好抛下他，继续他们的航程。

他们下一个冒险是遇到一群杜利奥纳人。杜利奥纳人是能够飞行的可怕怪物，有钩形的嘴和锐利的爪，身上散发着恶臭，令所有的生物闻到而患病。阿耳戈号船员夜晚停泊的地方，住着一位孤独无依的可怜老人。真言之神阿波罗曾把预言的能力赐予老人，他能精确地预测即将发生的事情，但却因此触怒了宙斯。因为宙斯对于所做的事喜欢保守秘密——这点对了解希腊的人也能很清楚地明白。于是宙斯便给予老人严厉的处罚，不管何时，当他用餐时，“宙斯的跑腿”——杜利奥纳人立刻飞扑而下，弄脏那些食物，使那些食物脏到没人敢碰它，更不用说是吃它了。阿耳戈号船员瞧见这位老人——菲纽斯——简直不成人样，就像毫无生息的幻影，用瘦干的双手胝地爬行，由于孱弱，全身不断地颤抖，身上仿佛只剩一层皮包着骨头。他兴奋地欢迎这些船员，祈求他们解救他。借着阿波罗赐予的预言能力，他知道在阿耳戈号船中仅有两个人——伟大的北风神波利尔斯的两个儿子能够保护他。所有的船员都以恻隐之心聆听他的倾诉，北风之神的两个儿子毅然决然地答应帮忙。

当其他的人正为菲纽斯张罗食物时，波利尔斯的两个儿子持剑守在他的身旁。他几乎连嘴唇都没碰着，那些可恶的妖怪便凌空而至，迅速地弄脏食物，然后留给他们难闻的恶臭。快如狂飙的北风神的儿子立刻追赶过去，追上那些杜利奥纳人，用剑击杀他们。假如不是由天而降的彩虹女神伊里斯及时阻止，那些杜利奥纳人必定会被碎尸万段。她说，他们不能杀死这些宙斯的跑腿，她已向冥河神史蒂克斯立下没有人能违背的誓言，那些杜利奥纳人永远不再骚扰菲纽斯了。听了这些话后，他们两人便愉快地回来，安慰老人，于是老人兴奋地和众英雄彻夜狂欢痛饮。

老人又把横在他们眼前的危机忠告他们，尤其是冲击岩石的险恶。当海水波涛汹涌地冲击岩石时，那些岩石会不停地互相撞击。他说，唯一能通过的办法，是先拿一只鸽子试试。如果鸽子能安全地通过，那么他们便能通过；如果鸽子被击毙，他们只有掉回头，放弃所有对于金羊毛的希望。

次日早晨，他们当然带了一只鸽子出发，很快就来到巨岩翻滚的海域。在巨岩中间，似乎无法找出一条路来，但他们把鸽子放了，然后观察它的动静。鸽子飞穿而过，安全地通过，只有尾毛的尖端，被席卷回来的岩石挟住而扯落了。英雄们尽其所能急速地追随它的踪迹，岩石分开，划船的人奋全力向前进，于是，他们也平安地穿过。在这一刹那间后，岩石又激烈地滚动撞击，船尾的装饰品被扯掉，他们仅仅免于被毁而已。他们穿过以后，岩石继续翻滚，但已无法构成对船员们的威胁了。

离开岩石群不远，就是女战士亚马逊族的领域。说来也很奇怪，这群女战士竟是酷爱和平、长得甜美的女神哈姆妮的女儿，她们的父亲却是可怕的战神阿瑞斯。她们仿效父亲的作风而不学母亲。英雄们乐于停步，和她们进行肉搏战。然而，这将会是一场不可能不流血的战争，因为亚马逊人并不是温和的敌人。但是，海风吹得很顺利，他们继续赶路没有逗留。当船全速通过时，他们瞥见高加索山，同时也瞥见普罗米修斯被绑在岩石上，高高地耸立在他们头上。他们又听见宙斯的兀鹰俯冲下来，撕裂他的身体、啄食血腥食物时巨翅扇动的声音。就在这一天的傍晚，他们抵达了金羊毛的所在国科尔喀斯。

在茫然而不知所措，感到除了仗恃自己的奋斗外别无他法的情况下，他们度过一夜。这时，在奥林匹斯山上，众神正为他们而召开一次会议。赫拉因他们陷于险境而忧心如焚，她跑到爱之女神阿佛洛狄忒那里求援，她的大驾光临使得女神大感惊讶，因为赫拉并不是她的朋友。

虽然如此，当这位伟大的奥林匹斯山的皇后向她求助时，由于惧于皇后的威权，她答应全力以赴。她们共同计划由阿佛洛狄忒的儿子爱神厄洛斯促成科尔喀斯国王的女儿坠入伊阿宋的情网。对伊阿宋而言，这是个绝妙的计划。这位少女——美狄亚，谙熟如何施展非常厉害的魔术，假如她愿意为阿耳戈号的船员施展法术，无疑地，她一定能救他们。因此，阿佛洛狄忒告诉厄洛斯，如果他愿意照她的吩咐去做，她就会送一个嵌着深蓝珐琅、光耀夺目的金球给他。厄洛斯大喜过望，取出他的弓和箭袋，由奥林匹斯山出发，穿过宽广的苍穹，直奔科尔喀斯。

英雄们已出发前往该城，准备向国王索取金羊毛。一路平安无事，没有任何麻烦，希勒将他们隐蔽在浓雾中，因此他们顺利抵达王宫而没被发觉。接近王宫大门时，烟消雾散，守卫立刻察觉这群标致的年青陌生人，很有礼貌地引他们入内，并将他们的到访通报国王。

国王立刻出来表示欢迎，他的仆人急忙做好一切准备，生火烧水以供沐浴，又准备佳肴美味。美狄亚公主夹杂在其中忙碌着，并好奇地看着这些访客。当她的视线正看向伊阿宋时，厄洛斯迅速抬手，将一支箭深深地射进少女的心。箭像火炬般在她心中燃烧，她的心灵因这股甜蜜的痛楚而酥然软化，脸上一阵红一阵白，她又羞又怕地潜回闺房。

只有在英雄们沐浴完，享用了佳肴醇酒之后，国王厄里提斯才能询问他们的身份、来历和目的。因为在满足访客的需要前，提出任何质询都是最不礼貌的。伊阿宋回答说，他们都是出身高贵的人，都是神的子孙。他们远从希腊航行而来，只求国王将金羊毛给予他们，他们愿意为他作任何效劳，以为报答。譬如替他征服敌人，或是达成他所要求的任何事物。

国王厄里提斯听完后，心中大感震怒。他讨厌外国人，希腊人尤甚，他巴不得他们滚得远远的。他自言自语说："如果这些陌生人没有在我的餐桌上进餐，我会宰了他们的。"他默然地盘算该如何做，然后想出一个计策。

他告诉伊阿宋，对于勇敢的人他毫无怨言，假如他们能证明他们是勇敢的，他愿意把金羊毛交给他们。"考验你们的事，"他说，"也只是我曾完成的。那就是驾驭我的两头公牛(这些牛的腿是铜制的，呼吸时喷出熊熊的火焰)。用它们来耕田，然后将火龙的牙齿播撒在犁沟中，像播种粮食一般。这些牙齿会马上长出许多的武装士兵。当这些士兵进行攻击时，你们必须把这些士兵砍倒。这便是一次可怕的收割。我曾独力完成这个工作。我绝不会把金羊毛给予较我还不勇敢的人。"伊阿宋坐着沉默片刻。这场竞赛似乎毫无可能。它超越任何人所能胜任的能力范畴。最后，他答道："尽管事情是那么可怕，甚至我必须一死，我也愿意接受这个考验。"说完，他离座而起，率领他的同伴返回船上过夜，这时美狄亚的心却跟随着他。当他离开皇宫后，整个漫漫的长夜，她似乎都能看见他，看见他俊美的容貌以及温雅的举止，听见他的谈吐。内心为他担忧而痛楚，她揣测着父亲的计划。

英雄们回到船后，召开一次会议，每个人都要求伊阿宋答应让他试试。但是一切都徒然无功，伊阿宋是不会听从他们去冒险的。当他们正进行讨论时，阿耳戈斯——他的母亲是美狄亚的姐姐——跑来找伊阿宋，告诉他关于美狄亚的魔力。他说，她无所不能，甚至能控制星星和月亮。如果能说服她帮忙，就能战胜公牛和火龙人。这似乎是唯一有指望的建议，他们建议伊阿宋回去赢取美狄亚，殊不知厄洛斯早已完成这个工作。

美狄亚独自坐在房间里，一边啜泣，一边自言自语说，她会永远感到羞愧，因为她为一个陌生人过度地牵挂。要是屈服于疯狂的爱情，而去反抗她的父亲，那还不如一死算了。她说着，取出一个装着杀人药草的箱子。但当她拿着箱子坐在那儿时，她想及生命和存在世间的可爱的事物，连阳光也似乎较从前更为甜蜜。于是她抛开箱子。不再犹疑，决定为她心爱的人施展魔力。她有一种魔膏，能使涂上它的人在当天平安无事，不会受到任何伤害。这种魔膏是普罗米修斯滴在地上的血所长出的最早的一棵植物制成的。她将它揣在怀里，去寻找她姐姐的孩子阿耳戈斯。正巧他正四处找寻她时，被她遇着了。当他要求她做那些她早已决定做的事时，她立刻答应他的要求，然后遣他到船上告诉伊阿宋，不要停留，马上到某一地点会她。

伊阿宋一听到这消息立刻动身，在他启程时，赫拉将容光焕发的美质加于他身上，使得任何人见到他都大为惊羡。当他抵达美狄亚那里时，她的一颗心仿佛已跑到他身上，黑雾蒙蔽她的眼睛，同时，她已无力动弹。他们两人没有片言只字地静立着凝视对方，就像耸拔的松树在毫无风患中屹立着，然后风儿再度吹起，树枝喃喃作响，他们两人也被爱情的和风鼓动，轻声细语地互相倾诉。

他首先启齿，要她善待他。他说，他不得不存有希望，因为她的美丽可爱，必定意味着她有出类拔萃的温文礼貌。她想立刻表达所有的感受，却不知该如何开口。她默然地从怀中取出魔膏交给他，现在他俩的眼光充满着羞赧注视着地下，然后再投予对方一眼，笑靥中充满着爱情的欲望。

最后，美狄亚开口，告诉他如何使用这些魔膏，并且告诉他，如果把油膏涂在武器上，也会使那些武器跟他一样，在一天之中所向披靡。如果太多的龙牙人冲过来攻击，他只需在这些人中投下一颗石子，就会使他们自相残杀，直到片甲不留。“现在我必须回宫了，”她说，“但是当你再度安抵家门时，请记起我的感情，就像我将永远记得你一样。”他激昂地答道：“不管白天或是黑夜，我都不会忘了你。如果你来到希腊，因为你为我所做的一切，你会得到尊荣。除了死以外，没有任何东西能破坏我们的厮守。”

他们分离后，她回到宫中，为自己不忠于父亲而哭泣。伊阿宋回到船上，派遣两个同伴去取龙牙。同时，试验一下魔膏的效力，就在他触及魔膏时，一股可怕而不可抗拒的力量贯入他的身体，所有的英雄目睹此景，个个为之振奋。尽管如此，当他们来到国王和科尔喀斯人正等待着的田野，看到由于呼吸而喷出火焰的公牛冲出栅栏时，恐惧还是慑服了他们，害怕之情油然而生。但是伊阿宋屹立不动，仿佛海中的巨石抵挡着海浪，他先后把两只公牛按在地上——在众人惊讶他超凡的神勇时——紧紧地为它们上轭。然后在田野上驾驭它们，稳稳地推犁扒土，将龙牙撒播于犁沟中。耕种甫毕，作物已长出来，武装的人蜂起云涌地攻击他，伊阿宋想起美狄亚的话，在他们之间投下一颗大石。于是这些战士倒戈自相残杀，死于他们自己的矛下，使血流成渠。伊阿宋在这次竞赛中赢得最后的胜利，但这下却苦了国王厄里提斯。

国王回到宫中，阴谋陷害英雄们，发誓绝不让他们得到金羊毛。但是，赫拉为他们策划，她使美狄亚完全为爱情而茫然和不知所措，决定跟伊阿宋私奔。当晚，她偷偷地离家，趁着黑暗急速地逃到船上。这时众英雄正为他们的幸运而狂欢，没有想到大祸已临头。她跪在英雄们的面前，求他们收留她。她告诉他们："必须立刻得到羊毛，然后急速离去，否则会被杀死。一条恐怖的巨龙守着羊毛，但我可以哄它入睡，使它不至于危害你们。"她伤痛欲绝地说着。但是伊阿宋非常兴奋，轻轻地拥抱着她，并且答应她：一旦他们回到希腊，她便成为他的未婚妻。然后将她放回甲板上，他们一同前往她指示的地方，抵达悬挂羊毛的神圣树林。负责守护的巨龙非常可怕，但美狄亚毫无惧色地接近它，唱着迷魂悦耳的魔乐，诱使巨龙入睡。伊阿宋迅速地取下挂在树上的金色羊毛，然后急急退回，天刚破晓，他们已抵船上。最健壮的人伐着桨，驾着船拼命地由河道驶入海中。

此时，国王已知道一切，立即派遣他的儿子——美狄亚的哥哥亚士图斯率兵追赶。这一小群的英雄，简直不可能战胜或逃离亚士图斯如此庞大的军队，但是美狄亚再度拯救他们，她杀了她哥哥。有些故事说：她传话给哥哥，表示她渴望回家，如果他能在当晚前往指定的地点和她会面，她可以为他取回羊毛。亚士图斯毫不怀疑地前来，却被伊阿宋打倒，当美狄亚退离时，亚士图斯黑色的血液染上他妹妹的银白长袍。首领一死，整个军队就崩溃散乱了，于是，海路为众英雄大开。

至此，阿耳戈号船员的冒险几乎已结束。但在经过光滑峻险的丝娜巨岩和查理狄斯漩涡时，他们接受一次可怕的考验。那里的海水永远咆哮着，汹涌的波涛高耸如山，几乎卷到天上。但是赫拉看到了，督促海之女神引渡他们，保护航船安全归去。

其次的考验是来到克里特岛——若非美狄亚提醒，他们早已登陆。她告诉他们，古代铜族留下的最后一人泰路斯住在那里，他全身除了脚踝外，都是铜质的，脚踝是他的致命伤。她正说着，泰路斯出现了，形貌极端地骇人，恐吓着如果船再驶近，他就用岩石将船打碎。他们倚桨休息，美狄亚跪着祷告，祈求哈得斯的奴隶——地府的猎狗——来消灭他。可怕的罪恶主宰者听到了她的呼唤，当铜人正举起尖锐的石头要砸阿耳戈号时，便咬了他的足踝，鲜血迸出，不断地流着，直至他倒地而死。然后英雄们得以登陆，养精蓄锐以待未来的旅程。

返回希腊后，众英雄的队伍解散，各自回家。而伊阿宋和美狄亚带着金羊毛去见珀利阿斯，但他们发觉可怕的变故已发生了。珀利阿斯强迫伊阿宋的父亲自杀，他母亲也因忧郁而死。伊阿宋矢志严惩邪恶的凶手，他求助于从未使他失败过的美狄亚。她用巧妙的手段致珀利阿斯于死地，她对珀利阿斯的女儿们说，她知道如何使老者再度青春的秘密。为了证实她的说法，她把一只受了多年折磨的老公羊在她们面前杀了，然后把尸体分成碎片，放入一锅滚烫的热水中，口里念着咒语。不久，一只小羔羊由水中跳出，蹦蹦跳跳地跑开了。少女们都信以为真。美狄亚给珀利阿斯服下强力安眠药，要他的女儿将他分成碎片。为了使父王再度青春，她们纵然害怕，最后还是完成了可怕的工作。她们把碎片放入水中，渴望美狄亚念咒以唤回父王的灵魂和青春。但她走了——逃离王宫和城市。这时，惊恐的她们才明白自己是杀父的凶手。伊阿宋果真报了深仇大恨。

还有一个故事说：美狄亚使伊阿宋的父亲重生，而且再度青春，她便把永葆青春的秘密教给伊阿宋。她的一切善行恶迹都是为了他，但最后她所得到的报酬，是他抛弃了她。

珀利阿斯死后，他们来到哥林斯。他们有了两个儿子，一切似乎都很好。美狄亚虽遭放逐，过着放逐者所经历的寂寞生活，但是由于她对伊阿宋的热爱，使她忘了失去家国之痛。然而，伊阿宋暴露了本性，虽然他依稀还是个伟大的英雄：他打算和哥林斯国王的女儿结婚，这是一个光彩的婚姻，但他只有想到野心，却忽略了爱情和恩泽。美狄亚知道他移情别恋，先是大感惊讶，然后由于伤心而感到痛苦。美狄亚暴怒之下说出将为害国王女儿的话，使国王感到恐惧——他必定是从未想到这些——于是他命令她和她的儿子必须马上离开这个国度，这等于是死亡的判决。一个妇道人家拖着无助的幼儿被放逐，是难于自保的，更甭说保护幼儿。

当她沉思前程以及回忆她的过错和罪恶时，她想用死来了结无法忍受的一生。她有时在泪水中想念父亲和家庭，有时为自己手上的哥哥和珀利阿斯无法洗去的血迹而感到惊悸。她觉悟了，是疯狂的爱恋导致她一切的罪恶和不幸。当她就这样坐着时，伊阿宋在她面前出现，她看着他而默默无语。虽然他就在身旁，她却觉得跟他隔得远远的，只有暴戾的情爱和已毁的生命伴随她。她的情感使他无法沉默，他冷酷地告诉她，他一向很清楚她那无法克制的个性，假如不是她愚蠢地对他的新娘子说出恶狠的话，她仍然能够安稳地住在哥林斯。不管怎么样，他已尽了最大的心力，她没有被杀而只被放逐，这完全是他的功劳，他真的花了许多艰苦的时间去说服国王，但他在所不惜。现在他来到她跟前，因为他不是个对朋友忘恩负义的人，他要亲眼看着她带着黄金和必需品，踏上她的旅程。

这难堪已太够了，美狄亚罪恶感的急湍迸发出来。“你为我而来？”她说：

“只为全人类中的我而来？

不错，你来得正好，
因为我可以减轻我心里的负担——
如果我能揭发你卑鄙的根性。
我救过你，任何居于希腊的人都知道。
公牛、龙人、守护金羊毛的龙，
我制服它们，使你成为胜利者，
我掌握了救你的契机。
父亲和家庭——我悖逆了他们，
只为了一个陌生的国家。
我克服你的敌人，
替珀利阿斯设下最残酷的死法。
现在，你抛弃了我，
我到那里去？回去父亲的宫中？
到珀利阿斯的女儿们处？为了你，
我已成为所有人的敌人，
我本身却和他们无冤无仇。
哦！我曾经拥有你，
一个受人人赞誉的忠实丈夫。
现在，我被放逐了，天啊！天啊！
没有人帮助我，我将孤独了。”

伊阿宋却回答说，救他的不是她，而是使她爱上他的阿佛洛狄忒。而且正因为是他带她到文明的国度希腊，所以她还欠他相当多的恩情。另外，通过他极力地宣扬，使得她如何拯救阿耳戈号船员的事迹流传四方，因此人人都赞美她。假如她稍微有点常识，她应该高兴他能娶她，如此的结合，对她和儿子都是非常有益的。她之所以被放逐，只因她自己的过失而造成。

无论美狄亚缺乏别的什么东西，她却有丰富的智慧。除了拒绝他的黄金，她不再和他浪费口舌，她不带走任何东西，也不要他的援助。伊阿宋气急败坏地离她而去。“你那顽固的傲慢，”他告诉她：

“它驱走所有仁慈的人，
但是你将会为它而更悲伤。”

从那时候开始，美狄亚便决心着手报复，她已知道如何进行。

她决心杀死伊阿宋的新娘子，然后呢？她已顾不得往后的其他事情。她说：“她必须先死！”

她从箱里取出一件华丽的衣裳，将它涂上致命的毒药，然后置于盒中，命她的儿子带到新娘处。她告诉儿子们，必须要求新娘立刻穿上，以表示接受这份礼物。公主和蔼地接待他们，而且同意照办。但她刚一穿上，可怕和毁灭的火焰立刻燃起，她倒地而死，全身的肌肉熔化而消失。

当美狄亚得知事情已完成，她转而又想到一件可怕的事。没有任何地方能够保护她的儿子们，除了过奴隶的生活外，再无其他生活方式。“我绝不使他们过着为异国人所奴役的生活，”她想：

“死于别人的手，较死于我自己的手更为残酷，
不！给他们生命的我，将给他们死亡，
哦！现在不要胆怯，
不要想他们是多么年轻，以及
他们是多么可爱，和他们何时出生——
并不是——我要忘却他们是我的骨肉，

只要片刻，短暂的片刻——

然后永远地忧伤。”

当伊阿宋因她对新娘子的所作所为而充满怒火地跑来，想要杀她时，两个儿子已经被她杀死了。美狄亚站在屋顶上，正要跨上由龙驾驭的战车。当他为过去所发生的事咒骂她而不骂自己时，那些龙已带着她腾空而去，消逝了踪影。伊阿宋最后也拔剑自刎了。

赫拉克勒斯的故事

赫拉克勒斯的母亲叫阿尔克墨涅，她是底比斯国王安菲翁的妻子。宙斯有一次偶然经过底比斯，他被阿尔克墨涅惊人的容貌所倾倒。当时阿尔克墨涅的丈夫安菲翁正在远方征战。为了接近阿尔克墨涅，宙斯便化装成她丈夫的模样，大摇大摆地进入宫殿。卫士和仆从以为是国王回来了，连忙向他献殷勤，并把他带到王后身边。阿尔克墨涅没有认出他是宙斯。这时，底比斯城下了一场金雨，就这样她从奥林匹斯圣山之主那里怀了力大无比的赫拉克勒斯。然而，赫拉克勒斯一来到人间便引起了天后赫拉的嫉妒。他刚出生不久，天后就在一个漆黑的夜里派了两条毒蛇进入宁静的宫殿，当时赫拉克勒斯正在酣睡。这两条毒蛇的眼睛仿佛喷着火，穿过半开着的门，一直来到给婴儿做摇篮用的盾牌上。两条毒蛇嗞嗞作响，正要张口用锋利的毒牙往婴儿两颊咬时，赫拉克勒斯突然醒来。他两只小手像钢钳子一样，紧紧卡住两条毒蛇因毒素而胀大的颈部，把它们掐死了。这就是这位英勇无比的英雄完成的第一个业绩。

赫拉克勒斯被人们视为安菲翁的儿子，他在母亲的抚养下，像肥沃的果园里的树苗一样茁壮成长。宙斯在神圣的奥林匹斯山上也像一位严父一样关照着他。一天，宙斯想让一位伟大的女神给这孩子喂奶，让她把众神不朽的天赋和无穷的力量赋予他。于是，他派神使赫耳墨斯去把婴儿抱来。当神使把婴儿交给他后，他就把这孩子抱到正在熟睡的赫拉身边。这新生儿拼命吸吮赫拉的奶汁，喝饱后，又转过身来，对着父亲微笑。由于他用力吸吮，当他停止吸奶后，奶汁仍然从赫拉的乳房继续往外流。这些奶汁滴到天空中，形成了银河；掉落在地上的，就成了百合花。

底比斯的盲人先知者提瑞西阿斯对阿尔克墨涅说："我敢断言，希腊许多妇女都将在黄昏梳理羊毛时歌颂你的儿子和生下他的你。他将成为全人类的英雄。"

赫拉克勒斯受到严格的管教，但是，将他不想学的东西教他是件危险的事情。音乐是希腊男童受教育时最重要的一部分，但他似乎不喜欢它，要不然就是讨厌他的音乐老师。他竟用琵琶击碎老师的头。这是他第一次在无意中闹出人命。他并不是存心杀死可怜的音乐老师，只是出于一时的高兴，顺手打了过去，未经过考虑，也不知道自己的力量。他非常后悔，但是后悔却无法使他避免一再地重蹈覆辙。他所受训的其他科目是弄剑、摔跤和骑术，这些他较为喜爱，所以这些老师都能活下去。这时，他已十八岁，完全地长大了。他曾单身杀死一只住在瑟伦森林中的瑟斯比恩大狮子。然后用狮皮当作斗篷披着，并且用狮头做了一顶帽子戴在头上。

他的下一个功绩是征服米安人，因为米安人向底比斯人勒索很多的贡品。感激的市民把梅加拉公主嫁给他，以酬谢他。他对妻子以及他们的儿子很忠实，然而，这门婚事还是带给他一生中最大的憾事，以及过去及未来绝没有尝试过的灾难和危险。当梅加拉替他生下第三个儿子时，他发了疯。永远忘不了报仇的赫拉使他发疯，他杀了他的儿子。在梅加拉企图保护最小的儿子时，他将她也杀死了。等他清醒过来，发现自己处在血迹斑斑的大厅中，妻子和儿子的尸体躺在他的身旁，对于刚才发生的一幕以及他们如何被杀，他连一点印象都没有。他认为他们在那里谈天还只是一眨眼之前的事。当他站在那里惊慌失措时，在远处被吓坏的围观者知道他的疯狂已过去。这时，安菲翁才敢靠近他。赫拉克勒斯无法明白真相，安菲翁告诉他这场恐怖的经过，使他必须面对现实。赫拉克勒斯听完后，说道："我是杀死我最亲爱的人的凶手。"

"是的，"安菲翁颤抖地回答，"但是你当时已失去理智。"

赫拉克勒斯心神不宁，并不注意这种含有辩解的说辞。

"我应该饶恕我自己吗？"他说，"我要为死者向自己报仇。"

但是，在他能冲出外面企图自杀前，甚至于他已开始这么做时，他那绝望的想法改变了，而他的生命也获得宽恕。这使赫拉克勒斯由毫无理智及暴戾的行动，回复到理性及伤心地接受事实的奇迹——除奇迹外，没有别的——这奇迹并不是来自由天上下凡的神，而是由于人类的友谊。他的朋友忒修斯站在他面前，伸出双手握住他那血淋淋的手。依据一般希腊人的观念，忒修斯会因此受到污损，且须担负赫拉克勒斯的一部分罪过。

"不要退缩，"他告诉赫拉克勒斯，"让我和你共同承担一切。和你承担罪恶，对我并不是罪恶。且听我说，精神伟大的人能忍受上天所给的打击，而且毫不畏缩。"

赫拉克勒斯说："你可知道我所做的事？"

"我知道，"忒修斯答道，"你的懊悔，天地皆知。"

"因此，我愿意一死。"赫拉克勒斯说。

"没有一位英雄说这种话。"忒修斯说道。

"除了死之外，我还能怎么做？"赫拉克勒斯喊道，"活下去？一个犯罪的人，让所有的人来说：'看吧！杀死妻儿的就是他！'我每个地方的仆役都传布着尖刻恶毒的语言！"

"即使如此，也须忍受痛苦而坚强起来。"忒修斯答道，"你可以和我一道前往雅典，和我共用房子和一切东西，而你亦将给我和雅典一个伟大的报酬，那就是帮助你的荣耀。"

接着，沉默了许久，最后，赫拉克勒斯缓慢而沉重地开口。"既已如此，也好吧！"他说，"我会坚强起来等待死亡。"

于是，俩人前往雅典。但赫拉克勒斯并没有停留在那里很久。忒修斯，这位思想家反对一般的观念，认为当一个人不知自己的所作所为时，已可能犯上谋杀罪；同时，帮助这样的人会被视为同流合污。雅典人都赞同他的看法，欢迎这位可怜的英雄。但赫拉克勒斯本身不能了解这种观念。他毫无头绪，不能想出一个法子，他心中唯一的念头，是他杀了他的家人。因此，他自觉卑秽，而且使他人受辱，他觉得所有的人都应该厌恶地背弃他。他到特尔斐庙请示神谕，女祭司所见的正是他所做的事情。她告诉他，他必须洗除罪垢，而且，只有可怕的苦行才能赎罪。

她命他前往他的表兄马西尼（有些故事说是泰尔恩）国王欧律斯托斯那里："无论国王要你做什么，你都得忍受。"他很情愿地启程，准备去做任何能再度还他清白的事情。女祭司知道欧律斯托斯是怎么样的人，而且毫无疑问的，他能替赫拉克勒斯彻底地洗罪。

欧律斯托斯一点也不愚笨，他有一个奇妙的构想：当这位世上最强壮的人谦卑地来到他面前，准备做他的奴隶时，他想出一连串艰险困苦而无从改善的苦行。然而，这里必须说明，他得到了赫拉的帮助和监督。因为赫拉克勒斯是宙斯的儿子，直到他死为止，赫拉从未想过饶过他。欧律斯托斯给他的工作被称为“赫拉克勒斯的苦差”，一共有十二项，而且每一个苦差都几乎是办不到的。

第一件苦差是杀死一头任何武器都无法伤得了的尼米亚狮子。这个困难被赫拉克勒斯用绞死那头狮子的方法而解决，然后他把庞大的尸体扛在背上，带回马西尼。来到马西尼后，谨慎的欧律斯托斯不让他进城，而从远远的地方下达命令给赫拉克勒斯。

第二件苦差是到勒纳湖沼区，杀死一只住于其中一个湖沼里的九头怪兽海德拉。这是一件极其困难的工作，因为其中有一个头是永远不死的，其余的头也一样可怕。假使赫拉克勒斯砍了一个头，另外两个头又取而代之。然而，他得到侄儿爱奥勒斯之助，侄儿给他一个燃烧的烙铁，当他砍下一个头，立刻用它烧怪兽的颈子，怪兽就不会再长出另外的头。当所有的头被他砍除以后，他秘密地将这头不死的怪兽埋葬在一个巨岩下，就这样将它收拾了。

第三件苦差是活捉一只住在西里尼地亚的金角公鹿，用来供奉阿尔忒弥斯。他能轻易地杀死它，但要活捉却是另一回事，他整整猎狩一年，才算成事。

第四件苦差是捕捉栖居于艾力曼色斯山的一头大野猪。他由一处追过一处，直到它筋疲力尽。然后赶进深雪中，设陷阱捕捉了这头大野猪。

第五件苦差是要在一天之内清除奥吉士人的牛圈。奥吉士人有成千头牛，他们的牛厩已经好几年没有清扫了。赫拉克勒斯扭转两条河流的河道，使河水滚滚流经牛厩，只消不久，便把一切污垢洗得一干二净。

第六件苦差是要赶走史塔弗勒斯地方的鸟群。由于鸟群庞多，因此酿成史塔弗勒斯人的灾害。他得到雅典娜的帮助，把鸟群由潜伏处赶走，当它们起飞时，赫拉克勒斯就射杀了它们。

第七件苦差是前往克里特岛取回来波西顿送给马诺斯王的一头美丽的野公牛。赫拉克勒斯将它制伏，用船载着它带给欧律斯托斯。

第八件苦差是要取到色雷斯王达奥米迪斯的食人雌马。赫拉克勒斯先杀死达奥米迪斯，然后，那些雌马毫无抗拒地被捕捉了。

第九件苦差是带回亚马逊女王希伯里达的腰带。当赫拉克勒斯抵达时，女王仁慈地招待他，并且告诉他，她愿意将腰带给他。但是赫拉又惹起麻烦，她使亚马逊人认为赫拉克勒斯要带走她们的女王，于是，她们攻击他的船。赫拉克勒斯没有感念希伯里达曾经善待他，不加考虑地立刻将她杀死，并且认为她应担负这场攻击的责任。他因此能击退其余的人而带走腰带。

第十件苦差是要带回杰里昂的那头居于西方艾力西亚岛上的三身怪牛。途中，赫拉克勒斯抵达地中海末端的岛屿，他在那里安置了两块大岩石，叫作“赫拉克勒斯的柱石”，作为这趟旅程的纪念（即今日的直布罗陀海峡）。然后他得到那些牛，将它们带回马西尼。

第十一件苦差是到目前为止最困难的，那就是要带回海丝比莉狄斯的金苹果，而他不知道在哪里可以找到。双肩顶着天空的阿脱拉斯是海丝比莉狄斯的父亲，因此，赫拉克勒斯去找他，要求阿脱拉斯为他取来金苹果。他提议当阿脱拉斯不在时，由他负起肩扛天空的重担，阿脱拉斯见着有机会永远解除沉重的任务，便欣然应诺。阿脱拉斯带回来金苹果，但他并没有给赫拉克勒斯。他告诉赫拉克勒斯继续支撑着天空，而他本人亲自将金苹果送去给欧律斯托斯。在这种情况下，他必须尽全力支撑那巨大的担子，赫拉克勒斯只有依靠自己的智慧了。并不是因为他聪明，而是因为阿脱拉斯的愚蠢使他获得成功。他赞成阿脱拉斯的构想，但是他要求阿脱拉斯将天空扛回去一会儿，使他能衬一块垫子在肩上，以便减轻些压力。阿脱拉斯照办了，于是赫拉克勒斯捡起金苹果来，赶快走掉了。

第十二件苦差是所有苦差中最糟的一件，就是要他赴地狱一趟，也正是那时他将忒修斯从忘忧椅中救起。他的任务是要由哈得斯的地府带走“三头狗”塞伯勒斯。哈得斯答应赫拉克勒斯，但他不能用武器去制伏这条狗，他只能用他的手。虽然如此，他还是逼使这可怕的动物顺从他。他举起塞伯勒斯，一直带着它回到地面，抵达马西尼。欧律斯托斯万分感动，但他不敢收留塞伯勒斯，便命赫拉克勒斯带它回地狱。这是他最后的一件苦差。

当所有的苦差都已完成，同时，他也完全为妻儿的死赎过罪，他的余生似乎可以得到平静和安乐，但事实并不如此，他永远得不到静谧，他不得不继续冒险。

制伏安泰是一件和大部分苦差一样困难的功绩，安泰是位摔跤家，他常常逼迫陌生人和他摔跤，如果他获得胜利，他就将陌生人杀死，然后用那些罹难者的头颅作为一座庙宇的屋顶。只要他能着地，就难以克服他，因为地母盖亚是他的母亲。假如他被扔到地上，他能借着接触地面而产生新的力量跳跃而起。赫拉克勒斯将他高高举起，在空中将他勒死。

许许多多的故事都曾叙述着赫拉克勒斯的冒险事迹。他和河神阿契勒斯争斗，因为阿契勒斯爱上当时赫拉克勒斯正想娶的少女。此时，阿契勒斯像其他的人一样，不希望和赫拉克勒斯起冲突，企图和他妥协，但赫拉克勒斯根本不理这一套，谈话只能使他更愤怒。他说：“我的双手胜于我的口舌，让我在争斗中得胜，而你在口舌上得逞吧！”阿契勒斯化成一头公牛，凶猛地攻击他，但是赫拉克勒斯已习惯于制伏野牛，他战胜了阿契勒斯，且扭断一只角。引起这场争战的年轻的公主得伊阿尼拉成为赫拉克勒斯的妻子。

他继续前往许多地方旅行，并且创下许多伟大的功绩。他在特洛伊城救了一位和安德洛墨达的遭遇相同的少女，她在岸边等待一只无法用其他方法镇压的海怪来吞食她。这位少女是国王拉俄墨冬的女儿，国王曾在阿波罗和波塞冬奉宙斯之命为国王建筑特洛伊城后，骗取他们的薪资。因此，阿波罗制造恶疫，波塞冬派遣怪物来报复。赫拉克勒斯答应挽救这位少女，只要国王将宙斯送给他祖父的马转送给他。拉俄墨冬同意这个条件。但是，当赫拉克勒斯杀死怪物以后，国王却拒绝交出马匹。于是赫拉克勒斯攻夺城市，杀死国王，将少女交给曾救过他的朋友——住在萨拉密斯城的忒拉蒙。

在前往找寻阿脱拉斯询问金苹果之事的途中，赫拉克勒斯来到高加索山，释放了普罗米修斯，并且杀了啄食普罗米修斯的老鹰。

伴随这些光荣事迹而来的，他也有其他不光荣的事迹：他在不小心间伸出手臂，将一位在饭前为他递洗手水的少年打死。这是一桩意外事件，少年的父亲宽恕了赫拉克勒斯。但是，赫拉克勒斯却无法原谅自己，他一度成为罪犯。更糟的是他为了报复少年的父亲国王尤里图斯给他的侮辱，竟杀死一位好友。由于这个暴行，宙斯亲自惩罚他：送他到里底亚充当奥菲妮女王的奴隶，有些故事说是一年，有些则说是三年。女王把他当成取乐的对象，有时候叫他穿上女人的衣服，做些女人做的如纺纱织布之类的工作。

他总是忍气吞声地承受着，但是，他总觉得自己的人格被这些工作所降低，而毫无理由地迁怒尤里图斯，他发誓在获得自由后要尽全力报复尤里图斯。

所有叙述赫拉克勒斯的故事都很怪异，但是，最清楚的描绘是他进行十二件苦差之一的过程，那是关于他前往取得达奥米迪斯的食人马的旅程。他打算在他的朋友色塞利国王阿德米托斯的房子借宿。但当他抵达时，那里却是披麻戴孝，他事先一点也不知情，阿德米托斯刚痛失爱妻，死因相当离奇。

她的死因得追溯到过去，阿波罗因痛恨宙斯杀死他的儿子阿斯克勒庇奥斯，便杀死宙斯的工人独眼巨人赛克洛普斯。阿波罗因此被罚至地球做一年奴隶，而他的被宙斯所选择的主人就是阿德米托斯。在当奴隶期间，阿波罗和主人全家成为朋友，尤其是和主人阿德米托斯以及他的妻子阿尔西斯提斯。当他有机会证实他的友谊是何等深厚时，他表现了。他得知命运三女神已为阿德米托斯编织好生命线，而正准备切断它。阿波罗得到她们的同意暂缓执行断线。如果有人愿意代替阿德米托斯一死，那么他就可以活着，阿波罗将这个消息带给主人。阿德米托斯立刻去寻找一位替身为自己受死。他首先信心十足地去找父母双亲，他们都已年迈而且深爱着他，他们之间必然有一人愿意代替他赴黄泉。但是，让他惊讶的是他发现他们并不愿这么做，他们告诉他："甚至对年老人，神的日光依然是甜美的，我们不要求你代我们而死，我们也不愿代你而死。"

"你们已瘫痪在死亡之门，却仍然怕死！"他们丝毫不为他那因愤怒而发的侮辱所动。

然而，阿德米托斯不愿放弃，他前去找朋友们，一个一个地要求他们替死而让他活着。他深深地认为自己的生命是那么可贵，一定有人愿意不惜最大的牺牲来拯救他。但是他所遭受的都是同样的拒绝。最后，他失望地折返家门，却在家中找到一位替身。他的妻子阿尔西斯提斯表示愿替他而死。阿德米托斯接受了这个建议。但他为她感到极端的伤心，更为自己将失去一位那么好的妻子而难过。在她临终时，他伫守在她身旁痛哭。当她走了以后，他伤痛欲绝，于是下令为她举行最隆重的葬礼。

就在这时，赫拉克勒斯抵达了。他在北往达奥米迪斯处的途中，前往朋友阿德米托斯家中休息做客。阿德米托斯款待他的方法，较诸其他故事更明显地表现待客的标准有多高，以及客人对主人的期望有多深。

阿德米托斯一听到赫拉克勒斯到访，立刻前往迎接，除了衣着以外，他全无一点忧伤的表情，完全是热诚欢迎朋友的模样。他对于赫拉克勒斯询及何人过世的回答，只平静地说是一位家中的妇人而不是他亲人，正好在当日要下葬。赫拉克勒斯立刻说他不愿在这个时候来打扰他，但是阿德米托斯坚决地不让他前往别处。他告诉赫拉克勒斯：“我不能让你在别人家过夜。”他命仆人为赫拉克勒斯安排距离较远的地方，不使他听到哀声，在那里供他膳宿。任何人都不许让赫拉克勒斯知道发生了什么事。

赫拉克勒斯独自进晚餐，他知道阿德米托斯必将参加葬礼，而这个丧事并不影响自己的享乐。留下来的仆人忙于满足他的好胃口，更忙着为他斟酒。赫拉克勒斯感到快乐，喝得大醉，发起酒疯大吵大闹。他拉着嗓子唱着歌，有些歌听起来令人厌烦。在葬礼举行的当儿，他的举止有些无礼。当这些仆人显得有些不悦时，他便大叫他们不要那么严肃，问他们能不能像好友一样给他一个微笑？忧郁的脸色使他倒尽胃口。“和我干一杯吧！”他喊着，“多干几杯吧！”

有一名仆人畏缩地说，这不是喝酒作乐的时候。

“为什么不是呢？”赫拉克勒斯又大喊，“是为一名陌生妇女的死吗？”

“一名陌生人……”仆人结结巴巴地说不出来。

“是啊！这是阿德米托斯告诉我的，”赫拉克勒斯含怒地说，“我相信你不会说他骗我吧！”

“哦！不！”那位仆人回答，“只是——他太好客了。请再多喝几杯吧！我们的麻烦只有我们自己承担。”

说完，他转身过来倒酒，但是赫拉克勒斯抓住他——而没有人会不留意这一抓。

“其中一定有蹊跷，”他对吓坏的仆人说，“有什么不对劲呢？”

“你亲自看我们披麻戴孝。”另一位仆人答道。

“可是，为什么？你说！为什么？”他喊道，“是我的主人愚弄我吗？到底是谁死了？”

“阿尔西斯提斯，”仆人们轻声地答道，“我们的王后。”

一阵沉寂。然后，赫拉克勒斯摔掉酒杯。

“我早该知道，”他说，“我曾看到他在哭泣，他的眼睛是红红的，但他发誓是一位陌生人死了，然后让我进来。啊！我的好友以及好主人。而我——竟在屋里充满哀戚的时候大醉和叫闹。他早该告诉我啊！”

然后，他像往常一样，对自己加以谴责。当他关怀的人正伤痛欲绝时，他是个疯子，一个醉酒的疯子。他也像往常一样，很快地想找些方法来赎罪。什么方法能使他赎罪呢？没有什么事他办不到，这点他很自信。但是，怎么做才能帮助他的朋友呢？接着希望的光芒落在他身上，“有了！”他自言自语，“就是这个方法。我要将阿尔西斯提斯由死神手中带回来，当然没有别的事比这个更管用了。我要找到死神那老匹夫，他必定在她墓旁不远，我要和他进行摔跤，我要用手臂撕碎他，直到他把阿尔西斯提斯交给我为止。如果他不在墓旁，我也要跟随他下到冥府。啊！我要好好报答我的朋友，他待我是那么好。”他兴高采烈地立刻启程，而且内心里一直在津津有味地想着必然会有一场精彩的摔跤。

当阿德米托斯回到他那空洞凄凉的屋子时，赫拉克勒斯在那里迎接他，而且他身边有一位妇女。“看看她，阿德米托斯，”他说，“她像你认识的某一个人吗？”

接着阿德米托斯大叫：“鬼！这是个诡计——众神的一些把戏吗？”

赫拉克勒斯答道：“这是你的妻子。我为她和死神决斗，使死神将她交回。”

没有一个有关赫拉克勒斯的故事，能像希腊人一样，将他的个性写得那么清楚：他的天真、鲁莽和愚蠢；他那无法不在有人死的宅里大醉；他那迅速的忏悔和不惜任何代价以求恕罪；以及他认为死神不是对手的绝对信心……这就是赫拉克勒斯的写照。固然，如果故事里说他在盛怒之下，将那些以忧容恼怒他的仆人中的一位杀死，可能会更缜密些。但是，故事的来源者诗人尤里披蒂斯，删略了关于阿尔西斯提斯死亡及复生的直接描述，使故事更为清晰。当拉克勒斯出现时，多死一两个人，不管描写得怎样生动自然，也会使得整个情况模糊不清。

由于当赫拉克勒斯杀死尤里图斯王的儿子而被宙斯罚做奥菲妮女王的奴隶时，他曾发誓获得自由后立刻要报复国王尤里图斯，于是，他集合一个部队，捣毁王城，并且杀死尤里图斯。但是，尤里图斯也报了仇，因为这次战役间接造成赫拉克勒斯的死。

在他彻底摧毁该城前，他将一批少女——其中有一位是国王的女儿艾奥妮送回家中——他的爱妻得伊阿尼拉正在家中盼望他由里底亚女王奥菲妮处归来。带领这批少女回来的人告诉得伊阿尼拉，赫拉克勒斯疯狂地爱上公主。这个消息对得伊阿尼拉来说，并没有想象中那么难过。因为她相信她有一个有效的爱情迷药已保存多年，可以用来对待在即将自己家中更得欢心的女煞星。

在她婚后不久，当赫拉克勒斯带她回家时，他们到达一条河流，半人半马的妖怪山杜尔奈塞斯扮成渡人，载旅客渡水，他背负得伊阿尼拉涉水，却在中流侮辱她。得伊阿尼拉尖声呼救，赫拉克勒斯就在杜尔奈塞斯登上彼岸时，用箭射杀了他。这个妖怪在临死的时候，叫得伊阿尼拉取些他的血，并说如果赫拉克勒斯爱别的女人甚于爱她时，她可以用血作毒药来对付他。当她听到有关艾奥妮的事时，她就把血涂在一件华丽的袍子里面，派信使送去给赫拉克勒斯。

当这位英雄穿上它时，可怕的剧痛围绕他，好像投在熊熊的火里。在痛苦中，他首先对完全无辜的信使发泄，将他抓起投入海里。他仍能杀死别人，但他本身却无法死去，他所感到的痛苦并不能使他衰弱。即使是瞬间杀死哥林斯年轻公主的东西也无法杀死赫拉克勒斯。他已到痛不欲生的地步，却还活着，他的部下送他回家。在这之前许久，得伊阿尼拉获悉她的礼物对他所产生的灾难后，她自杀了。最后，赫拉克勒斯也走上同样的路。在他死前，他命周围的人在奥伊泰山搭一座火葬堆，将他抬上去。最后，当他到了火葬堆时，他知道现在他能死了，于是他感到高兴，“这是安息，”他说，“这就是结局。”然后，当他们将他抬上火葬堆时，他躺在上面，就像一位赴宴的人，躺在他的床上。

他要求他那年轻的随从菲洛克迪特斯举起火炬燃烧木柴，并把他的弓箭送给随从，这些弓箭拿在这位青年的手中，也将在特洛伊战争中远近驰名。于是，火焰熊熊燃起，赫拉克勒斯溘然长逝。他被引进天堂，在那里听命于赫拉，和她的女儿赫柏结婚，而且在天堂里：

经过相当的苦劳之后，
他安息了。
在幸福的家园里，
他选择最佳的奖品——
永久地安详。

但是，是他甘于享受安息和宁静，或是他允许幸福的众神享受安宁，同样是不容易想象的。

忒修斯的故事

忒修斯是伟大的雅典英雄，他有那么多的冒险事迹，以及参与许多伟大的创业行动，以至在雅典留传一句俗话："什么都少不了忒修斯的份。"

忒修斯是雅典国王埃勾斯的儿子。然而，少年时期的他却是在希腊南方城中母亲的家里度过。埃勾斯在孩子出生前回到雅典，但是，他预先将一把剑和一双鞋藏在洞穴里，再用大石掩盖住洞穴。他让妻子知道这件事，并且告诉妻子，不管什么时候，当这个男孩——如果生的是男的话——长大到够强壮，而能把大石移开，拿到大石底下的东西，她就可以把他送到雅典来认他的父亲。这个孩子果然是个男的，他长得比别人都要强壮，因此，最后当母亲带他到大石旁时，他毫无困难地把大石掀开。然后，母亲告诉他，找寻父亲的时机已成熟，他的外祖父已为他备妥船只。但是，忒修斯拒绝走水路，因为那太安全和平稳。他想要尽快地成为英雄，而安全平稳绝无法达成他的目标。希腊最伟大的传奇性英雄赫拉克勒斯经常出现在他的脑海里，他决意要和赫拉克勒斯一样不凡，这是很自然的趋向，因为他们两人是表兄弟。

他坚决地拒绝走水路，因此，母亲和祖父催促他上船时，他告诉他们乘船是一件卑鄙地逃避危险的行为，他要由陆路前往雅典。这趟旅程是漫长而且危机四伏的，因为沿途有盗贼的骚扰。然而，他将他们赶尽杀绝，不留一个活口去骚扰后来的旅人。他那公道的判决是很单纯的，但却很管用：某人怎样对待别人，忒修斯就怎样对待他。

拿雪龙来说，他曾命他的俘虏跪着给他洗脚，然后把他们一脚踢下海去；忒修斯就把他从悬崖上扔进了大海。又如辛尼斯，他杀人先把他们绑在两棵弯到地面的松树上，然后让松树还原；忒修斯如法炮制，让西尼斯遭受同样的惨死。还有普罗克勒斯提斯被置于铁床上——这张铁床是他用来残害牺牲者，把他们捆在床上，然后使他们跟床的长度齐一，比床短的就拉长，比床长的就削短，虽然故事没有说普罗克勒斯提斯的身长适用这种方法，但是在两者之间他没有选择的余地，不管拉长削短，他都完蛋了。

我们可以想象得到，希腊人是如何地赞美这位为旅人除去这批恶汉的青年。当他抵达雅典时，他已成为家喻户晓的英雄。他被邀请参加国王的宴会，国王当然不晓得忒修斯就是他的儿子。事实上，国王畏惧于这位青年巨大的名气，担心他会赢得人民的拥护，从而被推举为王。他设宴欢迎他的真正目的，是想毒死他。这个计划并非国王所出，而是寻找金羊毛的女英雄美狄亚的主意，她透过巫术知道忒修斯的来历。美狄亚离开哥林斯后，便坐飞车来到雅典。她的权位高过埃勾斯，她不希望因王子的出现而破坏她的权位。但是当她把毒酒递给忒修斯时，忒修斯急于向父亲显露身份，已经拔出了他的剑，国王立刻认出那把剑，于是他把酒杯打碎掉在地上。美狄亚像过去一样地逃走，安全地来到亚细亚洲。

埃勾斯随即向全国宣布忒修斯是他的儿子和继承人，不久，这位新的继承人就有了机会，使他受到雅典人的爱戴。

在忒修斯抵达雅典的几年前，雅典城发生一次可怕的不幸。克里特岛的独裁者弥诺斯丧失他的独子安屈洛吉厄斯。当时，这位青年到雅典来访问，埃勾斯王做了一件主人不应做的事情，他请他的贵宾参加一次充满危险性的冒险——杀死一只危险的公牛，可是，公牛反而杀死了这位青年。于是，弥诺斯就进攻雅典，俘虏雅典人，然后宣称，除非每九年向他进贡七名少女和七名少年，否则将雅典夷为平地。可怕的命运等待着这群少年男女，当他们抵达克里特岛后，便被送给弥诺陶洛斯吞食。

弥诺陶洛斯是半人半牛的妖怪，它是弥诺斯的太太帕希弗伊和一头非常美丽的公牛生的。海神波塞冬把这头公牛送给弥诺斯，为的是要弥诺斯用来祭献他，但是，弥诺斯不忍杀它，留在身边养着。为了惩罚弥诺斯，波塞冬就让帕希弗伊疯狂地爱上这头公牛。

当弥诺陶洛斯呱呱落地后，弥诺斯并没有杀它。他请伟大的建筑师和发明家代达罗斯为它建造一个监牢，使它永远逃不出来。代达罗斯就造了一座举世闻名的迷园，一进到里面，人就绕着无止境的曲折小路前进，再也找不到出口。年青的雅典人每次都被带到这里，留给弥诺陶洛斯，无路可逃。无论他们朝哪个方向走，他们都会最终走到弥诺陶洛斯跟前；如果站着不动，任何时刻它都可能在迷园出现。忒修斯抵达雅典后数日，如此的噩运正等待着十四名少年男女。第二次进贡的时期到了。

忒修斯立刻自愿成为一名牺牲者。所有的人喜爱他的善良，敬仰他的高洁而为之叹息，却没有人想到他企图杀死弥诺陶洛斯。然而，他告诉父亲，并且答应父亲说，如果他成功了，他会将载运少年男女的船上所悬的黑帆用白帆代替，使埃勾斯能在船只到达前，老远就可知道儿子平安无事。

当这群年轻的牺牲者抵达克里特岛后，在到迷园的路上游街示众。弥诺斯的女儿亚莉雅妮夹杂在观众之间，忒修斯经过她面前时，她对他一见钟情。于是她找来代达罗斯，要他说出走出迷园的方法。然后她通消息给忒修斯，表示她愿意教他逃出的方法，只要忒修斯答应带她回到雅典去，娶她做妻子。可以想象得到，忒修斯毫不犹豫地答应。于是，她就把得自代达罗斯的窍门告诉他，叫他带一团线在身上，进入迷园时，把线的一端系在门上，当他前进时，线就一路松开来。忒修斯照着去做，相信这样一定能够循着原路逃出来，因此，他放大胆子，深入迷阵去找弥诺陶洛斯。他发现弥诺陶洛斯正在睡觉，便袭击它，把它按倒在地上，然后用拳头——他别无其他的武器——将怪物打死。

当忒修斯从激战中站起身来时，线团仍在他刚才扔下的地方，有线在手，出来就容易极了。他带着亚莉雅妮和其他的人逃到船上，越海向雅典前进。

归途中，他们在纳克索斯岛停泊，至于后来发生了什么事，有各种不同的说法。有个故事说，忒修斯抛弃了亚莉雅妮，趁她熟睡时，抛下她开船走了，但是，狄俄尼索斯发现她而给她安慰。另一个故事则对忒修斯较宽容：亚莉雅妮严重地晕船，他送她到岸上让她清醒，当他回到船上办些要务时，一阵飓风将他吹下海中，使他在海上漂浮了不少时间；在他回到岸上后，发现亚莉雅妮已死，使得他伤痛欲绝悲伤至极。

上面两个故事都说，当他们快驶抵雅典时，忒修斯忘了扬起白帆。或是因为凯旋过于兴奋，使每一个人都昏了头，不然就是他为了哀悼亚莉雅妮。国王埃勾斯连日来在阿克洛波里斯堡紧张地望着大海，他看到黑帆，这正向他表示儿子的死讯，于是他由悬崖上纵身入海而死。从此以后，他跳海的地方，就叫作埃勾斯海（即爱琴海）。

从此，忒修斯成为雅典的国王。他是最睿智而且廉明的国王。他向人民宣布，他不愿统治他们，他要成立民主政府，在此政府中人人平等。他放弃统治权，组织联邦政府，并且建了一个议政厅，使市民能聚会和投票，他典守的唯一职位是总司令。因此，雅典成为世界上最快乐和最繁荣的都市，同时也成为唯一自由的乡土，是世界上唯一人民自治的国家。因为这个缘故，当七雄远征底比斯，而胜利的底比斯人拒绝埋葬战死的敌人时，战败者仍转向忒修斯和雅典人求助。相信在这样一位领导者之下，自由的人士绝不会同意无助的死者受凌辱。他们没有失望，忒修斯率领军队攻打底比斯，征服了底比斯，并且强迫底比斯人埋葬死者。但是，当忒修斯成为胜利者时，并不因底比斯人过去的恶行而采取报复。他表现出完美的武士风范，他严禁他的部下进城蹂躏，他此行并不是来残害底比斯人，乃是为收葬阿古斯死者而来。当他的任务完成，立即率领军队回来到雅典去。

在许多别的故事中，他表现同样的个性。他收留被人人遗弃的奥地帕斯老王。当老王去世前，他在身旁照料而慰藉。他保护奥地帕斯的两名无助的女儿，并且在她们的父亲死后，安全地送她们回家。当赫拉克勒斯疯狂地杀死他的妻子儿女后，脑子清醒过来而想要自杀时，其他的人惧怕他在进行恐怖的屠杀后会凌辱他们，因此都逃开了，只有忒修斯独自留在他的身旁给予援手，激起他的勇气，并且告诉他，自杀是懦夫的行为，然后，带着赫拉克勒斯到雅典。

尽管承担着国家的一切忧劳虑患，以及必须行侠仗义以保护失足和无助者，这些仍无法改变忒修斯喜欢危险的个性。他前往女战士的国家亚马逊，有些人说他和赫拉克勒斯一起，有些人则说他独自一个人带走她们之间的一人，这位被带走的女战士有些人叫她安地奥波，有些人叫她希伯里达。可以确定的是，她为忒修斯所生的儿子叫希伯里杜斯，在孩子出生后，亚马逊人前来搭救她，她们攻入雅典的亚地加地区，甚至要攻进城里，最后她们被打败了，忒修斯在世时，再也没有敌人侵入亚地加。

忒修斯有许多其他的冒险事迹，他是搭乘阿耳戈号寻觅金羊毛的一名船员。当卡吕冬国王号召希腊最高贵的人士，帮忙杀除蹂躏国土的可怕野猪时，他参加了伟大的卡吕冬狩猎团。在这次狩猎中，他解救了鲁莽的朋友皮里塞斯，事实上，忒修斯已救过他好几次。皮里塞斯和忒修斯一样喜爱冒险，却无法成功，因此，他不断地遭遇麻烦，忒修斯是他的挚友，并且常常救他脱险。他们之间的友谊也是由于皮里塞斯一次特别鲁莽的行为而产生。那一次，他突然兴起一个念头，想要亲自看看忒修斯是否真的和传说中的伟大英雄一样。于是，他跑到亚地加，偷了忒修斯的一些牛。当他听到忒修斯正追逐他时，他并不急忙逃跑，反而掉过头来迎向忒修斯，当然，他想即刻决定谁是优胜者。但是，俩人面对面时，向来冲动的皮里塞斯，立刻忘了所有事情，而沉溺于仰慕对手之中。他向忒修斯伸出手来，喊道：“我愿意忍受任何你所加予的惩罚，你就是判官。”

忒修斯为他诚挚的举止所感动，答道：“我所要求的，只希望你成为我的朋友和拜把兄弟。”然后，他们为友谊而宣誓。

皮里塞斯是拉比索的国王，当他结婚时，忒修斯当然是来宾之一，而且相当派得上用场。这次结婚喜宴可能是所有曾举行过的喜宴中最不幸的一次。那群长着马身而面颊是人的怪物山杜尔，和新娘有亲戚关系，都来参观婚礼。他们一面喝酒，一边抢女人。忒修斯奋身保护新娘，击倒一只企图带走新娘的山杜尔。一场可怕的战斗爆发。最后，拉比索战胜，将山杜尔全族驱逐出境，忒修斯一直帮忙到底。

但是，在最后一次他们两人共同进行的冒险行动中，忒修斯无法挽救他的朋友。皮里塞斯在他那位不幸婚宴中的新娘去世后，他想为第二任夫人寻找一位宇宙间最小心的看护妇女，这个女人不是别人，却是波斯凤本人。忒修斯当然答应帮他的忙。或许是受这个不可思议的危险行动所刺激，忒修斯扬言，首先他要亲自带走后来引起特洛伊战争的海伦——当时她还是个小孩——并且在她长大后娶她。这虽然要比抢走波斯凤还少些危险，但对于要满足最大的野心，也是够危险的。海伦的兄弟是加斯陀和波鲁克斯，他们足以战胜任何人类的英雄。忒修斯成功地绑走那个小孩，我们不知道他用什么方法。但是，他们两兄弟进攻海伦被带往的城镇，并且夺回她。忒修斯非常幸运，因为他们找不到他在何处，那时他正和皮里塞斯在前往地狱的途中。

他们的旅程和到达地狱的详细情形，我们并不知道。但是哈得斯却非常清楚他们的来意，他用新奇的方法来破坏他们的行事以求自娱。当他们来到死亡之国时，他并没有杀他们，但是，他却以朋友的姿态，邀请他们在他面前坐下。他们照着他指定的位子坐下——于是，他们留在那里。他们无法从座位上站起来。这椅子叫作忘忧椅，无论何人坐上这椅子，他就会忘了一切，脑海成为一片空白，浑身无法动弹。皮里塞斯永远地坐在那里，而忒修斯被他的表兄救起——赫拉克勒斯来到地狱，从座位上举起忒修斯，并且带他回到地面上。他也想以同样的方法救起皮里塞斯，但失败了。死亡的主宰知道是皮里塞斯计划抢走波斯凤，因此，将他紧紧地扣留住了。

经过数年后，忒修斯和亚莉雅妮的妹妹菲屈拉结婚，也因为这，给菲屈拉、忒修斯以及忒修斯的儿子——亚马逊女战士为他生的希伯里杜斯——招来可怕的不幸。当希伯里杜斯还是年轻小伙子时，忒修斯将他送往自己度过少年时期的南方城市去抚养。他长成很标致的成人，是个伟大的运动家和猎者。他轻视那些生活奢靡的人，更轻视那些沉湎于恋爱中的弱者和愚人。他嘲笑爱与美的女神阿佛洛狄忒，而贞洁美丽的狩猎女神阿尔忒弥斯是他唯一崇拜的对象。因此，当忒修斯带着菲屈拉回到老家时，便发生许多事情。他们父子之间立刻产生热烈的感情，他们乐于互相陪伴。至于菲屈拉，她的继子希伯里杜斯并不注意她——他永远不注意女人。但是，菲屈拉却截然不同，她疯狂而不幸地爱上他，如此的爱情，她不胜羞耻，但却无法克制自己。阿佛洛狄忒是这不幸事件的幕后主使者。她因愤怒于希伯里杜斯对她的嘲笑，而决定给他最严厉的惩罚。

痛苦绝望的菲屈拉，感到自己孤立无援，决心一死以求脱离苦海，而且不让人知道死亡的原因。这时，菲屈拉已经远离家园，但是菲屈拉的老保姆——对她绝对忠实，而且不可能想到菲屈拉会自作恶端——发现一切：她秘密的恋爱、她的失恋以及自杀的决心。老保姆心中唯一的念头，是救她的女主人，因此，她径往希伯里杜斯处。

“因为爱上你，她即将寻死，”她说，“给她生命吧！以爱回报她的爱吧！”

希伯里杜斯厌恶地避开她，爱上任何女人可能会令他恶心，但是这种罪恶的爱情，使他感到憎恶和可怕。他冲到庭院里，她跟随着他，不住地恳求他。菲屈拉正坐在那里，但他全然不看她，愤怒地回头盯着老妇人。

“你这可怜的家伙，”他说，“竟想使我背叛父亲。听到这种话使我感到污秽下流。哦！女人，卑贱的女人——所有的女人都是卑贱的，除非我父亲在里面，否则我绝不踏进屋里一步。”

他愤然离去，而老妇人转头面对菲屈拉，她已站起身来，脸上的表情让老妇人感到恐惧。

“我仍然会帮助你。”老妇人结结巴巴地说。

“嘘！”菲屈拉说，“我自己的事，我自己会了断。”说完，她进入屋子里，老妇人浑身颤抖地碎步跟随。

几分钟过后，屋里响起欢迎主人归来的声音。然后，忒修斯进入庭院，他看到妇人们在那里哭泣着。她们告诉他，菲屈拉已去世——她自杀而死。她们发现时，她已完全断气，但是在她手里找到一封给丈夫的遗书。

“啊！最亲爱善良的，”忒修斯说，“你最后的祈望是否写在上面？这是你的遗书——永远不再对我微笑的你的遗书。”

他打开遗书，再三地读它。然后，他转身对着挤满庭院的仆人。

“这封信在大声呼喊，”他说，“信中的文字在说话——片语只字都有声音。你们知道，那是我的儿子对我太太下毒手。啊！海神波塞冬啊！当我诅咒他时，请听听我吧！实现我的诅咒吧！”

接着而来的沉寂，被希伯里杜斯跑进来的急促的脚步声所打破。

“发生了什么事？”他喊道，“她是怎么死的？父亲，请您告诉我，请您不要对我隐瞒您的伤痛。”

“应该有一个真正的尺码，”忒修斯说，“以便衡量什么人的感情足以信赖，而什么人不足以信赖。你来得正好，你们看看我的儿子——被死去的她亲手证实他是卑鄙的，他强暴了她，她的遗书胜于他所能说的狡辩。滚！你已被驱逐出境，立刻给我滚去死吧！”

“父亲，”希伯里杜斯答道，“我不善于说话，而且也没有证据证明我是无辜的，唯一的证人已死。我所能做的，只有向高高在上的宙斯发誓，我没有动过您的妻子，我发誓从没有想过要她，从没有对她有过一丝欲念，如果我有罪，我愿死无葬身之地。”

“她的死证明她的真实，”忒修斯说，“滚吧！你已被驱逐出境。”

希伯里杜斯走了，但并没有过放逐的生活，死神也在不远处向他招手。当他从家园离去，沿着海水奔驰时，父亲的诅咒实现了。一只怪物由水中出现，他的马因惊恐过度，脱离他的控制而跑开，马车撞毁了，他也受到致命的伤害。

忒修斯并没有宽恕他。阿尔忒弥斯来见他，告诉他实情：

我不是给你带来帮忙，而是带给你痛苦，

我来告诉你，令郎是值得敬佩的，

你的妻子犯了罪过，她疯狂地爱上他，

于是她跟她的爱情奋斗，终至于死，

但是，她所写的全是捏造的。

当忒修斯听完，他被这件可怕的事情震撼了。这时奄奄一息的希伯里杜斯被抬了进来。

他喘息地说："我是清白的！是你，阿尔忒弥斯？我的女神！你的猎人就要死了。"

"我最亲爱的男人，没有人能代替你死的。"阿尔忒弥斯告诉他。

希伯里杜斯将眼睛由她容光焕发的脸上转向心已破碎的忒修斯。

"父亲，亲爱的父亲，"他说，"这完全不是您的过错。"

"我但求能代你一死。"忒修斯喊道。

在他们父子陷于极度的痛苦时，响起女神甜美静谧的声音，"拥抱你的儿子吧！忒修斯，"她说，"并不是你杀了他，而是阿佛洛狄忒。明白了这道理，那么他永远不会被遗忘，人们将会在歌曲和故事中怀念他。"

于是，她消失不见了，同时，希伯里杜斯也走了，他已踏上通往死亡之国的路途。

后来，忒修斯也死得很惨烈。他住在朋友里克米狄斯国王的朝廷里，几年后，阿喀琉斯也化装成女孩隐藏在那里。有些故事说，忒修斯是因为雅典人驱逐他，才到那里。但所有的故事都说，他被他的朋友，即主人里克米狄斯杀死。至于原因，并不为人所知。

就算是他被雅典人所驱逐，但是在他死后不久，他们又以无人能及的殊荣尊崇他。他们为他建造一个大坟墓，并且颁令：这座坟墓将成为奴隶和一切孤苦无依者的圣所，俾以纪念一位保护者；他曾用自己的生命，保护那些无自卫能力的人。

俄狄浦斯的故事

底比斯国王在拉伊奥斯的统治下，国家相当富强，人民亦安居乐业。拉伊奥斯因为把全副精神放在治理国家大事上，所以误了自己的终身大事。可幸不久，他认识了一个名门淑女伊俄卡斯特，很快便坠入爱河，论及婚嫁。他们在结婚之前，宫中求得一项神谕："拉伊奥斯如果和伊俄卡斯特结婚，他们所生的儿子，会成为拉伊奥斯的死因。"

这神谕令他们万分沮丧，但这对恋人又不愿意因此分开，于是不顾神谕的忠告，照样结婚，并且决定把生下的儿子通通杀死。婚后不久，他们生下一子，拉伊奥斯非常恐惧，害怕这个儿子会应验神谕，带给自己厄运，于是照原先的决定，把儿子杀死。

他们先把婴儿的脚跟刺伤，然后叫一个名叫立普的牧羊人，拿去丢在山里，让他活活饿死。那牧羊人接过王子之后，觉得很为难，心想：这样可爱的一个胖娃娃，为什么要丢到山里去？一个只会哭啼的婴儿在深山里，不冻死也要饿死，甚至当了野兽的点心，这样残忍而不人道的事，他怎下得了手？

立普抱着王子回到距离底比斯不远的深山里面，不知到底该怎样处理这个可怜的王子，一时心乱如麻，一点主意也没有。正好从科林斯国来了一个牧牛人拉彼，他带了一群牛，也到这山里来。在希腊，每到夏季，那些牧羊和牧牛的人，都带他们的牲口，到山里住上整个夏天。他们两个本来就相识的，久别重逢，大家都很高兴。这时候，拉彼看到牧羊人的身边多了一个可爱的婴孩，就问道："这是谁的孩子？"

"这是人家丢在路边，我捡回来的，我正不知道该怎么办才好。"

那个从科林斯来的牧人，接过孩子，抱在手里，逗着孩子玩。"这是个多可爱的孩子，而且，看那样子，出身很高贵呢！喔唷，这孩子的脚，被什么刺伤了？红肿得这么厉害，天底下怎会有这样狠心的父母？到底这孩子的父母是谁？"

这牧牛人仔细看着孩子的脚，觉得他很可怜。这孩子瞪大双眼，望着这满脸胡子的牧牛人，在那里咯咯地笑。拉彼突然想起他们的国王一直没有生孩子，很想有一个儿子。他就想把这个孩子要过来，抱回去送给国王。他相信这孩子一定会成为一个杰出的王子，于是说："你如果不想要的话，把孩子送给我好了，我不会亏待他的。"

立普一听，真是求之不得，非常高兴。他本来就不愿丢掉，所以就用羊奶来养这孩子。但因为他自己是个单身汉，而且把小孩一直带在身边，要瞒过国王这是绝不可能的事。如果国王知道他违命，一定会判他死刑。他正感到左右为难时，听了拉彼的话，便说："你要这孩子？那就抱去吧！"

于是，这孩子就被抱到科林斯来，科林斯国王波利包斯和王后墨洛柏非常高兴，先替他治疗脚跟上的伤肿，还给他起了个名字，叫作俄狄浦斯，意思就是"肿脚"。国王和王后对小孩疼爱有加，尤其是墨洛柏，更把他视为己出。

俄狄浦斯长大之后并不知道自己的身世，但纸总包不住火。有一次，他在摔跤比赛中连连获胜，把其他对手打得爬不起来。一个输了的青年心里觉得很不服气，便对着王子叫了一声"弃儿！”大概他已听别人说过，这个俄狄浦斯王子是从深山里捡回来的。

本来什么也不知道的俄狄浦斯，一听到这句话大吃一惊，急忙跑回宫里哭着询问自己的身世。后来经养父母的一再强调并无此事，他才打消隐藏在内的一团疑惑，逐渐安心下来。不过，积在他心头的疑窦，却随时间愈积愈深。

坐立不安的俄狄浦斯终于下决心到阿波罗神殿去求神谕，奇怪的是神谕虽然求到了，却所答非所问，因为这项神谕的内容是说：“你将杀死你的父亲，并和你的母亲结婚。”

俄狄浦斯对这个神谕感到极为可怕，他误解了神谕，以为科林斯国王和王后真是他的亲生父母，为了彻底消除这个人伦惨剧，他决定离开科林斯。

可怜的俄狄浦斯，驾着战车进入深山去。他也没有一定的目标，只是想要赶紧远远地离开科林斯，逃到一个看不见这个令人伤心的地方的去处。

当他驾车走到一个十字路口时，迎面来了一辆马车，上面坐着一个老人和几个随从。这两部车子正好在山里的狭路上相遇。俄狄浦斯正想向旁边靠一点，让对方通过时，那老人居然无缘无故申斥俄狄浦斯说：“浑蛋，你为什么不给我滚开？”

俄狄浦斯是王子身份，而且是个血气方刚的青年。他见这老人竟然这样无理取闹，便大声吼道：“让开！你才应该让开！”

于是，这两部车子谁也不肯让路，结果双方冲突起来。他们都鞭打自己的马匹，向前冲去，两车一相接，双方的马匹吓得直立嘶叫，车子几乎翻覆。这样一来，谁都占不到便宜。那老人的车夫见状，举起马鞭来，狠命地向俄狄浦斯的马上抽去。俄狄浦斯气得要命，就纵身一跳，伸手抢过那车夫的鞭子，并顺手举起自己的马鞭，直向那车夫头上抽过去。他连抽了几下，就把那车夫的脑袋打得血肉模糊，倒地惨死了。

车上的老人一看见自己的车夫被打死，就拔剑砍杀俄狄浦斯。他用马鞭和老人对抗，只见他扬鞭一抽，那老人手上的长剑应声落地。俄狄浦斯得势不饶人，冲上前去，两三拳就把他打死，另外几个随从也死在俄狄浦斯手上。

俄狄浦斯一心以为科林斯国王是自己的亲生父母，所以才决心远走高飞，岂知命运却故意捉弄他，因为他打死的这个老翁并非别人，就是他的生父底比斯王拉伊奥斯。

杀死自己生父而不自知的俄狄浦斯，在慌张恐惧中继续往前走，不久来到一个不知名的国家。细问之下，才知道这是卡德马斯王所开创的底比斯城。俄狄浦斯一看城郊地区住满了难民，而且每个人都面黄骨瘦，这位心地善良的青年王子就问："你们为什么要到这里来受难，是否城内发生了什么灾祸，可以把详细情形告诉我吗？我愿意尽力为你们解决问题。"

"最近我们底比斯城来了一个狮身女人面的妖怪，大家都叫它作斯芬克斯。它貌美如仙，整天都蹲在悬崖上，冲着底比斯城喷毒气。我们吸进这种毒气就生病，现在已经死了不少人，所以我们才逃到郊区避难。"其中一个难民说。

"先生如果有办法解救我们，就请赶快进城去，否则我们都要死光了。"另一个难民接着说。

"我应该怎样帮你们？"

"这个女怪物出了一个谁也解不开的谜语。如果有人解开，它就当场自杀；如果解错了，它就把他吃掉。这个谜语是：早晨四只脚，下午两只脚，到了傍晚只有三只脚，那是什么东西？我们的国王已经被人杀死。王后悬赏说，如果有人能解开这个谜，她就愿意嫁给那个人，并且拱手把底比斯王位让给他。”

俄狄浦斯听完之后，想了一想，便对那些难民说：“这有什么困难，我去解开那个谜，帮你们渡过难关。你们找人带我去见斯芬克斯吧！”

于是底比斯人把他带到女妖怪面前，只见它一动不动地坐在悬崖上，见到俄狄浦斯走上来，就得意扬扬地说出谜语来。

“怎么，就是这样简单的谜语吗？那有什么困难。你的谜底就是人。因为一个人在小时候，是用四只脚爬的；到后来，便用两只脚走路；年纪老了，就要用手杖，这就成了三只脚了。现在我既然解开你的谜语，那就请你自己了断吧！”

斯芬克斯一听，大为狼狈，但为了实行诺言，只好向山谷里跳下去，当场跌死了。

俄狄浦斯既然解除了底比斯城的灾难，底比斯朝野上下真是感恩不尽，除了摆设盛大酒宴庆功之外，王后也按照悬赏诺言，立刻把底比斯王位让给他，而这一对互不相识的母子也就成了正式夫妻——恰好符合他以前所得的神谕“你将和你的母亲结婚”。

俄狄浦斯勤政爱民，是底比斯城开国以来的第一位贤君。他和王后伊俄卡斯特虽说年龄相差悬殊，但却相敬如宾，他们一共生了两男两女。可是好景不长，在他的儿女出生以后，底比斯城忽然发生一场可怕的瘟疫，而且很快在全国各地蔓延开来。一个家庭里的老老少少、男男女女，只要有一个人感染到这种病菌，其他的人也就跟着生病，一个个死去。所以那些没有染上瘟疫的人，都吓得不敢接近病人，结果那些病人就在没有人照料之下，死得更快更多。更有甚者，一切药物都无法治疗这种疾病。这场瘟疫，不但害死了不少人，连那些牛马等牲口，也一样受到传染，每天一批一批地死去，损失实在难以数计。

不久，国内又发生旱灾，不但五谷不生，连草木都枯死。田野间和山间，满目疮痍，所有生物都在饥渴和疾病中，半死不活。国王俄狄浦斯面对着国内的惨状，日日夜夜都在焦急和忧虑中度过。他想尽了各种方法，总是没有见效；他也在诸神的祭坛上，献过祭品，做过祈祷，可是仍然无效。

老百姓每天聚集在王宫前请求国王帮助。乡绅父老向俄狄浦斯说："陛下以前曾为我们解除女妖怪斯芬克斯的灾难，现在也请陛下为我们解除这次大瘟疫和大旱灾。"

俄狄浦斯实在无计可施，就叫王后的哥哥克雷翁到特尔斐去求问阿波罗神，到底如何解救这次大灾难。克雷翁到了特尔斐，祭过神以后，神就回答说："杀死先王的凶手，现在住在底比斯，必将凶手逮捕治罪，瘟疫和旱灾始能停止。"

于是俄狄浦斯下令全国，搜捕杀死先王的凶手，并且请大预言家提瑞西阿斯帮忙。这个预言家是个盲人，他的年纪有多大谁也不知道。所有现在世界上的种种事情，以至天上神仙界的事情，没有一样他不知道。总而言之，他推断过去和未来都非常灵验，可是，他不肯接受国王的邀请，每次派去的大臣，都一一被他回绝。

俄狄浦斯以为那预言家瞧不起他，才拒绝他的邀请，所以大为恼火。他派了几个勇武有力的护卫兵，强行将他拖来。俄狄浦斯一见预言家来，很不客气地说："提瑞西阿斯，你的架子实在太大了。我为了要消除这里的灾祸，才特地请你来。我派人到特尔斐问过神。神谕说，一定要把杀害老王的凶手抓来，驱逐出境才行。我知道你能知过去、未来，是一个了不起的大预言家。所以，我想问你：那凶手到底是谁？"

可是提瑞西阿斯根本一言不发，就想离开。国王还是按住满腔怒火，很不耐烦地说："提瑞西阿斯先生，求求你，告诉我吧！"

"不！不！我已决意不说，你休想从我嘴里听到一句话，因为还是不说的好。"那预言家终于开口说话了。

"为什么呢？我是一国之君，这样诚恳地求你，你总得告诉我；而且看在神和人的面上，你更应告诉我，那凶手是谁？"

"不，我的决心是非常坚决的，绝对不说。"

于是他们就争吵起来，国王大怒，毫不留情地说："这样看来，你并不是不说，你只是没有本领说出来。就像你两只眼睛看不到东西一样，你的心也是漆黑一片，一窍不通。只是个普通的笨人而已。"

他这样一说，那预言家怒不可遏，额上露出青筋，咬牙切齿地说："好，我就说。我不来这里就好了。我早就决定不说出来的，你却逼我说。你听着，凶手就是你自己！是你亲手杀死拉伊奥斯老国王的。你的手，早已被老国王的鲜血染污了；而且，你还娶了老王的王后——你亲生妈妈作为妻子，继承老王的王位，还和她生下孩子。你犯了弑父娶母的滔天大罪，神人都不会原谅。我不说出来该多好呀！"

"我是杀害老王的凶手？真是胡说八道！你这个瞎眼叫花子，哪里是什么大预言家？！你一定是神经错乱了，我怎会杀害拉伊奥斯老王呢？我根本没有见过老王。你快点滚！我永远不要再看到你！"

那老人被宫中守卫推出去之后，再没有人看过他了。

俄狄浦斯发了一顿脾气之后，忽然想起一件事来。那就是有一次，在特尔斐附近的十字路口，和迎面来的车子发生冲突，最后，因为对方实在蛮不讲理，就把那车上的老人和他的随从一起杀了。

“那个被我杀死的白发老翁，到底是谁？那不会是拉伊奥斯老王吧！”他想到这里，内心忐忑不安。于是吩咐侍从请王后来，向她问清楚老王究竟是在什么地方被杀的。伊俄卡斯特把全部经过说出来，最后愤然说道：“那个年轻人真该死！不分青红皂白，就把一个手无缚鸡之力的老人一拳打死，真是可恶！不过，我先夫实在太倒霉，竟然遇到这种心狠手辣的年轻败类，现在那个凶手依然逍遥法外呢！”

俄狄浦斯听了，不禁浑身发抖。这时，一个卫士跑进来，对俄狄浦斯说：“科林斯来的专使要求见大王。”

“从科林斯来的专使，这倒很难得，我离开科林斯，已经许多年，想来父王也上了年纪，但愿不要带来坏消息。”俄狄浦斯喃喃自语地说。然后吩咐卫士请专使进来。

卫士带进来的，是一个年纪老迈的人，他先向国王恭恭敬敬地行礼，然后说：“你是俄狄浦斯国王吧！我是科林斯派来的专使。”

“有什么事？父王还好吗？”

“就是为了老王来的，老王已经驾崩了。”

“怎么，父王去世了？自从上次出来以后，我就没有见过父王一面。不过，他的年纪已不小了，总难免一死的。唉！人生真难预料。我母亲好吗？”

“王后很好。科林斯的老百姓已经推选你继承王位，恭请国王回去就职。”

“怎么？推选我做国王，可是我不便回去。”

“那又为了什么？全国的老百姓都在等着国王回去呢！”

“说起来也很简单：在我年轻的时候，特尔斐的阿波罗神曾谕示过我，说我会杀害我父亲，并且和母亲结婚，所以我一直不想回去。”

专使听了，想了一想。到底说还是不说？终于他还是开口说：“我不知道，到底该不该说，不过，我看到你这副为难的样子，觉得不应该再守秘密。你放心好了，你并不是老王夫妇的亲生儿子。”

“你在说什么？我不是他们的亲生儿子？那我是谁的儿子？为什么会到科林斯呢？我的亲生父母又是谁？”

俄狄浦斯急得连问了几个问题。少年时，他被一个同伴骂了一声“弃儿！”心里至今仍抱着疑团，这一下，也许可以问个水落石出了。他想到这里，不禁紧张万分。

“那倒不知道。不过，是我把你送给科林斯国王和王后的。”

“你在说什么？你从什么地方带我到科林斯的。”

“虽然事隔多年，我还记得很清楚。”

这老人就把他从深山里的一个底比斯牧羊人立普那里，把俄狄浦斯要来的经过详细说了一遍。原来这个老专使，就是当年从科林斯去的那个牧牛人拉彼。俄狄浦斯听了，不由大惊，连忙问：“原来如此吗？当时我的两只脚跟，都被针刺伤，肿得很厉害吗？听你这样一说，我就明白他们为什么替我起了这个名字。把我送给你的那个牧羊人，现在怎样了？是不是还活着？他目前在哪里？你知不知道？”

“那我不大清楚。我只听说那人还在深山里牧羊，你可以派人去找他。”

俄狄浦斯马上下令找寻立普，然后回头对王后说：“伊俄卡斯特，你知不知道那个牧羊人？”

她一直在听他们说话，听到后来脸色大变，一阵白一阵青，身子更抖个不停，好像快要昏倒。

“不知道，一点也不知道，不要再提他吧！”伊俄卡斯特慌张地说。

“为什么不要提？如果找到立普，我的身世之谜不是可以揭开吗？我怎能不找他，你到底知不知道，那牧羊人现在在哪里？”

“不知道，实在不知道。”她回答说，手脚都在发抖；后来，就跑回后宫去了。

伊俄卡斯特明白拉彼的话，事情的经过，已经完全明白了——原来她现在的这个丈夫，就是她当年丢掉的亲生骨肉！

不过，俄狄浦斯直到现在还不知道到底是怎么一回事。他一想到不久自己身世之谜就可以揭晓了，不禁又紧张起来。刚才派兵去找的那个牧羊人，果真被找到，带到了他面前来。

科林斯的那个专使一看到那个从外面进来的牧羊老人，就大声嚷起来：“呀，就是这个人把你送给我的，一点也不错，就是这个人。”

俄狄浦斯听了，简直忍受不下，事情现在是愈来愈明白。刚才提瑞西阿斯已经那样说过了，现在，这个专使又这样证明。阿波罗的预言，已全部应验。不过，这个被叫来的牧羊人立普起先却是死也不肯说出来。后来，被俄狄浦斯逼得实在没办法，只好说出真相来。

把俄狄浦斯送给了那个牧牛人的就是这个被叫来的人。俄狄浦斯最初到底比斯来，哪里会知道这个伊俄卡斯特就是他的亲生母亲？现在一知道，自己竟然娶了亲生母亲为妻，当然非常震惊。当初，俄狄浦斯成为这里的国王以后，立普为了要保守秘密，就请求离开宫廷，到山里去牧羊。而且，他已决定，这一辈子要老死在山里，宁死也不肯泄露秘密。可是，到了现在，他才觉得这真是命运，要躲也躲不了，便只好照实说了出来。

俄狄浦斯知道了自己的出身，知道了自己原来是拉伊奥斯国王的儿子，自己就是亲手杀死老王的凶手以后，急忙跑到宫里去找寻伊俄卡斯特王后。可是这时，他的母亲兼妻子的伊俄卡斯特早已羞愧已极，投缳自尽了。俄狄浦斯乃仰天长叹说："人间竟有如此的惨剧，我哪里有颜面见江东父老。"

他顿时觉得，自己虽然也有两只眼睛，却连这样骇人听闻的事情也看不出来，实在惭愧，便用手把自己的眼珠挖出来。为了补偿自己的罪孽，他放弃王位，过着流浪异乡的悲惨生活。

那真是一个漫长的旅途，什么时候走完，谁也不能知道。对于俄狄浦斯来说，因为眼睛看不见，更是一次苦难重重的旅行。他本来是一个享尽人间荣华富贵、独揽大权于一身的国王。命运的改变，却来得这样突然，使全希腊的人们，惊异到极点。在一个不吉利的日子，他在不知不觉中杀了自己的父亲，娶了自己的母亲。这种行为引起了全希腊人的憎恨。不过俄狄浦斯本人是没有罪过的，一切都是不可思议的命运所安排的。人除了接受这种残酷的事实之外，还有什么可言！

俄狄浦斯王的悲惨命运，在希腊神话史上很有名，他一生的故事最能阐明"命运"这两个字的真义。两千多年来，真不知换取多少人的唏嘘感叹与热泪。

底比斯战争

阿德拉斯托斯是亚各斯国王。他先后生了五个孩子，其中有两个是女儿。阿德拉斯托斯的这两个女儿长得闭月羞花，堪称绝代佳人。她们名字叫阿尔琪珂和得伊皮勒。

关于女儿们的命运阿德拉斯托斯曾经得到一则奇怪的神谕：父亲会将女儿嫁给一头狮子和一头公猪做妻子。国王思来想去，不知道这句莫测高深的话有何意义。等到姑娘长大成人以后，他想尽快把姑娘们嫁人，使得十分令人担忧的神谕根本无法实现。

有一天，有两个逃难的人同时到达亚各斯城门前请求避难。他们是波吕尼刻斯和堤丢斯。底比斯的波吕尼刻斯是被他的兄弟赶出家园的。堤丢斯是俄纽斯和珀里玻亚的儿子，墨勒阿革洛斯和得伊阿尼拉的继兄弟。得伊阿尼拉是赫拉克勒斯的妻子。堤丢斯在围猎时不经意地伤害了一位亲戚，便从卡吕冬逃了出来。

两个逃难的人在亚各斯的宫殿门口相遇了。夜色朦胧，他们各自都把对方当作敌人，于是相互间格斗起来。阿德拉斯托斯听到门外武器的撞击声，便出来分开了正在激战的两位勇士。等他看到两位格斗的英雄站在自己左右手时，不禁大吃一惊。他看到波吕尼刻斯的盾牌上画着一只威武的狮子头像，而在堤丢斯的盾牌上是一只勇猛的公猪头。波吕尼刻斯用这个图形纪念赫拉克勒斯，另一位则是纪念卡吕冬围猎野猪并借以纪念墨勒阿革洛斯。

阿德拉斯托斯现在理解了神谕的曲折含意，便把两个逃难的英雄招为驸马。波吕尼刻斯娶了大女儿阿尔琪珂，小女儿得伊皮勒嫁给堤丢斯。阿德拉斯托斯同时答应帮助女婿们夺回属于他们的领土。

为了攻打底比斯，阿德拉斯托斯招集四方英雄，共同组成了七支部队。依次由阿德拉斯托斯、波吕尼刻斯、堤丢斯、安菲阿拉俄斯、卡帕纽斯、希波迈冬和帕耳忒诺派俄斯统领。

安菲阿拉俄斯曾多年与国王为敌，他是一个预言家，他预言这次征战必然失败。起初他企图使国王和别的英雄们改变他们的决定，后来知道这不可能，就自己隐藏起来。除了他的妻即国王的姊姊厄里费勒，没有人知道他所隐藏的地方。他们四处寻觅他，因为国王称他为军中之眼目，没有他是不能出征的。

当波吕尼刻斯被迫离开底比斯时，他曾随身带着两件家传的宝物——哈耳摩尼亚与底比斯的开创者卡德摩斯结婚时，爱神赠给她的项链和面网。但这两件东西对于佩戴者是充满凶杀之祸的，它们已经使哈耳摩尼亚、狄俄尼索斯的母亲塞墨勒和伊俄卡斯特接连死于非命。最后享有这项链和面网的人是波吕尼刻斯的妻子阿尔琪珂，而她也将要饮尽生命的苦酒——现在她的丈夫决定用这项链贿赂厄里费勒，要她说出她的丈夫安菲阿拉俄斯所隐藏的地方。厄里费勒早就嫉妒她的侄女有着这件外乡人所带给她的珠宝，所以当她看到这用金链穿起的闪闪发光的宝石项链时，她拒绝不了这种诱惑，只好领着波吕尼刻斯去到安菲阿拉俄斯所隐藏的地方。现在这预言家不能再拒绝他的同伴们，特别是因为当初当他与阿德拉斯托斯的仇恨得到和解，而后者把他的姊姊嫁给他时，他曾答应以后若再有争执可由厄里费勒作裁判。因此安菲阿拉俄斯只得招集武士，披挂上阵。他出发前把儿子阿尔克迈翁叫来，要他千万别忘了向不忠诚的母亲报仇雪恨。

大家满怀希望、浩浩荡荡地离开了亚各斯。可是中途便出现了第一个不幸。他们来到尼密阿的树林时，那里的河流、小溪和湖泊都干涸得底朝天。赤日炎炎，士兵们干渴难忍，盔甲、盾牌都成了沉重的累赘；尘土飞扬，连马匹也渴得在口边堆出了层层的白沫。

阿德拉斯托斯带了几位武士在森林里到处寻找水源，可惜枉费心机。途中，他们遇到一位绝顶漂亮却又十分可怜的女人。女人抱着一个男孩。她的衣衫褴褛，头发飘散，坐在树荫下，但脸上却透出了一股王公贵族人家出身的神情。阿德拉斯托斯吃了一惊，以为见到了森林女仙，连忙双膝跪倒，请求指点迷津，让他逃离苦难。可是女人却下垂着双眼，回答说："陌生人，我不是女神。看你一副显赫的外貌，我估计你大概出身于神仙世家。我唯一超人的地方就是一生所忍受的苦难，它比加在世间任何凡人头上的都多。我叫许珀西伯勒，曾是雷姆诺斯岛上亚马逊人的女王，父亲是威风凛凛的苏亚士。自从我被海盗劫持并拐卖以后，我就成了尼密阿国王来喀古土的俘虏和女佣。这个男孩不是我的儿子。他叫俄菲尔特斯，是我的主人之子，我是他的保姆。不过你们要求我做的事，我很愿意帮助你们。在这片干旱荒凉的地带只有一处水源。除了我以外，谁也不知道它的入口处。那里水量丰富，足够你整个部队解渴止乏！"

妇人站立起来，把孩子放在草地上，哼了一支摇篮曲，把孩子哄睡了。英雄们通知部队，大家都跟着许珀西伯勒的足迹一路往前。他们穿过茂密的森林，不一会来到怪石嶙峋的山谷地带。这时候，大家已经听到一股瀑布飞流的声音。他们发现了一片急流。于是众人和他们的马匹进入河中，痛饮一气。

众英雄对许珀西伯勒感激涕零。他们回到安放孩子的草地上时，却发现孩子不见了。前边不远处的大树上，一条大蛇正盘绕在树上，肚子鼓鼓的。许珀西伯勒顿时明白了，正是这条蛇吞食了她可怜的孩子。希波迈冬不假思索地投出了他的长矛，将大蛇刺中。可怜的许珀西伯勒悲痛地把孩子的肢体收拾起来，交给站在一旁的英雄们。他们庄严地埋葬了这细小的尸体。为了纪念孩子，他们举行了神圣的尼密阿竞赛。阿尔席莫洛斯——希腊语即"先完成的人"——被大家推崇为半个神仙。

许珀西伯勒被孩子的母亲欧律狄刻打入监狱，被残酷地判了死刑，即将执行。幸运的是，许珀西伯勒的儿子们及时赶来救出了他们的母亲。

“你们也许得到了预兆，知道这场征战该是什么结果了吧！”预言的英雄安菲阿拉俄斯神色阴郁地说。可是其他人却都在回想打死毒蛇的胜利。他们称之为幸运的前兆，于是都兴致勃勃、十分高兴，甚至还嘲笑预言的失灵。安菲阿拉俄斯心情沉重，长吁短叹，可是却毫无办法。部队昼夜兼程。没过多久，亚各斯的士兵就来到底比斯城下。战争的序幕即将拉开！

城里也在紧张地行动。厄忒俄克勒斯和他的舅父克瑞翁做好了一切艰苦的准备。他对集合起来的居民们动员说：“你们应该想想对祖国和城市的责任。你们，无论是青年还是壮年，都应该起来为城市而战，保卫家乡的神的祭坛！保卫你们的父亲、母亲、妻子儿女和你们脚下的自由的土地！占领战壕，拿起武器，站到塔楼上去！仔细地监视每一条通道，别害怕城外有多少敌人！城外有我们的耳目。我相信他们会给我们带来确切的消息。我将根据他们的情报决定行动。”

这时候，波吕尼刻斯的妹妹安提戈涅也站在宫殿城墙的最高雉堞上。旁边站着一位老人，他还是从前替祖父拉伊奥斯肩扛武器的人。父亲去世后，安提戈涅在雅典国王忒修斯庇护下生活，不久就带着伊斯墨涅回到了往昔父亲统治的城市。克瑞翁和她的兄长厄忒俄克勒斯张开双臂欢迎他们。他们把安提戈涅当作一个自投罗网的人质，一个受到欢迎的仲裁人。

她看到城外的平地上，沿着伊斯墨诺斯河岸，在闻名于世的古泉狄尔刻的周围驻扎着强大的敌人。军队在不断地运动，到处闪烁着武器和盔甲发出的冷光。她非常惊恐。但她身边的一个老年人却安慰她。“我们的城墙高大而坚固”，他说，“我们的橡木的城门上都有铁栓。这城很巩固，并由不畏恶战的斗士们保卫着。”然后为了回答她的询问，他向她指点着各个领袖。“喏，那个战盔在日光中放光，轻松地挥舞着晶亮的盾，并走在他的队伍前头的，是王子希波迈冬，他生长在靠近勒耳那沼泽附近的迈肯尼。他身躯高大，如同古代从泥土出生的巨人一样！在右边一点，你看见么？那正骑着大马跃过狄耳刻泉水的人，他穿着类似野蛮人的盔甲——那是堤丢斯，你嫂子的兄弟。他和他的埃托利亚人都拿着沉重的大盾，并以善用标枪著名。我从他的标记上认识他，因我作为一个使者曾到过敌人的营幕。”

“那青年的英雄是谁呢？”这女郎问，“年轻但却有着成人的胡须，他的顾盼怎么这样凶猛？他正从坟地上走过，他的人马缓缓跟随着他。”

“那是帕耳忒诺派俄斯，”这老人告诉他，“他是狩猎女神阿尔忒弥斯的朋友阿塔兰忒的儿子。但你看到在尼俄柏的女儿们的坟墓附近的另外两个人么？年长的是阿德拉斯托斯，他是这次远征的统帅；年轻的一个——你还认识他吗？”

“我只能看到他的两肩和身体的轮廓，”安提戈涅怀着悲苦的激情回答，“但我认出这是我的哥哥波吕尼刻斯。但愿我能够飞，像一片云霞一样飞到他那里，双手拥抱着他的脖子！他身披金甲，是如何闪烁发光——如同早晨的太阳一样呀！但那是谁，这么坚定地执着缰绳，驾驶着一辆银白的战车，并且这么镇静地挥着马鞭子？”

“那是预言家安菲阿拉俄斯。”

“那环绕城垣走着，在测量它，寻找最适宜进攻的地点的人是谁呢？”

“那是傲慢的卡帕纽斯，他嘲笑我们的城，并威胁着要掳去你和你的妹妹，送到勒那泽国去做奴隶。”

安提戈涅脸色惨白，请求带她回去。老人用手搀扶着她走下楼梯，送她回到她的内室。

克瑞翁与厄忒俄克勒斯坐下来商量对策，他们派七位统帅把守底比斯的七座城门。他们想探询一下鸟儿占卜的预兆。底比斯城内生活着早在俄狄浦斯时代就十分有名的预言高手提瑞西阿斯。他是奥宇埃厄斯和女仙卡里克多的儿子，可惜从小就被女神雅典娜降灾瞎了双眼。母亲卡里克多再三央求女神开恩，恢复孩子的视力，可这个要求超出了雅典娜的权限。不过雅典娜让孩子有了更加敏锐的听觉。年长日久，孩子能够听懂各类鸟儿的声音。从这时起，他成了鸟儿占卜者。

提瑞西阿斯年事已高。克瑞翁派他的小儿子墨诺扣斯去接他，将他领到宫殿中来。老人在女儿曼托和墨诺扣斯的搀扶下，颤颤巍巍地来到克瑞翁面前。国王要求他说出过往鸟儿议论底比斯城命运的话。提瑞西阿斯沉默良久，终于悲伤地说：“俄狄浦斯的儿子对父亲犯下了沉重的罪孽，给底比斯带来巨大的灾难；亚各斯人和卡德摩斯族人将会自相残杀；两个儿子惨死对方手下。为了挽救城市，只有一个办法。可是我却不能告诉你们，再见！”

说完话，提瑞西阿斯转身要走。可是克瑞翁不断央求，直到他留下为止。“你真的想要听吗？”占卜者声音严厉地说，“那就听着，可是我先告诉你，你的儿子墨诺扣斯在哪里？是他刚才把我引到这里来的。”

“他就在你的身旁！”克瑞翁回答说。

“那请他赶紧逃离这里吧，越快越好！”老人说。

“为什么？”克瑞翁连忙问，“墨诺扣斯是我的儿子，必要的话他可以一声不吭。可是如果他知道有什么办法可以拯救我们，他一定会非常高兴的。”

“你们还是听着，看我从过往鸟儿的声音中知道些什么吧！”提瑞西阿斯说，“幸运是会降临的，可是有一座沉重的门槛。龙牙种子中最年轻的一颗必须倒落。只有在这种条件下，胜利才能是你们的！”

“天哪！”克瑞翁喊叫起来，“你的话究竟是什么意思？”

“卡德摩斯最小的孩子必须献出生命，整个城市才能获得拯救。”

“你要求我的可爱的儿子——我的儿子墨诺扣斯——死亡么？”克瑞翁傲慢地向前一步，“滚你的吧！离开我的城池！我没有你悲观失望的预言也过得去！”

“因为真情使你悲愁，你便觉得它是无用的吗？”提瑞西阿斯严肃地问。现在，轮到克瑞翁感到恐惧，他跪在他的面前，抱着他的双膝，指着他的白发请求他收回他的预言。但这预言家很坚定。“这牺牲是不可免的，”他说，“在毒龙曾经栖息的狄耳刻泉水那里，必须流着这孩子的血。从前大地曾用毒龙的牙齿把人血注射给卡德摩斯，现在你必须以血债偿还，使它接受卡德摩斯亲属的血，它才会同你友好。假使墨诺扣斯同意为全城牺牲自己，他将由他的死成为全城的救主，阿德拉斯托斯和他的军队便不能平安回去。现在只有这两条路，克瑞翁，请你选择吧。”

提瑞西阿斯说完，就和他的女儿离开宫廷。克瑞翁深深地沉默了片刻。最后，他终于惊惧地喊叫起来：“我多么愿意亲自去为我的祖国去死啊！可是你，我的孩子，我能牺牲得起吗？逃走吧，我的孩子，逃得越远越好。离开这座可诅咒的城市，穿过特尔斐、埃陀利亚，一直到多度那神庙，躲在神庙的佑护下！”

“行，”墨诺扣斯眼中闪烁着光芒，他应声回答，“我一定不会迷路的。”

克瑞翁放心了，又去指挥作战了。男孩却突然跪在地上，虔诚地向着神明祷告：“原谅我吧，你们在天的圣洁之灵，我用错误的语言安慰了我的父亲，因此说了谎。如果我真的背叛了祖国，那我该是多么可鄙和胆怯啊！请听我的誓言吧：在天之神，仁慈地收下我的一片真心！我愿意用死来拯救我的祖国！我愿从城墙上跳进又深又暗的龙穴——正如预言中说的一样——我要用我的牺牲解脱祖国的灾难。”

说完，男孩高兴地跳了起来，朝雉堞走去。他站在城墙的最高处，一眼就看到了对方阵营的分布。墨诺扣斯神色庄重地诅咒他们，希望他们尽快地灭亡。然后，他抽出一把贴身的宝剑，朝自己身上抹了一把，并立即从高处栽倒下去。墨诺扣斯跌得粉身碎骨。

克瑞翁哀痛万分，他深知这是不可抗拒的神谕。战斗开始了，七个英雄率领七队人马，努力使每一个可以攻击的地方都有军队。亚各斯人跨过平原向前推进，攻城战正式打响。

首先，女狩猎家阿塔兰忒的儿子帕尔忒诺派俄斯领着他的队伍，以密集的盾牌掩护，向一座城门突进；他自己的盾牌上刻绘着他的母亲用飞矢射杀埃托利亚野猪的图像。预言家安菲阿拉俄斯向第二座城门进军，在他的战车上载着献祭神祇的祭品；他的武器没有装饰，他的盾牌也是光亮而空白的。希波迈冬攻打第三座城门；他的盾牌上的标记乃是百只眼睛的怪物阿耳戈斯监视着被赫拉变成小母牛的伊娥。堤丢斯领着队伍向第四座城门前进；他左手执着的盾上绘着一只大狮子，右手愤怒地挥舞着一只大火炬。从故国被放逐的波吕尼刻斯领导着对第五座城门的进攻；他的盾牌的徽章是一队骏马。卡帕纽斯的目标是第六座城门；他夸耀着他可以和战神阿瑞斯匹敌，在他的铜盾上刻画着一个巨人举起一座城池，并将它扛在肩上，这在卡帕纽斯心中是象征着底比斯所要遭逢到的命运。最后一道，即第七道城门则由阿耳戈斯王阿德拉斯托斯负责；他的盾饰乃是一百条巨龙用巨口衔着底比斯的孩子们。

当这七个英雄逼近城门，他们就以投石、弓箭、戈矛开战。底比斯人非常顽强地抵抗他们的第一次攻击，以至于他们被迫后退。但堤丢斯和波吕尼刻斯大声吼叫："同伴们，我们难道要等着死在他们的枪矛之下吗？要死，就死在这一刻，让我们的步兵、骑兵、战车一齐向城门猛攻吧！"这话如同火焰一样在军队中传播，阿耳戈斯人又鼓舞起来。他们像浪涛一样地汹涌前进，但结果也仍然和第一次的攻击一样，守城者给予迎头痛击。他们死伤狼藉，成队的人死在城下，血流如河。这时帕耳忒诺派俄斯如同风暴冲到城门口，要用火和斧头将城门砍毁并将它焚为平地。一个底比斯的英雄珀里刻律弥诺斯正防卫着城垛，看见他来势汹汹，就推动一块城墙上的巨石，使它倒塌下来，打破了这攻城者的金发的头颅，并将他的尸骨压为粉碎。厄忒俄克勒斯看到这道城门现在已经安全，他就跑去防守别的城门。在第四道城门，他看见堤丢斯暴怒得像一条龙，他的头戴着饰以羽毛的军盔，急遽地摇晃着，手中挥舞着盾牌，周围的铜环也叮当作响。他向城上投掷他的标枪，他周围拿着盾牌的队伍也将矛如同雹雨一样的投到城上，底比斯人不能不从城墙边沿后退。

这时厄忒俄克勒斯赶到了。他集合他的武装战士如同猎人集合四散的猎犬，率领他们回到城墙边。然后他一道城门又一道城门地巡视着。他遇到卡帕纽斯，后者正抬着一架云梯攻城，并夸口说即使宙斯也不能阻止他将这被征服的城池夷为平地。他一面说着傲慢的话，一面将云梯架在墙上，冒着矢石的暴雨，用盾牌掩护着，顺着溜滑的梯级往上爬。但他的急躁和狂妄所得到的惩罚并不是底比斯人所给予的。当他刚刚从云梯上跃到城头时，等候在那里的宙斯用一阵雷霆将他击毙。这雷霆的威力甚至使大地也为之震动。他的四肢被抛掷在云梯周围，头发被焚，鲜血溅在梯子上。他的手脚如同车轮一样飞滚着，身体在地上焚烧。

国王阿德拉斯托斯以为这事是诸神之父反对他这次侵略的兆示。他下令撤退，率领着他的人马离开城壕。底比斯人看到宙斯所给予的吉兆，便从城里用步兵和战车冲出，与阿耳戈斯军队混战。车毂交错，尸横遍野。最后底比斯人大获全胜，将敌人驱逐到离城很远的地方，才退回城来。

战斗结束了，克瑞翁和厄忒俄克勒斯率众退回城中。不久，亚各斯的士兵重新聚集到城前。

厄忒俄克勒斯决定派使者要求对方罢兵。他站在城堡上对双方士兵大喊："亚各斯的士兵们，你们远道而来；还有底比斯人，你们根本用不着一边为波吕尼刻斯，一边为我——他的兄弟——丢却自己的生命！让我自己亲自前来接受战斗的危险，与我的兄长波吕尼刻斯决一死战，分个高低。如果我把他杀掉，那么我就留在底比斯的王位上；如果我败在他的手下，那么国王的权杖就应该归属于他。你们亚各斯人应该回到自己的国土去，别在异国他乡的城池前，作无谓的流血牺牲。"

波吕尼刻斯顿时从亚各斯人的行列里跳了出来，朝着城墙大声呼喊说，愿意接受兄弟的挑战。两方面士兵欢声雷动，双方签订协议。各自的首领相互宣誓，表示坚决照此办理。

决定命运的战斗开始之前，两边的占卜者都忙碌地祭供牺牲，借以标志战斗是从祭祀的火焰中开始的。他们获得的预兆也是模糊不清的，好像双方都是胜利者，又都是失败者。波吕尼刻斯恳切地举起双手，转过头，看着远方的亚各斯国土，祈祷说："赫拉女神，亚各斯的女君主，我在你的国土上娶妻，在你的国土上生活。保佑你的居民取得战斗的胜利吧！"

厄忒俄克勒斯也回到底比斯城内雅典娜的神庙，乞求着说："啊，宙斯的女儿，保佑我舞动的长矛一直取得最后的胜利！"

他的话音刚落，战斗的号角吹响了。兄弟俩野蛮地冲到一起，同室操戈，进行了一番残酷的血战。长矛挑动着，呼啸着从身旁穿来穿去；盾牌撞击着，铿锵有声。后来，他们又把飞镖朝对方猛力投掷过去。因为双方的盾牌都很坚固，所以各自的武器都很难奏效。一旁观看的士兵们紧张得汗水直流，汗水把视线都挡住了。最后，厄忒俄克勒斯控制不住自己了。原来他在拼刺时看到路上搁着块石头。他想用右脚把石头踢到一边去，无意中却把腿脚暴露在盾牌之外。波吕尼刻斯挺起长矛冲了过来，一枪刺中厄忒俄克勒斯的胫骨。

亚各斯士兵一片欢呼，认为战局已定。可是受伤的一方始终保持着清醒的神智。他看到对方肩膀上光滑滑的没有遮拦，便飞出一镖，正好打中。厄忒俄克勒斯立即退后几步，抓起石头，把波吕尼刻斯的长矛砸得粉碎。

战局不分上下，双方的投掷武器都被剥夺了。他们又抽出宝剑，刀光剑影地飞舞起来。盾牌相击，一片杀声。厄忒俄克勒斯突然想起另一路攻击的办法，那是他在帖撒利国学的防身绝招。他突然改变自己的攻击姿势，把左脚往后收拢，挡住下半部身子，然后伸出右脚。波吕尼刻斯还没有反应过来，他的臂部已经被刺了一剑。利剑直达肚腹，他疼痛难熬，弯着身子退到一旁，终于忍不住倒在地上，血流如注。

厄忒俄克勒斯眼看着胜券在握，丢下宝剑，向垂死的敌人弯下腰去。波吕尼刻斯虽然跌倒在地，却仍然紧抓剑柄不放。他看着厄忒俄克勒斯弯腰过来，便拼足全力，将宝剑直刺过去，一直刺透兄弟的肝脏。厄忒俄克勒斯弯下腰，重重地倒在垂死的哥哥身旁。

父亲俄狄浦斯的诅咒可惜被彻底地实现了。

底比斯的七座城门统统打开。女人和仆人们冲了出来，围着他们国王的尸体放声大哭。安提戈涅扑倒在兄长波吕尼刻斯的尸体上。厄忒俄克勒斯很快就咽气了，他只是从绝望呼唤的胸膛里发出一声低沉的叹息。波吕尼刻斯却仍在喘气，朝着妹妹转过脸来，眼睛逐渐模糊地看着妹妹，说："我该如何感叹你的命运，妹妹，还包括已死弟弟的厄运！他从我的朋友成为我的敌人，直到临死我才感到我是爱他的！亲爱的妹妹，把我埋葬在自己的家乡，请求愤怒的家乡原谅我，至少满足我的这一遗愿。"

说完话，他就死在妹妹的怀抱里。这时候，人群中传来一声大叫。底比斯人认为他们的主人厄忒俄克勒斯取得了胜利，亚各斯人认为波吕尼刻斯取得了胜利。争执之际，大家又要拿起武器动武。原来，刚才兄弟决战时，底比斯人排着队，井然有序，拿着武器在一旁观看。亚各斯人则不然，他们放下武器，以为自己必胜无疑，于是站立一旁，呐喊助威。底比斯人突然朝亚各斯人冲了过来。亚各斯人都来不及捡拾武器，便抵挡不住，溃散逃跑。底比斯人趁胜追杀，直杀得血流成河。投扔出去的飞镖横扫逃跑的士兵，成百上千的亚各斯人忙于逃命，底比斯人取得了胜利。他们拿着缴获的战利品，从四面八方涌来，举行了盛大的入城式。

胜利之后的克瑞翁为保卫城池的厄忒俄克勒斯举行了庄严的葬礼。但波吕尼刻斯的尸体则被弃之于野外，而且不准埋葬，由鸟兽吞食。安提戈涅听到这个消息，顿时想起自己许下的诺言。她要求妹妹伊斯墨涅帮助她，可是伊斯墨涅很害怕。

安提戈涅冷淡地从怯懦的妹妹那里转来。“我不要你的援助，”她说，“我将独自一人埋葬我的哥哥。做完这事之后，我愿意死去，死在他——我一生挚爱的人的旁边。”

不久，一个看守尸体的人飞快地苦着脸来到国王的面前。“你要我们看守的尸体已被人埋葬，”他喊道，“我们不知道是谁做的这件事，并且不论他是谁，他已经逃跑了。我们真不知道为什么这是可能的！在白天看守的人告诉我们发生这事情的时候，我们大家都发怔。只有薄薄的一层土盖着尸体，刚足以为地府接受，认为这已是一个被埋葬的人。那里没有锄铲和车轮的痕迹。我们互相争论，互相指责对方并彼此动武。但最后，国王啊，我们决定将这事情向你报告，而这报信的使命却落在我头上！”

克瑞翁十分愤怒。他威胁所有看守尸体的人，要即时交出罪犯，否则他们就全得绞死。听到这命令，他们立即将尸体上的泥土扒去，并恢复看守。由日出到正午，他们都在烈日下坐着。这时突然吹起一阵暴风，灰尘弥漫在空中。当看守兵还在思忖这光景的意义时，他们看见一个女郎走来，偷偷地啜泣，如同发现自己的小巢被倾覆了的鸟雀一样。她手中提着一只铜罐，飞快地在铜罐里装满泥土，小心翼翼地走到尸体的附近。她没有看见远远站在高处监视的人们。因为久未埋葬，尸体的腐臭使士兵们不敢逼近。这时她走到尸体面前，向尸体撒土。卫兵们饿狼似的扑上去，将安提戈涅抓获。

国王一眼就认出安提戈涅，他气得暴跳如雷，连喊带叫地责骂安提戈涅。他指责安提戈涅违反了法律。

“是的，我知道，”安提戈涅坚定而平静地说，“可是这个法律不是出于不朽的神之手。而且，我还知道法律不分现在和过去，它们能够永远有效。尽管无人明白其中的出典，然而这是凡人不能逾越的规矩，否则众神就会迁怒于他们。正是这样的法律命令我，不能让我母亲的儿子暴尸天下。你觉得我的行为愚蠢可笑，那么就是这个愚人让我去完成这一愚蠢的举动。”

“你认为，”克瑞翁说，他看到姑娘很倔强，更是火上加油，“你的坚强是不可屈服的吗？处于别人的暴力之下，那就不得违反！”

“除了把我杀死，你大概不能给我更多的折磨了吧？”安提戈涅立即起身回答，“为什么还要推迟呢？我的名字不会因为我死了而受到玷污。而且我明白，你的居民们只是因为害怕才封住了他们的正义之口。他们都在心底里赞赏我的行为，因为尊敬和爱戴兄长是做妹妹们的首项义务。”

“那么你就在哈得斯那里去尊敬和爱戴他吧，”国王大声说，“如果你一定要爱戴他的话！”他立即发布命令，让仆人们抓住安提戈涅。突然，国王看到伊斯墨涅冲了过来。她听到了关于姐姐的命运，似乎在一瞬间彻底抛却了软弱和害怕。她勇敢地来到残酷的国王面前，承认自己是同谋，要求跟姐姐共赴黄泉。同时，她又提醒国王，安提戈涅不仅是他的妹妹的女儿，她也是国王亲生儿子海蒙的未婚妻。

克瑞翁未加回答，让人把妹妹也抓了起来。姐妹俩人被刽子手们押解着走到宫殿的内室。

克瑞翁看到他的儿子急匆匆奔了过来。他相信一定是关于判决未婚妻的事让儿子感到生气，所以前来反抗父亲的旨意。却不料海蒙一反常情，显得十分孝顺。直到他认为父亲已经相信他的忠实，才大胆地开始为未婚妻求情，“你不知道，父亲，”他说，“你不知道人民正说些什么话，父亲哟！你不知道他们正在口出怨言，由于你的严厉的眼色，他们才不敢当面说你所不愿听的话。但这一切我却知道得很清楚！我可以告诉你，全城正为安提戈涅的遭遇不平；每一公民都认为她的行动是永久值得尊敬的；没有人会相信，一个妹妹不让野狗咬兄长的骨头，不让鸟雀啄他的肉而应该处死。所以，亲爱的父亲，听听民间的舆论吧！防民之口甚于防川。不听他们的话，洪流会溃决的呀。”

“这孩子是来教训我么？”他轻蔑地说，“好像你是在袒护着一个女人，所以来反抗我。”

“是的，如果你是一个女人！”这青年热情而激昂地抗议着，“因为我说的这些话都是卫护你的。”

“我十分清楚，”他父亲仍然恼怒地回答，“对于罪犯的盲目的爱情已使你发疯，我要将她囚禁在一个岩洞里，让她到地狱的神的前面去哀求吧！”克瑞翁说完后，生气地走了。

波吕尼刻斯的尸体开始腐烂了，鸟兽争相撕食。这时著名的预言家提瑞西阿斯把预计的灾难告诉了克瑞翁。而昏庸之极的克瑞翁非但不听反而用一番侮辱话把提瑞西阿斯赶了出去。

他骂提瑞西阿斯贪图钱财，说他一派谎话。预言家气恼万分，不顾国王的面子，直截了当地泄露天机，说：“你要知道，在太阳还没有赶下山之前，你的血统中就会有人给这具尸体再添加两个伙伴！你犯了一个双重的罪行：第一，死者应该命赴黄泉，可是你却耽搁了他的去程；第二，活着的人属于阳间世界，可是你就不让她回到阳间；我的孩儿，快，快牵我回去！让这个人品尝他的不幸去吧！”

提瑞西阿斯牵着女儿的手，拄着他的预言杖，离开了王宫。

国王看着盛怒的预言家提瑞西阿斯的背影，心中突然升起了一股难以名状的恐惧。他召集了城市的老年人聚在一起，向他们请教该如何办。

“从石牢中放出姑娘，埋葬暴尸的王子的遗体！”众人意见一致。

刚愎自用的国王十分为难，不愿意做出让步。可是，他又对自己的勇气发生怀疑。国王动摇不定。最后，他只得同意，这是避免他全家走向毁灭的唯一途径。提瑞西阿斯的预言已经说得明明白白了。他率领着仆人和随从、士兵先来到波吕尼刻斯尸体躺着的地方，然后再去关押姑娘安提戈涅的坟墓石牢。夫人独自留在宫中。不久，她听到街上人声嘈杂，一片呜咽声。夫人急忙离开内宫，来到前厅，碰上迎面过来的使者。

“我们向阴间的神作了祈祷，”使者叙述着，“给死者洗了圣浴，然后火化了他的遗骸，用故乡的泥土给他立了一个坟丘。后来，我们就去石穴。那里关押着安提戈涅，她应该饿死其中的。我们还没有到达那里时，就听到了恸哭声。国王马上就从声音上听出了：那是他的儿子在悲悼。仆人们遵照他的命令赶了过去，透过石缝朝里张望。在岩穴的深处，我们看到了安提戈涅。她用面纱裹住了自己，已经上吊死了。你的儿子海蒙躺在她面前，抱着她的尸体不放。他哭泣着，悲哀未婚妻的惨死，咒骂父亲的残酷无礼。克瑞翁到达石头洞子，从门口进去。‘不幸的孩子’，他叫唤海蒙，‘你要做什么呢？你的疯狂的眼光预示着什么呢？到我这儿来！我跪着求你！’但海蒙只是在绝望中木然地望着他。他一声不响，只是从剑鞘中拔出宝剑。他的父亲为了回避他的袭击，从岩洞中逃出。海蒙伏剑自杀。他临死时，伸手拥抱着安提戈涅，将她搂紧，就那样死在墓穴中。”

孩子们的母亲欧律狄刻沉默地听着。他说完之后，她仍然一言不发。最后她从屋子里出来。当仆人们用柩车抬着国王的唯一的儿子，伴随着国王回到宫殿时，他得到的报告是欧律狄刻已在内室以短剑自杀，躺在自己的血泊里。

俄狄浦斯的一家人中，只有死去的两兄弟的两个儿子和安提戈涅的妹妹伊斯墨涅活着。关于伊斯墨涅的事迹，自来很少传说。她没有子女，也没有结婚。她的死结束了这不幸的家族的故事。关于攻打底比斯的七个英雄，只有阿德拉斯托斯幸免于最后一次大会战的追击和屠杀。他乘着海神波塞冬与农业女神得墨忒耳所生的有翼的神马阿里翁飞奔逃脱。他平安地到达雅典，寄住在一所神庙的圣殿，作为一个祈祷者坚守着祭坛。他高举着橄榄枝，请求雅典人帮助他，为死在底比斯城外的英雄们举行光荣的葬礼。雅典人答应他的请求，并在忒修斯的领导下伴随他回到这个城池。因此，底比斯人也不能不同意对这些英雄进行埋葬。阿德拉斯托斯为死去的英雄们的尸体堆起七个火葬场。当统帅之一的卡帕纽斯在火葬场熊熊燃烧时，他的妻子奥宇阿特纳纵身跳入火中，自焚而死。为大地所吞食的安菲阿拉俄斯的尸首无法觅到，这使得国王因不能祭奠自己的老友而感到悲恸。“我丧失了我军中的眼目，”他说，“我丧失了一个大预言家和战场中最勇敢的战士。”

葬礼结束后，阿德拉斯托斯在底比斯城前给报应女神涅墨西斯造了一座神庙，然后带着盟友雅典人又一次离开了那片地方。

十年过去了，底比斯城前阵亡的那批英雄后继有人。他们的儿子长大成人，决定再度征讨底比斯，为他们死难的父亲报仇。他们通称为“厄庇戈诺伊”，即后辈英雄的意思。其中共有八条好汉，他们是：安菲阿拉俄斯的儿子阿尔克迈翁和安菲罗科斯，阿德拉斯托斯的儿子埃癸阿勒俄斯，堤丢斯的儿子狄俄墨得斯，帕耳忒诺派俄斯的儿子普洛玛科斯，卡帕纽斯的儿子斯忒涅罗斯，波吕尼刻斯的儿子忒耳珊特罗斯和墨喀斯透斯的儿子欧律阿罗斯。墨喀斯透斯本不是七位英雄中的人物，却是国王阿德拉斯托斯的兄弟。年事已高的国王阿德拉斯托斯也跟他们一起行动，可是他不担任统帅。八位英雄一起请示阿波罗神庙，希望知道选谁担任主帅为好。神谕告诉他们，合适的人选是阿尔克迈翁。

阿尔克迈翁心中没底，不知道在为父亲报仇雪恨之前，他能不能担任这个职务。于是他也亲自造访，观察天意。阿波罗回答说，他应该做两件事：攻打底比斯城，为自己的父亲报仇。他的母亲厄里费勒因占有了晦气的项链而出卖了他的父亲。现在，她还获得了阿佛洛狄忒的第二项倒霉的礼物，即一方面纱。那是波吕尼刻斯的儿子忒耳珊特罗斯作为遗产继承了这方面纱，现在又用来贿赂厄里费勒，要她说服儿子，参加讨伐底比斯的战争。

遵循神谕的要求，阿尔克迈翁执掌主帅，把为父报仇的事推迟到回来以后再说。他在亚各斯建立一支强大的军队。另外，邻近城市里还有许多英勇好斗的武士也跟他联合起来。于是，一支浩浩荡荡的部队杀奔底比斯城来，如同十年前父辈们的行动一样。底比斯城门前又展开一次激烈的战斗。他们要比父辈们幸运，阿尔克迈翁稳操胜券。白热化的战斗高潮中只有一位厄庇戈诺伊族人饮恨沙场，那是国王阿德拉斯托斯的儿子埃癸阿勒俄斯。他死在底比斯人拉俄达马斯手下。拉俄达马斯是厄忒俄克勒斯的儿子，后来又被阿尔克迈翁杀死。底比斯人失去这个领袖和别的战士们，他们就放弃阵地，退保城垣。他们请求盲预言家提瑞西阿斯指示他们，这预言家还活着，但已是百岁以上的人。他劝他们走唯一可行的路：派遣使臣向亚各斯人乞和，同时弃城而逃。他们如他所说，派遣使臣到敌人的阵营，和他们商量条件，一面用大车载着妇女和小孩逃离底比斯。在黑夜中他们到达俾俄喜阿城。盲眼的提瑞西阿斯也和他们一起逃亡，他在城外一冷泉中饮了一大口水，立即死去。但即使在地府中，这睿智的预言家仍然与众不同。他不像别的阴魂那样以空虚无聊的心情漫无目的的到处徘徊，他保持着思考伟大问题和预见凡人所不能知的事物的能力。他的女儿曼托没有和他一道逃跑。她留在后面，被入据空城的征服者所掳获。他们曾经对太阳神阿波罗许愿，要以在城中所获得的最高贵的胜利品献给他。现在他们认定曼托是最受神欢迎的胜利品，因她继承了她父亲的先知的才能。这后辈英雄们将她带到得尔福，献给太阳神，作为他的女祭司。在这里她的预言的天才愈来愈完美，她的智慧更加高深，她成了那时代最著名的女预言家。在她所主管的神庙里，人们常常看见一个老年人时来时往。她教给他充满活力、甜美和光辉的诗歌，这些诗歌不久便传遍希腊。这老人便是荷马。

阿尔克迈翁撤离底比斯城时，暗下决心去实现另一个神谕，即报复他的母亲。他用宝剑将母亲刺杀。然后，他拿着项链和面纱，离开了令他憎恨的故居。

尽管报复其母是神谕，可杀害母亲确是一件违反自然的罪过，不可能不受神的惩罚。一位复仇女神受命前来迫害阿尔克迈翁——他变得疯疯癫癫了。他首先来到亚加狄亚，见到国王欧伊克琉斯。他是安菲阿拉俄斯的父亲，也就是阿尔克迈翁的祖父，有人说他曾经陪同赫拉克勒斯攻打特洛伊阵亡，有说他后来死在亚加狄亚，那里有他的坟墓作证。可是，阿尔克迈翁在这里也不得安宁，复仇女神驱使他继续流浪。最后，他在亚加狄亚的珀索菲斯投靠国王菲格乌斯，找到一块安身立命之处，娶了国王的女儿阿尔茜诺埃。而两件厄运不断的礼物——项链和面纱，又转归她的名下。

阿尔克迈翁解除了疯癫之苦，可是灾殃还没有离开他。因为岳父的王国由于他的原因连年遭受灾荒，五谷不结。阿尔克迈翁询问神谕，神谕也没有给他带来安慰的回答：他必须寻找杀母时还没有出现过的地方，那样才能找到安宁。原来，厄里费勒在临死前，曾经诅咒过任何收留杀母凶手的国度。

阿尔克迈翁绝望地离开了妻子和小儿子克吕堤俄勒，又外出四海为家，漂泊他乡。经过长途跋涉，他终于找到了预言上要求的那个地方。他来到阿克洛斯河，看到那里有一座新生长出来的小岛。阿尔克迈翁在岛上居住下来，从此免除了灾难。可是新的欢乐和幸福又使他得意忘形起来。他忘掉了先前的妻子阿尔茜诺埃和小儿克吕堤俄斯，重新娶了阿克洛斯河河神的女儿——美丽的卡吕尔荷埃为妻。妻子一连给他生了两个儿子——阿卡尔男和阿姆福特罗斯。因为风传阿尔克迈翁占有两件稀世之宝。不久，年轻的妻子也向他打听美丽的项链和面纱。阿尔克迈翁知道这两件礼物留在前妻手上。他自然不便向现在的妻子提起从前的婚姻，所以他灵机一动，编造了一则新的故事。他说把这两件宝贝藏在一个遥远的地方，并且答应给她取回来。

阿尔克迈翁又动身回珀索菲斯，重新来到先前的岳父和被他抛弃的妻子面前。他向他们道歉，说自己由于精神错乱，才客居他乡，没有回来。他的精神错乱确实一直未能彻底痊愈。“为了彻底摆脱病魔缠身，”他说，“按照占卜所示，只有一种办法，即把我从前送给你的项链和面纱带到特尔斐，献给神，作为祭礼。”

妻子把两件礼物交给他，阿尔克迈翁高高兴兴地又上了路。不料这两件倒霉的礼物在他身上显示了效应。他的一名仆人向国王菲格乌斯告密说，阿尔克迈翁又娶了一房妻子，现在要把礼物送给第二房夫人。菲格乌斯的儿子听说妹妹遭到欺骗，不禁大怒。他们急忙冲了出去，赶上阿尔克迈翁，悄悄地杀死了他，最后把项链和面纱带回来交给妹妹。

阿尔茜诺埃仍然爱着不忠实的丈夫。她责怪兄弟们不该把阿尔克迈翁打死。两件带来灾难的礼物也在阿尔茜诺埃身上显示了作用。她的几个兄弟十分生气，决定惩罚阿尔茜诺埃。他们把阿尔茜诺埃抓住，塞在一只木箱里，将她运到特格阿，交给国王阿伽帕诺尔，告诉这位外乡朋友说，阿尔茜诺埃是谋杀阿尔克迈翁的凶手。于是阿尔茜诺埃惨遭横死。

卡吕尔荷埃听到丈夫阿尔克迈翁死掉的消息，仆倒在地，恳求宙斯施放奇迹，让她的两个儿子——阿卡尔男和阿姆福特罗斯立即长大成人，前去惩罚杀父的凶手。卡吕尔荷埃是个清白无辜的女子。宙斯听取了她的请求。她的两个儿子第一天晚上睡觉的时候还是小男孩，第二天醒来时已经人高马大，满面胡须，力大无穷，充满着报仇雪恨的欲望。

兄弟俩一起出门来到了特格阿。这时候，菲格乌斯的两个儿子，帕洛诺斯和阿根诺尔正好也把不幸的妹妹阿尔茜诺埃送到那里，准备再到特尔斐，把阿佛洛狄忒晦气的礼物搁在庙里，作为祭品。当两个满面胡须的青年人冲进来的时候，他们还不知道究竟是怎么回事。等到问清袭击的原因时，他们已经被兄弟俩打倒在地，不能吭声了。

兄弟俩向阿伽帕诺尔解释了事情的前因后果，然后又前往亚加狄亚的珀索菲斯。他们踏进宫殿，杀掉国王菲格乌斯和他的妻子。回来以后，他们向母亲汇报，说大仇已报。后来，他们再去特尔斐，按照阿克洛斯的建议，把项链和面纱供在阿波罗神庙。一切都完毕后，安非阿拉俄斯一族人的灾难从此得以解脱。他的孙子——阿尔克迈翁和卡吕尔荷埃的儿子阿卡尔男和阿姆福特罗斯——建立了阿卡尔男尼亚王国；但克吕提俄斯——阿尔克迈翁和阿尔西诺埃的儿子——在父亲被杀害以后，愤恨、悲伤地离开了他母亲的亲友，逃到厄利斯隐居起来。

特洛伊战争

公元前一千多年，在靠近地中海的东端，有一个大城市非常富庶而且强盛，声名远扬，是当时世界上最有名的城市。这就是特洛伊。导致特洛伊城名垂不朽的主要原因是世界上最伟大的史诗之一《伊里亚特》中所记述的一场战争。而这场旷日持久的战争爆发的原因，则来自三个美丽的女神间的一场争执。事情是这样开始的……

特洛伊国王拉俄墨冬暴虐无道，言而无信。当被宙斯罚在人间服役的天神阿波罗和海神波塞冬帮助他牧养牛群、建好城墙之后，他竟拒绝付给事先讲定的报酬，还威胁要割掉他们的耳朵，并把他们驱逐出境。从此，天神撤回了对特洛伊城的保佑。于是，这座城市尽管新建了坚固无比的城墙，却注定要遭受宙斯大神所默许的兵灾和毁灭了。

帕里斯在出生之前，他的母亲曾梦见一场大火烧毁了特洛伊，因此预言家认为这个孩子将给特洛伊城带来灾难。所以他一出世就被遗弃在荒山之中。过路的牧人可怜被弃的婴儿，将他抚养成人。帕里斯长大之后，仍然在山中与牛羊为伴，过着自由自在的生活。

专门挑拨惹事的邪恶女神伊丽丝在奥林匹斯山自然不受欢迎，

当众神举行宴会时，他们往往把她遗忘。这使她感到极度愤怒，她决定要去惹麻烦——而事实上她进行得非常顺利。在国王皮里亚斯和海之女神西蒂斯的重要婚礼中，众神中只有伊丽丝没有被邀请，她把一粒上面刻着“献给最美丽的人”的金苹果丢在设宴的礼堂中。当然，所有的女神都想得到它，但最后的参选者，仅为三名女神：阿佛洛狄忒、赫拉、雅典娜。她们要求宙斯在她们之间作个裁决，但宙斯很聪明地拒绝参与此事，他告诉她们前往靠近特洛伊城的伊得山，年青的王子帕里斯正在那里为他父亲牧羊。宙斯告诉她们，帕里斯是一名选美的极佳裁判。

虽然帕里斯是一名王子，但他却做牧羊人的工作。因为他父亲特洛伊城的国王普里尔蒙受到警告说：有一天，帕里斯会使该城毁灭。他父亲因此把他赶走。这时，帕里斯正和一位可爱的女神奥伊诺妮住在一起。当这三位姿态美妙的女神在他面前出现时，他的惊讶是可以想象得到的。他并没有被要求根据这三位妩媚的女神的外表而裁定谁最漂亮，却只被要求根据每个人所提供的贿赂品而选择何者他认为最值得接受。

无论如何，这项抉择是不容易的。男人最关心的东西都摆在眼前：赫拉答应使他成为欧罗巴和亚细亚两洲的主宰；雅典娜答应使他成为人类中最刚毅和最有智慧的人；阿佛洛狄忒则答应给他世界上最美丽的女人。帕里斯正如后面的故事所叙述，是一位柔弱且有点怯懦的人，他选择了后者，他将金苹果给了阿佛洛狄忒。赫拉和雅典娜愤怒地转过身去，并发誓说由于他对她们的不公平，她们一定要向他的父亲、特洛伊和所有特洛伊的人民报仇。从此以后，特别是赫拉，成了特洛伊人的死敌。阿佛洛狄忒则一再庄严地说着她的诺言，并以神的誓言作保证。然后她离开这个牧童，她的态度温柔而庄严，使他沉醉在幸福中。

在这以后，帕里斯作为一个不知名的牧人住在伊得山的山坡上，希望有一天能实现阿佛洛狄忒的充满诱惑的诺言。但当她在他心中所激起的热望不再持续时，他娶了奥伊诺妮为妻，她生长在当地，据说是河神与一个仙女所生的女儿。在她的陪伴下，他在荒漠的山坡上度过许多快乐的日子，远离人世，看顾着他的牧群。但最后他被引诱来到他从没有到过的特洛伊城里。这是由于普里尔蒙在埋葬一个亲属之后举行了一个殡仪的赛会。会场上要举行许多的竞赛，奖品是国王的伊得山牧群里的一匹牡牛。这匹牡牛恰好是帕里斯所最喜爱的，他不好拒绝他的主人——国王，因此他决定至少得参加竞赛来赢回这匹牡牛。

后来他果然得到胜利，甚至于胜过他的弟兄们，胜过他们中最勇敢最强壮的赫克托耳。国王普里尔蒙的一个儿子得伊福玻斯因失败而感到愤怒和羞愧，不能自制，一直冲向这牧童要将他击倒。但帕里斯逃避到宙斯的神坛里，在那里，普里尔蒙的女儿卡珊德拉——一个曾被神祇赋予预言天才的人——一眼就看出他是她的哥哥。他的父母在重逢的欢喜中拥抱着他，忘记了在他初生时预言家所说的警告，仍然将他作为亲生的儿子接待。

帕里斯没有回到他的妻子和牧群那里去，却居住在适于王族身份的华丽的房子里。不久机会来了，国王要委任他一项重要的使命：去斯巴达带回自己以前被夺走的姐姐。帕里斯踏上旅途，但并不知道这一去将实现爱情女神曾经许给他的诺言。

帕里斯对三女神选美的裁决，成为特洛伊之战爆发的真正原因。

人世间最美丽的女人是海伦，她是宙斯和丽达的女儿，加斯陀和波鲁克斯的妹妹。根据传说，她的美丽使得希腊没有一个王子不想娶她。当她的追求者集合在她家向她正式求婚时，他们人数是那么多，而且都出身于那么有声望的家庭，以至她有名的后父斯巴达国王廷达瑞俄斯不敢由他们之间选取一人，害怕其他的人联合起来对抗他。因此，廷达瑞俄斯首先要那些可能成为海伦丈夫的人发誓，无论什么人是胜利者，如果他的婚姻中发生了什么差错，他们都得保护他。毕竟发誓对每个人都有好处，因为每个人都有希望成为入幕之宾，所以，他们保证他们将竭力惩罚任何带走或企图抢走海伦的人。然后，廷达瑞俄斯选上阿伽门农的兄弟墨涅拉俄斯，并且任命他成为斯巴达国王。

因此，当帕里斯将金苹果给阿佛洛狄忒时，命运注定的事情发生了。这位爱与美的女神非常明白到哪里去找世界上最美丽的女人。她领着年轻的牧羊人直接来到斯巴达，丝毫没有考虑到那被抛下的、孤零零的奥伊诺妮。

此时，美丽动人的海伦正独处宫中，抑郁寡欢，忽然听说一个带着强大军队的外国王子来到库特拉岛，她怀着一种妇人的好奇心想看看这个王子和他武装的扈从们。为了满足这种愿望，她在库特拉岛的阿尔忒弥斯神庙安排一个庄严的献祭，并在帕里斯的献祭刚刚完毕时进入神堂。帕里斯一见王后，那高举着向天祈祷的双手就不自觉地低垂下来。他的心中充满惊奇，好像他又看见他在伊得山放牧时曾一度遇见的爱情女神阿佛洛狄忒。他很久以前就听到关于海伦美丽动人的传言。

他渴望着亲眼看见她，但又想着爱情女神所许诺派给他的女人一定比他所听到的海伦美丽得多，而且在他心目中应该是一个处女，而不是别人的妻子。但是现在，当他面对面地看到这可与女神比美的斯巴达的王后，他突然非常清楚地知道这便是爱情女神为了回报他的评判而赠给他的唯一的女人。他父亲所委给他的使命、他的远征的全盘计划、他的善战的队伍，都已在他的心中烟消云散。他觉得他和成千累万的武装战士的远征只不过是为了得到海伦。当他默默地站着，为海伦的美丽而失神时，海伦看着这从亚细亚来的俊美的王子，有着长长的鬈发和穿着华丽的金紫的长袍，也禁不住心中欢喜。她丈夫的形象已在她的记忆中消失，代替了他的乃是这容光焕发的年轻的外乡人。

但海伦终于勉强走开，回到斯巴达的宫殿里，努力从心上抹去这个美丽的形象，并强使自己去想念仍然留在皮罗斯的墨涅拉俄斯。但不久帕里斯和所挑选的几个随从来到斯巴达城里，并强调使命的重要，即使国王不在仍然一直进入王宫。王后海伦依照对外乡人和对王子的特殊礼遇接待他。他的琴艺的美妙、他的言辞的温雅甜美和他的热烈的爱情，使海伦不能自制。当帕里斯看出她心中的信念已经动摇时，他忘记了他的父亲的事业，也忘记了他的人民。除了爱情女神的诱惑的诺言以外他什么都记不得了。他召集随他来到希腊的武装战士，用富丽的劫掠品诱惑他们，说服他们同意援助他，完成他心中的愿望。然后他袭击国王的宫殿，掠夺了墨涅拉俄斯的财富和珍宝，并劫走美丽的海伦。她虽然反抗，但并非完全不愿意地随着他到了他的舰队。

船舰驶过爱琴海时，疾风止歇，匆遽奔逃的船只如今航行在平静的海面上。在载着帕里斯和海伦的船只的前面，海浪分劈开来，年老的海神涅柔斯从浪花中伸出戴着水草花冠的头，须发上水滴淋漓。舰只如同钉在海面上一样，大海在船的两侧如同铁墙，一动也不动。涅柔斯向他们说着可怕的预言："不祥的恶鸟从你们的面前飞过，你们这些被诅咒的贼徒哟！阿开亚人会带着大军追来，他们将拆散你们这种罪恶的结合，攫走你们，并粉碎普里尔蒙的古国。唉唉，我看见多少的马匹！多少的战士！为你们要牺牲多少的达耳达诺斯的子孙！帕拉斯·雅典娜已戴上战盔，执着盾，并挥着她的愤怒的武器。血流成河，大屠杀要经过多少年月，只有一个英雄的愤怒可以延缓你们的城池的毁灭。但当指定的时日来到时，阿耳戈斯人的火焰将吞食所有特洛伊人的家宅！”

这年老的海神说完预言就沉没到海里去。帕里斯惶恐地听着。当和风再起，海伦的雪白的手又紧握在他的手里的时候，他即刻忘却他所听到的警告。后来舰队在克剌奈岛停泊，无信而薄情的海伦已经自愿归于帕里斯。在新婚的快乐中两个人都忘记了自己的家庭和祖国。他们在这里依靠他们所带的财富长期地过着十分豪华的生活，好多年以后他们才航海回到特洛伊城去。

墨涅拉俄斯回来后，发现海伦失踪了，他和他的兄长阿伽门农要求所有的希腊人帮助他。希腊的首领们呼应他们，因为他们有义务效劳。他们热心地为此伟大的事业而来，他们要渡过海洋，要将强盛的特洛伊城化为灰烬。然而，两名最显赫的人没有参加——伊色克岛的国王奥德修斯，以及珀琉斯和海之女神西蒂斯的儿子阿喀琉斯。

奥德修斯是希腊最精明和敏锐的人，他不愿为一名不忠实的女人而背井离乡，去参加海外传奇性的冒险。因此，他装成疯子，当希腊军队的一名传令兵到来时，这位国王正在田里耕犁，他以盐粒代替种子来种田。但是，这位传令兵也相当精明，他抓住奥德修斯的小儿子，然后放在笔直的犁道上，这位父亲立刻把犁偏向一边，这就证明他的理智还是清醒的。无论他如何不愿意，他势必要加入军队了。

阿喀琉斯是被他的母亲所留住的。这位海之女神知道，假如他前往特洛伊城，他命中注定要死在那里。她送他到里克米狄斯的宫廷里——这人曾不忠地杀死忒修斯的国王——让他穿上女人的衣服，隐匿在少女群中。奥德修斯奉首领们之命去寻找阿喀琉斯。他扮成一名小贩，前往据说是阿喀琉斯所在的宫廷。他的袋子里装着女人所喜爱的五光十色的装饰品，同时还有一些很好的武器。当这些女孩围观这些小饰物时，阿喀琉斯则拨弄着那些利剑和匕首。于是，奥德修斯认出他来，并且顺利地使阿喀琉斯忘了母亲说过的话，跟他一道归入希腊的军营里。

至此，大军准备妥当，千艘军舰载运着希腊的大队人马。他们在奥里斯会合，那里是一处风狂浪险的地方，只要北风吹起，便可开航。而那时北风正日复一日地吹着。

奥里斯港口停泊着上千条战船，整装待发。统帅阿伽门农战前为了放松一下自己，决定去打猎消遣。一天，一头雄壮的母鹿进入他的射程之内，那是人们给狩猎女神阿尔忒弥斯敬献的祭品。国王此时兴趣正浓，不管事情的后果，毅然拔箭瞄准，射杀了这头漂亮的动物。他得意扬扬地夸口说，即使是狩猎女神阿尔忒弥斯的枪法也不一定会比他好。女神听到他如此无礼的讲话十分生气。她让港口前风平浪静，船只根本无法从奥里斯海湾开出去，可是战争却应该开始了。

希腊人手足无措，找到大预言家忒斯托耳的儿子——预言人卡尔卡斯，向他请教如何办理才能逃脱困境。卡尔卡斯这次也是随军祭司和占卜人。他说："如果希腊人的最高首领，即阿伽门农国王愿意把他和克吕泰涅斯特拉所生的爱女伊菲革涅亚向阿尔忒弥斯女神祭供，女神就会原谅我们。海面上将会刮起顺风，到那时再也不会有自然现象影响攻占特洛伊城了。"

预言人的讲话让希腊人的军事统帅陷于绝望。他把来自斯巴达的传令官塔耳堤皮奥斯叫到跟前，让他向全体参战的希腊人宣布，自己将放弃对希腊军队的最高指挥权，因为他在良心上不能承受杀害孩子的罪责。希腊人围聚在一起，群情激愤，野蛮得几乎难以收拾。墨涅拉俄斯急忙奔进统帅大营，把可怕的消息告诉他的兄弟，警告他的决定所产生的严重后果。阿伽门农终于回心转意，决定承受祭献女儿的可怕结果。

阿伽门农写了一封信给在迈肯尼的妻子克吕泰涅斯特拉，让她把女儿伊菲革涅亚送到奥里斯的军队中来。为了解释这种事情，他向妻子谎称是为女儿跟珀琉斯的小儿子——高尚的英雄阿喀琉斯订婚。人们对阿喀琉斯与伊菲革涅亚的秘密婚事一无所知。可是，送信的使者刚被打发走，父女感情又在阿伽门农的心里占了上风。他忧虑重重，无限后悔，痛恨自己轻率的决定。于是他又在当天夜晚派出心腹老仆，重新给了他一封信，让他交给妻子克吕泰涅斯特拉，让她不要把女儿送到奥里斯军中来。并说自己另有打算，女儿订婚的事情且推迟到明年春天再说。

忠诚的仆人接过信连忙就动身，可惜他没有到达目的地。当他趁着清晨刚一离开大营，怀里揣着的信就被墨涅拉俄斯用武力抢夺过去。他对兄弟的迟疑不决和优柔寡断早有所知，于是密切注视着他的各种步骤。

墨涅拉俄斯手拿阿伽门农的书信，跨进兄弟的营帐，说："真见鬼，动摇了！"他不由得提高嗓门数落起来，"你还记得当时如何地希望谋取这项统帅权，心中燃起了多么炽烈的欲火，要想率领征讨特洛伊的军队！你当时显得多么谦恭，多么宽容地跟全体丹内阿人握手亲热，是吗？当时，你的大门向每一个愿意进来的人敞开着，哪怕他是最平常的人，而这一切只是为了让你得到这一指挥权。今天，你手中执掌了这份权力，许多事情又顿时变了。你不再像从前一样，成为你的朋友的朋友了，在家里也很少见到你的人影。外面呢，你很少在军队中露面。你带着军队来到奥里斯港，军队遭到神的命运的折磨。可是，当他们开始抱怨，说：

‘我们希望扬帆起锚，不愿在奥里斯坐等老死！’而你却举棋不定，只是徒劳地等待顺风。从前，你召唤我，征求主张，谋求出路，为了不至于丢失你那个美妙的统帅权。而当预言人卡尔卡斯说得把你的女儿祭供时，你自愿地立誓，答应这场牺牲。可是现在却又讲话不算数。像你这样的人真有千万个榜样——他们到处奔波，十分忙碌地想要执掌舵柄，然而一旦看到需要做出个人的牺牲才能摇动船舵时，又惊吓地退了回去。没有理智和见识的人是统率不了军队、掌握不了国家命运的。对他来说，即使处于丧失生命的艰难关头，也不能失掉这种本领！”

“你为什么激动得这副模样？”阿伽门农回答说，“是谁惹了你啦？你还缺什么呢？缺少你的可爱的妻子海伦吗？我可不能为你再创造一个！你为什么不把她好好地看住呢？我如果有更好的办法，难道会在这里发傻吗？更要紧的倒是你缺乏理智，因为你在重新追求，希望获得那位不忠实的女人。其实你应该感到高兴，终于能够幸运地摆脱了她。不！我绝不能杀死我的亲生的孩子！”

兄弟俩人口角起来，互不相让。突然一名仆人来到面前，向国王阿伽门农汇报，说他的女儿伊菲革涅亚已经来到，随同前来的还有她的母亲和弟弟俄瑞斯忒斯。仆人还没有离开，阿伽门农就已陷于走投无路的绝望境地。墨涅拉俄斯连忙抓住他的手安慰他。阿伽门农热泪夺眶而出，他哽咽着说：“行了，我的兄弟，你最终胜利了……”但墨涅拉俄斯却坚决要求撤回他先前的要求。他请求不要杀害那个无辜的孩子，并慨然宣布他绝不愿仅仅为海伦的缘故而伤害兄弟的感情。

“别流泪吧！”他喊道，“如果由于神谕的缘故我对于你的女儿也有一分权利的话，我也愿意放弃并将我的一分让给你。别奇怪，为什么我的感情忽然由愤怒变成友爱。一个人在激愤的心情平息以后，不是会做出更好的判断吗？”

阿伽门农拥抱着他的弟弟，但他的女儿的前途仍是他最关切的事情。“我感谢你，”他说，“你的高贵的心情使我们重新和好，这是超出我所希望的。不过，我的命运已经注定。伊菲革涅亚必须牺牲。全希腊要求这样做。卡尔卡斯与狡黠的奥德修斯已经达成默契。他们将得到人民的支持，杀死你和我，然后牺牲我的女儿。相信我吧，即使我们逃回阿耳戈斯，他们也会追去将我们从城中拖出，并将库克罗普斯的古城夷为平地。所以我的亲爱的兄弟，我请求你尽可能对克吕泰涅斯特拉保守秘密，直到我们遵照神谕牺牲了我们的女儿为止。”

现在妇人们都先后来到。弟兄们的谈话给打断了，墨涅拉俄斯苦恼地沉思着，独自离开了他们。

夫妇俩见面时仅略事寒暄，在阿伽门农这方面显得冷淡而不自然。但年轻的女儿却双手搂抱着父亲，心中充满爱和快乐，她向她的父亲大声说：“啊，父亲哟，离开你我是如何地想念你，现在看见你又是如何地快乐呀！”她亲切地看着他又继续说，“但为什么你的眼光这么忧郁而且充满焦虑？你一向是很喜欢看见我的呀！”

“够了，我的孩子，”阿伽门农回答，心中充满剧痛，“一个国王总是有许多责任，并有许多事情使他苦恼。”

“但现在，请抹去你额上的愁纹，用欢喜的眼睛望望你的女儿吧！”伊菲革涅亚说，“啊，为什么你流泪了？”

“因为我们要长久分别。”她的父亲回答。

“假使我能参加你们这次的远行，那我多快乐啊！”这女郎渴望地说着。

“你也要做一次远行的，”阿伽门农严肃地说，“但在这之前，我的孩子，我们必须献祭——这一次献祭你一定要参加，我的女儿。”他说话的时候，差不多哽咽得不能出声。但女儿并没有任何坏的猜想。最后他送她回到她自己的屋子里。她走后，阿伽门农又不能不编出一大串的谎言来应付他的妻子，她不断地询问他所选中的女婿的财产和家世。当他支吾过去以后，他就去与卡尔卡斯详细商量有关献祭的事。

但时机不凑巧，皇后克吕泰涅斯特拉正好面对面地碰到阿喀琉斯——他是因为他的密耳弥多涅斯人公开反对行军的迟延来寻找阿伽门农的。她以为他既然已是她的女婿，所以毫不迟疑地说着亲切的话向他问候，并述说关于未来婚礼的事情。阿喀琉斯听到这些话很吃惊，只是瑟缩后退。“你说的是什么婚礼呀？”他问道，“在我，我从没有向你的女儿求婚，阿伽门农也从来没有鼓励我这么做。”

克吕泰涅斯特拉知道自己受骗了，她站在阿喀琉斯面前感到怀疑而且羞愧。阿喀琉斯怀着青年人的热情企图安慰她。“别恼恨，即使有人故意欺骗你，”他说，“如果我的坦率的话伤害了你，请你不必在意，也请饶恕我。”他正要离开她，阿伽门农和克吕泰涅斯特拉俩人的那个忠实的仆人——墨涅拉俄斯从他劫去信函的人——正由统帅的住屋向他们走来。

“请听我的话！”他对女主人低声说，“这是你应当立刻知道的事！伊菲革涅亚的父亲正预备亲手杀死自己的女儿。”现在母亲已从仆人的口中知道了本来对她严密保守的秘密，她悲痛和恐怖得发抖。她跪在珀琉斯的年轻的儿子面前，哀求道：“女神的儿子，快救救我，救救我的孩子！我把你当作她的未婚夫，替你把女儿戴着花环一直送到军营里。我虽然已被蒙蔽，可是你仍然是我女儿的如意郎君！ 我对着苍天，对着你的女神母亲的面恳求你，帮助我救下女儿。”

阿喀琉斯满怀敬意地扶起了伏在地上的王后，说：“请放心，王后！ 我是在一个虔诚而又乐于助人的家庭里长大的，我向喀戎学会朴实而又灵活的思考方式。 我愿意服从阿特柔斯的儿子们的指挥——如果他们引导我走上荣誉的大道。 可是，我不会听从罪恶的命令。 因此，我愿意保护你。 不管我的手臂能有多长，也要把你的女儿从她父亲的刀下救出，人们还说她就是我的妻子。 而且，由于假借我的婚姻之名导致这个孩子的死亡，我也感到自己负有共同的罪责。 如果我不能救出你的孩子，那么就让我自己死掉吧！”

阿喀琉斯跟伊菲革涅亚的母亲信誓旦旦，然后离开了。 克吕泰涅斯特拉惊恐地走到丈夫阿伽门农面前。 丈夫不知道她已经知晓了秘密，还用意义双关的话对妻子说：“把你的孩子送到她的父亲这儿来。 面粉、水和牺牲都已经准备完毕。 婚礼举办前夕就要向牺牲品开刀了。”

“好极了！”克吕泰涅斯特拉大叫一声，她的眼睛闪闪发光，“出来吧，女儿，带着你的弟弟俄瑞斯忒斯！”等到女儿伊菲革涅亚出来时，她又接着说，“看吧，她就站在这里，准备着听从你的吩咐。 现在，我只要你一句话：你公开并且诚实地告诉我，你真的愿意杀害我们的女儿吗？”

统帅站在那里许久，一声不吭。 最后，他终于绝望地呼叫起来：“啊，多么凄惨的命运啊！ 我的秘密被揭穿了，一切都完了！”

“那么请听我讲吧，”克吕泰涅斯特拉接着说，“我们的婚姻是伴随着罪恶开始的。 你用暴力劫持了我，而把我从前的丈夫打死。我原来嫁给坦塔罗斯，那是堤厄斯忒斯的儿子。那时候，你把我的孩子从怀中抢走，残酷地杀害了。我的两位兄长卡斯托耳和波吕丢刻斯兴兵问罪，你那时急叫救命。正是我那年迈的父亲廷达瑞俄斯看到你可怜，便救了你，你这才重新有了婚姻，成了我的丈夫。关于我在这场婚姻中无可指责的生活，你自己心知肚明。我成为你室内的幸福，室外的骄傲，给你生下三个女儿和一个儿子。你现在却要抢走我的大孩子，是吗？为了什么呢？为了让墨涅拉俄斯重新得到他那位背叛婚姻的妻子！你愿意屠杀自己的女儿吗？你在这时候将念怎样的祷告词？你在杀害女儿时指望从祈祷中得到什么呢？充满不幸地返回故乡，就像你现在羞辱满面地离开故乡一样，对吗，还是让我为你祈求降福呢？为什么正好拿你自己的孩子充作祭供的牺牲呢？你为什么不跟所有的希腊人讲一声：如果你们愿意顺利地征服特洛伊，那么就共同抽签，决定究竟谁家的女儿该作牺牲。墨涅拉俄斯的事情已成事实，难道为了允许让他拥有自己的女儿，就要让我牺牲自己的女儿？请回答，我是否讲了哪怕是一个不真实的字？如果我讲的全部是事实，那么就不要杀害你的女儿！想想吧！听从你的良心的忠告吧！”

现在伊菲革涅亚也跪在她父亲的面前，她说话的声音颤抖着：“父亲哟，假使我有俄耳甫斯的可以感动石头的神异的声音，我将用雄辩的话引起你的同情。但我，唉，我没有这能力！我只有哭泣并用双手代替橄榄枝抚摸着你的双膝。不要让我这么年轻轻地就死去，大地的光辉是可爱的。不要逼我走进黑暗的地府里去。想想，当我还是小女孩的时候你多怜爱我呀！你所说过的一切我都记得这样清楚：你说你希望将我嫁给一个高贵世家的男子，希望看着我长成花朵一般的少妇，当你征战归来，快快乐乐地来迎接你。现在这些话你忘记了么？我的母亲在苦痛中生下我，现在想到我的死就感到更深的苦痛，我以她的名义请求你放弃你的可怕的计划。海伦与帕里斯的事与我有什么相干？帕里斯来到希腊，为什么我就非死不可？啊，看看我吧！亲吻我，让我死去时带着你的爱的印记，因为我的话已不能使你感动。也看看你的儿子，我的小兄弟！他不说话，只是在沉默中祈求着。他还是一个小孩子。但我已将近成人。将你的心肠放软些，怜惜我吧。对于人，再没有比生命更可爱的！在悲惨中生活也胜于最光荣的死！”

但阿伽门农仍然非常坚决。冷酷得像一块岩石，他站在那里说：“我有同情，当法理许可我这么做的时候。我爱我的孩子，——只有发疯的人才不！我是怀着沉重的心情来做这种牺牲的，但是我必须这么做。你们看见这强大的舰队归我统率。你们看见这么多的英雄和战士在我周围。他们不能到特洛伊去，他们不能征服敌人，除非我遵照神谕牺牲我的女儿。所有在这里集合的人决定不让阿耳戈斯妇人再被掠劫。他们的意志很坚决。假使我拒绝服从神祇的命令，他们便要杀死我，然后也杀死你们。我的权力到此为止，已经无能为力了。我不是在顺从我的兄弟墨涅拉俄斯，而是顺从全希腊人。”

说完，阿伽门农就离开了她们，再不听她们的任何的辩白。但她们在哭泣中突然听到兵器响动的声音。“那是阿喀琉斯！”克吕泰涅斯特拉快活地叫起来。伊菲革涅亚这时已来不及回避他父亲口中假称是她的新郎的青年人，因而觉得很窘迫。带着一批武装战士，珀琉斯之子大踏步走到厅堂里来。

“勒达的不幸的女儿，”他向王后大声喊道，“军队都公开叛乱，他们要求牺牲你的女儿。当我大声反对他们固执的要求时，他们几乎要用石头砸我。”

“你的密耳弥多涅斯人呢？”克吕泰涅斯特拉几乎说不出话来。

“他们是最先反叛的人，”阿喀琉斯回答，“他们说我是个害相思病的多嘴傻子。我带着这少数亲信的人来保护你，抗击正在向这里来的奥德修斯。请你们母女紧抱在一起，我将用我的身子屏蔽你们，看看他们是否敢于攻击这个与特洛伊的命运息息相关的一个女神的儿子。”这最后的一句话总算又闪着一线希望，使克吕泰涅斯特拉感到小小的安慰。

这时候，只见伊菲革涅亚突然从母亲的怀里挣脱出来。她抬起头来，以坚定的步伐走到王后和阿喀琉斯面前。“听我说吧！”她的声音沉着坚定，“亲爱的母亲，你不要惹你的丈夫生气了。他不能违反命运。我佩服这位陌生人的高尚、勇敢。可是他将为此付出代价，他将会遭到辱骂。因此不妨听听我的决心。我将去领受死亡。我驱逐了心头任何的可鄙念头，愿意了结这件事情。希腊人都把眼光盯着我。战船的开航、特洛伊的攻陷都取决于我，希腊女人的荣誉系在我的身上。我的名字将载誉千秋万代，将被称作解放希腊的女子。我是一名凡人，女神阿尔忒弥斯的事业要我为祖国献身，这就是我的荣誉碑石，是我的结婚典礼。”

伊菲革涅亚目光炯炯，如同一位女神站在母亲和阿喀琉斯面前。年轻人突然跪在她的面前，说：“阿伽门农的女儿，如果我能享受你的爱情，那么是神让我成为天底下最幸福的人。我为你而羡慕希腊国，又为希腊国而羡慕你，羡慕它能造就你这样的女子。我这回认识你了，请好好思考一下吧！死亡是可怕的，我愿意给你创造良好的条件，愿意将你带回家乡，让你过上幸福的生活。”

伊菲革涅亚微微一笑："女人的美貌已经引起了足够的战争和残杀，就如廷达瑞俄斯的女儿海伦。我的亲爱的朋友，你可别也为了一个女人而死，而且还为了我再去残杀别人。不，让希腊国拯救我吧，我是自愿的！"

"高尚的灵魂，"珀琉斯的儿子大声地说，"你去按照自己的心愿行事吧！我带着武器赶到祭坛去，希望能够阻挡住你的死亡。也许你在临死前还能想起我的话。"说完，他匆忙赶在姑娘的面前朝祭坛走去。姑娘却心地明亮，为了拯救祖国，愉快地接受死神的挑战。母亲扑地一声倒在地上，不愿意跟随女儿一同前往。

希腊国的战斗部队全部集中在女神阿尔忒弥斯的小树林里。小树林位于奥里斯城外。祭台已经搭建，祭司和预言人卡尔卡斯站在祭台旁。伊菲革涅亚在一群忠诚的使女陪同下步入小树林。她迈着稳健的步伐朝父亲走去，士兵队列中传来一阵同情的呼声。阿伽门农低下了目光，姑娘走近他，说："亲爱的父亲，如同神谕所要求的，我在女神的祭台旁为祖国献出自己的生命，把它交给了军队的首领们。我很高兴，但愿你们都能幸运而又胜利地返回故乡！"

部队中又传来一阵阵赞叹的低语声，这时使者塔耳堤皮奥斯发令肃静。预言人卡尔卡斯从鞘中抽出一把寒光嗖嗖的钢刀，将它搁在祭台前的金筐里。只见阿喀琉斯全副武装，提着宝剑，走上祭台。姑娘朝他投去一瞥，顿时改变了他的主意。他把剑扔在地上，用圣水浇奠了祭台，然后抓起牺牲筐，像一位祭司在主祭台上走来走去，说："啊，高贵的女神阿尔忒弥斯，请仁慈地接受这一自愿而又神圣的祭礼吧！那是阿伽门农和希腊国给你贡献的，让我们的船只顺风顺水，让特洛伊降服在我们的长矛枪下。"

士兵们全都一声不吭，他们的眼睛看着地面。卡尔卡斯拿出钢刀，祷告了一番。人们清楚地听到他的祭物倒地的声音。可是，奇迹！就在这一时刻，姑娘却在士兵们众目睽睽下消失不见了。阿尔忒弥斯怜悯她，一头高大雄伟的梅花鹿挣扎着躺在地上，牺牲的鲜血浓浓密密地喷洒在祭台上。

“希腊联合部队的首领们，”卡尔卡斯大声说，“看看这里的牺牲吧，这是女神阿尔忒弥斯送来的。她宁愿要这头梅花鹿而不要牺牲那位姑娘。祭台无须使用姑娘的热血祭洒了。女神已经原谅了我们，让我们的船自由进出，而且答应让我们直捣特洛伊。拿出勇气来吧，海上的战友们，我们今天就要离开奥里斯海湾！”他一边说一边看着牺牲的动物在火中慢慢地烧成灰烬。等到最后一点火星熄灭的时候，祭台前的寂静立即被呼啸的风声打断了。士兵们抬头观看海港，看到船只在起伏的洋面上摇动着。大家一阵欢呼，匆忙朝帐篷奔了过去。

阿伽门农回到自己的营帐。他看到妻子克吕泰涅斯特拉不在这里。她的心腹仆人赶在第一时间就回来告诉她有关女儿遇救的好消息。王后高兴地举起双手，感谢苍天有眼。随后，她又悲痛地大声呼喊：“我同样永远地失去了我的孩子！我丈夫背叛了我。让我赶快离开这个罪恶之地。我不愿看见这杀人的凶手！”仆人们立刻套好马车，侍女们迅速收拾好行装。所以当阿伽门农从祀神的宴会后回来时，他的妻子已远在回迈肯尼的途中了。

北风停止了吹袭，希腊船只行驶在平静的海面。但是，他们所付出的罪恶的代价，总有一天必定会为他们带来不幸的后果。

当他们抵达特洛伊城诸河之一的西莫伊兹河口时，最先跳上岸的是普鲁提西劳斯，这是很勇敢的行为，因为神谕显示，最先登陆的人将丧生。因此，当他被特洛伊人的矛所杀戮时，希腊人把他当成神一样地向他崇敬，而众神也大大地赞扬他，命哈得斯由地府中带他上来，让他和伤痛欲绝的妻子勒奥达美亚再度见面。然而，她不愿再度和他分离。当他回到地狱时，她跟随着他——她自杀了。

一千艘战艇载着庞大的战士队伍，希腊军队的阵容相当强大。但是，特洛伊城也是很强大的。普里尔蒙国王和他的王后希古巴有许多勇敢的儿子，领导着冲锋陷阵和保卫城池，其中最骁勇善战的是赫克托耳，无论到那里，除了一名伟大的战士——希腊的斗士阿喀琉斯以外——没有人比他更显赫和勇毅。我们都知道，阿喀琉斯将死于特洛伊沦陷之前，他的母亲曾告诉他："你的生命非常短暂，愿此时你能免于伤痛与烦恼，因为你无法活得太久。儿子啊！你比所有的人更短命，且更值得同情。"

神并没有指示赫克托耳，但他差不多也能确定自己的死期。"我的心灵清楚地知道，"他告诉他的妻子安德洛玛克，"当神圣的特洛伊城和普里尔蒙及他的子民沦亡时，我的死期也就到了。"两位英雄在必死的阴影下作战。

战争持续了九年，胜利飘摇不定，双方各有胜负，任何一方都无法获得绝对的优势。这时，希腊的阿喀琉斯和阿伽门农俩人之间忽然起了争端。一段时间内，形势对特洛伊人较为有利。引起争端的原因是一名女人——阿波罗祭司的女儿克莉西丝。希腊人将她带走，送给阿伽门农。她的父亲前来要求释放她，但阿伽门农不愿让她走。于是，祭司向他祭祀的神祈祷。阿波罗听到他的祷告，从他的太阳车上对希腊军队射出火箭。人们开始生病和死亡，火葬场不断地地在火化死者。

最后，阿喀琉斯召开一次首领会议。他当众发言，他们无法同时对付病疫和特洛伊人，他们必须想办法使阿波罗息怒，否则，只有坐船回家。于是，先知者卡尔卡斯起立发言，他说他知道阿波罗为何发怒，但他不敢说出来，除非阿喀琉斯能担保他的安全。

“我愿担保，”阿喀琉斯答道，“甚至于你责怪阿伽门农本人。”每个人都明白话中含意，他们都知道阿波罗祭司的遭遇。当卡尔卡斯宣布，克莉西丝必须交还她父亲时，他得到众首领的支持。愤怒的阿伽门农迫于形势，只好屈服。“她是我光荣的胜利品，”他告诉阿喀琉斯，“一旦我失去她，我将以另一人来取代她。”

因此，当克莉西丝回到父亲那里时，阿伽门农派遣两名随从前往阿喀琉斯的营帐里，带走阿喀琉斯的光荣胜利品——少女波莉西丝。两名随从极为不愿地前去，他们静静地站在阿喀琉斯的面前。阿喀琉斯已知道他们的任务。他告诉他们，损害他的人并不是他们，让他们安心地带走少女，但是，他先让他们听到他在众神前的誓言：阿伽门农要为此举付出巨大的代价。

当天晚上，阿喀琉斯的母亲——穿着银色鞋子的海神西蒂斯来找他。她同阿喀琉斯一样地生气，告诉他不要再为希腊人效劳，说完，她就登上天堂，要求宙斯帮助特洛伊人战胜。宙斯感到非常为难。此时，这场战争已经传播到奥林匹斯——众神之间意见不合，互相对立。阿佛洛狄忒当然偏袒帕里斯，赫拉和雅典娜当然和帕里斯对立；战神阿瑞斯当然是站在阿佛洛狄忒这方；然而，海神波塞冬因希腊人是濒海民族，而且常出现伟大的航海家，所以偏爱希腊人；阿波罗因为关心赫克托耳的缘故，因而帮助特洛伊人；而阿尔忒弥斯是阿波罗的姐妹，也帮助特洛伊人。宙斯自己更喜欢特洛伊人，但他要保持中立——因为不管什么时候，当他公开反对赫拉时，她总是不高兴。然而，他又无法拒绝西蒂斯。他和赫拉在一起时，感到很痛苦，因为她经常猜度他打算做什么事。最后，他迫不得已，只好警告她，如果再不停止唠叨，他就要用雷电打死她。于是，赫拉保持缄默，但她脑子里仍然忙于想着如何帮助希腊人，以及如何胜过宙斯。

宙斯的计划很简单。他知道，希腊人没有阿喀琉斯就无法胜过特洛伊人，于是，他托一个假梦给阿伽门农，答应阿伽门农只要进攻，便能获得胜利。因此，当阿喀琉斯还在营帐中时，一场开战以来最剧烈的战争爆发了。

老王普里尔蒙和其他精于战术的老人临城观战，引起痛苦和死亡的海伦来到他们身边，当他们见到她时，内心并不觉惭愧。“男人必须为像她这样的女人而战，”他们互道，“因为她有像神灵一般的容貌。”她留在他们身旁，把希腊英雄的名字逐一地介绍给他们，直到他们惊讶地发觉战事已停为止。部队各退回自己的一方，而在两军对峙的阵前，帕里斯和墨涅拉俄斯相对而立。很显然地，有了合理的决定，让两位最重要的当事人作一决战。

帕里斯先下手，但墨涅拉俄斯用盾挡开快速飞来的矛，然后掷出自己的矛。他的矛使帕里斯的战袍裂开，但没有伤到他。墨涅拉俄斯抽出他的剑，那是他目前仅有的武器，可是当他抽出剑时，剑由手中滑落，掉到地上折断了。虽然没有武器，他却毫不恐惧地扑向帕里斯，抓住他头盔上的麾羽，将帕里斯抓起腾空旋转。假如没有阿佛洛狄忒，他早已胜利地将帕里斯托到希腊人那边。阿佛洛狄忒拉断那根使头盔载着而无法脱离墨涅拉俄斯之手的带子。她把只抛出矛而还未作战的帕里斯带上云彩，送他回到特洛伊城。

墨涅拉俄斯愤怒地搜索藏在特洛伊的帕里斯，士兵们没有一位不帮他忙，因为他们都憎恨帕里斯。但是，帕里斯溜走了，没有人知道他如何走的，也没有人知道他到哪里。因此，阿伽门农对双方的军队宣布，墨涅拉俄斯是胜利者，而且命特洛伊人交出海伦。这是合理的，如果不是雅典娜受赫拉的煽动而横加干涉，特洛伊人是会同意的。赫拉下决心要使战争继续下去，直到特洛伊城毁灭为止。

雅典娜迅速来到战场，说动一名特洛伊人潘达鲁斯的心，叫他用箭射墨涅拉俄斯，来破坏停火协定。潘达鲁斯照样做了，而且伤了墨涅拉俄斯。虽然伤势轻微，但是，希腊人愤怒这种背约的行为，转过来对付特洛伊人，于是战火又再度燃起。恐惧、毁灭和争执地怒火永不止息，凶残的战神的朋友在那里鼓舞着人们互相残杀，呻吟声，来自杀人者和被杀者的胜利声处处可闻，地面上流血成渠，一片残酷的景象。

希腊这一边，由于阿喀琉斯离去，两名最伟大的战士是阿吉克斯和达奥米迪斯。那天，他们英勇地作战，使许多特洛伊人在他们面前丧生。他们的杰出与勇敢仅次于赫克托耳，连王子伊尼亚斯也几乎死在达奥米迪斯手中。伊尼亚斯不仅是皇族的血统，他的母亲就是阿佛洛狄忒。当达奥米迪斯打伤他时，她赶紧下来战场拯救他。她用柔软的手将他抱起，但达奥米迪斯知道她是懦弱的女神，并不是一位像雅典娜那样的战场上的优胜者，于是，便向她扑去，并且刺伤了她的手。她哀号着放下伊尼亚斯，带着伤痛，哭泣着回到奥林匹斯。宙斯微笑地看着这位爱笑的女神在落泪，令她离开战场，并让她记住，她的工作是爱情而不是战争。但是，虽然母亲救援失败，但伊尼亚斯并没有被杀，阿波罗把他藏在云里，带他回到圣地柏加姆斯，由阿尔忒弥斯为他疗伤。

达奥米迪斯大为光火，于是，他大肆屠杀特洛伊的士兵，直到他和赫克托耳碰面为止。使他惊愕的是，他也看到阿瑞斯，这位血腥残酷的战神为赫克托耳出战。一见到战神，达奥米迪斯浑身颤抖，立刻高呼希腊人撤退。然而，撤退得很缓慢，他们还是被特洛伊人追上了。于是，赫拉生气了，她前去询问宙斯，是否能把男人的祸根阿瑞斯逐出战场？虽然阿瑞斯是他们的儿子，但宙斯比赫拉更不爱他，他很乐意使阿瑞斯离去。赫拉马上赶到达奥米迪斯的身旁，鼓舞他提起勇气和可怕的战神对抗。这些话使达奥米迪斯的心中感到大乐，于是，他冲向阿瑞斯，举矛向他刺了过去。雅典娜使矛刺中目标，进入阿瑞斯的身体，战神大声咆哮，有如战场上万人呼号，在这可怕的咆哮声下，所有的希腊和特洛伊的军士都为之战栗。

阿瑞斯内心里真的是一位暴徒，而且无法忍受自己在众多军士面前丢脸。他逃到奥林匹斯找宙斯，痛苦地控诉雅典娜的暴行。宙斯严肃地看着他，而且告诉他，他和他的母亲都无法容忍他的作为，然后命他停止干涉外界的事务。由于阿瑞斯的离去，特洛伊人被迫撤回城里。在这紧要关头，赫克托耳的那位善于体会神意的兄弟，催促他全速奔回城里，告诉母后将最华美的袍子送给雅典娜，求她开恩。赫克托耳认为这是明智的意见，于是飞奔过宫门，进入宫殿。他的母亲照着他的话，取出一件如同星耀的袍子，把它放在女神的膝上，恳求地说："雅典娜，求求您宽恕这个城市，以及特洛伊人的妻子儿女吧！"但是，雅典娜拒绝这个祈求。

当赫克托耳走回战场时，他知道这可能是最后一次了。他回头再看看特洛伊城，看看他钟爱的妻子安德洛玛克和儿子亚士迪亚纳克斯。他的妻子听到特洛伊人溃败后，正颤抖着在城墙上观望。在她的身边，一名贴身女仆带着他的小孩。他默默微笑地看着他们。安德洛玛克用手执着他的手而哭泣。"我亲爱的主人，”她说，“你不但是我的丈夫，也是我的父母、兄长，留下来陪我吧！ 千万不要让我成为寡妇，让你儿子成为孤儿。”他温和地拒绝她。 他说，他不能成为一名懦夫，在战场上，他总是在最前线杀敌的。 而且，她可以知道，他永远会记得在他死后她将会如何地痛苦。 就是这个想法，使他感受的困扰超过爱的一切，更超过其他许多的关怀。 在他转身离开她前，他第一次向儿子伸出手臂。 这个小孩恐惧地向后退，他害怕那顶头盔和可怕晃动着的饰物。 赫克托耳笑了起来，由头上摘下头盔，然后用手臂抱住儿子。 他抚摸着儿子而祷告：“宙斯啊！ 几年后，当这个孩子由战场归来时，愿人们能对他这么说：‘他比他的父亲更伟大！’”

于是，他把儿子放在妻子的手中，而安德洛玛克含笑地抓着他，微笑里夹杂着泪水。 赫克托耳怜惜她，用手柔情地抚摸着她说：“亲爱的，不要如此地悲伤，命运注定的事情必然要发生，但我要和命运对抗，没有人能杀我。”然后拾起头盔离她而去，她频频回头看他，返回家中，哭得十分凄凉。

他再度来到战场，渴望战斗。 有一段期间，好运气呈现在他眼前。 这时，宙斯记得对西蒂斯的承诺，为阿喀琉斯的损失报复。 他命其他诸神留待在奥林匹斯山，而他自己则来到地面帮助特洛伊人。 这下希腊人可惨了，他们的勇将远离他们——阿喀琉斯独自坐在自己的营帐里，沉思他的损失。 特洛伊伟大的战士表现出他从未有过的卓越和勇敢。 赫克托耳如入无人之境，“驯马者”是特洛伊人给他的雅号，他驾着战车踏过希腊人的行列，战马和驾驶者的精神勇气好像都已激励起来，他明亮的头盔所到之处，战士们望之披靡。 一个个倒在他厉害的钢矛之下。 当夜幕低垂，战事结束时，特洛伊人几乎把希腊人赶回船上。

当晚，特洛伊人疯狂地庆祝，而在希腊军营里却是一片哀伤和绝望的景象。阿伽门农赞成放弃攻打，搭船回希腊。然而，众将领间的最年长、最睿智的尼斯陀——他的明智犹胜过机敏的奥德修斯——对阿伽门农说，要不是他激怒了阿喀琉斯，他们就不会被打败。他说："想点办法使他息怒，而不要这样丢脸地回去。"所有的人都赞成这个意见，而阿伽门农亦承认他干了傻事。他答应把波莉西丝送回，并且送其他许多高贵的礼物。他要求奥德修斯带给阿喀琉斯。

奥德修斯和两名他选出来做伴的将领来到阿喀琉斯的营帐，发现阿喀琉斯正和他最亲爱的朋友巴屈洛克劳斯在一起。阿喀琉斯很有礼貌地欢迎他们，并且摆下许多食物和饮料招待他们。但当他们说出此来的目的，并说如果他愿意答应，所有贵重的礼物都是他的，还要求他能同情陷于困境中的同胞时，他们却得到断然的拒绝。阿喀琉斯告诉他们，就算是埃及所有的宝藏也无法收买他，他正要搭船回家，并告诉他们，聪明的话也该和他做法一样。

当奥德修斯带回阿喀琉斯的答复时，所有人都反对再进行劝导了。第二天，他们像进退维谷的勇士，抱着必死的决心来到战场。但是，他们再度失利，他们一直败退到船只停泊的沙滩上。这时，救星来了，赫拉实行她的计划。她看到宙斯坐在爱达山上观望特洛伊人的胜利，她是多么地恨他。但她知道，只有一个办法能胜过他，她必须在宙斯面前表现得非常可爱娇媚，使他无法抗拒。当他拥抱她时，便迷惑他，使他陷入熟睡而忘了特洛伊人。她依计实行，回到她的卧房，用尽所知的方法打扮得娇艳无比。装扮完毕，她又向阿佛洛狄忒借来装着一切妖媚的腰带，然后，带着这些新增的妖媚来到宙斯的面前。他一见她，他的心被爱欲所征服，因此，就不再想起对西蒂斯的承诺了。

战事马上转为对希腊人有利，阿吉克斯把赫克托耳扔到地上，但在伤害他前，伊尼亚斯已将赫克托耳救起，带他离去。由于赫克托耳不在，希腊人能够把特洛伊人逐离战船。如果宙斯不醒，特洛伊城恐怕都要被洗掠了。宙斯跳了起来，看见特洛伊人撤退，而赫克托耳则躺在草原上呻吟。他明白一切，狠狠地望着赫拉说，这是她奸诈狡猾的杰作，他恨不得好好鞭打她一顿。战情演至这个地步，赫拉知道她已帮不上忙，她立刻否认特洛伊人的溃败与她有关。她说一切都是波塞冬所做。而事实上，海神是由于她的恳求，才违背宙斯的命令帮助希腊人。然而，宙斯有了解释，使他不用责打赫拉，也就满意了。他送赫拉回到奥林匹斯，召唤伊里斯传达命令给波塞冬，命他离开战场。海神不高兴地遵从了命令，战况又再度对希腊人不利。

阿波罗救醒失去知觉的赫克托耳，并且输给他超人的力量。在此之前，希腊人像被山上猛狮追逐的、惊慌过度的山羊，狼狈不堪地逃回船上。那座建筑用来自保的城墙倒塌了，就好像孩子们在海岸堆砌的沙墙在游戏中崩溃一般。失望的希腊人只有想到壮烈牺牲了。阿喀琉斯的朋友巴屈洛克劳斯以惊吓的心情看这幕溃败的惨况。他不能因为阿喀琉斯的缘故而长久地置身战场之外。“当你的同胞将被歼灭时，你还能忍心在此生气，”他对阿喀琉斯大吼，“但是，我却无法如此，把你的盔甲给我吧！假如他们把我当成是你，特洛伊人可能会望威却步，而筋疲力尽的希腊人也可以得到喘息的机会。你我都还精力旺盛，或许我们能击退敌人。但是，如果你还在生气，至少也把盔甲借给我。”

他说话的时候，又有一艘希腊战船着火燃烧。“用这种方法，他们会切断军队的后路，”阿喀琉斯说，“走吧！拿我的盔甲来，部下们也跟你一起走，保卫战船去。我不能去，因为我是名誉不好的人。但要是战火蔓延到我的船只，我会奋起抗战。我不愿为那些使我受辱的人而战。”

于是，巴屈洛克劳斯穿戴着所有特洛伊人都熟悉而且畏惧的光荣的盔甲，率领阿喀琉斯的部下密耳弥多涅斯人开入战场。在这批新的部队的首次攻击行动下，特洛伊人动摇了，他们以为是阿喀琉斯亲自率领他们。而事实上，巴屈洛克劳斯初次的表现正如阿喀琉斯所表现的一样英勇。但是，最后他和赫克托耳碰面了，他的劫数到了，就好像一只野猪碰到狮子时劫数难逃一样地确定。赫克托耳的矛致命地伤了他，于是，他的灵魂脱离躯体，掉到哈得斯的冥府去了。然后，赫克托耳从他身上脱去盔甲，脱去自己的盔甲后，把它穿戴上去。他似乎也承受赫克托耳的力量，没有一名希腊人敢和他对阵。

夜幕来临，战事结束了。阿喀琉斯坐在营房旁边等待巴屈洛克劳斯回营。但是，他看到年老的尼斯陀的儿子飞毛腿安地勒邱士向他冲了过来。当他跑的时候，热泪盈眶，“惨痛的消息，”他喊了出来，“巴屈洛克劳斯死了，而且赫克托耳还夺走他的盔甲。”

阿喀琉斯顿时面色惨白，心痛欲绝，周围的人都为他性命担忧。他的母亲在海底的洞穴里知道他的悲哀，于是跑上来安慰他。他对母亲说：“如果我不能使赫克托耳为巴屈洛克劳斯的死付出代价，我绝不再生活于人间。”

西蒂斯哭泣着提醒他，命中注定他将在赫克托耳死后即刻丧生。“那么让我死吧！”阿喀琉斯回答，“当我的同胞临危时，我不能帮助他。我要杀死残害挚友的杀手，然后当死亡降临时，我愿意接受。”

西蒂斯不再企图阻止他。她说：“你不要毫无装备地上战场。只要等到明天，我将带给你由武器之神赫淮斯托斯所打造的盔甲。”

多奇异的盔甲！当西蒂斯带来它们时，真的是和制造者的身份相符——如此的盔甲，地球上绝没有人能制造出来。密耳弥多涅斯人凛然敬畏地注视它们。当阿喀琉斯穿戴它们时，强烈欢乐的火焰在他心中燃起。最后，他离开坐守很久的营房，前往受创的希腊阵地，来到受重伤的达奥米迪斯、奥德修斯、阿伽门农和其他许多人会合的地方。在这些人面前，他自觉惭愧。他告诉他们，他觉得自己真是太过于愚蠢，竟为了仅仅一个女孩的损失而忘了其他任何事情。但那已成为过去，他准备像以前一样领导他们。他立刻让他们备战，将领们高呼万岁。但奥德修斯为众人发言，当他说到他们必须补给食物和酒，因为饥饿的士兵只有打败仗时，阿喀琉斯讥讽地回答：“我们的同胞卧在疆场上，而你却要求食物。非到替我亲爱的同胞报仇，我绝不食不饮。”然后，他自言自语着，“啊！最亲爱的朋友们，因为缺了你们，我吃也吃不下，喝也喝不下。”

当其他人在充饥时，他便发动攻击。所有的凡人都知悉，这是两位最伟大的战士间的最后一次战斗。同时，他们也明白战斗的结局将会如何。父神宙斯悬起他的金秤，赫克托耳的死亡秤码放在一方，阿喀琉斯的放在另一方。赫克托耳的秤码沉下去，天意注定他必须一死。

然而，胜利还是遥无可期。特洛伊人在赫克托耳指挥下，像勇士般地在自己国家的城墙前作战。甚至于特洛伊的大河——诸神称之为克仙萨斯河，而人们称之为史加曼德河——也参加战役。当阿喀琉斯准备渡过大河时，该河企图溺死他们。但一切都徒劳无功，因为当阿喀琉斯在冲锋陷阵寻找赫克托耳时，没有人能挡得住他。众神到现在还是跟人们一样，也在进行激烈的争斗。宙斯和他们分开，坐在奥林匹斯，愉快地看着神和神间的争斗：雅典娜将阿瑞斯击倒在地；赫拉夺走阿尔忒弥斯肩上的弓，并用拳头忽左忽右地打她耳光；波塞冬用讥骂的言语想激怒阿波罗先动手打他，太阳神不理会这个挑衅，他知道，现在为赫克托耳而争，已无济于事了。

这时，由于特洛伊人完全溃散而集体拥进城里，使得特洛伊的史卡安大门被冲破。只有赫克托耳一丝不动地站在城墙前面。他年老的父亲普里尔蒙和母亲希古巴从城门喊他回到城里，但他不予理会。他正在想：“我领导特洛伊人，他们的溃败是我的过错，我能贪生怕死吗？可是——如果我放下盾矛！前去告诉阿喀琉斯，我们愿意送回海伦，并以特洛城的一半宝藏赔偿他，则又会如何呢？没有用的，他会把空手的我当成妇女般地杀死。同样都是死，不如和他一战还好些。”

阿喀琉斯过来时，有如阳光一般的灿烂，他的身旁有雅典娜；而赫克托耳却是单独一个人，阿波罗已把他交给他的命运。当俩人接近时，赫克托耳转身而逃。他们沿着特洛伊城墙追逐三圈，追逐者以飞快的腿奔跑。雅典娜使赫克托耳步履沉重，她化成赫克托耳的兄弟戴弗巴士出现在他身边。赫克托耳以为战友来了，便转身头对阿喀琉斯喊道：“如果我杀了你，我会把你的尸体运回你的朋友处，你是否能同样地对待我？”但阿喀琉斯回答道：“狂夫！你和我之间正如羊和狼之间一样，是没有契约之可言。”说完，他将矛抛了出去，却没有射中目标，雅典娜马上替他拾回。赫克托耳准确地攻击，他的矛射中阿喀琉斯盾牌的中心，但又有什么用呢？阿喀琉斯的盔甲是非常神奇的，它们无法被刺穿。赫克托耳立即转身向戴弗巴士，想取他的矛，但他不见了。于是，他明白一切真相，雅典娜戏弄了他，而他一点退路都没有。

“众神已召唤我赴死，”他想，“最少我不能毫无奋斗地受死，但愿我死前能创造名垂后世的战绩。”他抽出他的剑，这是他现在所拥有的唯一武器，然后冲向他的仇敌。但是，阿喀琉斯还有一把雅典娜替他拾回的矛，况且他对赫克托耳取自巴屈洛克劳斯身上的盔甲相当熟悉，在赫克托耳能够逼近他之前，他对准靠近喉咙的开口处刺了过去。

赫克托耳倒了下去，最后终于断气。在他奄奄一息时，他祈求：“请将我的躯体交回给我的父母吧！”

“你这条狗，你不要向我哀求。”阿喀琉斯回道。然后，赫克托耳的灵魂离开躯壳，飞向哈得斯，叹息他的命运以及未及享用的青春和活力。

当希腊人拥上来想瞧瞧躺在那里的赫克托耳到底有多高和容貌有多尊贵时，阿喀琉斯从他的尸体上脱下鲜血淋漓的盔甲，他心里想着别的事情。他刺穿死者的双足，用皮条绑在战车之后，让死者的头颅拖地。然后鞭打马匹，拉着光荣的赫克托耳，一周又一周地绕着特洛伊城墙。

最后，当他残酷的心灵满足于报仇时，他站在巴屈洛克劳斯的尸体旁说道：“虽然你在哈得斯之家，请听我说，我把赫克托耳拖在我的战车后面，在你的火葬礼时，我要用他来喂狗。”

在奥林匹斯山上此时正纷争不已。除了赫拉、雅典娜和波塞冬以外，诸神对于这种凌辱死者的方法极为不悦，尤其是宙斯更为愤怒。他派伊里斯去找普里尔蒙，命令他不要惧怕阿喀琉斯，要他带着丰富的赎金去赎回赫拉托耳的尸体。伊里斯告诉他，阿喀琉斯虽然凶暴，但他的心地并不坏，他会有礼貌地对待恳求者。

于是，年迈的特洛伊王装了一辆特洛伊最好最华贵的珠宝，走过平原，来到希腊人的军营。赫耳墨斯扮成一位希腊军人，而且自居向导，引导他到阿喀琉斯营中。因此，这位老人在他伴同下，经过森严的卫兵，来到杀死且凌辱他儿子的人之前。当他抱住阿喀琉斯的双膝，并吻他的手时，阿喀琉斯和左右的人都感觉诧异，他们奇怪地面面相顾。“阿喀琉斯，请你记住，”普里尔蒙说，“你的父亲同我一般年纪，也和我一样是不幸的人，因为他也失去一个儿子。过去从没有人像我一样，向我儿子的凶手伸手，这是更值得同情的。”

阿喀琉斯听完后，哀怜之心油然而起。他温和地扶起老人。“请坐在我的身旁，”他说，“让我哀伤的心情平稳下来，人类的命运都是残恶的，但我们仍须保持勇气。”然后，他命仆人洗净赫克托耳的尸体，再用香油涂抹在他身上，并用一条柔软的袍子将它盖住。如此，虽然尸体曾被恐怖地砍割，但普里尔蒙无法看到，能忍住怒气。

“你想要为他举行多少天的葬礼？”他问道，“在他举行葬礼的期间，我将命希腊人撤离战场。”

于是，普里尔蒙带着赫克托耳的尸体回家。特洛伊人空前未有地哀痛，甚至海伦也哭了。“别的特洛伊人怪我，”她说，“但是，由于你心地的仁慈和温雅的谈吐，我常常从你身上得到安慰，你是我唯一的朋友。”

他们为他举行九天的追悼大会，然后把他放在火葬堆上，引火焚烧。当一切都烧尽时，他们从灰烬中收拾骨骸，装在金骨瓮里，用柔软的紫衣掩盖起来。他们将骨瓮放在空墓中，再用大石盖住墓穴。

这就是“驯马者”赫克托耳的葬礼。而且，《伊利亚特》也以此作为结束。

赫克托耳死了，阿喀琉斯心里明白，如同他母亲所言，他自己的死期也到了。在他的战斗永远结束前，他再次地创造了伟大的战功。黎明之神的儿子埃索匹亚王子麦伦带了大批人马来帮助特洛伊人。因此有一个时期，虽然赫克托耳已亡，但是希腊人的情况却相当吃紧，折损多名英勇的战士，包括飞毛腿安地勒邱士和老尼斯陀的儿子。最后，阿喀琉斯在一次光荣的战役中杀死麦伦，这是这位希腊英雄的最后一役。然后，他自己倒在史卡安城门之旁。

当他抵达特洛伊城墙之前，他已驱散了特洛伊人。帕里斯用一支箭射他，阿波罗引导这支箭射中他脚上唯一能受伤的部位——他的足踝。当他出生时，他母亲西蒂斯为了使他刀枪不入，将他浸在史蒂克斯河（即冥河）中。但由于她的疏忽，她没有留意到脚上她所捉住的地方。阿喀琉斯死了，奥德修斯击退特洛伊人，带着阿喀琉斯的尸体离开战场。据说，他在火葬后，骨骸和他的朋友巴屈勒克劳斯装在同一个骨瓮里。

另一种说法是，西蒂斯带给他的神奇盔甲促成了阿喀琉斯的死亡。当时经过全体会议决定，两位英雄奥德修斯和阿喀琉斯有权得到这些盔甲，在俩人之间举行一次秘密投票表决，结果奥德修斯得到盔甲。在那个时代，这种决定是很严重的事情，不仅对赢得的人是一种荣耀，而且对失败的人也是一种耻辱。阿喀琉斯自觉受辱，在极度地愤怒下，他决定杀死阿伽门农和墨涅拉俄斯，他有理由相信他们投他的反对票。傍晚时候，他去找寻他们。雅典娜让他疯癫，他来到他们的阵地，以为希腊人的牛羊群是军队，便冲向前去杀它们，自信地杀死一名首领，现在又杀死另一名。最后，他把心里错认是奥德修斯的一头公羊拖回他的营帐，把它绑在营帐的支柱上，凶残地鞭打它。当他最后脱离疯癫，恢复理智后，他才明白，他没有得到盔甲的耻辱在他行为所带来的羞耻比较下，只不过是个影子而已。他的愤怒、愚蠢和疯狂将使得人人尽知。被屠杀的动物横尸遍野。

“可怜的牛群，”他自言自语，“毫无目的地死在我的手中！而我孤零零地站在这里，为人神所共恨。在这般情形之下，只有懦者才留恋生命，一个人不能光荣地生存，也得光荣赴死。”他抽出剑自杀了，希腊人不愿燃烧他的身体，仅将他埋葬。他们认为自杀的人不能得到火葬和骨瓮的荣耀。

阿喀琉斯的死，使希腊人大为沮丧。胜利依旧遥不可期。先知者卡尔卡斯告诉他们，他没有神的信息，但在特洛伊人之中，有一位先知者希里诺斯能预知未来。他们如果捉住他，便能从他身上得知他们应该做什么。奥德修斯顺利地俘虏希里诺斯，于是他告诉希腊人，除非有人用赫拉克勒斯的弓箭对抗特洛伊人，否则特洛伊城绝不会沦陷的。

当赫拉克勒斯死时，他将弓箭交给那位为他火葬堆燃火的菲洛克迪特斯王子。后来，当希腊军队驶往特洛伊城时，他加入希腊军的队伍。在旅程中，希腊军在一座岛上停留祭贡，菲洛克迪特斯被蛇咬伤，一直无法痊愈。军队无法等待，他这副模样又无法前往特洛伊。最后，他们将他留在雷姆诺斯岛——虽然寻找金羊毛的英雄曾在岛上发现不少女人，但那时岛上毫无人烟。抛下孤立无援的受难者是残忍的，但当时他们急于远赴特洛伊，而且他有弓箭，至少他绝不会缺乏粮食。

当先知者希里诺斯这么说时，希腊人清楚地知道，想劝服一位被他们虐待过的人，要他将宝贵的武器交给他们是相当困难的。因此，他们派机诈狡猾的奥德修斯用计夺取武器。有些人说，他和达奥米迪斯前往；另有些人则说和阿喀琉斯的幼子尼奥托勒默士（亦名菲尔赫士）一起。他们顺利地偷取弓箭。要离去时，他们不忍心抛下可怜的受难者。最后，他们说服他一道回去。到达特洛伊后，高明的医生替他治好，而且当最后他愉快地回到战场时，第一位被他的箭射伤的人便是帕里斯。他被射中后，要求将自己送到那位在三女神找他评判前和他一起居住的奥伊诺妮那里。她曾告诉帕里斯，她知道一种奇异的药草，能治愈任何创伤。他们将他带到奥伊诺妮面前，他要求她救他一命。但是，她拒绝了。他抛弃过她并长期的遗忘她，这让她不会因他命在旦夕而立刻原谅得了的。她望着他死去，然后离开他自杀了。

特洛伊并未因帕里斯的死而沦陷，事实上，他的死并不算重大的损失。最后，希腊得悉在城里有一座供奉雅典娜神像的庙宇，叫作巴拉第尔蒙。特洛伊人只要拥有这个神像，特洛伊城就不会被攻下。因此，仅存的两名首领——奥德修斯和达奥米迪斯——决定要去盗取它。夺走神像的是达奥米迪斯。有一个夜晚，他在奥德修斯的帮助下，爬上城墙，找到那个神像，他将它带回营帐。取得神像后，希腊人的勇气大增，决定不再等待，要全力结束这场无法结束的战争。

同时，他们看得很清楚，除非能将部队弄入城里，然后出其不意地攻击特洛伊人，否则永远无法攻破城池。从他们开始进围该城以来，一晃已是十个年头过去，而该城仍然强固坚硬，那些城墙屹立不损，它们未受过真正的攻击——大部分的时间，战事都是在距城墙有段距离的地方进行。希腊人必须想出秘密地进入城里的方法，否则只有失败。这些新的决心和眼光的结论，便是木马计。每个人都能猜出，这是奥德修斯诡计多端的头脑的创作。

他命一名机巧的工人，造一只中间空心而且大得能容纳许多人的木马。然后，他劝服——而且费了很大的劲——一些将领藏在木马里面，当然包括他自己。除了阿喀琉斯的儿子尼奥托勒默士外，他们都吓坏了，事实上，他们所冒的也是不小的危险。这个构想是这样的：其他所有的希腊人撤出营地，表面上出了海，而其实却隐藏在特洛伊人看不见的最近一座岛屿上。不管发生什么变故，他们都是安全的，如果出了差错，他们便可以扬帆回家，但在此情形下，木马内的人则注定要牺牲。

足以信赖的奥德修斯不会忽略任何细节。他单只留下一名希腊人在弃置的军营里，预先编好一套谣言使特洛伊人拖木马入城——而不会细查木马的内部。然后，当夜色最黑时，内部的希腊人便离开他们的木造牢房，把城门打开给军队——这时军队已驶回，而且在城墙外等待时机。

计划将要实现的那一个晚上来临，而特洛伊城的末日也到了。城墙上的特洛伊哨兵望见那件奇异的东西都被吓住了。在史卡安大门前，屹立着一个从没有见过的马形巨物，简直是一只怪物，虽然没有声音或动静来自它，但它是那么奇怪，以致所有的人都不知不觉地惊骇起来。事实上四周一点声音和动静也没有。原来喧哗扰攘的希腊营帐暗然无声，而且船也驶走了。只有一个结论似乎是可能的：希腊人撤退了，他们已承认失败，并且已搭船开回希腊。整个特洛伊欣喜过望，长期的战争已经结束，痛苦也成为过去了。

人们聚集在弃置的希腊军营瞧个究竟：这里是阿喀琉斯生气待着不出战的地方；阿伽门农的营房设在那里；这里就是狡诈者奥德修斯的住处……看到这些空无所有的地方是多么兴奋啊！现在，他们已不再有什么可怕了。最后，他们回到怪物木马站立的地方，他们围绕着它聚集，迷惑于它究竟用来做什么。这时，被留在营中的希腊人故意让他们发现。他的名字是萨伦，是一位口齿伶俐的说客。他被逮捕而拖往普里尔蒙处时，一面痛哭流涕，一面声明他绝不再当希腊人。他所说的故事，也是奥德修斯的杰作之一。萨伦说帕拉斯·雅典娜因巴拉第尔蒙神像的遭窃而极为愤怒，希腊人惊骇地派人到神谕处询问他们如何能使她息怒。神谕答示：“起初当你们前往特洛伊时，用鲜血和少女的牺牲使风吹起。现在也要用鲜血才能找到归路，用一名希腊人生命可以得到赎罪。”萨伦告诉普里尔蒙，他就是被选来祭贡的不幸牺牲品。一切都是为这个可怕的祭典而准备，这个祭典将在希腊人撤退前举行，但在夜晚，他设法脱逃，藏身于沼泽之中，并眼看着船只驶离。

这是个天衣无缝的故事，特洛伊人绝不会起疑。他们同情萨伦的不幸，而且担保他日后能和他们一样地过活。伟大的达奥米迪斯、勇猛的阿喀琉斯、十年的血战和千艘战舰都无法克服的特洛伊人，竟被虚伪、狡黠和伪装的眼泪所征服了——因为萨伦并未忘记故事的第二部分。他说，制造这座木马是要奉献给雅典娜作为谢恩。而它的造型十分庞大，原因是为防止它被运入城里。希腊人是希望特洛伊人毁了它，从而引起雅典娜的恼怒。如果放在城里，会使雅典娜偏爱他们而远离希腊人。

这个故事相当精巧，自然地获得预期的效果。另外，众神中最讨厌特洛伊城的波塞冬，也适时补上一些细节，使得这个理论更为确定。当木马首次被发现时，祭司拉奥古安坚持要特洛伊人毁了它，他说：“我惧怕希腊人，包括他们送来的礼物。”普里尔蒙的女儿卡珊德拉亦附和这个警告，但没有人听她的。于是她在萨伦出现前回到宫中。拉奥古安和他的两个儿子怀疑地听着萨伦的故事——他们是仅有的怀疑者。当萨伦讲完，立刻有两条可怕的蛇从海面游到陆地。它们一着陆即直逼拉奥古安，用巨大蛇身卷起他和两名少年，将他们摔死，然后消失在雅典娜的神庙里。

不可能再有怀疑了。惊恐的旁观者以为，拉奥古安是因为反对让木马进城而遭受惩罚，绝没有其他的人敢再反对木马进城了。所有的人高呼：

把雕像带进来，
把宙斯之子的适当礼物，
献给雅典娜。
哪位年轻人不赶紧向前？
哪位老人愿意留在家里？
伴随着歌唱和欢呼，
他们带进来死亡、叛乱和毁灭。

他们拖着木马经过大门，直到雅典娜的神庙。然后，为他们的幸运而欢呼，他们相信战争已结束，同时，雅典娜也恢复对他们的关爱。他们平安地回到十年都没有回过的家中。

在午夜时分，木马的门开启了。希腊的将领们陆续下来。他们潜至各城门，把它们各个大开，于是，希腊军队开进睡梦中的城市。他们首先要做的事，已闷不作响地完成，整座城市的建筑物都起火燃烧。这时，特洛伊人醒了过来，当他们急忙穿上盔甲时，他们还弄不懂发生什么事，特洛伊已着火了。他们相继冲到街上，状至狼狈，一队队希腊的士兵等在那里，在每个人能和战友会合之前，已被击杀而倒。

这不是战争，而是屠杀，许许多多的人在无还手之力的情况下失去生命。距离城市较远的地方，特洛伊人能在各处集合，于是那里的希腊人要受苦了。他们被那些只希望在被杀前拼死一战的特洛伊人杀死。他们知道，对一个被征服的人而言，唯一的安全就是不要希望安全。这种精神常常使胜利者变成为失败者。急中生智的特洛伊人脱去自己的盔甲，换上希腊死者的盔甲，于是许多的希腊人以为遇上战友，但当他们发觉是敌人时已经太迟了，他们只有为自己的错误付出生命的代价了。

在各屋的顶端，特洛伊人掀起屋顶，然后用梁柱的砖石投掷希腊人。普里尔蒙王宫上的整座塔都被人从根基上推倒。防卫者为塔倒下且压死一队攻打宫门的人马而欢欣若狂。但成功只不过带来短暂的喘息，其他的希腊人持着一根巨梁，越过残垣败瓦和被压碎的尸体，攻打宫门。宫门破碎了，在特洛伊人来不及离开屋顶前，希腊人已进入宫内。在内院里，妇女孩子们和一名男人——老王普里尔蒙——围着神坛，阿喀琉斯曾经宽恕普里尔蒙，但阿喀琉斯的儿子却在国王的妻子和女儿们之前杀死了普里尔蒙。

这时，战争的尾声近了。这场战事由开始就实力悬殊，太多的特洛伊人在最初一怔间即被残杀。希腊军无法由各处被击退，渐渐地抵抗结束了。在天亮之前，所有的首领——除了阿佛洛狄忒的儿子伊尼亚斯以外——都死光了。伊尼亚斯是特洛伊唯一逃离的将领。只要能找到一名活着的特洛伊人和他并肩而立，他就会攻击希腊人。但是，当屠杀蔓延而死神靠近他时，他想到家庭和被他抛在家里的孤苦无助的人。他对特洛伊已无能为力了，但或许能为他们做些事情。他急忙跑向他们——老父、小儿子和妻子那里。在他要走的时候，他的母亲阿佛洛狄忒出现在他面前，她催促他快跑，而且使他能安全逃离火焰和希腊人。甚至有女神的帮助，他也无法挽救妻子：在他们离开屋子时，她因和伊尼亚斯分散而被杀。但他所带的另两个人——他的父亲在他的背上，儿子在他的手里牵着——他带着他们离开，越过军队，穿越城门跑到乡下。除了神，没有人能拯救他们，而阿佛洛狄忒是唯一救助一名特洛伊人的神。

她也帮助了海伦，她使海伦离开城市，并且带她回到墨涅拉俄斯处。墨涅拉俄斯高兴地收留她，当他搭船回希腊时，她一直跟随着他。

黎明来临时，这座亚洲最值得骄傲的城市已经在熊熊的火势下成为废墟。特洛伊留下来的只有一群被俘的无依无靠的妇女，她们的丈夫已战死，孩子们已被希腊人抢走。她们只有等待着被她们的主人带往海外充当奴隶。

这群女俘虏的领导者是年老的皇后希古巴和她的媳妇——赫克托耳的妻子安德洛玛克。对希古巴而言，一切都已结束，她蹲在地上，眼看着希腊船只整装待发，同时，望着这座城市燃烧。她自言自语："不再有特洛伊城了，而我——我是谁？一名供男人驱遣的仆人，一名无家的苍老妇人：

> 有什么悲伤不属于我？
> 国破家亡，夫死子散，
> 我全家人的光荣幻灭了。"

而周围的妇女回答道：

> "我们遭遇同样的痛苦，
> 我们都是奴隶，
> 我们的儿女在哭泣，泪流满颊地呼唤我们：
> '母亲啊！我孤苦无依，
> 现在他们驱赶我进入黯淡的船上，

母亲啊！我无法再看到您了。’”

有一名妇女仍拥有她的儿子——安德洛玛克将那位被父亲的高顶头盔吓坏的儿子亚士迪亚纳克斯抱在怀里。“他年纪这么轻，”她想，“他们会让我带着他。”但是一名由希腊营帐跑来的传令官，吞吞吐吐地对她说，请她不要恨他把这坏消息带给她，他是不得已的，她插嘴道：

不会是说他不能和我一起走吧？

传令官回答：

这孩子必须死——从高耸的
特洛伊城墙上被掷下来。
现在——此刻——让我完成吧！
像一个勇敢的妇女般忍受吧！
想想：你是孤单的，
一名妇女，一名奴隶，而处处孤苦无援。

她明白他的话是真实的，她没有任何援手。她向她的儿子告别：

我的小宝贝，你哭了？那里，就是那里，
你不知道什么在等着你。——
事情将会如何？落下来——下来——
一切都破碎——而没有人怜悯。
吻吻我，以后无法再如此了，走近我，再近些，
生下你的母亲——用你的手搂着我的脖子，
现在吻吻我，唇贴着唇。

士兵们将他带走。就在他们由城墙上将他投下去之前不久，

他们在阿喀琉斯的坟前杀了一名少女，即希古巴的女儿波莉克西娜。由于赫克托耳的儿子死亡，特洛伊的最后牺牲完成了。船只上的妇女们眼睁睁地看着一切的结束：

伟大的特洛伊城已经毁灭，

现在，只剩下红色的火焰在那里闪亮。

操纵天地万物的天神看来不希望人类之间的这种大屠杀存留下来，风神和海神波塞冬不仅击沉了无数的希腊船只，让大海吞没了满载而归的英雄，而且狂风和巨浪也扫荡了特洛伊城，冲走了战争留下的一切痕迹。进行了十余年之久的特洛伊战争，除了希腊伟大的诗人荷马为它记下了许多可歌可泣的动人故事外，一切都化为乌有，就连特洛伊这个地名，也从地图上消失了。战争后能够回到家乡、得到幸福的人寥寥无几，更多的希腊人与他们的希望、他们的光荣一起被葬入海底。我们不要去打扰他们，让他们在那里继续着他们那没完没了的美梦吧。

俄瑞斯忒斯的故事

特洛伊城被摧毁了。希腊人胜利回国的船只被海浪葬送了一半，剩下的战船重新拼凑在一起，大家又在风平浪静的洋面上朝家乡驶去。阿伽门农的战船受到赫拉的佑护，并没有遭受损失。他指挥着船只朝伯罗奔尼撒海岸笔直驶去。一行船队已经到了拉哥尼亚的玛勒阿山的前沿，大家看到岛上山高险恶，却不料一阵飓风又把船只全部吹入汪洋大海。大统帅阿伽门农朝苍天举起双手祈求神赐福，别让自己经历无数苦难努力奉行神命之后又全军覆没葬身海底，因为家乡就在眼前了。他不知道这场风暴就是神赐予的；按照神的旨意他本应该在遥远的异国他乡安身立命，在流浪中度过一生，而不能重新涉足迈肯尼国的王宫宝殿。

阿伽门农的亲族背负一场诅咒，这还要追溯到他的曾祖坦塔罗斯时代。他的先辈动用无耻的暴力，有的成为座上客，有的沦为阶下囚。阿伽门农原来也将由于亲族间的罪孽而身亡。从前，他的曾祖坦塔罗斯邀请神赴宴，却把自己的儿子珀罗普斯剁成碎块端上餐桌。神的奇迹让珀罗普斯恢复了生命。珀罗普斯应属清白无辜，可是他却杀害了善良的密耳提罗斯，使得家族的罪孽更加深重。密耳提罗斯是赫耳墨斯的儿子，在国王俄诺玛俄斯宫中当御使。珀罗普斯跟国王打赌赛车，他如果取得胜利便能娶国王的女儿希波达米亚为妻。为此，珀罗普斯说服密耳提罗斯，让他拔出国王车上的铁钉，换上蜡制的假钉。国王俄诺玛诺斯的赛车果然断裂，珀罗普斯胜利了，赢得了年轻的妻子希波达米亚。可是，当密耳提罗斯追讨应得的报酬时，珀罗普斯竟然杀人灭口，把密耳提罗斯推入大海。后来，他再三请求愤怒不已的赫耳墨斯原谅自己的罪孽，又给被害的密耳提罗斯建造坟墓，给赫耳墨斯建立寺庙，但这一切都无济于事，珀罗普斯及其族人难逃神的报复。

珀罗普斯生有两个儿子：阿特柔斯和堤厄斯忒斯。他们俩人的罪孽更为深重。阿特柔斯是迈肯尼的国王；堤厄斯忒斯统治亚哥利斯的南部地区。兄长阿特柔斯养了一头金毛公羊。堤厄斯忒斯垂涎欲滴，千方百计想要得到金毛羊。他诱骗兄长的妻子埃洛珀并与其私通。埃洛珀将金毛羊给了他。当阿特柔斯知道了他兄弟所犯的双重罪恶时，他立即实行报复。他依照他祖父的例子，偷偷地捉住堤厄斯忒斯的两个幼小的孩子坦塔罗斯和普勒斯忒涅斯，并将他们杀害，作为盛馔，在大宴会上招待他的兄弟。他用孩子们的血液兑在葡萄酒中请他们的父亲干杯。太阳神看到这可恶的宴会，也吓得勒转太阳车，退了回去。大地因此漆黑一片。后来堤厄斯忒斯从他毫无人性的兄长那里逃走，藏在厄庇洛斯的国王忒斯普洛托斯处。后来阿特柔斯的国家里遭到干旱和饥荒。国王请求神谕，所得到的回答是必须将他所赶走的兄弟召回，他的国内才会繁荣和丰收。

阿特柔斯亲自找到堤厄斯忒斯，将他和他的儿子埃癸斯托斯带回家。埃癸斯托斯生于厄庇洛斯，是他的父亲诱奸别人所生。现在他决定为他的两个哥哥向阿特柔斯及其子孙报仇。他报仇的第一步是在阿特柔斯和堤厄斯忒斯回到迈肯尼不久后完成的。

那两兄弟的友爱为时很短。阿特柔斯将堤厄斯忒斯禁锢在监牢里。埃癸斯托斯去见他的伯父，假装对于自己出身的不光荣感到愤怒，所以愿意将自己的父亲杀死。因此他被许可进入监牢，在那里他和他的父亲商定一个计策。埃癸斯托斯将一把沾血的刀子给他的伯父看。阿特柔斯对他的兄弟的死感到欢喜，于是在海滨作感谢神恩的献祭，这时他的侄儿就用那把刀子将他杀死。堤厄斯忒斯出狱后篡夺了他哥哥的王位。但不久，阿特柔斯的长子阿伽门农杀死了他的叔叔，为自己的父亲报了仇。埃癸斯托斯被赦免了。诸神保全他，要由他来继续这个灾祸，他仍然统治着他父亲在阿耳戈斯南部的王国。

后来，阿伽门农出发到特洛伊去了，留下他的妻子克吕泰涅斯特拉独居深宫。她因女儿伊菲革涅亚被杀的事对丈夫怀恨在心。这时埃癸斯托斯认为替他父亲向阿特柔斯的儿子报仇的机会到了。他突然来到迈肯尼。克吕泰涅斯特拉因为怨恨丈夫，有心要糟蹋他，所以她接受了埃癸斯托斯的甜言蜜语，和他同居在一起，如同夫妻一样，并共同享受王位。这时阿伽门农有子女三人居住在宫殿里，一是与伊菲革涅亚年岁最相接近的厄勒克特拉，一是她的年幼的妹妹克吕索忒弥斯，另一个是幼小的俄瑞斯忒斯。当着他们的面前，埃癸斯托斯篡夺了他们父亲的地位：既得到了他们母亲的爱情，又霸占了整个王国。后来特洛伊战争渐近结束，这对姘居的夫妇想到阿伽门农的归来，想到他和他的战士们所必然给予他们的惩罚，不禁大为恐惧。一直以来，他们就在城垛上安排了一个守望的人，叫他一看见由沿岸烽火台所发出的特洛伊城陷落和国王归来的信号，就立即前来报告他们。他们计划着举行盛会欢迎阿伽门农，并在他还没有发现宫廷和国内所发生的一切之前就落入他们设好的圈套。

终于熊熊的火光在黑夜中升起。守望的人立即从城垛上奔来，将这事报告给王后。克吕泰涅斯特拉和她的情人焦急地等待天明。日出后不久，阿伽门农所派遣的一个使者头上戴着橄榄枝先跑到宫殿来报信。王后假装十分高兴地接见他，但同时设法不让他与别的人接触。她打断他的长篇报告说："请暂不要说这全部的故事，我要从我的丈夫国王阿伽门农那直接听取每一桩事情。去，告诉他快些回来！告诉他我如何高兴，所有的迈肯尼人都如何地喜欢。我将以一种适合于一个大英雄的隆重而豪华的典礼亲自去欢迎他，他不单是我所最敬爱的丈夫，且是世界最著名城市的光荣的征服者。"

国王阿伽门农在玛勒阿山前遇到风浪，海浪把他的船队一直吹刮到埃癸斯托斯治理的王国南海岸。阿伽门农命令抛锚，在安全的港湾内等待顺风起航。派出去的探子给他带来消息，说该地的国王埃癸斯托斯很早以前就以王后的名义帮助治理阿伽门农的王国。大统帅听到消息后十分高兴，内心一点儿也不怀疑。相反，他还感谢众神佑护，以为族里的不睦从此便被埋葬了。他本人由于在特洛伊城前受尽了战争的创伤，再也不图报复血仇了。他不再想惩罚杀父的仇人——当然，他的父亲也的确遭受了公正的报复。另外，他深信妻子经历了如此长时间磨砺一定已经心平气和了。

阿伽门农看到顺风顺水，便命令船队起锚，带着武士们高高兴兴地驶入迈肯尼的港口。他们在海上举行浇奠祭礼，感谢众神救下自己并赐予一路平安。后来，阿伽门农跟着使者率领军队进入城来。城内的居民迎上前来，为首的正是埃癸斯托斯。大家都知道他是王国的主宰。接着，王后克吕泰涅斯特拉在同族的妇女簇拥下带着已被严密看管的子女走上前来。她以各种隆重的礼节和超乎寻常的敬畏迎接丈夫。王后没有拥抱国王，却扑地跪倒在他的面前，说尽了人间祝福和歌功颂德的语言。阿伽门农兴冲冲地急步往前，把她从地上扶起，拥抱着她说："勒达的女儿，你想到哪里去了？你怎么可以像一位女佣似的跪倒在地迎接我呢？我的脚下为什么铺垫着如此华丽的地毯？人们以这样的礼仪只能迎接不朽的神，而不是对待普通的凡人。去掉这些隆重的礼节吧，否则会有神嫉妒我的！"

他吻过妻子，又拥抱着孩子吻了他们，然后朝埃癸斯托斯走去。埃癸斯托斯谦逊地站立一旁，身后跟着一批城里的头面人物。阿伽门农兄弟般地跟他握着手，感谢他对王国的精心治理。然后，他弯下腰去，解开鞋带，赤着脚踏在贵重的地毯上。跟随在他后面的有普里尔蒙的女儿——预言家卡珊德拉，他从凶暴的罗克里斯的埃阿斯的手下将她救出，并将她作为战利品带回来了。她坐在满载战利品的大车上，垂首低眉，俯视着地上。当克吕泰涅斯特拉看见她的高贵的样子，即心怀嫉妒；特别是她听说过这女俘虏乃是帕拉斯·雅典娜的能说预言的女祭司，现在要和她一起住在因她对阿伽门农不贞而亵渎了的宫廷里，更感到十分恐怖。她越发觉得如果不及早执行她的计谋，将是最危险的事，并立刻决定要将这异国的女俘虏和她的丈夫同时害死。但她小心谨慎地隐匿着她的心事。

当胜利的行列到达迈肯尼的宫殿时，她就走到车前慈爱地对卡珊德拉说：“来吧，不要悲哀了！即使阿尔克墨涅的无敌的儿子赫拉克勒斯也曾被迫低头做异国女主人的奴隶。命运女神既已将你放逐，望你一来到了这历代繁荣富有的家庭而感到快乐。只有那些暴发户才会虐待仆人。所以请你放心，我们将好好看待你，并给你一切应得的照顾。”

卡珊德拉听到这话并不动容。她长久呆呆地坐着，她的女仆人不得不劝她下车。她如同一头受惊的牝兔一样跳下来。她预见一切将发生的事情，并知道已无可挽回。即使她能够改变命运女神的决定，她也不愿从复仇女神的手下挽救她的民族的敌人。但因为他曾经救过她，她情愿和他一起死去。

阿伽门农完全被他的妻子为庆祝他凯旋的豪华宴会所做的安排欺蒙住了。她的本意是要在筵席上由埃癸斯托斯所雇用的人将他杀死，如同在料槽边杀死一头牡牛一样。但是这位女预言家的来到促使她和埃癸斯托斯加速行动，并且不让任何人参与其事。

阿伽门农因远道归来感到十分疲惫，且满身尘土，所以要求温水沐浴。克吕泰涅斯特拉告诉他业已为他预备好。国王毫不迟疑地走进浴室里，放下武器，解下战甲和武装，并走下浴盆。当看见他没有武装，可以任人摆布了，克吕泰涅斯特拉和埃癸斯托斯就立即从隐伏处奔出，用密网套在他的头上，然后用短刀将他刺死。因为澡堂设在地下的密室里，所以上面宫殿里的人们听不见他呼救的声音。这时卡珊德拉独自一人在黑暗的大厅中行走，知道正在发生谋杀，就用一种奇特而隐晦的言语揭穿它。但不久以后她也被处死了。

当埃癸斯托斯和克吕泰涅斯特拉完成了这一双重的罪行后，他们不想隐瞒，因为他们相信左右的人对他们是忠实的。他们将两个人的尸体陈列在宫殿里。克吕泰涅斯特拉召集城里的长老，对他们毫无保留地宣告："朋友们，请别怨恨我，因为一直到现在我始终在瞒着你们。我不能不向我的仇人——我可爱的女儿的杀害者——报复。是的，我设置罗网，我如同捉鱼一样地捉到他。我凭冥王哈得斯之名，用我的短刀向他连刺了三刀。我亲手为我的女儿报了仇。我杀死了我自己的丈夫阿伽门农，我并不否认。他不是也曾如同杀死一头小羔羊一样想杀死了他的女儿么？我的苦恼，一个母亲的忧虑不是使阿耳戈斯人的船舰所遭到的飓风平息了么？难道这样一个凶暴的人应当生存并统治我们的忠诚的人民么？由一个不曾犯杀子之罪的人，由埃癸斯托斯来统治你们，不是更公平么？埃癸斯托斯杀死了阿特柔斯和他的儿子，只不过是替他的父亲报仇。由于他帮助我报了仇，我成为他的妻子，和他共居王宫，共享王位，这是很合理的。他使我保持着我的勇气。只要他和他的战士们保卫我一天，就没有人敢来过问我所做的事。至于这个女奴隶，——"她说到这里就指着卡珊德拉的尸体，"她是你们的不忠实的国王的姘妇。因为她是一个淫妇，所以非杀死她不可。她的尸体得喂给狗吃！"

长老们都默默无言。反抗是谈不到的。宫殿周围全是埃癸斯托斯的士兵。不祥武器的响动和威武的战士的脚步声打破着沉寂。阿伽门农所统率的战士们因经过特洛伊的战争已大大折损，并且此时已卸除武装，分散到城里各处。所以埃癸斯托斯的傲慢的战士们大踏步地在迈肯尼的大街上行走，有谁敢出言毁谤刺杀国王的凶手，他们立即将他击毙。

这对孽种不忘巩固他们的统治。一切荣耀的职务、所有的军官全都是他们的亲信。他们不惧怕阿伽门农的女儿，而且也根本没有料到，阿伽门农的幼子——年轻的俄瑞斯忒斯——后来竟成为替父报仇的英雄。当时他还只有十二岁，如果奸夫奸妇想干脆把他除掉，那就彻底去了心头之患。他的姐姐——聪明的厄勒克特拉——在事后迅速把弟弟托交给一位心腹仆人。仆人把他送往福喀斯，投奔在法诺忒的国王斯忒洛菲俄斯。斯忒洛菲俄斯是阿伽门农的妹丈。他犹如父亲一般对待俄瑞斯忒斯。俄瑞斯忒斯跟国王的儿子皮拉德斯一起生活，并受到了良好的教育。

厄勒克特拉在被谋害的父亲的宫殿里过着悲惨的日子。她的心里始终希望兄弟快快长大成人，以便为父亲报仇雪恨。母亲极其仇恨她。厄勒克特拉必须忍受与杀父仇人共处一屋顶下的耻辱，必须服从他们的意志。她必须眼睁睁地看着埃癸斯托斯动用父亲阿伽门农的显赫王权，看着无耻的母亲对罪孽之人表示种种的柔情蜜意。母亲每年在阴谋杀害丈夫的忌日里都要举办隆重的庆典，每个月都给佑护自己的神宰杀许多牲口祭供。

许多年过去了，厄勒克特拉期望着兄弟俄瑞斯忒斯迅速前来。虽然，当年他还很年轻，可是他在逃跑时对姐姐发誓说一定会回来的。只要他的双臂有足够的力量，让他完成报仇的计划，他就绝不会忘掉父亲的血海深仇。现在，兄弟迟迟不露面，悲伤的姐姐在绝望的心田里渐渐熄灭了希望的火苗。

阿伽门农的忠诚的女儿在自己年轻的妹妹克律索忒弥斯处找不到任何的支持和帮助，也找不到体贴苦痛的安慰。这不是妹妹的绝情，而是她的软弱。克律索忒弥斯听从母亲，不敢像厄勒克特拉似的违背母亲的命令。一天，她带着祭祀的器具和为死者供坟的礼品走出宫殿大门，路上遇到姐姐厄勒克特拉。厄勒克特拉嘲笑她对母亲言听计从。

“可是，你难道希望永远无边无际却又毫无成果地悲悼哀伤吗？”克律索忒弥斯回答说，“请相信我，我所见到的这一切也使我深感侮辱。我有什么办法呢？你如果不停止抱怨，就会被那一对残暴的男女推入暗无天日的监狱。你想一下吧，如果真的遇上这种惩罚，到那时别怨怪我从来没有提醒过你！”

“让他们去做吧，”厄勒克特拉又自豪又冷淡地回答，“我最希望尽可能远地离开你们，单身一人，自由自在！不过，妹妹，你给谁去祭供？”

“母亲让我去给死掉的父亲祭供牺牲。”

“什么，给被她谋杀的人？”厄勒克特拉惊讶地叫了起来，“什么原因促使她如此动作呢？”

“夜间的一场噩梦！”妹妹说，“听说她在梦中见到了我们的父亲，父亲操起了从前由他而现在却被埃癸斯托斯执掌的王杖，将它栽种在地上。王杖长成一棵树，枝叶茂密，荫庇迈肯尼。这梦使她很恐惧，所以趁今天埃癸斯托斯不在家，她叫我将这些祭品带去安慰我的父亲的阴魂。”

“亲爱的妹妹，”厄勒克特拉请求她，“别让这恶毒妇人的祭品去玷污父亲的坟地！将它们扔了，或者秘密地埋在土里，使它们不能有一点一滴达到我父亲所安息的地方。你以为被杀害的人会欢喜享受杀害者的祭品么？将这些都掷去，只是从你头上剪下少许头发，并将我的头发和这根腰带，拿去献祭我们的父亲。你到了他坟上时，请跪下祈求他从阴间出来帮助我们反对我们的敌人，那同时也是他的敌人；祈求他尽速使我们可以听到他的儿子俄瑞斯忒斯骄傲的脚步声，因为他将杀死他父亲的谋杀者。那时我们再用丰盛的祭品在他的坟上献祭。”克律索忒弥斯第一次为她姊姊的话所打动。她应允听从她的话，并带着她母亲给她的一切祭品迅速走开了。

她离去不久，克吕泰涅斯特拉就从内廷出来，并如平时一样讥嘲她的女儿。“厄勒克特拉呀，你今天好像很高兴，”她说，“我猜想那是管束你的埃癸斯托斯离开了宫廷的缘故。你在门口出现应该觉得羞耻。这对于一个女郎是不应该的！也许你是在这里向仆人们抱怨我。你仍然在控诉我杀死了你的父亲么？我不否认我这样做了，但我并不是孤立的。正义的女神站在我这边，如果你有一点理智，你也会支持她。你随时都在悲痛着你的父亲，可他不就是为了自己的利益和墨涅拉俄斯的缘故，想将你的姊姊牺牲么？这样的一个父亲不是已经无权受到尊敬了吗？如果我死去的女儿会说话，我相信她会赞成我的。但无论你赞成或反对我，都无济于事。”

“听着！”厄勒克特拉回答，“你还在吹嘘自己杀死了我的父亲。这多么可耻啊！无论这次谋杀是不是正当的都没有关系。你不是为了正义而杀害他的！你是被那个现在已经占有你的人的谄媚和爱抚所驱使而这样做的。我的父亲牺牲他的女儿是为了祖国，难道你杀他也能称作对杀女之仇的报复，是吗？”

“你会对我忏悔的！”克吕泰涅斯特拉怒火万丈，气恼得大叫大喊，“你记住，埃癸斯托斯将要回来的。”

克吕泰涅斯特拉转身离开女儿，来到阿波罗的祭坛前。阿波罗祭坛是希腊人家家户户凑钱修建在宫殿门口，借以保佑住宅和街道的。她的祭礼是为了取悦预言之神，那是她在昨夜梦中听来的消息。

果然，神似乎听到了她的请求。这里的祭祀尚未结束，那里便有一位陌生人朝女佣们走去，要打听去埃癸斯托斯宫殿的道路。

女佣告诉他王后在此，陌生人跪倒在地说：“王后，祝你长命百岁。法诺忒的国王斯特洛菲俄斯派我前来告诉你：俄瑞斯忒斯已经死了。我的任务到此完成。”

“这句话宣判了我的死刑。”站在一旁的厄勒克特拉听了惊叫一声，跌倒在宫殿的台阶上。

“你说什么，朋友？”克吕泰涅斯特拉激动地大声问道。

“你的儿子俄瑞斯忒斯，”陌生人开始叙述，“为追逐荣誉，前往特尔斐参加神圣的比赛。传令官宣布准备赛跑时，他一步走上前来。俄瑞斯忒斯的高大身材引起各方面的惊讶和注意。人们刚看到他起跑，他就风驰电掣般地到达终点，取得了桂冠。在双跑道的五项比赛中，胜利者每次都是讨伐特洛伊的大统帅阿伽门农的儿子俄瑞斯忒斯。刚开始比赛的情形是这样，就是到后来，他也始终不愧为命运的强者。第二天，太阳刚出，赛车开始了，他也跟许多驾车的人一样来到赛场。裁判员分别让大家抽签，赛车排定次序，喇叭发出信号，大家执缰挥鞭，大声吆喝着马匹往前冲了出去。金属的战车乒然震响，车轮下尘土飞扬，赛车人挥动马鞭不停地抽打。开始时赛车跑得相当平稳，不料一位埃尼阿纳人的马突然失去控制，胡乱奔跑起来。埃尼阿纳人的赛车撞在利比亚人的车上。这一来闯了大祸，一切都乱了套，赛车纷纷倒下来，堆在一起。俄瑞斯忒斯走在最后。当他看到当时除了他还有另一位希腊人正在比赛时，便扬鞭朝马耳抽打起来。两个人各不相让，比赛渐渐激烈起来。俄瑞斯忒斯紧跟在他后面。他看到前面的人，马匹和战车都纠绊在一起，知道只有这个雅典人是唯一剩下和他争胜的人，于是加紧挥鞭。现在俩人都直立在战车上，奋勇争先。现在到了最后一次转弯的地点。俄瑞斯忒斯一直行进得很好。由于过分相信自己可以胜利，他渐渐地也将左边马匹的缰绳也放松了。这使得马匹转弯得太快，虽然车轴仅仅在标柱上擦了一下，但碰撞过猛，它还是折断了。他跌落下来，被马匹拖拽着在地下奔跑。马匹因受惊吓在沙地上狂乱奔驰。旁观的人们都同声叹息，因为看到俄瑞斯忒斯有时被抛到空中，有时又被拖在地上。最后别的御者们终于使他的马匹停止下来，并割断纠绊着他的缰绳。但他已肢体毁损，血肉模糊，甚至他的朋友们都不认得他了。福喀斯人即时将他在火葬堆上焚化，从福喀斯来的使者们如今正携带盛着他的尸骨的小瓮回这里来，以便将他的尸骨埋葬在他的故土。”

使者说完，克吕泰涅斯特拉心里充满了复杂矛盾的感情。她怕她的儿子回来，所以他的死讯原应使她满心欢喜，但她的母性的悲痛冲淡了她听到这消息时的宽慰之感。厄勒克特拉则正相反，她只感到无限的悲哀。在她母亲将这个从福喀斯来的外乡人带到宫殿里去以后，她哭道：“我逃到什么地方去呢？现在我是完全孤独的人了。现在我得无休无尽地去服侍这些杀害我父亲的人了。但我不能够呀！我再不能和他们在同一个屋顶下面生活了。我宁肯离开宫殿，并悲惨地死去。如果有人怪我迟迟不死，那么，让他即刻来将我杀死吧，生命对于我除掉悲痛已没有别的意义，死更使我欢喜。”

后来她渐渐变得沉默，且完全绝望。她呆坐在宫廷的大理石台阶上，低垂着头，足足有几个时辰。这时她的妹妹来到她面前，使她从沉思中醒过来。“俄瑞斯忒斯已经来了！”她喊道，“他如同你我一样还活着呢！”

厄勒克特拉抬起头来，瞪着两只大眼惊诧地看着她的妹妹。“妹妹，你疯了么？”她问道，“你在拿我的和你的悲哀开玩笑吗？”

"我只能报告你我所知道的消息，"克律索忒弥斯含着眼泪微笑地回答她说，"听着，我将告诉你我是怎样发现实情的。我去到父亲的长满青草的坟上，发现那里有新近用牛奶和花圈献祭过的痕迹。我惶惑而恐惧地向四周观望，直到我知道附近没有人，我才更加走近。我看见坟边有一绺新剪下来的头发。突然——我不知道这是什么原因，我想到我们的兄弟俄瑞斯忒斯，我推测这头发必然是他的。我欢喜得流泪，将它拿在手里带回来，你看，这就是！我相信它一定是从他的头上剪下来的！"

厄勒克特拉怀疑地摇着头。所有她听到的话都好像太暧昧太空幻了。"我为你难过，因为你是这样轻信，"她对她的妹妹说，"但你还不知道我所知道的事。"于是她告诉她的妹妹她从福喀斯人那里所听到的一切，每句话都使克律索忒弥斯愈加悲哀，最后她同她的姊姊齐声哭了起来。

"这头发，"厄勒克特拉说，"也许是一个朋友从头上剪下来献给死去的俄瑞斯忒斯而放在他父亲坟上的。"厄勒克特拉虽然悲痛怀疑，却已渐渐能抑制自己并向她的妹妹说话。她说，既然由俄瑞斯忒斯亲手报仇的最后一线希望已经破灭，两姊妹就得齐心勠力来杀死埃癸斯托斯。"仔细想一想，克律索忒弥斯，"她说，"你固执着生命和生的快乐。不要梦想埃癸斯托斯会许可我们结婚，并生育儿女来为阿伽门农报仇。但如果你依照我的话，你就能证明你对父亲和兄弟的忠心，并可获得荣誉，自由自在地生活，而且同一个门当户对的配得上你的丈夫幸福地生活下去。因为谁不高兴向这么一个高贵家族的女儿求婚呢？同时全世界都将赞美我们的行为。我们将在盛宴和会议上由于自己的如同男子一样的英勇行为而受人尊敬。所以，援助我吧！从我们现在所过的这种屈辱而苦恼的生活里救出我，也救出你自己吧！"

但克律索忒弥斯认为她姊姊所热心严肃地说出来的那个计划是不智、不慎重和无法实现的。“你凭借什么呢？”她问道，“你有男子强壮的膂力么？你不是一个女子么？你所面对的不是一些强有力的，地位一天比一天巩固的敌人么？那是真的，我们的遭遇很苦，但如果不小心，那还会更悲惨的。固然我们可以获得荣耀，但我们更可能获得一种可耻的死。甚至还会求死不得呢。还有比死更可怕的事情。让我求求你，我的姊姊，不要使我们毁灭吧！请抑制你的愤怒！凡你对我所说的我自会小心，并严守秘密。”

“你的话使我毫不惊奇，”厄勒克特拉叹息着，“我知道你会反对我的计划。那么，没有人帮忙，我只好一个人来干了，或者这样会更好一些！”克律索忒弥斯用双手拥抱着她哭泣。但她的姊姊仍不回心转意。“去，”她冷冷地说，“将所听到的话向母亲告密去。”当她的妹妹向她摇头时，她从后面叫道：“去，去吧！我不能跟你走一条路。”

妹妹走后，她仍然木然地坐在台阶上。这时有两个青年向她走来。他们拿着一个小铜瓮，后面跟随着几个别的青年人。其中那个仪表最高贵的人望着厄勒克特拉，问她埃癸斯托斯所在的地方。高贵的人自称是从福喀斯派来的使者。厄勒克特拉跳起来，朝着骨灰坛伸出双手。“看在众神的分上，陌生人，我恳求你，”她大声地说，“如果坛内装的是他，那请交给我吧！让我带着他的骨灰悲悼我们整个不幸的家族！”

“不管她是谁，”年轻人仔细地打量着她说，“把骨灰坛给她吧。她一定不会对死者怀有敌意的。”厄勒克特拉用双手捧着骨灰坛，紧紧地抱在怀里说：“呵，这是我最亲爱的人的遗骨！我怀着多么大的希望把你送走的。唉，我情愿自己去死，也不应该把你送往一块陌生的地方！我的一切努力都白费了！一切都跟着你死掉了！父亲死了，我自己死了，你也死了。我们的敌人胜利了！呵，你带着我一起进入骨灰坛多好哇！让我跟你分享死亡吧！”

这时候，站在使者前面的年轻人再也忍耐不住。他已经无法再装扮下去了。“这个悲伤的人难道不是厄勒克特拉吗？”他大声地说，“谁把你搞成这个样子的？”

厄勒克特拉奇怪地睁大眼睛，看着他说：“问题在于，我必须在杀害父亲的凶手家里作奴当差。这个坛里的骨灰葬送了我的全部的解放希望！”

“把这个骨灰坛丢开！”年轻人呜咽着大喊一声。他看到厄勒克特拉没有接受建议，相反却把骨灰坛更紧地搂在怀里，又忍不住地说：“骨灰坛内是空的，这一切都是为了摆样子的！”厄勒克特拉听完果然把手中的空坛扔掉，绝望地大喊一声：“天哪！他的墓在哪里？”

“根本没有。”年轻人回答说，“用不着为活人筑墓！”

“怎么，他还活着，他还活着吗？”

“他就像我似的还活着。我叫俄瑞斯忒斯，是你的弟弟。看我身上的这块标记，这是父亲当年烙在我手臂上的。你现在该相信我了吧？”

他们正在说话，从宫中走出先前给王后送来噩耗的使者。他就是服侍俄瑞斯忒斯的使者，当年奉厄勒克特拉的命令陪送弟弟前往福喀斯的人。“时间紧迫，”他看着俄瑞斯忒斯说，“报仇的时刻来临了，迅速进攻！现在只有克吕泰涅斯特拉在宫中，埃癸斯托斯还没有回来。但如果我们稍一迟疑，我们就得和许多我们力难匹敌的守卫者战斗。”

俄瑞斯忒斯同意他的话，立即与他的忠实的朋友——福喀斯国王斯特洛菲俄斯的儿子皮拉德斯——一起闯进宫殿。他的同伴们跟随在后面。厄勒克特拉俯伏在阿波罗的神坛前面祈祷了一会，然后起来跟随她的兄弟进宫殿去。

几分钟以后，埃癸斯托斯从外面归回。他刚进门就打听那个从福喀斯带来了俄瑞斯忒斯死讯的人在哪儿。这时，厄勒克特拉第一个从他面前走过，他满怀矜骄地向她问道："好，说吧！那些使你的希望粉碎了的外乡人在哪里呢？"

厄勒克特拉隐蔽着真情，镇静地回答他："他们在里面。他们已被带到他们所尊敬的女主人那里去了。"

"他们真的报告了俄瑞斯忒斯的死讯么？"他继续发问。

"是的，"厄勒克特拉回答，"不单是报告消息，而且将死者的遗骨也随身带来了。"

"这些话由你说出使我十分欢喜，"他嘲笑着说，"但是，看哪，他们不是带着死者的遗骨来了么？"

他愉快地走去欢迎俄瑞斯忒斯和他的同伴们，他们正抬着一具遮蒙着的死尸从内室向外廷走来。"啊，可庆幸的事呀！"国王叫起来，并注视着他们所抬着的死尸，"赶快将尸布揭开！反正我也应当悲悼他，因他也是我的亲族。"

但俄瑞斯忒斯回答他："你自己来揭开吧，由你一个人来看看并悲悼这衣衾下面的尸体是很适当的。"

"这是很对的，"国王说，"但首先叫克吕泰涅斯特拉来，让她看看她所高兴看的东西。"

"克吕泰涅斯特拉就在眼前，"俄瑞斯忒斯回答。于是国王揭开尸衣，但他惊叫一声向后倒退。在尸衣下面的并不是他所希望看到的俄瑞斯忒斯，而是克吕泰涅斯特拉的血迹模糊的尸体。

“我落在什么样的圈套里呀！”他恐怖地喊叫起来。

但俄瑞斯忒斯却如同雷霆一样咆哮着回答他：“你不知道和你说话的人正是你以为死去了的人吗？你没看见俄瑞斯忒斯——他的父亲的复仇者——正站在你的眼前么？”

“请让我解释。”埃癸斯托斯喘息着说，并俯伏在地上。但厄勒克特拉劝弟弟不要听他的话。俄瑞斯忒斯强迫埃癸斯托斯引他进入内廷，就在他杀死阿伽门农的那个地方，他自己也被复仇者的利剑杀死了。

俄瑞斯忒斯为阿伽门农报仇，杀死克吕泰涅斯特拉及其情人，这是符合神意的，因有一次阿波罗的神谕曾指示他这么做。但由于忠于父亲，却使他成为自己生母的谋杀者。他的母亲刚刚死去，他的心中就激起一种子女对于母亲的爱，而他所犯的违反自然法则的罪行，也使他成为复仇女神的牺牲者。希腊人为了讨好复仇女神们，曾称她们为“欧墨尼得斯”，意即“优雅的女神”，或者“慈悲的女神”。欧墨尼得斯乃是黑夜的女儿，同她们的母亲一样狠毒。她们比任何人类都身躯高大。她们的眼睛是血红的，她们的头发是许多毒蛇。她们一只手持着火把，一只手执着由蝮蛇扭成的鞭子，无论谋杀母亲的人到哪里，她们总是跟踪着，使他深受痛悔的苦楚。

在俄瑞斯忒斯杀死母亲以后，复仇女神们立即使他发疯。他离开他的姊姊们，离开迈肯尼和他的故乡，到处狂奔。他在神志清楚的时候曾把他的姊姊厄勒克特拉许配给他忠实的朋友皮拉德斯，现在皮拉德斯跟着疯狂的俄瑞斯忒斯一起流浪，而没有回去看他的父亲，即福喀斯的国王斯特洛菲俄斯。他是俄瑞斯忒斯在病苦中的唯一的友伴。但同时也有一个神祇来援救他，这便是阿波罗。阿波罗曾指示他杀死他的母亲，现在仍然和他在一起，忽隐忽现，为他防御凶暴的复仇女神。每当俄瑞斯忒斯感觉到阿波罗和他在一起时，他的神志就清醒些。

在长久流浪之后，流亡者们来到得耳福，俄瑞斯忒斯避居在阿波罗的神庙里，这是复仇女神们不能侵入的地方。他躺在地板上，因疲惫和恐怖而筋疲力尽，太阳神十分同情地看着他。后来他用这样的话来鼓舞起他的希望和勇气："不幸的孩子哟，你可暂时安居。我绝不抛弃你。无论我是否在你的身边，我总保护你，不将你送给你的敌人。这些可怕的老女神从塔耳塔诺斯的深洞中出来，为所有的神、人类甚至动物所深恶痛绝，现在我已经用沉重的瞌睡封闭她们的眼皮。目前她们被驯服了，不敢进入我的神庙。但不要过分指望她们熟睡！因为命运女神只让我占片刻的优势。你虽然又得往前走去，可是这次你不会毫无目标地四处乱奔。孩子，迈开脚步，到雅典去。我将在那里给你筹备一所公正的法庭，你可以在那里扬眉吐气地为自己辩护。你不用害怕。我现在离开你，可是我的兄弟赫耳墨斯自会照顾你的。"

复仇女神们在庙前昏睡不醒，这是阿波罗送给她们的礼物。突然，她们在梦中见到克吕泰涅斯特拉的幻影，她恼怒地谴责复仇女神："你们怎么会沉睡不起的？听着，你们这批阴间的客人！我就是你们准备为之报仇的克吕泰涅斯特拉！俄瑞斯忒斯，这位杀母凶手，已经逃走了！"说完，她把女神们从梦中摇醒。复仇女神一骨碌从床上跳起，毫无顾忌地冲进庙门。

"宙斯的儿子，"她们大叫一声，"你不要欺人太甚！你竟敢护着这个杀害母亲的凶手，不让我们接近他，把他从我们手中偷盗而去！这一切难道在神面前是公正的吗？"

阿波罗把夜晚一般的女神们从自己的圣地上赶走。"离开这座门槛！"他大声地说。复仇女神狂呼乱叫，想要讨回权利和公道，可是这一切都没有效用。阿波罗神解释说，被迫害的人接受他的佑护，是他命令俄瑞斯忒斯为父报仇的。说完，他把复仇女神从庙前的门槛上统统赶了出去。接着，他把俄瑞斯忒斯和朋友皮拉德斯托付给赫耳墨斯，让赫耳墨斯保佑他们旅途平安。吩咐完毕，阿波罗回到奥林匹斯神山去了。

俄瑞斯忒斯按照神的命令，急忙朝雅典走去。复仇女神害怕神的使者赫耳墨斯的金鞭，只能远远地尾随在后追上去。不过，她们越来越胆大。等到兄弟俩平安地进入帕拉斯·雅典娜的城市时，复仇女神已经到了他们身后脚旁。俄瑞斯忒斯带着他的朋友皮拉德斯刚刚踏进雅典娜的庙门，可怕的女神就从敞开的大门一拥而入。

俄瑞斯忒斯扑倒在雅典娜的神柱前，朝女神像伸出双手哀求着说："雅典娜女神，我奉阿波罗之命前来寻找你的佑护。请仁慈地接纳一位可怜的被告吧。我的双手并没有沾上无辜的鲜血。我被这场毫无正义的迫害追逐得筋疲力尽。我穿过无数的城市和荒地伏在你的脚边，请求你的裁决。"

但复仇女神们紧跟在他后面，她们一齐严肃地大声说："我们紧跟着你，你这谋杀者！"她们喊叫着，"我们追踪你的滴着血的步履，如同猎犬追踪受伤的牝鹿。你将找不到避难所，也得不到休息。我们将吮吸你体中的鲜血，当你消瘦得只剩下一个活着的影子时，我们就将你带到塔耳塔洛斯去。那时无论阿波罗或雅典娜都无法解脱你的永久的痛苦。你是我们的俘虏，是我们的神坛上的牺牲者。来呀，姊妹们，让我们在他的周围跳舞，让我们用歌声使他的精神陷于疯狂。"

她们正要开始她们可怕的歌唱，突然一道阳光从天上直射到神庙里。雅典娜的神像消失了，在原地站立着雅典娜本人。她严峻的、蔚蓝的眼光凝视着她面前的人们，开口说话了。

“谁在扰乱我的神堂的和平呢？”她问道，“在这里我所看见的是什么样的来访者呀？ 一个外乡人抱着我的神坛，三个不像凡人的妇人闪着凶险的目光紧跟在他的后面。 告诉我，你们是谁？你们要干什么？”

俄瑞斯忒斯恐惧得不能说话。 他浑身战栗，站不起来。 但欧墨尼得斯们立刻回答，“宙斯的女儿哟，”她们说，“我们将如实告诉你一切的事情。 我们是黑夜的女儿们，被称为复仇女神的。”

“我知道你们，”雅典娜说，“我常常听到关于你们的话。你们是那些作伪誓、伪证和杀害亲人的人的报复者。 但是谁使你们到我神庙里来的呢？”

“这个人，这个伏在你脚边并玷污你的神坛的人！”她们回答，“他曾经亲手杀死他的母亲！ 请审判他！ 我们将尊重你的判决，因我们知道你是严肃而公正的。”

“如果要我裁判，”雅典娜说，“我得先听听这外乡人的陈述。 你将怎样辩驳这三位女神对你的控诉呢？ 你的祖先是谁？你的故乡在哪里？ 你遭遇了什么事情？ 你将洗清你所被控诉的罪孽。 我容许你这样做，因为你伏在我的神坛前并紧抱着它向我哀求。 现在回答我，不要害怕。”

俄瑞斯忒斯大胆地抬起身来，但仍然跪在地上说道：“雅典娜哟，请不要为你的神庙担心。 我并没有犯不能救赎的谋杀罪。 我不是用亵渎的两手拥抱你的神坛。 我是阿耳戈斯人。 我的父亲，你必然知道，他是阿伽门农，是率领阿耳戈斯舰队出征特洛伊并在你援助下摧毁了骄傲的普里尔蒙的卫城的那个人。 在他凯旋后，却遭到横死。 我的母亲和她的情人，在他正在沐浴的时候用网子套住他，并用利剑将他杀死。 我曾长久地流亡在异地，但当我回来后，我替父亲报了仇。我不否认这一点，我杀了我的母亲来报杀父之仇。并且这是你的兄弟阿波罗强迫我这么做的。他的神谕威胁我说，要是我不惩罚我父亲的谋杀者，我就要永远受到痛苦。现在请你裁判，啊，伟大的女神哟，我的行动究竟是违理或是合理。我将听从你的判决。”

女神沉默而深思。最后她说：“我所要裁判的这件案子是奇特而复杂的，是人间的法庭所不能判决的。虽然我仍将召集人间的法官来判决，但你来请求神祇的援助也是对的。我将召集法官们到我的神庙里来主持审判。如果法官们不能得到结论，就由我自己来判决。同时这个外乡人可以自由地在我的城里居住。但你们这些不可和解的女神却不能再在附近打扰。回到塔耳塔洛斯去，不到审判的日子不要到我的神庙里来。双方都得搜求证据并召集证人，我也将聘请城里的最睿智和纯良的人来解决这个困难的问题。”

既然雅典娜已经指定审判的日子，俄瑞斯忒斯、皮拉德斯以及复仇女神们都同时退去。欧墨尼得斯们毫无怨言地服从了雅典娜的命令。她们离开城池，回到地府里去。俄瑞斯忒斯和他的朋友则被款待在雅典人的家里。

在审判日的清晨，一个使者将雅典娜所选定的公民们都请到城前的一个山坡上。山坡祭供战神阿瑞斯，所以被称为阿瑞斯山。女神雅典娜正在山上等候大家。原告和被告都已经到齐。这时又来了第三方面的人，阿波罗神，他站在被告一方。复仇女神们看到阿波罗后都十分恐惧，她们齐声大叫：“福玻斯·阿波罗，请你不要干预我们的事！你来这里做什么？”

“这是我所保护的人，”太阳神回答。“他曾逃到得耳福我的神庙去避难。我为他洗去了血污，因此，我来援救他也是应当的。我来替他做证，并在我姊姊雅典娜所召集的法庭上保护他。因为正是我劝他杀了他的母亲，并告诉他，这在诸神看来是一种虔诚的行为，可以博得他们的欢喜。”

他一面说，一面走近俄瑞斯忒斯。现在雅典娜开庭，要复仇女神们提出她们的控告。“我们将要简短些，”她们中最年长的人代表发言。“你，我们所控诉的人，请回答我们。第一，你是否杀害了你的母亲？”

“我并不否认，”俄瑞斯忒斯被问得面无人色。

“你怎样谋杀的呢？”

“我用利剑刺入她的脖子。”

“你受了什么人的指使或教唆？”

“站在我身旁的人。”俄瑞斯忒斯回答，“阿波罗用神谕命令我，他现在在这里，可以为我做证。”于是俄瑞斯忒斯继续解释说，当他杀害克吕泰涅斯特拉时，他并没有想到她是母亲，只是将她当作杀死父亲的凶手。阿波罗用很长的一段雄辩为他辩护。复仇女神们则对他的话来加以反驳。阿波罗首先描绘了对于阿伽门农的凄惨的谋杀，但复仇女神们不甘示弱，听完阿波罗把谋杀父亲的罪行向法官们描述得罪恶滔天后，她们便绘声绘色地把残杀母亲的罪行控诉得十恶不赦。等到他们的辩论完毕，主持审判的女神发言：“让我们现在静候法官们的判决！”

雅典娜吩咐把黑白两种表决投票的石子分发给众位法官，黑石子表示有罪，白石子表示无罪。盛放石子的小钵搁在屋子的中间，四周围着栅栏。女神亲自主持审判。她坐在王位上，看到法官们准备投票，便说：“雅典的居民们，请你们静听缔造你们城市的女神决定吧：今天，你们开始了第一场法庭审判。今后，这座法庭将永远存在于你们的城内，就在这座神圣的阿瑞斯山上。从前，在反对忒修斯的亚马逊战争中，敌方的女英雄们曾在这里驻扎营盘，给战神祭供牺牲，这座山因此得名。将来，这里就是审判谋杀亲人罪的庄严所在。法庭将由城内无可指责的男人组成，它拒绝贿赂，廉正严明，警惕地护卫着全国尚未觉醒的人民。你们都应该维护它的尊严，把它当作城内的一块重要所在，希腊国的其他人和外国人都还没有这块神圣的法地。它还必须延伸到将来。行了，法官们，站起身来，切莫忘掉自己的誓言，为仲裁这场纠纷而投票表决吧！”

法官们从座位上站起来，一声不吭，排着队从小钵旁边走过，把表决用的石子投入钵内。等到大家投票完毕，另有一批被选出来的居民走进大厅，清数投入钵内的黑白石子。结果发现两种石子的数目相等，正如女神在开始审理前所说的，决定的一票握在她自己的手上。雅典娜从座位上站起身说："我不是由母亲胎生的，我是从父亲宙斯额间跳出来的孩子，是一名男性化的姑娘。我不知道婚姻，却天生是男人的佑护女神。我不能站在一位无耻杀害自己丈夫的女人一边。我认为俄瑞斯忒斯行之有理。他杀掉的不是自己的母亲，而是残杀自己父亲的凶手。他应该活着！"说完，女神离开审判桌，带着一粒白石子，投在其他白石中。"这个男子，"雅典娜庄严地宣布说，"经过投票表决，他是无罪的！"

在她宣告判决之后，俄瑞斯忒斯向她走来，他深深地感动了。"啊，帕拉斯·雅典娜，"他喊道，"你挽救了我的家族，并使我能回到故乡去。全希腊人都会赞美你的作为，并说：'阿耳戈斯人俄瑞斯忒斯重又生活在他的祖先的宫殿里，那是由于雅典娜、阿波罗和司雷霆者的公正而得救的，没有这些神祇的意愿，这事将不可能发生。'现在，在我出发回家以前，我对这个国家和这里的人民发誓，在所有未来的日子绝不允许有一个阿耳戈斯人向忠信的雅典人挑起战争！ 如我死后，我的任何一个国人破坏这个誓约，我也将从坟墓里起来惩罚他，使他步步遭受不幸，并阻止他实现反对这个城市的计划。 再会吧，崇高的正义的保护者和雅典的人民。祝你们在战时获得胜利，在平时获得幸福和繁荣。”

然后俄瑞斯忒斯离开阿瑞斯圣山，在审判时始终不离左右的朋友皮拉德斯也和他同行。 复仇女神们不敢违反雅典娜的判决，此外也害怕阿波罗的威力，他准备好维护法庭的判决。 但代表她们发言的那个最年长的，却从原告的座位上站起来，对神祇和女神表示不服。 她用一种嘶哑的声音大胆地对判决提出质问。 “伤心呀！”她喊道，“年轻的神祇们已将古老的法律一脚踏在足下。他们已从我们这些年长人的手中夺取了权力。 我们被侮慢了。 我们的愤怒不能打败他们。 但你们雅典人，你们对于你们的这种判决将会后悔！ 在这地方，在这正义被推翻的地方，我们将倾泻沸腾在心中的怨毒。 让害虫破坏你们田地里的丰收，让毁灭降临所有的生物。 我们——被侮慢和被嘲笑了的黑夜的女神——也将使这地方和城市遭到饥馑和瘟疫。”

阿波罗听到她们的可怕的诅咒，就劝阻她们，并设法使她们息怒。 “慈悲一些吧，”他对她们说，“这并不是你们的失败和屈辱。 黑白石子的数量是相等。 法庭并不希望委屈你们。 同情在这里取得了胜利。 被告必须在两种神圣的义务中选择，肯定得不到两全其美的结果。 我们承担判决的责任，不能埋怨法庭，这是宙斯的旨意！ 你们不应该把自己的愤怒发泄到无辜的人民头上去。 我以人民的名义答应你们，你们将在这个国度里获得显赫的地位，享有你们的神圣荣誉；这座城市里的居民崇敬你们，把你们称为正义复仇的无情女神！”

雅典娜也重申这一诺言："尊敬的女神们，请相信我，这座城市的居民准备献给你们崇高的荣誉；男女老少庆贺你们的无上光荣；他们将在成为神的国王伊列奇修斯的庙旁建立你们的神庙！如果不对你们表示尊重，任何人家都难以获得幸福！"

复仇女神听了这番允诺才慢慢平息了怒火。她们知道伊列奇修斯是雅典娜抚养长大的雅典国王，是雅典守护神庙的建造人。女神们仁慈地答应在这个国度占有一席之地。她们感到能在最有名望的城内得到一座神庙，神庙紧挨着雅典娜和阿波罗的祭坛，那是至高无上的荣誉。她们的情绪缓和下来，竟至于当着神的面立下了庄严的誓言：共同保佑城市，驱逐炎热、瘟疫和险恶的狂风暴雨，保护畜牧，维系幸福的婚姻纽带。她们还跟自己的异母姐妹命运女神通力合作，以各种方式促进全国的幸福和繁荣。她们祝愿全国人民和睦安宁。宣誓完毕，这一群黑色的女神倏忽一声离开了城市。雅典娜和阿波罗对她们再三称谢，希腊的市民们交口称颂，不忘众神佑护自己的大恩大德。

俄瑞斯忒斯和皮拉德斯俩人离开了雅典，结伴同行来到特尔斐的阿波罗神庙前。俄瑞斯忒斯请教神，希望知道自己未来的命运。女祭司们告诉他，作为迈肯尼的王子，他必须首先前往斯佐登附近的陶里斯半岛办事。阿波罗的妹妹阿尔忒弥斯在岛上有一座神庙，俄瑞斯忒斯必须动用各种方式，无论是暴力还是计谋，把庙内女神的神像偷盗出来送往雅典。据当地蛮族人传说，这幅神像是从天而降的宝物。可是女神不喜欢那里的荒蛮之地，希望寻找一块友好的地方安居乐业。

皮拉德斯没有离开他的朋友，仍然伴随他作这种危险的探求。陶洛人有这样一种风俗，他们将船破落水或来到海岸上的外乡人作为祭品献祭阿尔忒弥斯女神。在战争时，则割下被俘的敌人的头颅，绑在竹竿上，并将竹竿竖立在屋顶，使它作为国土守卫。

现在神祇要俄瑞斯忒斯到这野蛮的地方来，是为了下列原因：过去在奥利斯港，阿伽门农听信预言家卡尔卡斯的劝告要用自己的女儿伊菲革涅亚作为献祭，当祭司挥刀杀她的时候，一只牝鹿突然落在神坛上。阿尔忒弥斯已从阿耳戈斯人眼前将伊菲革涅亚移开，并携带她越过大海，穿过云雾，来到位于陶里刻地方她自己的神庙里。在这里，野蛮民族的国王苏亚士看见了她，让她做了阿尔忒弥斯神庙的女祭司。她的职责使她目击多少流落到这里的外乡人牺牲在这里，而这些人最大部分正是她自己的同乡！确实，她的任务只是把祭品献祭神祇。将外乡人拖到神坛并动手杀死，乃是另外一部分人的工作。但是，她的命运仍是很悲惨很不幸的。

这女郎执行这可厌的任务已有多年。国王很看重她，人民因为她美丽温和，也很敬重她。她远离家庭，完全与亲人离散，悄无声息地生活着。有一夜她梦见她已离开陶里刻，在阿耳戈斯的家里熟悉睡着，周围是她的侍女们。突然大地震动，她从宫殿里逃出，站在宫门外面，这时屋顶摇动，廊柱都塌落在地上。只有他父亲的住屋的一根柱子仍然竖立着，即刻这柱子又好像在变成一个人。柱头变成有棕色美发的人头，并开始用她祖国的语言和她说话，但所说的话在她醒来之后已完全忘记。所能记忆的只有她在梦中仍然忠于她的女祭司的职守。她用圣水溅洒这个原是她父亲住屋的石柱的男子，以便将他杀死献祭。

第二天清晨，俄瑞斯忒斯和他的朋友皮拉德斯登上陶里斯国的海岸，两个人跨着大步朝阿尔忒弥斯的神庙走去。他们在庙前站立下来。这座庙看起来更像一座监狱。俄瑞斯忒斯打破寂静，十分沮丧地说："我们现在怎么办？我们是否顺着楼梯走上去？可是，我们一旦在这座陌生的建筑物里迷路了，那该怎么办？ 如果不能进入这座宫殿的内室，在门边遇上守卫，被守卫抓住，我们不是必死无疑了吗？ 毫无疑问，这里一定会有卫兵的！ 我们都知道许多希腊人的鲜血曾经洒落在这位残暴的女神庙前！ 现在回船去，不更加是上策吗？”

“这却是我们第一次逃跑，”皮拉德斯回答说，“阿波罗的神谕会给我们保护的！ 不过，我们必须离开这座神庙！ 我们不妨躲藏在四面是海的岩洞里。 等到夜深人静时，我们便可以精神抖擞地行事。 我们已经熟悉了神庙的位置。 我们总会寻出一道进门入内的计策。 只要我们把神像取到手，我就不愁找不到回去的路！”

“说得对！”俄瑞斯忒斯大声称赞，“我们应该躲起来，等到白天过去，黑夜自会方便我们办事的。”

可是，当太阳还在天空的时候，一位牧牛人匆忙从海滩上走过来，迎面遇上阿尔忒弥斯神庙的女祭司。 女祭司站在神庙的门槛旁。 牧牛人带来消息，说有两位陌生的年轻人已经登陆上岸。“高尚的女祭司，请准备神圣的祭供洗礼吧！”

“他们是从哪里来的陌生人？”伊菲革涅亚悲伤地问了一句。

“都是希腊人，”牧牛人回答说，“我们只听到其中一个人名叫皮拉德斯，现在都被我们俘虏了。”

“仔细讲讲吧，”女祭司又问了一声，“这到底是怎么回事呀？”

“我们正在海里给牛洗澡，”牧牛人叙述着，“我们把牛一头头地推入海水。 海水汹涌地从礁石旁顺流而下，当地人把它称作高山巨岩。 岩旁有一座简陋的山洞，那是捡拾海螺的渔夫常常休息的地方。 一名牧人看到洞内有两个人的身影，我们便准备抓获他们。 突然，其中一人从山洞里跳了出来，摇晃着脑袋，双手剧烈地抖动着。他完全疯癫了，呻吟着说：‘皮拉德斯！皮拉德斯！瞧那里的黑猎女，是地狱里哈得斯的毒龙，她正要杀害我呀！她向我走来，她的头上缠绕着“嗞嗞”鸣叫的毒蛇。而那边，另一个人，口中喷着火焰！她双手抱着我的母亲，现在她在恐吓我，要用石头掷我。救命啊！她要杀害我呀！’但我们并没有看见他所叫嚷的那些恐怖景象，”牧人继续说，“他必定是拿我们牛群的哞叫和狗子的狂吠当作复仇女神的声音了。现在我们都惊惧起来，因为这个外乡人已经拔出利剑，奔向我们的牛群，并来回刺杀，直到海水都被血染得殷红。最后我们大家商议，我们吹奏海螺召集附近的农夫，结成密集队形，向那个武装的外乡人进攻。他的神志渐渐清醒，倒在地上，口中吐着白沫。我们向他投掷石头，同时他的同伴则揩去他口边的吐沫，并用自己的外套将他盖上。但不久他似乎已经恢复过来，知道这是怎么一回事了。他跳起来，保护着自己和他的朋友。但我们人多势众，这两个外乡人不得不认输。我们将他们紧紧包围，逼着他们放下武器，最后他们在精疲力竭中屈服。我们走上去将他们擒住，并带去见国王苏亚士。他略看了他们一眼，就吩咐我们将他们带来给你。啊，女祭司哟，请祈祷能够多获得这样堂皇的祭品！因为如果你以这些阿耳戈斯人为祭品，希腊人就可以偿还你所被迫遭受的一切痛苦，而你也可以申雪他们在奥利斯港想杀死你献祭阿尔忒弥斯女神的那种仇恨了。”

这牧人报告完毕，等待着女祭司的命令。她要他们把这两个外乡人带来，但当她独自一人时，她却自言自语地说：“每次阿耳戈斯人落到我的手里，我总是同情我的同乡人，为他们哭泣。但既然昨天的梦已告诉我，我的亲爱的兄弟俄瑞斯忒斯已不在人间，所有来到这里的阿开亚人就再也休想得到我的怜悯了。不幸的人总是敌视幸福的人。阿耳戈斯人将我如同羔羊一样地拖到献祭的神坛，我的父亲也忍心看着我被杀戮。假使宙斯驱使那个主张以我作为牺牲的墨涅拉俄斯和那个引起特洛伊战争的海伦都到这里的海岸来，我会很欢喜，而且——”

说到这里，两个俘虏的来临打断了她的心思。“松开他们的绑，”她命令道，“为了洒洗他们，就先得解开一切的束缚。现在到神庙里去，作一切必需的准备去。”然后她转身望着两个外乡人并询问他们：“你们的父母姊妹是谁？假如有姊妹的话，她将失去两个多么英俊而强健的兄弟啊！你们从何处来？你们必定已经走了一段极远的路程，可是不幸啊，你们还要走一段更遥远的路——走到冥王的国土！”

俄瑞斯忒斯回答她：“无论你是谁，请不要用这样一种同情的语调对我们说话。一个执行死刑的人在开刀前安慰他的牺牲者是不恰当的。如果死是不可避免的，悲痛也就没用。无论是你或是我们都不必流泪。随命运女神去摆布吧。”

“你们俩人中谁是皮拉德斯呀？请先告诉我。”女祭司说。

“这是他，”俄瑞斯忒斯指着他的朋友回答。

“你们是亲弟兄么？”

“是异姓的兄弟，不是同胞的兄弟，”俄瑞斯忒斯说。

“那么，你叫什么名字呢？”

“叫我为一个流亡者吧，”他回答，“我最好无名无姓地死去，这样就没有人能讥嘲我。”

女祭司对他的这种不逊的态度很感到恼怒，因此更强迫他说出他是从什么地方来的。当她听到“阿耳戈斯”这个地名，就全身战栗，并激动地喊道：“众神在上，你真是从那个地方来的么？”

“是的，”俄瑞斯忒斯说，“我从迈肯尼来，在那里，我的家庭曾经又显赫又庞大，是一个幸福的家族。”

“陌生人，如果你从迈肯尼来，”伊菲革涅亚怀着紧张的期待追问说，“你一定会知道特洛伊的消息。听说这座城市彻底被摧毁了，是吗？海伦回来了吗？”

“是的，你说得都对。”

“那位最高统帅的境遇好吗？我想，他的名字叫阿伽门农。”

俄瑞斯忒斯听到提问非常惊讶。“我不知道，”他一边回答，一边把头别转过去，“请你别再提到这些人和事了！”

他看到伊菲革涅亚苦苦地央求，只得又回答说：“他已经死了，死在他的妻子的手上！”

女祭司发出一声恐怖的惊叫，可是她立即又镇静下来问道：“她还活着吗？”

“不，”回答是明确的，“她的亲生儿子让她进了地府，他为被害的父亲报了仇。不过，他必须为此承受报复！”

“阿伽门农其他的孩子还活着吗？”

“还有两个女儿，厄勒克特拉和克律索忒弥斯。”

“听说那位被宰杀的大女儿了吗？”

“一头母鹿代她被杀死了，而她自己则无影无踪了。也许她早就死了！”

“阿伽门农的儿子还活着吗？”女祭司内心不安地问道。

“还活着，”俄瑞斯忒斯说，“活得很艰难，到处被驱逐，没有归宿。”

“去吧，你不真实的梦哟，”伊菲革涅亚自言自语地说。然后她吩咐仆人们都退去。她单独和这两个青年人在一起，并转向俄瑞斯忒斯，低声说道：“听我说，现在有一件于你于我都有好处的事。我要写一封信给我家里人，如果你肯替我把它送到迈肯尼——你我的故乡——我就释放你。”

“只救出我一人，我不愿意，除非我的朋友也一起救出。”俄瑞斯忒斯说，“我在苦难中他从没有离开我，因此我也永不离开他。”

“多么高贵的，像兄弟一样的朋友啊！”伊菲革涅亚感叹着。“但愿我的兄弟也像你一样！你知道我也有一个兄弟，不过他离我很远。只是现在我没有权力可以救出你们俩人。国王绝不会允许。那么就让你的朋友皮拉德斯替代你回到希腊去。”

“由谁将我杀死献祭阿尔忒弥斯呢？”俄瑞斯忒斯问道。

“我自己，这是女神阿尔忒弥斯的命令。”伊菲革涅亚回答。

“你，这么一个脆弱的女郎，会杀死男子么？”

“不。我的任务只是用圣水洒上你的头发，其余的事便由神庙里的仆役去做。你的尸体将在山谷里焚毁。”

“啊，但愿我的姊姊能埋葬我的骨灰！”

“不能，因为她远居在阿耳戈斯地方，”这女郎回答，很受感动。“但我自己会亲自将你火葬堆上的火烬灌熄，并注以蜜和香油等祭品。我将为你装饰坟墓，就如同我真的是你的姊姊一样。”说着，她就离开他们去写信去。

现在只有两个朋友在一起，看守的人都站得远远的，这时皮拉德斯再也忍不住了。他叫了起来：“不，你要是死了，我不能一个人活下去。别叫我同意这令人不快的提议。我愿意跟你死去，正如我跟你航过了大海一样。否则，福喀斯人和阿耳戈斯人会称我为懦夫，满天下的人都会说我背叛了你，嘲笑我为了自己而杀死你。他们会指责我贪图遗产，因为我是你的未来的姐夫，并且没要厄勒克特拉的任何嫁妆。总之，我愿意而且必须跟你一道去死！”

俄瑞斯忒斯不要听这番解释。他们正在争论不休，突然看到伊菲革涅亚手上拿了一张写满的信纸回来了。她让皮拉德斯起誓，一定要把信送到。伊菲革涅亚也发誓一定要救他一命。她思索了一会，想到信纸也许会遇上意外遭受失落，于是便把信上的内容向皮拉德斯口授一通。“记住，”她说，“告诉俄瑞斯忒斯，他是阿伽门农的儿子：在奥里斯海湾祭坛上失散的伊菲革涅亚，她还活着，她请你……”

“什么，什么？我听到什么了？”俄瑞斯忒斯打断她的讲话，问道，“她在哪里？她难道从死亡的灰烬中复活了吗？”

“她正站在这里呢！”女祭司说，“可是请别干扰我——亲爱的兄弟俄瑞斯忒斯！”她又重复口授信的内容，“在我死以前，请接我回去，把我从祭祀牺牲的火灶旁解放出来。我在这里为女神服务，但要忍受杀害陌生人的苦痛。俄瑞斯忒斯，你要是完成不了这项任务，你和你的家族将会遭人唾骂！”

两位朋友惊讶得目瞪口呆，说不出一句话来。最后，皮拉德斯从她手上接过信纸，把信纸递给自己的朋友，大喊一声：“是的，我要当场兑现自己宣立的誓言。哎，俄瑞斯忒斯，收下吧，我交给你的是一封信，这是你的姐姐伊菲革涅亚写给你的。”俄瑞斯忒斯把信纸扔在地上，走上一步，热烈地拥抱重新找得的姐姐。伊菲革涅亚不相信，直到他把阿特柔斯家族的历史细节都讲述完毕，她才惊叫起来：“呵，亲爱的弟弟，是的，你是我的弟弟！”

俄瑞斯忒斯已经恢复了神志，只见他满面忧愁。“我们现在很幸福，”他说，“可是这样的幸福能够维持多久？我们不是已经做了祭品了吗？”

伊菲革涅亚也心情不安地想到了危险的处境。“我该想出个怎样的主意来，”她连说话的声音都在发抖，“我如何才能把你从野蛮国王的手上救出来，把你送往阿耳戈斯呢？不过，趁着国王还没有到以前，请立刻告诉我家里发生的一切事情吧。”

俄瑞斯忒斯匆忙地将一切恐怖的事件都告诉她，其中仅有一桩消息使人高兴，即厄勒克特拉已与皮拉德斯订婚。她一面听一面想着怎样可以救出他的兄弟。当他的话说完，她已想出一个计策。“我已想到一个办法，”她说，“当你在海岸上被捉住时你所患的疯病，可以作为我的借口。我将告诉国王实话：你是从阿耳戈斯来的，在那里你杀害了你的母亲；你的罪孽还没有救赎，所以你还不能作为献祭女神的祭品；你得先在海中洗浴，洗去你身上的血污。同时我要告诉他，由于你的不净的两手已触摸到女神的神像，因此神像已不净，也必须在海水中冲洗。而我乃是唯一的可以捧持神像的人，我将亲自捧持神像到海边去，你们俩人都伴随着我，我要说皮拉德斯也是你的犯罪的同谋者。我必须用花言巧语使国王相信这一切，因为他很狡猾，是不容易受骗的。当我们到达海边并上了船以后，其余一切就是你们和你们的从人们的事了。”

他们一直在神庙的前院里计议，看守兵和仆役站得远远的。现在这两个俘虏又交到仆人的手中，伊菲革涅亚领着他们进入神庙。不久之后国王苏亚士和他的随从们来了，他来找女祭司，因为他不明白为什么外乡人的尸体至今还不见在神坛前面焚烧。在他到达神庙门口的时候，伊菲革涅亚正捧持着女神的神像跨过门槛。“你做什么，阿伽门农的女儿？”国王大吃一惊，问她，“为什么你从神座上将神像抱出？为什么你将神像带走呢？”

“啊，国王哟，发生了一件可怕的事，”这女祭司带着激动的神色说。“在海岸上捉到的这两个俘虏是不净的。当他们来到庙里抱着神像的双膝祈求时，神像转过身去，并低垂着眼皮。你要知道，这两个人犯下了可怕的罪孽。”于是，她把大体真实的故事讲了一遍，说自己正想给陌生人以及神像洗涤干净。为了让国王放心，她要求将两位陌生人重新戴上镣铐，因为他们获罪于天地，所以要用布把他们的头罩起来，不让他们见到阳光。此外，她还要求国王把随从的士兵留下来，帮助她看管俘虏。女祭司十分聪明，又想出主意，让国王派一位使者进城，命令市民们全部留在城内，避免传染上谋杀亲人的罪孽。在她离开神庙的时候，国王必须在庙内负责焚香事务，使得庙宇重新洁净。俘虏在离开庙门时，国王应该头顶一块罩布，借以避邪祛灾。“如果你感到我在海边逗留的时间太长了，”女祭司在临动身时吩咐说，“那也得耐心等待。国王，你想一下，这是洗涤多大的一桩罪孽啊！”

国王同意这些安排。俄瑞斯忒斯和皮拉德斯被推出庙门时，国王果然蒙着脑袋，什么也没有看到。

过了几个时辰，一名使者从海滩上奔跑回来。当他满头大汗，气喘吁吁地站在庙门前，举手敲打紧闭的庙门时，禁不住在心里骂了起来。“喂，里面的人快开门！”他高声大喊，“我给你们送来了糟糕的消息！”

庙门开了，苏亚士国王从庙里走出来。“是谁胆敢破坏神庙的清静？”他问。

“是那位寺庙的女祭司，”使者回答说，“这个希腊婆娘，她带着陌生人和我们佑护女神的神像逃走了。整个洗涤罪名的活动原来是一场骗局！”

“你说什么？”国王惊骇不已，“这个女人中了什么邪？她跟谁一起逃走了？”

“跟她的弟弟俄瑞斯忒斯。”使者回答说，“事情是这样的：

我们到达海边的时候，伊菲革涅亚吩咐我们停止前进，把我们隔开在神圣的牺牲物很远的地方。她打开陌生人的镣铐，让他们继续往前。我们虽然感到怀疑，可是国王啊，你的仆人们却认为我们应该接受这一事实。接着，女祭司哼唱咒语，以一种陌生的语言念诵种种祷告。我们原地坐下等候着。最后，我们突然想起，两位陌生的男子也许会杀掉手无寸铁的女祭司，再趁机逃走。我们急忙赶过去，从山崖的峡谷处就看到了女祭司和陌生人。等我们来到山脚时，看到海边停泊一艘大船，船上坐着五十名水手。两个陌生人还站在岸边，命令船上的水手给他们放下扶梯。我们不容多想，马上抓住那位婆娘，她也站在海滩旁等船。俄瑞斯忒斯大声告诉我们有关他的家世和意图。他看到我们拖着女祭司，便准备跟皮拉德斯一起夹击我们，救出女人。我们和他们都没有兵器，双方进行了一场激烈的拳斗。船上的人带着弓箭奔了下来，我们被希腊人左右夹攻，只得撤退。俄瑞斯忒斯一把抓住伊菲革涅亚，领着她跳入海水，沿着放下的扶梯登上海船。伊菲革涅亚在身上带着女神阿尔忒弥斯的神像。皮拉德斯跟他们一起上船，水手们很快把船摇离了港湾。可是，等到船进入洋面时，突然刮起一阵飓风。水手们虽然努力摇橹，海船却还是被推向岸边。只见阿伽门农的女儿跳起来，大声地恳求说：‘勒托的女儿阿尔忒弥斯姑娘，阿波罗是你的兄弟，你以他的神谕要求回到希腊国去。我是你的女祭司，请保佑我领着你一起回去。请原谅我对这里国王的欺骗。’听到姑娘祷告时，水手们齐声附和。他们光着胳膊摇动船橹，可是船却离海滩越来越近。我急忙回来，给你汇报消息。赶快派人到海边去，海水正在奔腾咆哮，陌生人连一条退路也找不到。海洋神波塞冬愤怒地想起了特洛伊的毁灭，这是他亲手制造的杰作。他是希腊人的死敌，尤其跟阿特柔斯的族人结下了不解之仇。如果我没有理解错，他今天要亲自把阿伽门农的孩子送交在你的手上！”

国王苏亚士早已听得不耐烦了，刚听完叙述，便当即命令蛮人们立即骑马奔往海滩。他命令，如果希腊人的船已经到达岸边，就迅速占领战船，活捉逃跑的希腊人；如果海船沉没，国王命令把两个陌生人连同女祭司解送回来。他要看着他们从峻峭的山岩上被推入无情的大海。

国王领着一队骑士已经到达海边。突然，他看到眼前一道天象，于是停下坐骑不敢往前了。那是帕拉斯·雅典娜的巨大身影显现在空中，她声震如雷地朝地下呵斥说：“苏亚士国王，你率领人马要到哪里去？请记住女神今天对你讲的话：让受到我保佑的人脱身。阿波罗的神谕宣示了命运女神的意愿。是命运女神使俄瑞斯忒斯来到你们的海岸，使他的疯病可以痊愈，并将他的姊姊带回故乡，同时将阿尔忒弥斯的神像也带回雅典，因为她也希望居住在我的可爱的城市。为了我的缘故，波塞冬会使海浪平静并将他们送回故乡。俄瑞斯忒斯将在雅典为阿尔忒弥斯女神建立一座崭新华丽的神庙，而伊菲革涅亚将继续为阿尔忒弥斯的女祭司。阿伽门农的女儿将来得死于故乡埋于故土。而你，苏亚士国王，对于她的这种幸福不可怀恨。你得停止你的愤怒。”

国王苏亚士非常尊敬神祇。他俯伏在地上，在雅典娜前祈祷：“帕拉斯·雅典娜哟，听到神意而不服从，甚至企图反对，那是极卑鄙的。你所保护的人可以将阿尔忒弥斯的神像带到他们所愿意去的地方，并将它安置在新的神庙里。我敬听神祇的命令，放下我自己的枪。”于是他转身向着他的人民，吩咐他们：“都回到城里去！”

雅典娜所预言的话都一一实现了。陶洛地方的阿尔忒弥斯移居在雅典的新神庙，伊菲革涅亚仍为她的女祭司。俄瑞斯忒斯在迈肯尼继承父亲的王位。他娶墨涅拉俄斯和海伦的唯一女儿赫耳弥俄涅为妻。赫耳弥俄涅本已和阿喀琉斯的儿子尼奥托勒默士订婚，但俄瑞斯忒斯将他杀死了，并被推为斯巴达国王。在这之前，他已统治了阿耳戈斯地方，所以现在他统治着一个比他父亲所统治的更广大的王国。厄勒克特拉嫁给皮拉德斯为妻，和他共享福喀斯的王位。克律索忒弥斯没有结婚就死去了。俄瑞斯忒斯自己活到高年，但当他九十岁时，灾祸又降到坦塔罗斯家了，一条毒蛇咬伤他的脚跟，他中毒死去。

俄瑞斯忒斯的儿子蒂萨梅诺斯继承王位，统治伯罗奔尼撒。

奥德修斯的故事

特洛伊城沦亡后，胜利的希腊舰队驶出海港后，许多不知名的船长遭遇到如同他们带给特洛伊人一样的灾难。

在众神中，雅典娜和波塞冬曾经是希腊人最伟大的盟友，但是，当特洛伊城失陷后，整个情况都改变了。他们成为希腊人最大的敌人。希腊人攻入特洛伊那个夜晚，由于胜利的狂喜而忘记了这胜利是由众神带来的。于是，在回航的途中，他们受到严厉的惩罚。

普里尔蒙的女儿卡珊德拉是一名女先知者。阿波罗因爱上她而赐给她预知未来的能力。后来，阿波罗厌恶她，因为她拒绝他的爱。虽然阿波罗无法收回礼物——神的礼物一旦给人，是无法收回的——但他使它失去价值：再也没有人相信她的预言。每次将发生什么事，她都会告诉特洛伊人，但他们永远不愿听她的。

她宣布希腊人藏在木马内，但没有人考虑她的话。这是她的命运，每次都知道灾祸临头，却无法逃避。当希腊人洗劫城市时，她在雅典娜的庙里，抱住神像乞求保护，但还是被拉到神殿外面。没有一个希腊人反对如此亵渎的行为。雅典娜怒不可遏，她找到波塞冬，将卡珊德拉的受辱告诉他。

“帮助我报仇吧！”她说，“使希腊人在归途中历尽沧桑。当他们航行时，以狂暴的漩涡掀起你的海水，让死者阻塞各海道，而且顺着海岸和岩礁排成一线。”

波塞冬同意了。此时，特洛伊已成一堆灰烬，他也就将对特洛伊人的愤怒放到一边。当希腊人向祖国返航时，在一场可怕的狂风暴雨袭击下，阿伽门农几乎失去他所有的船只；墨涅拉俄斯被吹到埃及；亵渎首凶阿吉克斯溺毙了。当暴风雨袭击至最狂暴时，阿吉克斯的船被击碎而沉没，但他顺利地游到岸上。如果不是他疯狂而愚蠢地喊叫说他是不会被大海沉溺的人，他还能逃得一命。如此地狂妄自大，常常引起众神的愤怒。波塞冬使阿吉克斯所攀的岩石崩落，于是阿吉克斯落入海中，海浪卷走他。

奥德修斯并没有丧失性命，但是他受的苦头即使不比这些希腊人多，也比他们所有人受得更长久。在看到自己家园之前，他流浪了十个年头。当他返抵家门时，他的小孩已长大成人。自从奥德修斯搭船前往特洛伊城开始，前后共历经二十年的岁月。

在他家所在的伊色克岛，情景越来越糟。除了他的妻子潘妮勒比和儿子提里马古斯以外，其他人都认为他已死了。他的妻儿还没有绝对的失望。但所有的人都确定潘妮勒比是一名寡妇，能够而且必须再嫁。附近各岛（当然是包括伊色克岛）的男人拥至奥德修斯的家中向他的妻子求婚。她没答应他们中任何一人，她对丈夫归来的希望虽然渺茫，但却永远不灭。更何况，她和提里马古斯都有很好的理由厌恶他们。他们是粗鲁、贪婪、狂妄的家伙，终日坐在奥德修斯家中的大厅里，贪婪地吃他的存粮，宰杀他的牛羊猪群，饮他的酒，燃烧他的柴薪，驱使他的仆人。他们扬言，除非潘妮勒比答应和他们中的一人结婚，否则绝不离开。他们肆无忌惮地戏侮提里马古斯，把他仅当成是个小孩，不屑一顾。对母子俩人而言，这是无法容忍的情景。然而要对付这一大群人，他们是孤立无援的，更何况他俩中间有一名是妇女。

开始时，潘妮勒比想让他们失去耐心。她告诉他们，非要等到她为奥德修斯的父亲——年老的列尔迪士王——编织完一件精巧华美以备临终之需的寿衣，否则她是不能结婚的。他们不得不屈从于如此的一片孝心之下，于是答应等到她工作完成。但是，寿衣是永远织不完的，因为每个晚上，潘妮勒比将白天织好的部分拆开了。但最后，这个诡计被拆穿了，她的一名贴身丫鬟向求婚者揭发了她。此后，他们就更难以应付。以上的事情，是发生在奥德修斯流浪的第十年快结束的时候。

因为希腊人曾虐待卡珊德拉，雅典娜不分彼此地迁怒于他们所有的人，但在此之前，当特洛伊之战正在进行期间，雅典娜特别关爱奥德修斯。她喜欢他那聪明伶俐的头脑，他的精敏灵巧和他的善于谋划计策，她常常前去帮助他。特洛伊陷落后，雅典娜对他和其他人都感到极大的厌恶。于是，当他搭船返航时，也被狂风暴雨侵袭，使他完全脱离航线，再也无法找到回家的线路。他一年又一年地旅行，在一场接一场的危险患难中匆匆来回。

然而，对于持续的愤怒，十年是一个很长的时间。此刻，除了波塞冬以外，众神已对奥德修斯感到难过，尤其是雅典娜。她已恢复了过去对他的观感，决心让他结束受苦并带他回家。正因为她有这个想法，所以有一天，她发现波塞冬缺席奥林匹斯的集会时，她感到非常兴奋。波塞冬正在访问埃索匹亚人，这些人住在南方较远的奥仙河岸，他必定会在那里停留些时日，快乐地和当地人饮酒作乐。雅典娜很快地将奥德修斯受难的情形告诉其他诸神。她告诉他们，目前他在女神卡里普索统治的岛上，实际上是一名囚犯。卡里普索爱上他，想让他永远回不去。除了不给他自由外，她用尽一切方法想要感动他，她所有的一切都任他所求。但奥德修斯痛苦至极，他想着家庭、妻子和儿子。他终日在岸边盘桓，甚至因想望见他家里的炊烟而憔悴。

奥林匹斯山诸神被她的言语所感动，他们认为应给奥德修斯较好的报答。于是宙斯发言，他说他们必须聚首洽商，而为他想出一个回家的方法。如果他们都同意，波塞冬就无法反抗他们。而他会派赫耳墨斯前往卡里普索处，告诉她必须放奥德修斯返家。雅典娜心满意足地离开奥林匹斯，前往伊色克，她已有了计划。

她非常喜欢提里马古斯，并不只因为他是奥德修斯的儿子，更因为他是一位稳重沉着的青年，谨慎、细心而且可靠。她认为当奥德修斯在回家的航程中，与其让提里马古斯怒眼看着他母亲的追求者的暴虐行为，不如让他出外旅行的好。照别人的看法，假如他旅行的目的在于探听父亲的消息，则可以增强他各方面的进步。他们认为他有一颗具有令人赞美的孝心，而事实上，他也是孝顺父母的青年。基于此种理由，雅典娜扮成水手来到他家。

提里马古斯看见她在门外等待，为自己没能及时欢迎这位客人而感到歉疚。他急忙迎接这位陌生人，取过来她的鱼叉，请她坐在主客的位置上。仆从们也穿梭忙碌起来，显示出这个大家庭殷勤待客的气氛，送上食物和酒，请她尽情享用。于是俩人交谈起来，提里马古斯将家中整个情形告诉她。谈到他对奥德修斯目前确已逝去的恐惧，以及从远近前来向他母亲求婚的人的情况，他们母子如何坚拒这些求婚者，这些求婚者又如何侮辱他们，吃光他们的家产，破坏他们的家。雅典娜大表愤怒。她说，这是个可羞的故事，一旦奥德修斯回家，这些罪恶者将马上被解决，而且得到悲惨的结局。然后，她劝他坚强起来，努力去寻找父亲的下落。她说，最有可能提供他父亲消息的人是尼斯陀和墨涅拉俄斯俩人。说完，她就走了。这位青年激起满腔热血和决心，他先前的踌躇和疑虑都消失了。他惊讶地觉得事情已有了转机，而且，他确信他的这位访客就是一位天神。

次日，他召开会议，将他打算去做的事告诉那些追求者，并且向他们要求一艘建造精良的船只，以及二十名船员。但是，除了讥讽笑骂以外，他得不到答复。追求者们要他在家等候奥德修斯的消息，他们要眼看他无法成行。提里马古斯失望地沿着海岸行走，并向那位天神（雅典娜）祈祷。雅典娜听到后立刻来了。她化装成在所有伊色克人中奥德修斯最信任的曼陀，并且用好话安慰和鼓励他。她答应立刻为他造好一艘快船，而且她本人与他同航。提里马古斯真的认为是曼陀在和他说话外，当然不疑有它。于是，他急忙回家准备旅程所需的用具。他要谨慎地等到晚上才离开。当屋里所有的人都入睡时，他跑向船去，曼陀（即雅典娜）已等在那里。他们登上船驶出大海后，立即向老尼斯陀的家乡派罗斯进发。

他们发现尼斯陀和他的儿子们正在海岸上祭祀波塞冬。尼斯陀热诚地迎接他们，但是，关于他们此来的目的，他几乎无法帮得上忙。他不知道奥德修斯的下落，他们不是一起离开特洛伊的，而且，自从那时起，尼斯陀就再有他的消息。照他的看法，最可能有消息的是墨涅拉俄斯，因为墨涅拉俄斯在回家前，曾走完到埃及的全部行程。如果提里马古斯愿意的话，他可以派马车以及他一个认识路的儿子送他到斯巴达，坐车要比搭船快得多。提里马古斯欣然接受，而把曼陀留下来管理船只。第二天，他和尼斯陀的儿子启程，前往墨涅拉俄斯的宫殿。

他们在斯巴达一所富丽堂皇的府邸前勒马停蹄，这栋屋宇较两位青年曾见过的更为华美。女仆们引他们至沐浴的地方，她们用银作的浴缸给他们洗澡，并且用芬芳的油膏涂在他们身上。然后，她们以柔和的紫色斗篷披在他们华丽的紧身上衣外面，并领他们到餐厅。一名女仆带着一罐的水，迅速迎向他们，用水淋洗他们的手指，再使水流到一个银碗里。一张闪亮的餐桌陈设在他们身旁，桌上摆满丰盛的美食，女仆为每人斟满一金杯的酒。墨涅拉俄斯亲切地款待他们，请他们尽情地享用。这两位青年虽感到愉快，但有点为这盛大的排场而不知所措。提里马古斯怕别人听到，便用很轻的声音悄悄地对他的朋友说："在奥林匹斯，宙斯的厅堂一定像这里，这真使我喘不过气来。"但是，过了一会儿后，他已忘了羞涩，因为墨涅拉俄斯开始叙述奥德修斯的事情——他的伟大，以及他长期遭受的苦难。这位青年倾听时，不由泪水盈眶，于是，他用衣襟遮住脸孔，以掩饰他的激动。可是，墨涅拉俄斯已注意到了，并且已猜出这位青年的身份。

然而，就在这时来了个打岔者，扰乱了每个人的心绪。美丽的海伦在她的侍女陪伴下，由她的闺房下来参加宴会，一名女侍为她端椅，另一名为她的脚铺上地毯，第三者为她捧上装满紫罗兰色毛线的刺绣篮子。她立刻由提里马古斯酷似他的父亲的相貌而认出他来，并且叫出他的名字。尼斯陀的儿子应道，她是对的，他的朋友的确是奥德修斯的儿子，他是来向他们求助和探询的。于是，提里马古斯开口，他告诉他们家里的不幸，而这些不幸只有等父亲的归来才能化解。他询问墨涅拉俄斯，不管是凶是吉，能否给他关于父亲的任何消息。

“说来话长，”墨涅拉俄斯回答，“但是，我在一个非常特殊的情况下获悉一些关于他的消息。事情发生在埃及，当时，我被恶劣的天气困在一个叫作菲洛斯的岛上。我们的粮食已快吃完了，当我正濒临绝望之时，一位海之女神同情我，她告诉我，只要我有办法强迫她的父亲老海神普鲁度斯说出如何离开这个可恨的岛屿的方法，那么我就可以安全回家。我必须先设法抓住普鲁度斯，将他扣留住，直到我由他那里得到我想要知道的事情为止。她的计划非常妙，普鲁度斯每天带着许多海豹由水中登陆，他经常和那些海豹躺在沙滩上同一个地点。我在那里挖了四个坑，我和另外三个手下藏在坑里，每个人都披上女神所给的海豹皮。当年老的海神躺在我们不远处时，我们从坑内跳出来捉住他，简直是易如反掌的事，但是要扣留他，则又另当别论。他能随心所欲地变成各种形象，而当他落在我们手中时，他变成狮子、巨龙和许多其他种动物，最后甚至变成一棵枝干高耸的树木。但我们始终牢牢地捉住他，他终于屈服了，并且说出我们想要知道的事情。提起你的父亲，海神说他在一座岛屿上，被卡里普索扣留着。由于思念家乡，他已憔悴不堪。除此之外，自从我们离开特洛伊城后，十年来，我都一无所知。”当墨涅拉俄斯述完之后，众人都沉默了。他们想起特洛伊城，以及从那时起发生的事情，都不禁潸然落泪——提里马古斯想起他的父亲；尼斯陀的儿子则想起死于特洛城的兄弟飞毛腿安地勒邱士；墨涅拉俄斯为葬身特洛伊平原的无数勇敢战友而悲恸；而海伦——谁能说出她为谁落泪呢？当她坐在丈夫金碧辉煌的宫殿里，难道她会想念帕里斯吗？

当天晚上，这两位年轻人在斯巴达度夜。海伦命她的女侍为他们在入口的门廊处安排睡床，床上铺着紫色的厚绒垫被，上面覆着光滑的绒毯，还盖着羊毛被子，非常柔软而暖和。他们舒服地睡在床上，一觉睡到天亮。

就在此时，赫耳墨斯将宙斯的命令带给卡里普索。他穿上不朽的金鞋——使他越海穿陆快如一阵风吹，同时带着能诱人入睡的魔杖，然后跳入空中，飞向海面。最后，他掠过海浪，来到奥德修斯视之为可恨监牢的美丽岛屿。他发现女神孤零零地待在家里，而奥德修斯照样在沙滩上凝视着空旷的大海，让悲哀的眼泪横流。卡里普索以极痛苦的心情接受宙斯的命令。她说，当奥德修斯的船遇难，他抱着破船板漂近此岛时，她救了他；而且，从那时起，她便一直关照着他。当然，每一个人都须俯首听命于宙斯，但这是极不公平的。而且，她要如何安排这趟回程呢？她没有船只和待命的船员。但是，赫耳墨斯认为这不关自己的事，他说："你要小心触怒了宙斯！"然后，他愉快地走了。

卡里普索抑郁沮丧地进行必要的准备，她将事情告诉奥德修斯。起初，奥德修斯还以为一切都是她的阴谋，她想对他做出某些可恶的事情——很可能要溺死他——但最后，她终于使他信服。她答应帮他建造一个极坚固的木筏，然后遣送他坐着这只备有任何必需品的木筏离去。没有任何人工作得比奥德修斯造木筏时更为起劲。二十棵大树划成木板，所有的木板都很干燥，因此能浮得很好。卡里普索将大量的饮食放在木筏上，还备有一袋奥德修斯特别喜爱的佳肴。在赫耳墨斯来访后第五天，奥德修斯在风平浪静中向着海洋离去了。

他航行了十七天，天气毫无变化。他始终把着舵，而绝不让睡神闭上他的眼睛。在第十八天，一座布着乌云的山矗立在海上，他相信，他得救了。

然而，就在这时，由埃索匹亚回来的波塞冬看见了他。波塞冬马上知道众神所干的好事。“好吧，”他喃喃自语，“在他抵岸前，我想我能带给他不幸，甚至带给他更长的旅行。”说完，他召来所有的飓风，然后放开他们，使海陆整个笼罩在暴风密云之下。东风和南风彼此交战，狂暴吹袭的西风和北风也打作一团，海浪掀天，波涛滚滚。奥德修斯自认性命难保。“啊！光荣地躺在特洛伊平原上的战士们，你们应该感到快乐，”他说，“因为，我死得如此不光荣。”事实上，他似乎难逃劫数，木筏宛如夏日草原中摇曳的干蓟草般摇摆无定，动荡不已。

但是，一位仁慈的女神——具有娇小的足踝而一度成为底比斯女公主的伊诺——就在不远处。她同情奥德修斯，于是轻快如海鸥般地从海里升起，告诉他唯一的生机，是放弃木筏而游向海岸。她将她的面纱给他，只要他在海中，这条面纱能使他远离伤害。然后，她便消失在海底。

除了听她的劝告外，奥德修斯别无选择。波塞冬将海洋的可怕巨浪，一波又一波地送向他。海浪将木筏的木头吹散了，就如同一阵狂风吹走一堆干燥的谷壳，也把奥德修斯卷入巨浪之中。波塞冬感到心满意足，便愉快地离去，前往别处策划另外的暴风雨。然后，来去自如的雅典娜使波浪平静。虽然如此，在抵达陆地而能找到安全的登陆点前，奥德修斯必须游泳两昼夜。他从巨浪中游上海岸时，已感到精疲力竭，而且，他身上毫无遮蔽，肚子又饿得发昏。那时，夜幕已低垂，看不到房子，也见不着生物。但是，奥德修斯不仅是位英雄，他还具有极高的智慧：他找到一处树木不少而枝叶繁盛的地方，没有湿气渗入树林，树下层叠的树叶可以隐蔽许多人。他掘了一个洞，然后躺下去，全身裹着树叶，就像盖着厚厚的被子。最后，他在岛上的馨香夜风的吹袭下，感到温暖和静谧，终于安详地睡着了。

当然，他一点也不知身在何方，但是，雅典娜已为他安排好一切。这块地方是属于菲亚西人的，他们是很友善的民族，而且都是极出色的船员。他们的国王阿尔西诺斯是位贤良而通情达理的人，他的妻子雅丽特比他更为聪明，所以他经常让她全权处理任何重要的事情。他们有个女儿，尚待字闺中。

这名少女名叫诺丝加雅，她做梦也不会想到第二天早上自己会扮演搭救英雄的角色。当她睡醒时，只想到全家衣物的洗涤。的确，她是位公主，但是，在那个时代里，出身高贵的妇女也要勤劳能干。诺丝加雅的任务就是负责洗涤全家的亚麻衣服。洗衣服是一件惬意的工作，她要仆人备妥一辆跑得轻快的骡车，将脏衣服装在车上。她的母亲替她装满一盒各种好吃和好喝的东西，还给了她一瓶清澄澄的橄榄油，以备她和她的女侍们的沐浴之需。于是，诺丝加雅驾着骡车出发了。她们的目的地正是奥德修斯登陆的地点。一条可爱的河流由那里入海，那里有清水涌流不息的最佳洗衣池。少女们所要做的是把衣服放在水里，然后在它们上面跳跃着，直跳到所有的污垢都被清除为止。池水清凉洁净，这真是件愉快的工作。这项工作完成之后，她们将衣服平平地放在被海水冲净的海岸上晒干。然后，她们便能安心地休息。她们在水里洗澡，并用滑润的油涂抹身子；用过午餐后，她们相互抛球嬉戏以自娱，并且竟日婆娑起舞。但最后，夕阳西下提醒她们，愉快的一天已结束。

当她们收好亚麻衣服，替骡上了轭，正准备打道回府时，突然瞥见一位样子野蛮而赤身裸体的男人由树丛中走了出来——奥德修斯被少女们的声音吵醒。少女们惊慌而逃，唯独诺丝加雅屹然不动，她毫无惧色地面对着他。于是，他极尽其能言善道之口才，向她婉转动听地倾诉，“皇后啊！我是你膝下的苦求者，”他说，“但我无法分辨你是凡人或天神。我从未在任何地方见到像你这样的人，当我见到你时，便立即感到惊喜。求求你同情你的苦求者，同情遭遇船难而举目无亲、孤立无援且无衣蔽体的人吧！”

诺丝加雅友善地告诉他身在何处，并且说，此地的人民会善待不幸的流浪汉；国王——她的父亲——将会殷勤而有礼地款待他。她召来受惊的女仆们，并且命她们将油膏给这位陌生人，让他洗净身体后抹用，同时，为他找来一件外套和一件长及膝盖的紧身衣服。她们等他洗完澡和穿好衣服，便一起出发前往城里。当他们快抵达诺丝加雅的家前，考虑周到的诺丝加雅示意奥德修斯走在后头，而让她和女仆们先行。“人们的嘴舌是可怕的，”她说，“如果他们看到像你这么英俊潇洒的男人和我走在一道，他们会暗地里制造种种的流言。况且，你能很容易地找到我父亲的房子，它可以称得上是最富丽堂皇的。你大胆地进去，直接走到我母亲之前，她将会在炉边织衣。凡是我母亲所言的，我父亲一定照办。”

奥德修斯立即会意。他很钦佩诺丝加雅的见识并完全遵从她的指示。进入屋子之后，他昂首阔步地迈过大厅走到炉边，然后在皇后面前扑倒下跪，抱住她的膝盖恳求她的救助。国王马上扶他起来，请他上桌，并说他可以毫无畏惧地填饱食物和饮料；不论他是谁，也不论他家在何处，他可以安心休息，他们保证会安排一条船送他回家；现在该是就寝的时间了，但是，在第二天清晨时，他可以告诉他们名字以及他如何来到此地。最后，奥德修斯极为兴奋和满足地睡在柔暖的床铺上，自从离开卡里普索以来，这还是头一次。

第二天，奥德修斯在菲亚西的文武百官面前，倾诉他十年来的流浪故事。他从特洛伊的撤军和侵袭希腊舰队的暴风雨开始说起，他和他的船只在海上被驱赶了九天。在第十天，他们到达蓬莱仙岛的陆地，并且在那里靠岸。虽然他们疲惫不堪而需要休整，仍想迅速离去，返回家乡。居民们友善地接待他们，同时拿他们的花食给船员们食用。那些尝了花果的人，立即忘记了家园，他们只想留住在蓬莱仙岛上，所有的记忆都从他们的脑海中消逝了。所幸只有一部分人尝了，奥德修斯必须拖他们到甲板上，再用链条将他们捆在那里。他们哭泣着，他们是那么渴望留下来，永远品尝那甘甜如蜜的花朵。

他们的下一个冒险，是遭遇到独眼巨人波里菲摩斯。他们在他手中丧失了多位战友。更糟的是激怒了波里菲摩斯的父亲波塞冬，因此波塞冬立誓要让奥德修斯尝到长期的不幸，同时还要丧失所有的部下。十年来，他的怒火一直伴随着奥德修斯在海上度过。

他们由赛克洛普斯的岛屿来到风神亚奥勒斯统治的地方。宙斯任命亚奥勒斯成为风的管理者，他能随心所欲制止或发放飓风。亚奥勒斯热诚地款待他们，当他们离去时，他送给奥德修斯一个装着所有暴风的皮袋子。袋子绑得非常地紧，所以那些足以使船招致危险的风一丝也漏不出来。这种情况本对水手极为有利，但奥德修斯的船员却以为这个细心盛装的袋子里可能是满满的黄金，无论如何，他们想瞧瞧里面究竟是什么。他们打开袋子，结果，所有的风都立刻冲了出来，船只在可怕的风暴中被刮走了。度过了几天的危险后，他们终于看到陆地。但是，他们留在暴风中的海上可能还要好些，因为这块陆地是属于食人的巨人族——拉斯屈利贡。这些可怕的巨人毁灭了所有的船只，只有奥德修斯坐的船幸免于难——当攻击开始时，他的船尚未进港。

这是到目前为止最惨的一次灾难，并且使他们带着绝望的心情停留在他们抵达的下一个岛屿。如果他们知道有什么样的危机横在他们前面，那么他们绝不会登陆。他们来到属于一位最美丽且最危险的女巫塞栖的领域，每一个接近她的男人，就会被她变成一头野兽，只有他的理智和平常一样保持着：他知道在他身上发生了什么事。她把奥德修斯派出去探查该地的队员诱进她的屋子里，然后把他们变成猪。她把他们关进猪槛里，拿橡实给他们吃。猪的天性使他们吃起那些橡食了，然而，他们内心里知道自己是人，知道自己的形象难看，但却逃脱不了她的控制。

奥德修斯相当地幸运。有一名队员非常谨慎，没有进入屋子，所以目睹了所发生的事情，他惊慌地逃回船上。这个消息使奥德修斯顾不得谨慎，他单独地出发——船员中没有一位愿意和他一齐走——试着去解救他的手下。在他前往的路上，赫耳墨斯和他碰面，赫耳墨斯的样子就像一位相当年轻可爱的青年。 他告诉奥德修斯，他知道一种药草，能使他逃过塞栖致命的妖术。 有了这种药草，他可尝下女巫给他的任何东西，而不会受到伤害。 赫耳墨斯还说，当他喝下她给的那杯东西时，他必须用剑恐吓她，除非她放了他的部下，否则就刺穿她。 奥德修斯带着药草，感激万分地上路。 一切的发展，比起赫耳墨斯的预言更要顺利。 当塞栖向奥德修斯施用她绝对灵验的妖术时，让她惊讶的是，奥德修斯竟然毫无变化地站在她面前。 她是那么惊奇此人能抗拒她的法术，并爱上了他。 她准备做他所要求的任何事，于是她立刻将他的同伴变回人形。 她对所有的人都那么仁慈，在她家里以盛筵款待他们，因此，他们愉快地和她一起生活了整整一年。

最后，当离别的时刻来到时，她为他们运用魔术占卜。 她发现了如果他们想要平安返家，必须去做一件可怕的事情。 他们必须横越奥仙河，把船停在波斯凤的岸边，那里是哈得斯的黑暗领域的进口。 然后，奥德修斯必须下去寻找底比斯的圣人——先知者地尔西亚斯的灵魂，他会告诉奥德修斯如何回家。 只有一个法子能引地尔西亚斯的鬼魂来到他面前，那就是宰杀一只羊，然后用血填满一个地坑，所有的鬼魂都忍不住想要喝血。 每一个鬼魂都会冲到地坑来，但奥德修斯必须抽出剑来抵挡他们，把他们赶离，直到地尔西亚斯对他说话为止。

事实上，这真是一件可怕的事情，当所有的人离开塞栖的岛屿，转舵往哈得斯和波斯凤统治下的亚里巴士时，所有的人都哭了。 当掘好沟穴，用鲜血填满，所有死者的灵魂集中于此时，那真的是太可怕了。 但奥德修斯保持住勇气，他用他的锐器使众鬼魂远离，直到看着地尔西亚斯的鬼魂为止。 他让他的鬼魂接近并喝了一口黑色的血液，然后再询问他。这位先知者已准备好答复。他说，威胁奥德修斯的主要危险，是他抵达太阳神的牛群所栖息的岛屿时，他的人可能会伤害牛群。它们是最美丽的牛，太阳神非常珍爱它们，因此，所有会伤害它们的人都会遭到太阳神的报复。这乃是命中注定的。然而，无论如何，奥德修斯会回到家，虽然他会发觉麻烦等着他，但最后他终能克服一切的。

这位先知者说完后，一长排的死者前来饮血，并且对奥德修斯说话，然后又匆匆离开——有伟大的古代英雄和美女，还有在特洛伊阵亡的战士。阿喀琉斯过来了，还有依然带着怒容的阿吉克斯，因为希腊的将领将阿喀琉斯的盔甲给奥德修斯而没有给他。许多其他的人都过来了，每个人都渴望对奥德修斯说话，最后，实在太多了。看见这一群蜂拥而来的人，奥德修斯害怕极了，他赶紧回船，命船员起航。

由塞栖那里，他得悉他们必须经过赛伦们的岛屿。赛伦们是一群奇怪的歌唱者，她们的歌声会使男人忘了别的一切，而最后带走人们的生命。那些被赛伦们诱惑而死的人，他们的骨头在她们坐着唱歌的海岸堆得高高的。奥德修斯告诉他的手下有关她们的事情，以及想通过她们的唯一方法，是用蜡堵住每一个人的耳朵。然而，他自己决定要听听她们的歌唱，他建议部下将他紧紧地捆在船桅上，以使他无论如何都无法挣脱掉。他们照他的建议去做。船只靠近岛屿，除了奥德修斯以外，所有的人都无法听到诱人的歌声。奥德修斯听到那些歌声。那些歌词至少对希腊人来说，要比甜蜜的音乐更为诱人。她们唱道，她们愿将知识给予走向她们的人，还有高深的智慧以及活泼的精神。“我们知道地球上未来将会发生的事情。”她的歌声在美妙的旋律中交响着，而奥德修斯的心灵由于渴盼而作痛。但是，绳索捆着他，因此，最终得以安全渡过危险。

另一场海上的灾难等着他们——要经过丝娜巨岩和查理狄斯大漩涡。由于雅典娜的关怀，奥德修斯当然能顺利地通过它。但这是一次可怕的考验，并且有六名船员在那里丧生。然而，他们终究逃脱不了死亡的命运，因为他们的下一个驻足处正是太阳神的岛屿，人们的举止真是愚蠢得难以置信。他们由于饥饿而宰杀圣牛，那时奥德修斯正好不在，他一个人跑进岛中去祈祷。当他回来时，感到非常的失望，但这些野兽已被烤熟而分食了，毫无补救的办法。太阳神迅速地报复，当他们一离开岛屿，一记雷电立即击碎船只。除了奥德修斯，所有的人都被溺死，他抱住船的龙骨，因此逃出了暴风。他漂流许多日子，直到最后，被冲至他后来停留多年的卡里普索的岛上。当他能够再一次动身返家时，一场暴风雨又使他遭到船难，历经更多更多的危险。当他成功地抵达菲西亚人的土地时，仅是一位无助而一无所有的人了。

这个冗长的故事结束了，但是，旁听者却被这个故事弄得恍恍惚惚而沉默地坐着。最后，国王开口说话，他向奥德修斯保证，麻烦已经结束，他们愿意在当天送他回家，而且在场的每个人都将送给他一份临别赠礼，使他成为富有的人。所有的人都赞同，而且船也备妥，礼物已装在船里，于是，奥德修斯向仁慈的主人感激地道别后，便扬帆而去。他躺在船甲上面，甜蜜的睡意使他合上双眼。当他睡醒时，发现自己已抵达干燥的陆地，正平躺在海岸上。原来水手们将熟睡的他放在岸上，把他的所有物品排放在他身边，然后离去了。他惊跳起身来，环视他的四周，他无法认出自己的国家。一位青年接近他，好像是一位牧童，但他却是高尚而彬彬有礼，他给奥德修斯的感觉，仿佛是看守羊群的帝王之子。事实上，那是雅典娜的化身。她回答他亟欲知道的问题，告诉他，他是在伊色克。虽然奥德修斯为这个消息而欢欣，但他仍保持他的警觉，他编了一套关于他是谁以及他为何来此的长篇故事，却没有一句是真话。当他的谎言说完后，女神笑着拍拍他，然后她现出她本来修长而美丽的形状。“你这个不诚实的奸诈的骗子，”她笑着说，“能和你的狡猾相媲美的，一定是精明的商人。”奥德修斯狂喜地问候她，但她要他记住有多少事要做。于是，俩人共同拟出一个计划。雅典娜告诉他家里发生的事情，并且答应帮他清除那些求婚者。目前，她要将他变成一名老乞丐，使他能到处走动而不会被认出来，晚上，他则去和他那位忠实可靠而值得赞赏的养猪者尤梅厄斯宿在一起。他们将珠宝藏在附近的洞穴后便分手了。雅典娜去召提里马古斯回家。奥德修斯已被雅典娜用法术化为步履蹒跚且衣衫褴褛的老人，他前去寻找养猪者。尤梅厄斯欢迎这位可怜的陌生人，给他丰盛的食物，为他安排夜宿，并且将自己的厚裘给他盖身。

这同时，提里马古斯在雅典娜的指点下，辞别了海伦和墨涅拉俄斯，立刻登船返家。他计划——雅典娜再度把这个念头放在他脑海里——登陆后不直接回家，而先到养猪者那里，打听一下他不在时家里是否有什么事发生。当这位青年出现在门口时，奥德修斯正在帮忙准备早餐。尤梅厄斯喜极而泣地迎接他，并请他坐下来共餐。在他坐下来用餐前，他派遣养猪者将他回来的消息通知潘妮勒比，于是，只剩父子俩人单独地在一起。这时，奥德修斯发觉雅典娜在门外向他招手，他便跑出去会她。于是，在片刻间，她将他变回原来的模样，并命他把身份告诉提里马古斯。这位青年根本没有注意到什么，直到年老的乞丐换成一位面貌威严的人回到他那里时，他才惊讶地跳了起来，以为他见到一位神。奥德修斯说："我是你的父亲！"于是俩人相拥而泣，但时间紧迫，尚有许多事情有待计划。经过讨论，奥德修斯决心以武力驱逐求婚者，但是，他们两人如何能击败整个团体呢？最后，他们决定明晨回家，当然奥德修斯要化装，而提里马古斯则将所有的兵器藏起来，仅留下可供俩人使用的兵器，放在他们能轻易取到的地方，雅典娜也给予协助。

第二天，提里马古斯单独走着，其他俩人跟在后面。他们抵达城里，来到宫殿。奥德修斯在离别二十年后，再次进入他亲爱的寓所。当他进屋时，躺在那里的一条老狗抬起头来，竖起它的耳朵。它叫阿古斯，奥德修斯在前往特洛伊前饲养它。这时，他的主人出现，它认得他，并且摇着尾巴，但是，他已无力拖着自己的身体稍微向他前进些。奥德修斯也认得它，他擦去眼泪，他不敢走向它，唯恐引起养猪者的疑心。而就在他转身离去的时候，这条老狗死了。

在大厅里，饭后懒散的求婚者想戏弄走进来的可怜的老乞丐，而奥德修斯却谦忍地听着他们所有的嘲语。最后，他们之间一个脾气暴躁的人恼怒起来，掴了他一巴掌。潘妮勒比听说他敢殴打一位请求招待的陌生人的暴行之后，要求亲自和这位被虐待的人一谈。她决定先到宴会厅看看。她想见提里马古斯，而且，对她来说，使她自己在求婚者面前现身似乎也是一个明智之举。她和她的儿子一样谨慎，如果奥德修斯已去世，能嫁给这些人中最富有而且最光明磊落的人，那确实是很好的。她不能使他们太过于失望，何况，她有一个可以说是很好的计划。因此，她在两名丫鬟的服侍下，纱巾遮面由闺房走下来大厅。她看起来是那么可爱，她的求婚者一见之下，都为之震惊，一个接着一个地起身恭维她。但这个设想周到的妇人回答说，她知道得很清楚，她的容貌现在已因她的悲哀和无数的忧虑而黯然失色，她来向他们说话的目的是很庄重的。无疑地，她的丈夫已永远不会回来，然而，他们为什么不会循着向一位富有的家庭妇女求婚的正常途径，送给她贵重的礼物而向她求婚呢？这个建议立即奏效，所有的人都命他们的随从带来最可贵的东西，如长袍、珠宝、和金链子送给她。她的丫鬟将这些礼物带到楼上，而庄严的潘妮勒比退了回去。

然后，她派人找来那位被戏弄的陌生人。她和蔼地对他说话，而奥德修斯将他前往特洛伊的途中遇见她丈夫的故事告诉她，使她哭了许久，直到他同情她为止。然而，他并没有暴露身份，反而始终严肃得如铁板一般。不久，潘妮勒比记起她当主人的责任，召来奥德修斯小时候的老保姆尤里克莉亚，命她替他洗脚。奥德修斯害怕起来，因为他的一只脚在小时候打猎时，曾被野猪咬了一个疤痕，尤里克莉亚会认出这个疤痕的。她果真认出来了，惊讶之下，她松开手，使他的脚落下来而打翻了水桶。奥德修斯捉住她的手，轻轻地说："亲爱的保姆，你已知道了，但请你不要向别人泄露一个字。"她悄悄地应诺，于是奥德修斯离开了。他发现在入口的大厅有一张床，但是，因为一直思索着如何去制服这么多的无耻之徒，他无法入睡。最后，他忆起在独眼巨人赛克洛普斯的洞穴里，那时情形比现在更糟，但由于雅典娜的帮助，他不也得以顺利逃脱了吗？他希望在这里也能得到她的眷顾，然后，他才进入梦乡。

清晨时，求婚者又回来了，而且比以前更蛮横。他们轻率随意地坐下来，吃起为他们而设的盛餐，他们并不知道，此时女神和忍气吞声的奥德修斯正在为他们准备一顿鬼门宴。

潘妮勒比对此毫不知情，她自己在晚上拟妥一个计划。清晨时分，她来到储藏室。在许多珠宝中，有一把大弓和一个充满箭的箭袋，它们是属于奥德修斯的，除了他以外，从没有一只手能打开弓或是使用它。她带了弓箭来到追求者聚集的地方，“先生们，请听我说，”她说，“我将神般的奥德修斯的弓放在你们面前，谁能张弓搭箭，并且一箭射穿排成一行的十二个铁环，我就选他作为我的丈夫。”提里马古斯立刻明白此举对父亲的计划十分有利，于是，他迅速地附和她。“来吧！所有的求婚者，”他喊道，“不要踌躇和推托。我先试试，看我是否已长大成人，足以拉开我父亲的武器。”说完，他将铁环整理整理，将它们排成一列，然后，提起那张弓，尽其力想拉开它。如果不是奥德修斯暗示他放弃，则他最后可能也许会成功。在他之后，其他的人一个接一个轮流着，但这张弓实在太硬了，连最强壮的人，都无法拉开一点点。

奥德修斯确信无人能成功，他离开比赛场，走到庭院里，养猪者正和一位和他一样值得信赖的牧牛者谈话。奥德修斯需要他们的帮助，就将身份告诉他们，并以脚上的疤痕作为证据向他们证明，这个疤痕是过去多年，他们曾看过许多次的。他们认得它，于是高兴地哭了出来，但是奥德修斯很快地制止他们。“现在不是高兴的时候，”他说，“听着我需要你们做的事情。你，尤梅厄斯想办法替我弄来那弓箭，然后，关上女主人卧房的门，以使人无法进入。而你，哦！牧牛者，必须把宫廷里的所有的门都上闩关上。”这两个人随着他回到大厅里，这时，最后一名求婚者刚好试验失败。奥德修斯说：“把弓给我吧！让我看看我过去拥有的力量是否还在。”这些话使厅堂里爆出一阵愤怒的叫嚣声，他们喊着，一名乞丐模样的外来人绝不许动那弓箭。但是，提里马古斯厉声对他们说，能给予弓箭的是他，而不是他们，于是他命尤梅厄斯将弓箭给奥德修斯。

当他拿起弓箭检验时，所有的人都凝神地注视他。然后，就像一位谙熟的乐师将多根弦索安在七弦琴上，他毫不费劲地轻易张开弓弦，将一支箭搭上弓，他并没有离座，便一箭射中十二个铁环。在这一刹那，他一跃而上门口，而提里马古斯在他身边。“认命吧！认命吧！”他高声喊着，并射出一箭，正中目标，一名求婚者倒地而死。其余的人惊骇地跃起，他们的武器在哪里？所有的武器都不见了。奥德修斯不停地射箭，每当一支箭轻快地穿过厅堂，必有一人倒地而死。提里马古斯用他的长矛戒备着，迫使众人后退，因此他们无法由门冲出，也无法逃离或由背后攻击奥德修斯。

他们集中在那里，成为易中的靶子，而且箭是有求必供，他们在无法自保的情况下遭到杀戮。甚至于箭射完了对他们也没有一点好处，因为雅典娜此时已前来参与正在进行的这次行动。她使每一个进击奥德修斯的企图都失败，而奥德修斯闪耀的矛永远不会迷失它的目标。头颅碎裂的可怕声音随时可闻，地上流满了鲜血。

最后，这些蛮横轻浮的求婚者，只剩下两个人，求婚者们的祭师和歌咏者还活着。他们两人乞求饶恕，但是那位抱住奥德修斯的膝盖而苦苦哀求的祭师，却得不到宽饶，这位英雄的剑刺穿了他，在他祈求到一半时死去。歌咏者较幸运，奥德修斯不想杀死这么一位由神教导而唱圣歌的人，于是他宽恕他，使他能再次歌唱。

这场战役——或可以说是屠杀——已经结束。那位老保姆尤里克莉亚和她的女侍们被召来清洗宫廷并整理恢复原来的秩序。她们围着奥德修斯，悲喜交加地欢迎他回家，直弄得奥德修斯心里都想哭泣。最后，她们开始进行工作，但尤里克莉亚爬上楼梯，来到女主人的卧房。她站在女主人的床边，“亲爱的主人，请醒来，”她说，“因为奥德修斯已回家，而且所有的求婚者都已死了。”

“啊！疯狂的老妇人。”潘妮勒比抱怨地说，“我睡得那么甜！滚吧！你没有像其他吵醒我的人被我掴一巴掌，已是值得庆幸的了。”

但尤里克莉亚坚决地说：“真的！奥德修斯真的在这里！他给我看疤痕，这疤痕确确实实是他的。”潘妮勒比依然不能相信她，要跑到大厅里自己亲眼瞧瞧。

一位魁梧而面貌高贵的男人坐在火炉旁，火光完全照在他身上。她在他对面坐下，静静地端详着他。她似乎很困惑，一会儿自己似乎认得他，一会儿他又像是陌生人。

提里马古斯对她喊道：“母亲！母亲！哦！残忍啊！还有妇人见到她离别二十年的男人时，还忍心和他隔得远远的吗？”

“我的儿子，”她回答，“我已无力移身，假如他真的是奥德修斯，那么，我们俩人该知道认识彼此的方法吧！”奥德修斯听了这些话后笑了，命提里马古斯让她单独留下，他说：“我们即将互相认出对方。”

然后，秩序井然的大厅充满欢乐的气氛，乐师用七弦琴奏出优美的旋律，引起所有人跳舞的雅兴。 男人们和穿着华丽的女士们伴着音乐，愉快地起舞，直使得围绕他们的大厅响彻他们的脚步声。 每一颗心都充满快乐，因为奥德修斯在经历长期的流浪，最后终于回到家。

伊尼亚斯的故事

伊尼亚斯是阿佛洛狄忒的儿子，在特洛伊战争中，成为众人仰慕的大英雄。 在特洛伊城，他的地位仅次于赫克托耳。 当希腊人攻陷特洛伊城时，在他母亲的帮助下，伊尼亚斯背着父亲，携着幼子逃离该城，坐船驶向新的家园。

经历海上和陆上长期的流浪和许多考验后，他抵达意大利。在意大利，他打败了反对他入国的人，并且和一位权高位重的国王的女儿结婚，建立了一座城市。 他常常被认为是罗马真正的创造者，因为人们所认为的罗马创造者罗姆勒斯和黎姆斯，是在他儿子建立的城市亚尔巴・隆加出生的。

当他由特洛伊城起航时，许多的特洛伊人都跟随着他。 所有的人都想找某个地方定居，但却没有一个人对于应该到何处有任何清晰的概念。 他们曾着手建立许多城市，但总是被不幸或凶兆所驱逐。 最后，伊尼亚斯在梦里受到指示，他们应去远在西方的一个国家意大利——当时被称为海斯比利亚，意即西方的国土。 那时，他们正在克里特岛，要在不可知的海洋上作长期的航行才能到达，但是，在他们确定将来某天能拥有自己的家园时，心里还是感激万分的。 于是，他们立刻启程。 然而，在他们抵达期望的天堂前，需要经过一段很长的时间以及许多的事情，如果他们早知道这些，他们的热心或许要大打折扣了。

在他们的一个登陆地，他们惊讶地碰到赫克托耳的妻子——安德洛玛克。她在特洛伊城失陷后，被赐予阿喀琉斯的儿子尼奥托勒默士。不久，尼奥托勒默士就为了海伦的女儿赫米安妮而抛弃她。但是，尼奥托勒默士的寿命并不长。在他死后，安德洛玛克嫁给特洛伊城被俘的先知希里诺斯。他们这时统治着这个地方，当然乐意接待伊尼亚斯和他的人。他们两人以极大的殷勤招待他们，而且，在他们告别时，希里诺斯给了他们有关旅程的忠告。他告诉他们，千万不要在离意大利最近的海岸——东海岸登陆，因为那里遍布希腊人。他们被指定的家是在西海岸，稍微偏北，但他们绝不要取捷径走西西里岛和意大利之间。在这片水域里有着由丝娜巨岩和查理狄斯漩涡据守着的最险恶的海峡，以前阿耳戈号船安然通过，只是因为西蒂斯的帮助；而奥德修斯就曾在那里丧失六名部下。至于阿耳戈号船员由亚细亚洲前往希腊的途中，是如何抵达意大利的西岸，以及奥德修斯如何抵达，希里诺斯都不大清楚。但是，无论如何，这海峡的正确位置，在他脑海里是绝无疑问的。于是，他谨慎地指导伊尼亚斯如何使船员避开可恶的巨岩和漩涡——围着西西里岛向南绕一大圈，远离毫不留情的查理狄斯大漩涡和将所有船只吸入黑洞的丝娜巨岩，抵达意大利北部。

当特洛伊人离开仁慈的主人且成功地绕过意大利东端时，他们绝对相信先知者的指导，绕着西西里岛向西南方航行。然而，尽管希里诺斯有神秘的力量，他却不知道西西里岛，至少西西里岛南部现在已被独眼巨人赛克洛普斯所占领。因为希里诺斯没有警告特洛伊人不要在那里登陆，所以他们在日落后，便抵达岛上，毫无戒备地在岸上扎营。如果不是在凌晨怪物活动前，一位可怜的人跑到伊尼亚斯睡觉的地方，那么他们可能会被活捉吃掉。这名可怜的人跪下来，显现着巨大的不幸：他苍白得就像一个几乎饿死的人，他的衣服只用针粗连起来，他的脸和一头又浓又长的头发肮脏至极。他告诉他们，他是奥德修斯的一名水手，他无意间被留在独眼巨人波里菲摩斯的洞穴中，从那时起，他就靠着丛林中能找到的任何可吃的东西为生，始终担心着赛克洛普斯中有一位会来袭击他。他还说，他们有一百个，每一位都和波里菲摩斯一样巨大而可怕。“逃吧！”他催促他们，“起来全速逃跑吧！弄断缚船的绳索。”他们照他所说去做，割断船缆索，屏住呼吸，匆忙地工作，所有的人都尽可能地保持沉默。当他们看到盲眼的巨人波里菲摩斯慢慢地走到海岸，去洗涤他那依然流着血的眼窝时，他们才刚刚卸下船。巨人听到船桨的拍水声，便顺着声音冲向海里。然而，特洛伊人已足以启动船只，在巨人能抓到他们之前，水位渐深，甚至对巨人高大的身长，也是太深了。

他们虽逃过了这一关，但却又遇到另一个和这个一样大的灾难。当环绕西西里岛航行时，他们遭遇到一次前所未有的暴风雨的袭击：海浪高掀，浪头舔触天星，浪间的漩涡深得使海底露迹。这很明显地表明这不仅仅是一场致命的暴风雨，而事实上，赫拉是它的幕后主使。

她当然恨全体特洛伊人。她绝忘不了帕里斯的评判，于是，在战争期间，她成为特洛伊人最强大的敌人。但她尤其憎恨伊尼亚斯。她知道，由特洛伊人的血凝结成的罗马，虽然诞生于伊尼亚斯的子孙，但命运之神注定他们有一天终将征服迦太基。而迦太基是赫拉最宠爱的城市，她喜爱该城超过世界上任何地方。她是否认为她能违反命运而行，我们不得而知。但是，即使她无法违反命运，她也要尽其全力逆命运的安排而行，想方设法溺死伊尼亚斯。她来找曾帮助过奥德修斯的风王亚奥勒斯，要求他沉溺特洛伊人的船只，她答应将她最可爱的水泽女神给风王做妻子以为回报。这场惊天动地的暴风雨就是这样促成的。如果不是海神波塞冬的干预，无疑这场暴风雨完全达成赫拉的心愿。身为赫拉的哥哥，波塞冬深知她做事的方法，而且赫拉来干涉他的海域，也不合他的意思。然而，他也像宙斯一样小心翼翼地对付她。他不对她说半句话，但却严厉地谴责亚奥勒斯。然后，他使海面平静，使特洛伊人能够登陆，他们最后停泊船只的地方，就是非洲北海岸。他们由西西里岛一直被吹到这里。事出凑巧，这地方十分接近迦太基。于是，赫拉立刻开始考虑，要如何才能使他们的抵达，变成对他们不利而对迦太基人有利。

迦太基是由一名妇女戴德建立的，她现在仍然是统治者，在她的统治下，迦太基渐渐成为雄伟而壮丽的城市。她长得相当美丽，而且是一名寡妇。伊尼亚斯在逃离特洛伊城的当天晚上，失去了他的妻子。赫拉的计划是让这俩人坠入情网，引诱他和戴德定居下来，使伊尼亚斯忘却意大利。如果不是阿佛洛狄忒，这将是一条妙计。阿佛洛狄忒对赫拉的想法起了疑心，于是决心去破坏它。她也有她的计划，她十分愿意让戴德爱上伊尼亚斯，因为这么一来，伊尼亚斯在迦太基就不会受到伤害。但她计划去促成他对戴德的感情，却又不完全遵照赫拉的意念去做。任何时候，只要好事已成，她绝不会丝毫干涉他搭船前往意大利。

她前往奥林匹斯，向宙斯控诉。她谴责宙斯，而且她明媚的双眸泪水盈眶，她说她亲爱的儿子伊尼亚斯几乎被毁，而他，众神和凡人之主，曾经对她发誓，伊尼亚斯有一天将成为统治世界的一个民族的祖先。宙斯笑了，吻走她的眼泪。他告诉她，他所答应的事情必然会兑现的。伊尼亚斯的后代将是罗马人，命运之神已注定给罗马人一个其大无边的帝国。

阿佛洛狄忒十分欣慰地离去，为了使事情更加确定，她便转向她的儿子厄洛斯求助。她确信戴德不用爱神的帮助便能给伊尼亚斯留下必要的印象，但却无法确定伊尼亚斯能使戴德爱上他，因为戴德向来以不多情而出名，周围所有国家的国王都曾试图劝她嫁给他们，却从没有人成功。因此，阿佛洛狄忒召来厄洛斯，他答应她要使戴德一见到伊尼亚斯心里便立刻产生爱的烈火。对阿佛洛狄忒而言，要安排俩人之间的见面是非常简单的事。

他们登陆后的早晨，伊尼亚斯和他忠实的朋友亚察提斯离开他那些可怜的、正从船难的恐惧中恢复的随从，去寻找他们的安身处。出发前，他对他们说些鼓舞的话语：

同伴们，你们和我一样，长期共受苦难；
我们知道，灾难更加严重，而这些都将结束。
振起勇气吧！驱走沮丧的恐惧，
或许有天会回忆，
这些困苦也带来欢乐……

当这两位英雄探查这个陌生的国度时，阿佛洛狄忒扮成一名女猎者出现在他们面前。她告诉他们身在何处，并劝他们直接前往迦太基，迦太基人的女王一定会帮助他们。他们照着阿佛洛狄忒指示的路径前进。阿佛洛狄忒使浓雾围绕他们，让他们在毫不知情中一直受到保护。因此，他们毫无干扰地来到城里，穿过熙攘的街道而未被注意。他们在一座大殿前停下来，思索着如何能见到女王。当他们注视着这幢华美的建筑物时，吃惊地看到在墙上竟雕刻着他们亲身经历的特洛伊之战的景象。他们看到他们的敌人和朋友们的画像：阿特柔斯的儿子们，年老的普里尔蒙伸手向阿喀琉斯乞援和死去的赫克托耳。

“我已有勇气，”伊尼亚斯说，“这里也有为万物而流的眼泪，以及为所有死者的命运所感动的心灵。”

这时候，如同阿尔忒弥斯一般可爱的戴德，正带着一队侍官走了过来。原来包围伊尼亚斯的浓雾立时消散，他向前施礼，俊美的脸像阿波罗。当他告诉戴德他的身份时，女王以至上的荣耀接待他，并且欢迎他和他的同伴来到她的城里。她了解这些孤单而无家的人的感受，因为她本身也是因为她的兄弟的谋害，而和几位朋友逃到非洲。她说：“我不过是受苦的幸免者，我懂得如何去帮助不幸者。”

当天晚上，她为这两名陌生人设下盛宴。在宴会中，伊尼亚斯倾诉他们的故事，首先说到特洛伊城的沦亡，然后说到他们长期的旅行。他说得那么动人，即使没有神在场，戴德也可能会为如此的英雄气概和优美谈吐而倾心。何况，神是在场的，厄洛斯就在那里，于是，她已无可选择了。

她快乐了一段时间。伊尼亚斯似乎对她很忠实，于是，她将所有的东西毫不吝惜给予他。他这个贫穷而遭遇船难的人跟她一样具有荣誉，她命迦太基人也把伊尼亚斯当成是他们的统治者来看待。伊尼亚斯的同伴也因她的恩惠而著名。她做这些只为了给予，除了伊尼亚斯的爱，她不为自己要求什么。在伊尼亚斯这方面，他对她慷慨的给予感到万分满足，他和美丽的女人过着舒适安逸的生活，而且这位权高位重的女王向他提供他需要的任何东西，还安排狩猎作为他的消遣。她恳求他一而再地陈述他的冒险故事。

渐渐地，伊尼亚斯已失去向无名岛开航的兴趣。事情的演变使赫拉感到很满意。但阿佛洛狄忒依然信心坚定。她比赫拉更能了解宙斯，她确信他最后必将使伊尼亚斯前往意大利，并且相信和戴德这段小插曲将不致使她儿子丝毫受辱。阿佛洛狄忒的看法相当正确，宙斯一旦主意已定，就非常地积极。他派遣默格利带着严肃的旨意，前往迦太基给伊尼亚斯。这位神使发现伊尼亚斯正在散步，衣着尊贵，腰佩碧玉镶缀的宝剑，肩披金线织花的美丽披肩。当然，这些都是戴德的礼物，而且还是她亲手编织的。这位文雅的绅士由安逸中突然清醒过来，一个冷冷的声音在他耳际响起，"你想在懒散中浪费多少时间？"严厉的声音发问着。他转过身，看见神使默格利就站在他前面。"上天的主宰者派我来找你，"默格利说，"他命你离开此地，寻找指定给你的王国。"说完，他像一团雾在空中逐渐消逝了踪影，留下恐惧和激动的伊尼亚斯。事实上，他想听从神意，但不幸的是，想得到戴德的同意是何等困难。

他召集他的手下，然后命令他们装满一队船舰的粮食，准备立刻离去，但一切要在秘密中进行。然而，戴德得到消息，便派人找他。最初，她温和地对他，她无法相信他真的想要离开她。"你想逃离我吗？"她问道，"让泪水和向你伸出的手代我求你吧！如果我曾对你有些好处，如果我有任何东西曾讨好过你……"

他答道，他并不否认她曾给他好处，而且他永远不会忘了她，但她应该记得他尚未和她成亲。因此他随时可以自由地离开她。宙斯已命他起程，而他必须从命。他说："请你不要埋怨我，这只能使我俩痛苦。”

于是，她倾吐着她的感受，当初他是如何一路漂流，饥肠辘辘和一无所有地来到她这里，而她是如何将自己和国家都给了他，但是，因为他绝情绝义，她的感情已是无助了。她激动的语言突然中断，她逃离他，然后躲到没有人能见到她的地方。

当天晚上，特洛伊人非常狡黠地扬帆而去，因为只要女王一声命下，他们想离开是不可能的。在船甲上回顾迦太基城时，伊尼亚斯看到它被火光照得通明，他诧异着这是什么缘故。他看到的其实是戴德火葬时的火光，当她看到他离去时，她就自杀了。

这趟由迦太基前往意大利的旅程，和过去的航行比较起来，是很容易的。然而，最大的损失是忠心的水手派里诺鲁斯的死亡。当他们的海上冒险几乎要结束时，派里诺鲁斯却被溺毙了。

当伊尼亚斯一抵达意大利的国土，先知者希里诺斯曾告诉他立刻寻找一位智慧相当高的女先知希比尔，她能预告未来并指示他该如何行事。伊尼亚斯找到了希比尔。她告诉他，她愿意领他到地狱，他能由他父亲安奇西兹那里获悉他所需要知道的一切——安奇西兹刚在大风暴前去世。然而，她警告他，这不是件轻易的事情：

特洛伊人，安奇西兹的儿子，
进入阿维诺斯（地狱）是容易的，
哈得斯的大门日夜开放着，
但要循原路回来，重享天空甜蜜的空气
事实上，是很吃力的。

然而，如果他决心一赴，她愿意随同他前去。但首先，他必须在森林里找到一根长在某棵树上的金树枝，他必须将它折断，并随身带着，只有带着这个，他才会被允许进入哈得斯的地府。他由忠诚如一的亚察提斯陪伴着，开始寻找金树枝。他们走进漫无边际的树林，几乎是毫无希望地能找到这件东西。忽然间他们瞥见两只鸽子——鸽子是阿佛洛狄忒的鸟。当它们缓缓飞行时，俩人追随着，直到一片黑暗而发臭的阿维诺斯湖泊。那里就是希比尔告诉伊尼亚斯的通往地狱的洞穴。这时，鸽子飞上一棵树梢，透过树叶，射出明亮金黄的光芒。是金树枝！伊尼亚斯兴奋地折下它，然后带给希比尔。于是，女先知和这位英雄踏上前往地府的路程。在伊尼亚斯之前，许多的英雄也曾踏过这个行程，却没有觉得特别地恐怖：成群的鬼魂最后确实吓坏了奥德修斯，但是，忒修斯、赫拉克勒斯、奥菲尔斯以及波鲁克斯在行程中显然没有遭遇到重大的困难。事实上，娇弱的赛姬为了替阿佛洛狄忒向普鲁赛萍（即波斯凤）求取美丽的魅力，曾单独前往哈得斯，除了三头狗塞伯勒斯外，她没有遇到更坏的东西，而且这只狗被她用一块饼轻易地打发了。但此时，伊尼亚斯这位罗马英雄却发现这是件恐怖的事情。希比尔认为必要的这趟路，除了最勇敢的人外，能将任何人吓跑。

在死寂的夜色里，在那黑暗的湖岸的黝黑洞穴前，希比尔杀死四条黑牛，献给黑夜女神希卡地。当她将牝牛置于燃烧的祭坛时，他们脚下的土地震动起来，并且开始摇撼，远处透过黑暗传来狗吠声。她一面向伊尼亚斯喊道："现在你要鼓起最大的勇气了！"一面冲进洞穴里，他毫不犹疑地跟随她冲了进去。他们立刻发现自己置身于一道罩着阴影的路上，在那些阴影下，他们仍能看到道旁可怕的鬼魂，苍白的病鬼、报仇的劳心鬼和诱人犯罪的饿鬼，还有制造死亡的战鬼，长着鲜血淋漓的蛇头的挑拨之鬼，以及其他许多危害人类的恶鬼。伊尼亚斯和希比尔由他们之间通过时没有受到干扰，最后抵达一个湖泊，那里有个老人在划桨撑船。他们看到一个凄凉的景象，在岸上有许多幽灵——多得有如初冬时数不尽的落叶——都伸手向摆渡者，乞求渡他们到彼岸。但是这位忧郁的老人，却在众鬼魂之间随己意来选择，有些被他允许上他的船，有些则被推开。当伊亚尼斯讶然惊呆时，希比尔告诉他，他们已到达地府的两条大河克惜托斯——以叹息为名——和亚基伦河的会流处。摆渡者名叫凯尔伦，而那些被他拒绝上船的鬼魂，是未经适当安葬的不幸者，他们被注定要漫无目标地漂泊一百年，无歇息之所。

当伊尼亚斯和他的向导来到船前时，凯尔伦欲拒绝他们，他喝他们止步，并告诉他们，他只载死者，而不载活人。然而，一见到金树枝，他就屈服了，便载他们渡河。在另一边的岸上，塞伯勒斯狗把守着道路，但他们循赛姬的例子，希比尔也为它准备一些饼干，它就不再为难他们。当他们继续向前时，他们来到欧罗巴的儿子、正直的死亡判官马诺斯的庄严之地，当鬼魂通过马诺斯面前时，他为鬼魂作最后宣判。他们赶紧离开那阴森冷酷的地方，发现他们身处哀悼之地，那里是沉溺于自己的不幸而自杀的失恋者的居住处。在这个为桃金娘树所荫蔽的悲伤但可爱的地方，伊尼亚斯瞥见了戴德。他迎向她，泪水盈眶地说："你是否因我而死？我发誓，我离开你是违乎己意的。"但她既不看他，也不回答，像个大理石般地丝毫不为所动。然而，他是感情容易激动的人，当他看不到她的踪影时，他还继续落泪了许久。

最后，他们来到该路的分叉处，左边的路上传来各种恐怖的声音——呻吟声，急促的喘息声和铁条的铿锵声。伊尼亚斯为恐怖震慑住了，然而，希比尔叮咛他不要害怕，将金树枝放在十字路口对面的墙上。她说，左侧地区也是欧罗巴的儿子，严酷的雷达曼塞斯统治的领域，他惩罚坏人。但是，右侧的路引向乐土，伊尼亚斯会在那里找到他的父亲。当他们抵达那里时，每个事物都是洋溢着喜悦的气氛，翠绿柔软的草坪，可爱的树丛，给予生命的清爽空气，柔和的紫色阳光，真是一个和平幸福的地方。这里住着伟大善良的死者，英雄、诗人、祭司和所有帮助别人而被人们怀念的人。在这些人中，伊尼亚斯很快地认出安奇西兹，他很疑惑但却兴奋地欢迎伊尼亚斯。父子俩人为这个奇异的死人与活人的约会而流下喜悦的眼泪，他们之间坚强的爱地带伊尼亚斯来到地狱。

他们当然有许多话要互相倾诉，安奇西兹领伊尼亚斯到“遗忘河”里沙——那些将再次投生到世上的鬼魂，在他们上阳间的路途前须先饮下河水。安奇西兹说：“一饮即忘前生。”于是，他把将要成为他们后裔的鬼魂指给他的儿子看，他和伊尼亚斯的后裔正在岸边等待轮到饮水，以便忘记前生自己的所作所为以及受苦患难。他们是一个庞大的队伍——未来的罗马人，世界的主人翁。安奇西兹逐个地指出他们，并说出他们将完成的功业，这些功业人们将永远不会淡忘。最后，他给他的儿子指示，如何在意大利作最好的建设，以及如何避免或克服横在眼前的困难。

于是，他们互相道别，却都不太伤感，他们知道他们只是一时的离别而已。伊尼亚斯和希比尔回到地面。伊尼亚斯又回到他的船上。第二天，特洛伊人航向意大利海岸，寻找他们被命运应许的土地。

可怕的考验正等着这一小队冒险者，赫拉是再度引起麻烦的原因。她使这个国家最强大的民族拉丁人和鲁屠里人，坚决地反对特洛伊人在那里定居。如果不是她，事情的进行将会很顺利。年老的拉丁诺斯是萨登的曾孙子，也是拉丁姆城的国王，他曾受父亲范诺斯的幽灵警告，不要将他的独生女拉维妮亚嫁给国内任何人，而要将她匹配给一位快要抵达的外国人。由这个结合，将会生下一位统治整个世界的后代。因此，当伊尼亚斯的使者来要求来此栖身时，拉丁诺斯以最大的诚意接待他们。他确信伊尼亚斯就是范诺斯预言中的女婿，他也照实地告诉使者们，只要他有生一日，则他们不会缺少朋友。他致伊尼亚斯的信函中，说他有一名女儿，奉上天之命，她除了一位外国人，不许嫁给任何人，而他相信特洛伊人的领袖，就是命中注定的那个人。

但是，这时赫拉干涉了。她从哈得斯的地府召来复仇三女神——欧墨尼得斯之一的亚丽克多，命她煽起地面上惨烈的战争。亚丽克多愉快地从命，首先她激怒拉丁诺斯的妻子亚马达的心，让她坚决地反对她女儿和伊尼亚斯之间的婚姻。然后，她跑到鲁屠里人的国王屠诺斯处。屠诺斯是目前为止，所有向拉维妮亚求婚者最有声望的一位，亚丽克多来煽动他反抗特洛伊人几乎是多余的。因为除了他本人之外，任何人想娶拉维妮亚都足以使他发狂。他一听到特洛伊使节到国王处，他立刻和他的军队起程向拉丁姆城进军，想以武力阻止拉丁人和特洛伊人之间的任何盟约。

亚丽克多的第三项计谋非常地巧妙。有一只美丽的鹿属于一位拉丁的农夫，它驯服得白天自由奔跑，可是当夜幕低垂时，总是回到熟悉的家门。农夫的女儿悉心照料它，梳理它的毛皮，并用花环装饰它的双角。远近的农夫们都知道它，并且加以保护。任何人，甚至是农夫自己的家人，只要伤害到它，将会受到严厉的惩罚。如果一名外国人敢做出这种事，将会激怒整个地区的人。而伊尼亚斯的幼儿，在亚丽克多的引诱下居然做了。亚斯克纽尔斯外出狩猎，他和他的猎狗在富丽丝女神的引导下，来到这只鹿栖息的森林。他用箭射它，使它受到致命伤害。在它死前，它挣扎着回到它的家和女主人那里。亚丽克多肆意使消息迅速传播开来，因此战争即刻爆发。愤怒的农夫一心一意要杀死亚斯克纽尔斯，而特洛伊人却要保护他。

屠诺斯已抵拉丁姆城的消息传到城里。城里的人民已处于备战状况。更糟的是鲁屠里的军队已在城门扎营，对拉丁诺斯王而言，实在是太紧张了。他那愤怒的王后，无疑地也在他最后的决定里扮演重要的部分。国王将自己关在宫里，而任由事态自然发展。如果拉维尼亚被夺走，伊尼亚斯就无法倚赖他未来岳丈的任何帮助。

拉丁姆城里有一个习俗，当决定要参战时，国王必须在喇叭吹奏及战士呼喊声中，将和平时期关闭的维纳斯神庙的两扇大门开启。但拉丁诺斯王关在宫中，无法主持这项神圣的仪式，正当市民们束手无策时，赫拉亲自由天而降，亲手毁坏门闩，而使门大开。城里充满兴奋，为战阵中鲜耀夺目的盔甲、精神抖擞的战马和引以为傲的旗帜而兴奋，为面对一场战争表现出的从容赴义的精神而兴奋。

由拉丁人和鲁屠里人组成的无敌军队，将对抗一小队的特洛伊人。他们的领袖屠诺斯是一位骁勇善战的沙场老将；精干的盟友米辛提厄斯也是一位杰出的士兵。但米辛提厄斯很残忍，以致他的臣民，伟大的伊屈拉里亚人起来推翻他，他只好来投效屠诺斯，另一位盟友是少女卡米拉。她在偏僻的旷野由父亲抚养。当她还是婴儿时，便一副弹石叉或一张弓在手，已学会击射迅飞中的鹤或野天鹅，脚程几乎不逊于这些飞禽的双翼。她精通各般武艺，使用标枪和双面斧也和弓箭一样神乎其技。她厌弃结婚，而酷爱打猎、战争和自由自在。她带着一队战士，其中还有不少的少女。

当特洛伊人正陷于危急的处境时，他们扎营附近的一条大河的河神——特洛伊人之父泰伯在梦中会晤伊尼亚斯。他命伊尼亚斯即时逆流而上，前往一个贫穷小镇的国王厄凡特那里。这个贫穷的小镇在未来的岁月里，注定要成为睥睨世界的城市，那时罗马的城堡将高耸入云霄。河神应允伊尼亚斯将在这里得到他需要的援助。黎明时，伊尼亚斯和少数精选的人全副武装，坐船逆泰伯河而上。当他们抵达厄凡特时，国王和他的幼子巴拉斯热诚地欢迎他们，当国王父子俩人领着客人来到作为王宫的粗糙建筑时，他们向客人介绍城中情况：庄严伟大的塔比安山岩；山岩附近有座小山供祀宙斯，目前它虽然荆棘丛生，但总有一天，金碧辉煌的高楼巨厦将矗立在那里；一座嘈杂牛群的牧场，此地将成为闻名世界的罗马公所。国王介绍说："农牧神和水泽女神曾住在这里。这里也曾是野蛮的民族的栖息地。自从但萨登被他儿子驱逐来到这个地区后，一切情况完全改观，人们放弃他们野蛮和漫无法纪的生活方式。萨登以公正和平的方法治理他们，因此从他统治的时期起，这里进入'黄金时代'。但是，到了后代，和平与公正消失了，暴君统治此地，直到我由希腊可爱的故乡雅嘉地被放逐到这里。"

当老人叙述完他的故事，他们来到他居住的简单茅屋，而伊尼亚斯就在那里度夜，他睡在树叶铺成的床上，用熊皮覆盖身体。次日早晨，他们都被黎明和鸟鸣声唤醒。他们用过早餐后，国王对伊尼亚斯说，雅嘉地——他以故乡之名称呼此新邦——是一个弱小的国家，只能给特洛伊微薄的帮助。但在这条河的远岸，住着富强的伊屈拉里亚人，被他们驱逐的国王米辛提厄斯正帮着屠诺斯。因此这个国家在战争时自会帮助伊尼亚斯，因为他们是那么恨以前的统治者。米辛提厄斯像残酷的恶魔，他喜欢看人受迫害，他发明一种杀人的方法，比人们知道的其他方法更为恐怖：将死人和活人手缚在一起，再将他们的脸也贴在一起，然后，让这种恶心的拥抱产生的慢性毒素，给活人带来迟缓拖延的死亡。最后，所有的伊屈拉里亚人起来反抗他，但是他却得以成功地逃跑。然而，他们决定要抓他回来，而照他应得的刑法惩罚他。伊尼亚斯会发现他们是自动且强力的盟友。年老的国王说，至于他本人，愿意派遣他唯一的儿子巴拉斯和一队青年——雅嘉地的骑兵精英，在特洛伊英雄的指挥下，为战神而效力。他又赠送每一个客人一匹壮马，使他们能很快地抵达伊屈拉里亚军队处，并且得到他们的帮助。

这时，只设有防御工事却没有领袖和最佳战士的特洛伊军营处境十分危急，屠诺斯正大举进犯该营。第一天特洛伊人遵从伊尼亚斯临走时告诉他们不要轻举妄动的严厉命令，成功地保卫了他们自己。但是，他们众寡悬殊，除非能将发生的一切带口讯给伊尼亚斯，否则前途是黯淡的。但问题是在鲁屠里人层层包围下，可能性微乎其微。然而，在这一小队的特洛伊人中，有两个人不惧怕这种危险。这两个人决定在夜色掩护下，冲过敌人而抵达伊尼亚斯处。

他们的名字是尼秀斯和厄里亚路斯，为首的一名是勇敢而有经验的士兵；另一位则仅仅是个年轻的小伙子，他们习惯于并肩作战，无论何地，有一个在便可以发现另一位也在那里。尼秀斯在侦察敌人的哨站，发现敌人已熟睡时，一个伟大的冒险计划最先出现在他脑海里。他将他的计划告诉他的朋友，厄里亚路斯也要参与。这位少年喊道，在如此光荣的尝试中，他宁愿死也不愿苟且偷生时，尼秀斯恳求他说：“让我单独进行吧！如果出了意外——像这种冒险，有上千的机会会出岔子——你还可以设法赎回我，或为我料理丧事。何况你年纪尚轻！”

“废话少说，”厄里亚路斯回答：“让我们出发吧！不要再耽搁了。”尼秀斯眼看无法说服他，只有屈服了。

他们两人发现特洛伊的领袖们正在开会，于是便向他们提出他们的计划。这个计划很快地被采纳，而且众王子泪流满颊，用哽咽的声音感激他们，并答应给他们以丰厚的报酬。“我只有一个要求，”厄里亚路斯说，“我的母亲也在营中。我是她的一切。如果我死了……”

“她将是我的母亲，”亚斯克纽尔斯插嘴道，“她将取代那晚我在特洛伊痛失的母亲的地位。我向你发誓。同时，你带着我的剑前往，它不会让你失望的。”

于是，俩人便出发了。他们穿过沟壕，来到敌人的营帐。四周的人都睡熟了，尼秀斯轻声地说：“我为我们开个道，你来替我把望。”说完，他将敌人一个一个地杀了，他的手脚干净利落，以致那些人闷不作响地死去，连一个呻吟声也没有。厄里亚路斯很快地加入这项血腥行动。当他们抵达营帐的尽头时，他们好像开了一条大道通过营帐，那里只躺着死人。但是，他们错在耽搁时间。日光照射下来，一队马兵由拉丁姆城而来，他们瞧见厄里亚路斯头盔的闪光，便盘问他。当他避开回答而匆忙地蹿入树林时，他们知道他是敌人，于是他们包围树林。在他们紧急行动时，这两位朋友分开了，而厄里亚路斯走错了方向。尼秀斯焦急地回来找他的朋友时，他看见他的朋友落在一队马兵的手里。尼秀斯单独一个人，如何能解救他呢？希望虽然渺茫，但他觉得他应该尽力而为，就算死了，也总比抛下他的朋友好。他对抗他们，一个人应付整个团体，而他飞快的矛，击倒一个又一个战士。马兵的首领不知道这场血腥的攻击来自哪一边，便转身向厄里亚路斯大叫："你要为此付出代价！"在他高举的就剑要刺上厄里亚路斯前，尼秀斯冲上前来，"杀我吧！"他喊道，"这完全是我干的，他只不过是跟随我而已。"但话犹在口，箭已射进少年的胸膛，当他倒地而死时，尼秀斯砍下那人的头，然后，在乱矛当中，他也死在朋友的身旁。

特洛伊人往后的冒险都发生在战场上。伊尼亚斯带回来大批的伊屈拉里亚军队，及时解除了特洛伊军营的危困，于是，可怕的战争爆发了。从此时起，这篇故事不再专门记叙人们互相残杀的事迹，战争延续着战争，但它们都是雷同的。无数的英雄总要被杀，成渠的鲜血渗入泥土里；黄铜的喇叭引颈长吼着；雨点般的箭由满张的弓中射出；凶猛的战马马蹄喷出血来，踩在死者的身上。在故事结束之前很久，恐惧都已停止，当然，特洛伊人的敌人都被杀了。卡米拉在留下非常精彩的故事后战死了；恶毒的米辛提厄斯——仅在他那位幼子为保卫他而被杀之后，得到了绝对应得的命运；许多好盟友也战死了，连厄凡特的儿子巴拉斯也在其中。

最后，屠诺斯和伊尼亚斯单独一决雌雄。这时，原本和赫克托耳或阿喀琉斯一样像个英雄的凡人的伊尼亚斯，却已变得有些奇怪和可怕——他简直不是一个人。过去，他慈爱地背着老父离开火烧的特洛伊城，并提起幼子的勇气，跟自己一块逃跑；当他抵达迦太基时，他体会到朋友的同情和"以泪水哀求事物"的无奈；当他衣着华贵地迈步于戴德的宫殿时，他还是个一般的人。但是，在拉丁战场上，他已变成一位可怕的奇人——一个像亚瑟斯山一样伟大，像父神亚平宁本人一样伟大的奇人。伊尼亚斯在整个战场上，发泄胜利的狂怒。当他在最后的决战面对屠诺斯时，结局一点也没有趣味可言。对屠诺斯而言，和伊尼亚斯作战，就像和闪电或地震作战一样，根本无还手之力。

维吉尔的诗《伊尼亚斯》以屠诺斯之死作为结束。据我们所知道，伊尼亚斯和拉维妮亚终于结婚，并建立了罗马族。维吉尔说："永远记住天命注定他们要将地球上的人类置于他们的帝国之下，施行温和无阻的统治，赦免谦逊的，而惩治骄傲的人。"

阿特柔斯及其家族的故事

阿特柔斯家族是神话中最有名的家族之一，领导希腊人对抗特洛伊人而出名的阿伽门农便是这个家族的成员。他的兄弟墨涅拉俄斯就是海伦的丈夫，特洛伊之战就是由海伦引起的。

这是一个不幸的家庭。引起这个不幸的原因被认为是由于一位祖先——里底亚的国王坦塔罗斯。由于他极端的恶行，带来最可怕的惩罚。但事情并未因此结束，他的恶行在他死后继续传下来，他的子孙也是恶行多端，也受到惩罚。灾祸似乎永远笼罩着这个家庭，使每个人都不由自主地犯罪，不只带给罪恶者，也带给无辜者痛苦和死亡。

坦塔罗斯是宙斯的儿子，诸神对他的宠爱胜于宙斯所有的凡间儿子。诸神允许他坐在他们的餐桌前进餐，并可以尝用仙品琼浆，除了他以外，只有神能食用这些仙品琼浆。更甚的是，诸神在他的宫殿举行宴会，降低身份和他共餐。但他对众神的厚爱的报答，却残忍得令人百思不解。他将独生子珀罗普斯杀了，放在大锅里烹了祭献给众神。显然地，他是因为憎恶众神，自愿牺牲他的儿子，为的是带给众神因人肉而害怕的心理；他可能是想用最惊骇人的方法，显示他能何等简易地欺瞒庄严可敬而谦虚的诸神。可他做梦也没想到，他的客人已认出他摆在他们面前的是什么样的食物。

他是个狂夫，这一点奥林匹斯山神都很清楚。他们退出了这个可怕的宴会，并仇视起摆下这次宴会的罪人，他们宣称，他将会受到惩罚，以使后来者听到有关他的事迹而不敢再侮辱他们。他们将这位罪魁祸首放在地狱的水塘里，在他极为口渴而想弯腰饮水时，却永远无法接触到水面——当他弯腰时，池水不见了，而当他再度站起时，池水又出现了。水塘上的果树布满梨子、安石榴、红玫瑰色的苹果，以及甜蜜的无花果，每当他想摘取果子时，风便将它们吹得远远的。就这样他永远地站着，他不死的喉咙永远干渴，肚中的饥饿永远得不到满足。

诸神想使他的儿子珀罗普斯复活，但他们必须为他塑造象牙的肩膀。其中有一位神，有人说是蒂美特，有人说是西蒂斯，不留心地吃下令人作呕的食物，因此诸神将这位少年的肢体并合时，发现少了一个肩膀。这个丑恶的故事，似乎以早期那种极不寻常的残忍形态而流传下来。后代的希腊人不喜欢这个故事，并竭力反驳它。诗人宾德尔称这个故事为：

一个利用反事实的美丽谎言来修饰的故事，

让人不提及诸圣神食人肉的行为。

无论真相如何，珀罗普斯的余生则相当顺利，他是坦塔罗斯的子孙中，唯一未被不幸选中的人。虽然，他求婚的对象是一位曾使许多人丧失生命的危险女人希波达米亚，但是，在他的婚姻生活中，他相当快乐。其他男人为希波达米亚而死的原因并不在于她，而是她的父亲。这位国王拥有战神阿瑞斯送给他的一对马——当然优于凡间所有马。他不想让女儿出嫁，不管何时，当一位追求者向她求婚时，他会被告诉，要为她而和她的父亲赛马。如果求婚者的马胜了，她就属于他；如果她父亲的马赢了，求婚者要为失败付出生命。就这样，许多鲁莽的青年丧失了他们的生命。虽然如此，珀罗普斯还是敢于一试。他有一匹信得过的马，是波塞冬送的礼物。他赢了这场赛马。但有一则故事说，希波达米亚对胜利的所起的作用比波塞冬的马更重要。她爱上了珀罗普斯，同时也决心结束这种赛马。她贿赂父亲的驾车者密耳提罗斯。他将固定国王战车的车轮的钉子拔出来，因此，珀罗普斯毫无困难地成为胜利者。后来，密耳提罗斯被珀罗普斯杀死，当他死时，他诅咒珀罗普斯。有人说，这就是构成后来降临这个家庭的不幸的原因，但是绝大多数的作家却说，坦塔罗斯的罪恶注定了他后裔的命运，这也许是更好的理由。

他们之中没有一个人比坦塔罗斯的女儿尼俄柏遭遇的命运更悲惨。最初诸神还是替她选取好运的，就像她的哥哥珀罗普斯一样，她的婚姻生活愉快，她的丈夫安菲翁是宙斯的儿子，也是位超伦卓绝的音乐家。他和他的孪生兄弟仄忒斯曾从事于建筑一道高大的墙，围绕底比斯城，以加强该城的防御。仄忒斯是最伟大的体育家，他对兄弟安菲翁忽略男人的运动而醉心于艺术，非常地瞧不起。可是到了要搬运足够石头以筑该城墙时，这位文质彬彬的音乐家却胜过健壮的体育家：他用七弦琴奏出如此迷魂的音乐，以至那些石头受到感动而跟随着他来到底比斯城。

他和尼俄柏美满地统治底比斯，直到她表现得和坦塔罗斯一般地狂妄自大为止。她认为她的巨大资产使她高踞于所有人之上。她既富有又高贵，而且权势赫赫。她生了七个儿子，个个勇敢俊美，还有七个绝色的女儿。她自以为自己强大的势力不仅足以去欺蒙众神，而且能公开地向众神挑战，就像她的父亲坦塔罗斯一般。

她召唤底比斯的人民膜拜她。“你们向勒托烧香，”她说，“暗夜女神和我相较下算得了什么？她只有两个子女——阿波罗和阿尔忒弥斯；我有她的七倍之多。我是皇后，她一直是名无家可归的流浪者，直到地球上所有地方中小的可怜的提洛斯岛同意收容她为止。我快乐、强壮、伟大——伟大的使任何人（包括神和人）都无法伤害我。在勒托的庙中向我供祭吧！现在，是我的神庙了，不是她的。”

由于对权力的狂妄自大而发出的侮辱性言辞，会上达于天庭，而且常受到惩罚。阿波罗和阿尔忒弥斯迅速地由奥林匹斯山来到底比斯。一位是善射的神，一位是女猎神，他们的箭射得既准确又致命，他们杀死了尼俄柏的所有儿子和女儿。她眼看着他们死去，由于哀痛逾恒以致无法名状。她倒在那些不久前还是生龙活现的尸体旁僵硬不动，悲伤的如石头一般全无表情，如石头般哑口无言，她心里头也像石头一般地硬冷。只有她的泪水，如水流般不停地倾泻着。最后，她变成一块石头，一块夜以继日永远被泪水浸湿的石头。

至于珀罗普斯，他有两个儿子，即阿特柔斯和堤厄斯忒斯。遗传的罪恶全力降临他们的身上。堤厄斯忒斯爱上他兄弟阿特柔斯的妻子，并且成功地使她不忠于她的婚姻誓约。阿特柔斯察觉出来，于是他发誓要使堤厄斯忒斯偿付任何人所未曾偿付过的代价。他杀死堤厄斯忒斯的两名骨肉，将他们碎尸万段，并且烹熟了来馈飨他们的父亲。当他咽下口后：

可怜的家伙，当他知悉此恶狠的作为时，
他狂吼一声而向后退——吐出那些人肉，
咒诅这个家庭的毁灭，
在无法忍受下，餐桌被打碎了。

阿特柔斯报了仇，但他的子孙却遭受到苦难。

在奥林匹斯山上，众神召开全体大会。诸神之王和人类之父宙斯首先发言，他对于人类不断地肆意攻击诸神，并咒骂因他们自己的恶行所招致的神威，甚至在诸神收回这些神威后犹不思悔改的现状极为恼怒。"你们都认识埃癸斯托斯，他已被阿伽门农的儿子俄瑞斯忒斯杀死，"宙斯说，"他是多么爱阿伽门农的妻子，因而在阿伽门农由特洛伊城回来时杀了他。当然这件事不能责怪我们，我们已通过赫耳墨斯的口警告过他。'阿特柔斯之子的死亡，将会由俄瑞斯忒斯报复。'这是赫耳墨斯很认真的话。但是，如此友善的劝告也无法约束埃癸斯托斯。现在，他已接受最后的刑罚。"

史诗《伊里亚特》是最早提到阿特柔斯的家庭的。在史诗《奥德赛》中，当奥德修斯抵达菲西亚人的国土，并且向菲西亚人叙述他的地狱之行以及和鬼魂遭遇的情形时，他说，在所有鬼魂中，阿伽门农的魂魄最令他感到怜悯。他曾恳求阿伽门农说出他的死法，这位统帅便告诉他，当他坐在餐桌时，他被人用卑鄙的手段杀死，就像一个人屠宰牛时一样地被击倒。"那是埃癸斯托斯，”他说，“还有我那位恬不知耻的妻子的帮助。 他邀请我到他家，而当我用餐时，他杀死我以及我的手下。 你曾看过许多的死亡，比如单独决斗或在战场上，但你绝没有看过像我这样的死在大厅中，死在摆设酒碗和菜肴的餐桌旁，大厅的地板上流满鲜血。特洛伊的女先知卡珊德拉垂死时的哀叫声犹在耳际；克吕泰涅斯特拉杀死她，使她压在我的身上，我想为她举起双手挽救，但我的双手却软垂下来，那时，我已快死了。”

这是本故事首度被叙述的情形：阿伽门农被他妻子的情夫杀死。 这是一个污秽的故事。 它流传了多久，我们不知道，但是若干世纪之后，我们听到另外的故事。 这个故事是约在公元前 450 年由艾斯奇鲁斯写成，和前一个故事出入颇大。 对现今而言，这是描述不共戴天之仇和悲剧性的爱情，以及无可避免的天命的伟大故事。 阿伽门农死亡的原因，已不再是男女之间的罪恶感的恋爱，而是出于母亲因女儿被她亲生的父亲杀死的恨。 埃癸斯托斯死了，故事中几乎没有他的存在。 阿伽门农的妻子克吕泰涅斯特拉占据了整个篇章。

阿特柔斯的两名儿子，一位是特洛伊之战中希腊军队的统帅阿伽门农；另一是海伦的丈夫墨涅拉俄斯。 他们各以不同的遭遇结束了他们的生命。 墨涅拉俄斯早期不太顺利，在晚年时却有辉煌的成就。 有一段期间，他失去他的妻子海伦，但在特洛伊城沦陷后，他又重新得到她。 他的船只被雅典娜所施予希腊舰队的暴风袭击，东驱西逐地流落到埃及，但最后他安全地回到家乡，而且快活地和海伦长相厮守。 他的情形与他的兄弟截然不同。

当特洛伊城沦陷后，阿伽门农是奏捷的众首领中最幸运的一位。 他的船只安全地通过那场暴风雨——那场暴风雨曾使其他许多船只罹难或被逐到遥远的国家。 在经历海陆的各种危机后，他不仅平安地，而且还以光荣的、骄傲的特洛伊城征服者的姿态进入他的城市。 他的家人正引颈企踵地盼望他，因有人带信来说他已登陆。 于是，市民们加入对他的盛大欢迎。 在一次漂亮的胜利之后，由于他本人的再度回来，似乎他是所有人中最光荣的成功者，和平与繁荣呈现在他眼前。

但是，由于他的回国而以感恩的心情迎接他的群众，却有着忧虑的脸孔。 因为不祥的预言一个接着一个地传述着。 “他将发现罪恶的发生，”他们喃喃地说，“从前宫中的事物都很正常，但是，今后可不再如此了。 如果这家庭能开口的话，它能说出一个故事。”

在宫殿前，城里的长老们集合起来，向他们的国王致敬。 但是，他们也是沉浸在痛苦中，他们有比压在疑忌的群众上更沉重的忧虑和更不吉祥的预兆。 当他们在候驾时，他们以低沉的声调谈论过去。 他们都年老了，对他们来说，过去的事较现在的事几乎更具真实性。 他们重忆起伊菲革涅亚的牺牲，她是一位可爱而天真无邪的年青小女孩，她完全信赖她的父亲，而后来却面对神坛、无情的刀剑和她周围冷酷的脸孔。 当这些老人谈论时，这些事迹对他们而言好像是生动的记忆，宛如他们曾身临其境，也宛如他们曾和她一起听到她深爱的父亲命众人举起她，将她放在神坛上而杀了她。 他所以要杀她，并非自己的愿意，而是迫于军队需要顺风以航向特洛伊城。 然而，事情并不是那么单纯。 他所以会屈服于军队，乃是因为他的家族世代相传的罪恶也在为他制造邪恶。 这些长老知道悬在这家庭的诅咒:

……鲜血的渴求——在他们的骨肉间，

在旧创伤能被治愈前，

新鲜的血又流出来了。

自从伊菲革涅亚死后，已经十年了，但是，她死亡的后果却一直到现在才兑现。这些长老是智者，他们知道每一个罪恶都会导致新的罪恶；每一个过错都会在因果轮回中带来另一个过错。在这凯旋的时刻，由已死的少女带来的威胁正压迫着她的父亲。然而，他们也自我安慰说，或许它暂时不会成为事实吧。因此，他们企图去发现某一些希望，但是，在他们的心底里，他们知道复仇之神已经在王宫里等着阿伽门农，而不敢大声说出来。

自从由奥里斯岛回来后，王后克吕泰涅斯特拉就一直等着报仇——她在奥里斯岛亲眼看到女儿的死。她不忠实于她的丈夫，她的丈夫已注定要和她女儿一样死去。她有一名情夫，所有的人都知道这件事。同时，他们也知道，当阿伽门农回来的消息传到她那里时，她没有将他送走。他依然和她在一起。在宫门的后面正计划着什么。

当长老们揣测而恐惧着时，一阵骚动声传到他们耳际，夹杂着战车滚动的声音及喊叫声。疾驰进入庭院的战车载着国王和他身旁的少女，这位少女非常美丽，但相貌却很陌生。从征者和市民们跟随着他们。当他们喝令停步时，这座大屋子的各门敞开，于是王后出现了。

国王步下车来，大声地祈祷："啊！现在胜利已属于我，愿它永远属于我。"他的妻子向前晋见他，她的脸上容光焕发，她的头抬得高高地。她知道除了阿伽门农外，那里每个人都知道她的不贞。但是，她面对他们所有人，以微笑的口吻说，尽管是在众人之前，在这样的一个时刻，她也必须说出她对丈夫的深爱，以及当他不在时她所忍受的苦楚。然后，她以极兴奋的言辞来欢迎他。“你是我们的安全保障，”她告诉他，“我们确切的保护者，就像是一条涌出的流水对一位口渴的旅客。”

他的反应却有所保留，转身要走进宫中。在那之前，他指着战车中的女孩并告诉他的妻子，她是卡珊德拉，是普里尔蒙的女儿；她是军队送给他的礼物，是所有被俘的妇女中的一朵娇花。他让克吕泰涅斯特拉见她，并要求好好对待她。说完，他进入宫里，所有的宫门在这对夫妻之后关上了，而且这些宫门将永远不会再为他们两人而开了。

群众散开走了，只有那些老人不安地等在静寂的建筑物和呆板的宫门前。被俘的少女引起他们的注意，他们好奇地注视她。他们听说过她是一名从未被人相信过的女先知，而她的预言常常被事实证明。她面对这些老人，脸色变得很可怕。她恼怒地问他们，她被带到哪里？这是什么人的家？他们怜悯地回答她，这个房子是阿特柔斯的儿子住的。她喊道：“不！这是一个遭受神谴的家庭，许多人在这里被杀戮，鲜血染红了地板。”老人们面面相觑，暗地里惊悸起来：血、人们被杀戮，黑暗的往事以及由此带来更黑暗的未来，这些也是他们所想的事情。然而，她是一位奇怪而陌生的人，如何能知道过去的事呢？“我听到孩子们的哭泣，”她叹息地说：

……为血淋淋的创伤而哭泣，
一位父亲在欢宴而这些肉是他儿子们的肉。

堤厄斯忒斯和他的儿子们……她从哪里听到这些事情呢？更多的狂言从她的嘴唇溜出来；宛如多年来她一直在这个家庭里，宛如她曾目睹接连的死亡，以及每一个罪恶连在一起而产生更多的罪恶。然后，她从过去转向未来，她喊道，就在这一天，两名亡魂将会增列在死亡册上，其中一名是她。当她转身向宫中移去时，她说："我将忍受死亡。"

他们企图阻止她进入这座不祥的屋子，但她不管这些。她进入屋里，同时所有的门也为她永远地关闭了。她走后的一片沉寂，紧跟着突然而可怕地被打破了。一个叫声传了出来，那是一个男人遭到痛苦的呼声："天啊！我被击中了！致命一击……"然后再度地沉寂。老人们惊骇迷惑而不知所措地挤成一团。那是国王的呼声，他们该怎么做呢？"闯进宫里！快！快点！"他们互相驱促着，"我们必须知道一下。"但此刻已不需要任何暴力；宫门开了，王后站在门口。

她的衣服、她的双手以及她的脸颊到处是暗红的斑点。然而，她看起来却像一点也未受震惊的样子，而且看来非常有把握。她要求所有的人聆听所发生的事。她说："我的丈夫躺在这里死了，公平地被我的双手击倒。"她衣服和脸上的斑点正是他的鲜血，而她却很愉快：

他倒了，当他喘息时，他的血
喷出来并且飞溅在我身上成黑色的血花，
那是死亡的鲜露，对我来说，那是甜蜜的，
就像谷田萌芽时，天上的甘霖一般。

她认为没有必要解释或辩白她的行为，她觉得她不是凶手，她只是一个行刑者。她已惩罚一个凶手，一个杀害自己女儿的凶手：

他一点也不在意，
就好像当羊群拥挤在羊栏时，

一只牲畜将死一样，

但那是杀他女儿——

为了一个抵抗色雷斯飓风的护符而杀了她。

她的情夫——堤厄斯忒斯的末子，即诞生于那次可怕的宴会后的埃癸斯托斯，跟随着她站在她身旁。 他和阿伽门农本人并无仇恨，但是杀害孩子们并将他们放在他们父亲的餐桌上的阿特柔斯已死，报仇已无法加诸他身上。 因此，他的儿子阿伽门农必须代为受罚。

王后和他的情夫俩人理当知道罪恶无法结束罪恶，他们方才杀死的死者的尸体就是个明证。 但是，当他们大功告成时，他们没有停下来想想，这个死亡也和其他的死亡一样，随后也将带来灾祸。 “你和我将不再有流血事件，”克吕泰涅斯特拉对埃癸斯托斯说，“我们现在是这里的主人，我们俩人将把一切事情治理得井然不紊。”

这是一个毫无根据的希望。

伊菲革涅亚是阿伽门农和克吕泰涅斯特拉的三位子女中的一位，其他两位是一女一男——厄勒克特拉和俄瑞斯忒斯。 如果俄瑞斯忒斯在那里，埃癸斯托斯必然会杀死这名男孩，但他已被送去给一位忠实的朋友。 对于这名女孩（厄勒克特拉），埃癸斯托斯耻于杀她；他只想尽办法来折磨她，直使她受苦到把生命寄托在一个希望中，那就是俄瑞斯忒斯会回来为父报仇。 这个报仇——将会成什么场面呢？ 她反复地询问自己。 埃癸斯托斯当然要受死，但是单独杀他是绝对不公平的，他的罪比另一人要轻。 然而又该如何呢？ 一个做儿子的为报父仇而取母亲的性命，这又能算是公平吗？ 因此，在往后的漫长而痛苦的岁月里，也就是在克吕泰涅斯特拉和埃癸斯托斯的执政期间，她默默地思考着。

俄瑞斯忒斯慢慢长大成人，他比她更能认清这个险恶的环境。杀死杀父凶手是做儿子的责任，是给予所有为人子者的责任。但是，儿子杀死母亲，这又为人神所共怒的事情。神圣的使命却包含于最重大的罪恶中。处于伸张正义的立场，使他不得不在两个可怕的罪恶中择一而为之，他必须成为父亲的不孝子或成为杀死母亲的凶手。

在极度踌躇难解的苦恼中，他来到特尔斐城，想求助于神谕，阿波罗明显地指示他：

杀死这两名凶手，
以命偿命，
以血还血。

于是俄瑞斯忒斯知道他无法避免家门的不幸，那就是报仇和付出自己生命的代价。他来到自幼离开的家庭，和他同行的是他的表兄弟也是他的朋友皮拉德斯。他们两人一起长大，彼此间的友谊已超越一般友情之上。厄勒克特拉丝毫不知道他们已抵达，她尚在等待中，她的生命在等待中度过，她在盼望她弟弟为她带来支配她生命的唯一心愿。

有一天，她在父亲的坟前祭拜，并且祈祷着："父亲啊，愿您引导俄瑞斯忒斯回到他的家吧！"突然间，俄瑞斯忒斯出现在她身旁，叫她一声姐姐，并且向她展示一件她以前亲手编造的斗篷——也就是当他离开时，她替他穿上的斗篷——作为证明。但是，她不需要任何证明，她喊道："你的脸孔正是我父亲的脸孔。"于是她向他倾诉在凄凉的岁月里欲诉无人的爱心：

一切的爱都是你的，

我对去世的父亲的爱，
我应该给予母亲的爱，
以及对残酷地注定被杀的姐妹的爱，
现在，一切都是你的，只有你一个人了。

他的思绪剧烈地起伏着，对眼前的事物感触太多以至无法回答她，甚至于无法倾听她的叙述。最后，他打断她的倾诉，告诉她阿波罗可怕的神谕充满他的心灵，以致没有任何东西能进入他的脑际，他害怕地说：

神要我使愤怒的死者瞑目，
如果死者向他呼号，而他听不见时，
这位死者将到处漂泊不得安息，
没有人为他烧香祭拜，没有朋友欢迎他，
他将死得孤零零而毫无价值。
天啊！我应该相信这种神谕吗？但是——
但是应该做的事，我还是必须做。

于是三人进行了筹划，他们计划由俄瑞斯忒斯与皮拉德斯前往王宫，声称他们是带来俄瑞斯忒斯死讯的人，对克吕泰涅斯特拉和埃癸斯托斯而言，这是个大好的消息，因为他们一直担心着俄瑞斯忒斯将对他们不利，于是他们一定急于接见报讯者。一进入宫殿，俄瑞斯忒斯和皮拉德斯就能用他们的剑，猝然进行攻击。

他们很容易地被允许进入宫殿。厄勒克特拉则在门口等着，那是她一生中最痛苦的时刻。这时宫门慢慢地开启，一名妇人走出来，安然地站在台阶上，那正是克吕泰涅斯特拉！她站在那里只约莫片刻，一名仆人冲出来尖声叫道："刺客！主人！有刺客！"仆人看到克吕泰涅斯特拉便喘着气说道："俄瑞斯忒斯——

仍然活着——到这里来了！”于是她惊醒过来，一切事情她太清楚了，历历的往事以及该来的事情，她都太清楚了。她严肃地令仆人拿来一把战斧，决心为自己的性命一搏。但当武器取到手时，她又改变了心意。一名男人夺门而出，他的剑上染满血迹，她知道那是何人的血，更知道持剑者是谁。这时，她想出一个比用斧头保卫自己更好的办法。她是眼前这个人的母亲！“站住！我的儿子，”她说，“看着——我的胸前。你沉重的头曾伏在那里睡着许多次啊！你那无牙的小嘴吮着奶水而使你长大……”俄瑞斯忒斯喊道：“皮拉德斯啊！她是我的母亲，我能饶恕她吗？”他的朋友肃穆地告诉他：不可以！阿波罗已下了命令，我们必须服从众神。“我会服从神意的，”俄瑞斯忒斯说，“你——跟我来吧！”克吕泰涅斯特拉知大势已去，她镇定地说，“我的孩子，你似乎想杀你母亲！”俄瑞斯忒斯示意她进入屋内，她走了，而他跟随着她进入了。

当他再度走出来时，在院子里等待的人，不用说已知道他做了什么事。他们没有发问，只是以同情的眼光注视着他们的新主人。但他似乎看不到他们；他正看到一幕骇人的事而看不见他们。他结结巴巴地说道：“这个男人死了，我并没有罪，他是个奸夫，必须受死。可是她——她是否做了那件事呢？啊！你们，我的朋友们啊！我说我杀了我的母亲——但那不是毫无理由的——她下贱而且杀了我父亲，同时神厌恶她！”

他的眼睛始终盯在那看不见的可怕的事上，他喊道：“看啊！看啊！那里有许多妇人！黑黑的！全身黑黑的，长长的头发像蛇一般。”周围的人殷切地告诉他，那里没有什么妇人，“那只是你的幻想，哦！不要害怕！”“你们没有看见她们？”他喊道：

“不是幻想，我——我见着她们。我的母亲命她们来的，她们围绕着我，她们的眼里淌着血，啊！让我去吧！”除了那些看不见的伙伴外，他径自跑开了。

当他再度回到他的祖国时，已经过了好几个年头。他曾浪迹许多地方，始终受着同样的可怕影子纠缠。由于痛苦的折磨，他精疲力竭。但是，尽管他失去许多人们珍惜的东西，这却也使他获得益处。他说：“我在苦难中取得教训。”他懂得任何罪恶都可以补赎，甚至蒙上杀母凶手的罪名，他仍能再度回复清白。他奉阿波罗之命前往雅典，向雅典娜解释他的际遇。他是来祈求帮助的，然而，他心里充满信心，想洗涤罪垢的人是不会受到拒绝的。经过这许多年的流浪和受苦，他罪恶的污点已逐渐淡薄；他相信此时他的罪垢已经褪去。他说：“我能用纯洁的嘴舌向雅典娜说话了。”

雅典娜倾听他的解释，阿波罗立在他身旁。“我应该对他所作所为负责，”他说，“他是奉我之命行凶的。”追随他的可怕人物，复仇女神伊林易丝一致反对他，但是，俄瑞斯忒斯平静地听她们为复仇而作的要求。“是我而不是阿波罗犯了杀死我的母亲的罪，”他说，“但我已洗清我的罪。”这些话在以前从未被阿特柔斯家中任何人说过。这个家族的杀人者从未因他们的罪恶而受苦，也从未曾想到去洗刷罪垢。雅典娜接受他的解释，她也劝复仇女神们接受它。同时，由于这个新的慈悲赦令，她们本身也改变了。由复仇女神伊林易丝的可怕形貌变成慈爱女神欧墨妮得丝，成为恳求者的保护神。她们饶恕了俄瑞斯忒斯，同时，由于这些饶恕的话语，长久以来笼罩在他家里的罪恶感消逝了。从雅典娜的法庭出来后，俄瑞斯忒斯成为自由的人，他以及他的后代不再受过去那种不可抗拒的力量卷入罪恶之中，阿特柔斯家族的灾厄于是结束。

正如前面说过，希腊人不喜欢那些用人类作牺牲祭品的故事，不管这种牺牲是为了使众神息怒，或是要使大地丰收，或是要完成任何事情。他们对这种祭祀牺牲的想法正和我们的想法相同，这种牺牲是可鄙的。任何要求这种牺牲的神，会因此被认为是罪恶的，就像诗人尤里披蒂斯所说：“如果神们做了恶事，那么他们就不再是神了。”因此，在有关伊菲革涅亚在奥里斯的牺牲的故事里，无可避免地又产生另外一个故事出来。依照古老的传说，伊菲革涅亚所以被杀，是因为阿尔忒弥斯喜爱的一只野兽被希腊人杀死，犯下这个罪过的猎人欲博回这位女神欢心的方法，唯有以一名少女的死亡来换取。但是后来的希腊人认为这种说法污辱了阿尔忒弥斯，他们认为这位可爱的森林女神决不会作这种要求，况且她还是无助弱小动物的保护者：

阿尔忒弥斯女神，她是多么温柔啊！
对乳臭未干的少年，对纤弱的婴儿，
以及对徘徊于草原里和
居住于森林里的一切小动物，
她是那么地温柔啊！

因此，这个故事有了另外的结局。当奥里斯的希腊士兵们前往伊菲革涅亚等候死神召唤的地方抓她时，她的母亲在她身旁，她禁止她母亲克吕泰涅斯特拉和她一道前往祭坛。“这样对你对我都要好些，”她说，于是母亲独自留下来。最后，她母亲看到一个人逐渐接近，他是用跑的，这使她感到奇怪——何以有人需要迅速地带来给她的消息。但是来者向她喊道：“好消息！”他说，她的女儿没有被作为牺牲。这是千真万确的消息，但她究竟遭遇了什么却没有人知道。当祭司准备杀她献祭时，那里每个人都感到痛苦而将头低下；但是祭司一声喊叫，他们抬起头来看到一件几乎无法相信的事情，那个女孩不见了，而在祭坛旁的地上赫然躺着一只鹿，咽喉已被割断。“这是阿尔忒弥斯做的，”祭司宣称，“她不忍她的祭坛染上人类的血，她为自己供上牺牲品而收回这个牺牲品。”“王后啊！我告诉你，”那名送信者说，“当时我在那里，而事情的确是如此发生的。显然地，你的女儿被带往众神那里去了。”

但是，伊菲革涅亚未被带往天堂，阿尔忒弥斯将她带到位于无情海海岸的陶洛人的国度里（即今克里米亚），陶洛人是野蛮的民族，他们有一种残酷的习俗，就是将国内发现的任何希腊人作为女神的祭品。阿尔忒弥斯照顾伊菲革涅亚的安全，使她成为她庙宇的女祭司。但是正因为如此，处理祭品是她的可怕任务，不过实际上并非她本人残杀她的同胞，而只是依据长久以来的仪式将他们祭给神，再将他们交给那些要杀害他们的人而已。

她一直为女神服务许多年后，有一艘希腊舰只停泊在这不友善的海岸。它并非迫于绝对的需要或暴风雨，而是自动地驶进来。陶洛人对被俘的希腊人的处置是众所周知的。虽然是由于一种无法抗拒的强烈动机，船只在那里停泊。拂晓时分，由船上出来两名青年，偷偷地觅径前往神庙。俩人很显然是出身高贵的人，他们看起来像是王子，但是其中一人的脸孔上却布满很深的痛苦皱纹。这个人轻声地对他的朋友说：“你想是不是这个神庙，皮拉德斯？”“错不了，俄瑞斯忒斯，”另一个回答，“这一定是那个血腥的地方。”

这不是俄瑞斯忒斯和忠实的朋友吗？ 他们来到这个对于希腊人充满危险的地方做什么呢？ 这发生在俄瑞斯忒斯杀母罪被赦之前或之后呢？ 这是发生在其后不久。 尽管雅典娜宣布他已无罪，但是在本故事里，并不是全部的复仇女神伊林易丝都能接受这项判决。 她们之间某些人仍继续纠缠他，不然就是俄瑞斯忒斯认为她们在纠缠他。 甚至雅典娜已放过他，仍无法使他心灵得到安静，纠缠他的人是较少了，但是她们仍然是跟着他。

在失望之际，他前往特尔斐城，假如他在这个希腊人最神圣的地方找不到帮助，那么他就再也无处求助了。 阿波罗的神谕给他信心，但却需要作生命的冒险。 特尔斐的女祭司说，他必须前往陶里斯国，由阿尔忒弥斯的神庙里带走她的神像，最后，当他把神像竖立在雅典时，他就能恢复正常而得到安静，那时绝不会再有可怕的人物来跟踪他。 这是一项极为险恶的计划，但是一切唯仰赖于此，无论付出任何代价，他决心放手一试，而皮拉德斯不让他单独进行。

当俩人抵达神庙时，他们立刻发现必须等到夜晚才能下手，光天化日下绝无法进入那里而不被发现。他们静静地守在隐蔽而幽静的地方等待着，却被人发现了。

终日郁郁不乐的伊菲革涅亚正准备进行祭祀女神的职务时，突然被一位送信者岔开。 送信者告诉她，有两位希腊的年轻人被捕，马上要准备作牺牲品。 他是被派来要她做好一切祭祀仪式的准备的。 她经常感到的恐惧再度擒住她，尽管恐怖的事情她已司空见惯，可是一想到骇人的血腥和牺牲者的痛苦，她就浑身发抖。但是，这次她却有了新的念头，她问自己：“女神会命人做这种事吗？ 她会以屠杀牺牲作乐吗？ 我相信不会的。”她告诉自己：

“是这地方的人嗜血成性，而将他们自己的罪过推诿到神的身上。”

当她正站着陷于沉思时，俘虏被带了进来。她命随从进入庙中为俘虏备好一切，于是当他们三人单独相处时，她开口对两名青年人说话。她问他们家在何处？这个家他们是无法再度见到了。她忍不住落下泪来，于是他们看到她如此怜悯而感到奇怪。俄瑞斯忒斯温和地告诉她，不要为他们感到难过，当他们来到这块地方时，他们已经下定决心承受降临其身的一切。但是她继续问道，他们是兄弟吗？俄瑞斯忒斯回答，是的，是亲爱的兄弟，而非亲兄弟。

“你们叫什么名字呢？”

“何必问一位将死者的名字呢？”

“难道你连居住的城市都不愿告诉我吗？”她问道。

“我来自马西尼，”俄瑞斯忒斯答道，“那个城市过去曾繁荣一时。”

“城里的国王想必福泰吧！”伊菲革涅亚说，“他的名字是阿伽门农。”

“我不认识他！”俄瑞斯忒斯暴躁地说，“我们不要再谈了！”

“不——不！将他的事告诉我。”她请求道。

“他死了！”俄瑞斯忒斯说，“死在他发妻手中。不要再问我了。”

“只再一件事，”她喊道，“她——他的妻子——还活着吗？”

“不！”俄瑞斯忒斯告诉他，“她的儿子杀了她。”

于是，三人一语不发地相视着。

“这是公平的，”伊菲革涅亚战栗着喃喃自语，“公平的——只是罪恶太可怕了。”她极力镇定一下，然后又问：“他们是否曾提到被牲祭的女儿呢？”

“只有当人们提及死者的时候。”俄瑞斯忒斯说道。伊菲革涅亚脸色大变，她看起来很急切和关心。

“我有一个计划能够帮助你们及我，”她说，“如果我救了你们，你们是否愿意替我带信给我在马西尼的朋友？”

“不！我不愿意，”俄瑞斯忒斯说，“但我的朋友可以，他来此只是为我的缘故，把你的信交给他，而把我杀了吧。”

“也好！”伊菲革涅亚答道，“等我去把信拿来。”她急急忙忙地离去。这时，皮拉德斯转身面对俄瑞斯忒斯。

“我不愿让你单独在这里死去，”他告诉俄瑞斯忒斯，“如果我这样做，所有的人都会说我是懦夫。不！我爱你——同时我怕人们说闲话。”

“我将我姐妹交给你保护，”俄瑞斯忒斯说，“厄勒克特拉是你的妻子，你不能抛弃她。至于我——虽死而无憾。”当他们匆忙地悄悄低语时，伊菲革涅亚手中拿着一封信走进来。“我将说服吾王，我相信他必定会让我的送信者走的。但首先——”她转向皮拉德斯说，“我要告诉你信里写些什么，这样如果不幸你失去这封信，你也能够记得我的信息，并将它带给我的朋友。”

“好主意！”皮拉德斯说，“我是要将它带给谁呢？”

“给俄瑞斯忒斯，”伊菲革涅亚说，“阿伽门农的儿子。”

她的眼光正好移开，心里想着马西尼国，并未注意到这两个人正以惊愕的眼神盯着她。

“你心须对他说，”她继续讲下去，“在奥里斯作为牺牲的她送来这个消息，她并未死。”

“死人能复活吗？”俄瑞斯忒斯大喊。

“安静些！”伊菲革涅亚生气地说，“时间很紧迫。对他说：‘弟弟，带我回家，使我脱离这种血腥的祭司生活以及这野蛮的地方。’记住，年轻人，他的名字是俄瑞斯忒斯。”

“天啊！”俄瑞斯忒斯喃喃道，“真是不可思议！”

“我是对你说话，不是他，”伊里吉妮亚向皮拉德斯说，“你记得住这个名字吗？”

“记住了！”皮拉德斯答道，“但这不要花太多的时间去传递消息。俄瑞斯忒斯，这里有一封信，我由你姐姐处带来的。”

“我收到了，”俄瑞斯忒斯说，“我以无可言喻的快乐来接收它。”

接着，他将伊菲革涅亚紧紧地拥抱住，但她挣脱开来。

“我不相信！”她喊道，“叫我如何相信呢？有什么证据呢？”

“你记得在前往奥里斯之前你所刺绣的一些东西吗？”俄瑞斯忒斯问道，“我可以向你描述那些东西。你还记得宫中你的卧房吗？我可以告诉你它在那里。”

他说服了她，她扑到他的怀中。她抽泣地说，“最亲爱的！你是我最亲爱的人，我唯一最亲爱的人。当我离开你时，你还是一个小婴儿，一个很小的婴儿。此刻的事情真是超过奇迹了。”

“可怜的女孩！”俄瑞斯忒斯说，“遭遇的不幸正如同我一般，你还险些杀了你亲弟弟呢！”

“好可怕啊！”伊菲革涅亚喊道，“我已使自己做了可怕的事情，这双手差点杀了你。然而此刻——我如何救你呢？哪位神，哪个人能救我们呢？”皮拉德斯静静地伫立在一旁，感到万分同情，但却有点焦急。他认为这是采取行动的时刻了，“我们等到脱离这可怕的地方再谈不迟。”他提醒这对姐弟。

“或许我们可以杀掉国王，”俄瑞斯忒斯激昂地建议道，但伊菲革涅亚愤怒地反对这个意见。国王苏亚士对她很仁慈，她不愿伤害他。这时，一个构想划过她脑海，这个构想既完善又妥当。她急促地说明这个构想，这两名青年立刻同意。然后，三个人便进入了神庙。

过了一会工夫，伊菲革涅亚捧着一座画像走出来。正好国王走进庙宇的入口处，伊菲革涅亚喊道：“吾王啊！请留步，停在您原来的地方。”国王惊讶地问她发生什么事情。她告诉他说，他送来给女神这两个人不纯净，他们又污秽又卑鄙；他们曾杀了他们的母亲，而使得阿尔忒弥斯恼怒。

“我正要带画像到海滨清洗一下，”她说，“同时，我想在那里也替这俩人清洗他们的污秽。只有这样才能进行牲祭。这些事我必须单独进行，让我带着俘虏前去，并向城里宣布，不准任何人接近我。”

“该怎么做你就怎么做，”苏亚士回答说，“要多久都随你。”他望着这个队伍离去，伊菲革涅亚捧着画像领前，俄瑞斯忒斯和皮拉德斯紧随其后，而随从们则带着清洗仪式用的器皿。伊菲革涅亚大声地祈祷着：“少女神和王后，宙斯和蕾特的女儿，你应居住于纯净的地方，而我们同被福泽。”

他们在前往俄瑞斯忒斯停船的地方的途中不见了，这一切表明似乎伊菲革涅亚的计划要大功告成了。事实上，这个计划是成功了。在他们抵达海滨前，她有办法使随从们离开，使她能单独和弟弟及皮拉德斯在一起，随从们敬畏她而听从她的命令离开，然后三人立刻上船撑桨而去。但是，船只通往大海的港口时，一阵向陆地吹送的飓风吹袭他们，使他们无法抵抗，他们一耗尽全身力量，仍然被逐了回去，船几乎要撞上礁石。城里的人这时恍然大悟，知道了他们的企图。有些人正准备趁船搁浅时来夺船，其余的人奔去向国王苏亚士报讯。国王大怒，急忙由庙中出来，欲逮捕并处死这两名邪恶的外国人以及叛逆的女祭司。在这瞬间，一位容光焕发的人——显然是一位女神——突然在他头上出现。国王停止前进，惊惧而退。

"站住！国王，"这现身者说道，"我是雅典娜，我命你将船放行。现在连波西顿也平息风浪，并给予船只安全的通道，伊菲革涅亚和其他的人是在神的引导下。你可以息怒了。"

苏亚士恭从地答道："女神，一切听候您处置。"岸上观望的人，眼看着波平浪静，和风徐徐，那艘希腊船只凌着万顷碧绿，扬帆而去。

底比斯王室和雅典王室的故事

底比斯王室的故事和阿特柔斯家族的故事一样出名，而且其理由如出一辙。

当欧罗巴被公牛带走后，她的父亲派她的兄弟们出去寻找她，并且命令他们非找到她不可，否则不能回家。众兄弟之一的卡德摩斯比较聪明，他并不盲目地寻找，而前往特尔斐城，向阿波罗请示欧罗巴的下落。阿波罗告诉他，不要为她以及他父亲命令不找到她不能回家的决定所困，而要他为自己建立一座城市。阿波罗又说，当他离开特尔斐城时，他会碰到一只小母牛，他必须跟着它，并在它躺下来休息的地方建立他的城市。

就这样底比斯建立起来了，城四周的土地便以小母牛的所在地而命名为巴尔细亚。然而，他必须首先杀死一条守在附近一处水源的龙，当卡德摩斯前往取水时，这条龙吞噬他所有的伙伴。卡德摩斯单独一个人是无法建立城市的，但在这条龙死后，雅典娜在他眼前出现，告诉他将龙的牙齿撒播在地上。他在丝毫不知会产生什么情形的状况下遵命去做了。随后，他惊骇看到全副武装的人由犁沟里跳出来。但是，这些人并没有注意到他，却互相杀戮起来，除了其中五名为卡德摩斯所劝诱而成为他的助手外，所有的人都被杀死了。

在这五人的帮助下，卡德摩斯使底比斯成为一个辉煌的城市，并且在他的睿智统治下，日渐盛大繁荣。希腊历史学家希罗多德说，是他将字母传入希腊。他的妻子是战神阿瑞斯和女神阿佛洛狄忒的女儿哈墨尼亚。众神的驾临，使他们的婚礼增加许多光彩。阿佛洛狄忒赠给哈墨尼亚一条奇异的项链，这条项链是奥林匹斯的工匠赫淮斯托斯所造的，但由于这条项链，却给他的后代子孙带来灾祸。

他们有四个女儿及一个儿子，通过他们的儿女，他们知道神的爱宠将不会长久。大灾祸降临在所有女儿的身上。她们之一就是塞墨勒，她是狄俄尼索斯的母亲，她死于宙斯显现出光辉的面目之前。另外一个女儿是伊诺，她是德里克索斯的坏继母，德里克索斯是被金羊毛的公羊从死神那救出来的那位男孩。伊诺的丈夫发疯而杀死他的儿子墨里凯耳特斯，伊诺抱着孩子的尸体投到海里，众神将这两个人救活了。她成了女海神，当奥德修斯的木筏被浪袭毁时，就是她将他由灭顶的危机中解救出来。而她的儿子墨里凯耳特斯也成为海神。在史诗《奥德赛》中，她仍叫伊诺，但后来却变成勒克锡亚，而她的儿子也易名为帕勒蒙。和她姐妹塞墨勒的际遇一般，不过伊诺最后得到了幸福。另外两个女儿则不然，她们为儿子而受苦：阿高厄是所有做母亲者中最恶毒的一个，她被酒神狄俄尼索斯弄疯，认为她的儿子彭透斯是头狮子，而亲手杀死他。奥托纳沃的儿子阿克特翁是一位伟大的猎手。奥托纳沃不像阿高厄一般恶毒，她没有杀害自己的儿子，但她必须忍受儿子在年轻力壮的时候可怕的死法，阿克特翁死得相当无辜，他并未做什么错事。阿克特翁外出打猎，由于酷热和口渴，他走进一处岩穴，那里有由一条小溪积贮成的池塘。他只是想在清澈的溪水中使自己清凉一下，但他却全然不知自己闯入了阿尔忒弥斯喜爱的沐浴地方，正巧这时女神正一丝不挂地站在水滨，健美的胴体赤裸裸的。愤怒的女神并未考虑这名年轻人是有意羞辱她或是无意间闯进来。她用潮湿的手将水珠拨到他的脸上，就在这些水珠落到他身上时，他立时变成一只鹿，甚至连他的心都成为鹿心。以往不知恐惧为何物的他，竟变得胆小而逃跑。他的猎狗见到他便紧紧地追逐他，甚至他恐惧已极，也无法使他有足够的速度脱离嗅觉敏锐的猎狗，他自己最忠心的猎狗攻击他，并将他杀死了。

年迈已深的卡德摩斯和哈墨尼亚，在家运一度昌隆之后，却要为他们子孙的命运而如此地哀伤。在彭透斯死后，他们逃离底比斯，想借此逃避不幸；但是，不幸却跟随着他们。当他们抵达遥远的伊利里亚国时，众神将他们变成蛇，这并不是一种惩罚，因为他们并没有做错事。事实上，他们的命运证明受苦并不是只对犯错者的一种惩罚；无辜者受的苦有时和犯罪者是一样多的。

在这个不幸的家族中，没有一位比卡德摩斯的玄孙俄狄浦斯更清白无辜了，但是，也没有一位像他那样受到这么多的苦头。

由于非常特殊的故事发生在雅典王室的成员身上，甚至是夹杂在其他著名的神话之中，雅典王室格外地突出。没有任何故事的叙述会比他们生活中的某些事件更为奇特了。

雅典最早的国王名叫西克罗波斯。他没有人类祖先，而他本身只有一半是人：

> 西克罗波斯，君主和英雄，为一条龙所生，其下身为龙形。

他被认为是雅典娜成为雅典的保护者的决定人。当时，波塞冬也想要这座城市，因此，波塞冬尽其所能地表现他是一位多么伟大的赐予者。他用他的三叉戟将阿克洛波里斯的岩石击开，使盐水由裂缝中喷出来，并沉淀到一口深井里。但是，雅典娜做得更好，她使橄榄树在那里长出来，橄榄树是希腊所有树中最高贵的树：

> 这灰色光耀的橄榄树，
> 雅典娜显示给众人，成为
> 雅典城闪耀的光荣，
> 她的冠冕由天上而来。

得到如此美好的礼物，身为裁判者的西克罗波斯决定雅典城是她的城市。波塞冬极为愤怒，于是他用毁灭性的洪水来惩罚人民。

另一个故事中，在这两位神之间的竞争时，妇女的投票权扮演了重要角色。据说，古时候妇女和男人一样有投票权。所有的妇女投票给女神，而所有的男人则投票给男神，妇女较男人多出一名，因此，雅典娜获得胜利。但是，男人们和波塞冬非常愤怒女性的胜利，于是，当波塞冬以洪水淹没大陆时，男人们决定剥夺妇女的投票权。但无论如何，雅典娜保佑雅典。

绝大多数的作家认为：这些事件发生在大洪水之前；而且，属于这个著名的雅典家族的西克罗波斯并不是古代半人半龙的怪物，而只是一位普通人，他的地位是因他的亲戚而显得重要。他是一位著名的国王的儿子，两位出名的神话女英雄的侄儿，以及三个人的兄弟。最重要的是，他是雅典英雄忒修斯的曾祖父。

他的父亲——雅典王伊列奇修斯经常被认为，当他统治期间，农业之神得墨忒耳来到伊留士（雅典西北的城市），从而开始农业文明。他有两位姐妹，她们是普洛克妮和菲罗墨拉，因她们的不幸而著名，她们的故事极为悲惨。

这俩人中，普洛克妮年纪较大，她嫁给色雷斯的忒瑞俄斯。忒瑞俄斯是战神阿瑞斯之子，他完全继承其父的劣根性。他们有一个儿子伊提士，当伊提士五岁时，普洛克妮的妹妹菲罗墨拉要来看她。忒瑞俄斯答应了，并说，他将亲自到雅典护送她前来。但当他一看到这位女孩时，便爱上她。她美如仙女下凡。忒瑞俄斯很容易地说服她的父亲，答应让她和他同行；而她本人也因能出远门而喜出望外，乐不可喻。在旅途中，一切相安无事，顺利愉快。但是，当他们上岸，开始走陆路前往王宫时，忒瑞俄斯告诉菲罗墨拉，他已接到普洛克妮去世的噩耗，于是，他逼迫菲罗墨拉和他成为一对假夫妻。然而，她很快地知道真相，于是她毫不思虑地恫吓他。她告诉他，她一定要想办法使天下人都知道他的作为，而他将成为众人所唾弃的人。她激起他的愤怒和恐惧，于是，他抓住她，而将她的舌头割掉，然后将她禁在戒备森严的宫中。他来到普洛克妮那里，编一个故事说菲罗墨拉死于旅途上。

菲罗墨拉似乎已处于绝境。她已被囚，而且无法说话，在那个时代里，又没有文字。忒瑞俄斯似乎可以高枕无忧了。然而，那时候的人民虽然不会书写，但他们却能不通过语言叙述一个故事，因为他们都是很奇妙的工匠——这种工匠从那时以后，就闻所未闻了。一位铁匠能在一块盾牌上，表现出一幕猎狮的场面：两只狮子吞噬一头牛，而牧人驱狗攻击它们。或者他能描叙一幅丰收的景致：满是收割者和捆禾者的田野，和结实累累的葡萄园，在园里，青年男女采集葡萄放进篮筐里，而其中有一人吹奏着牧笛，鼓励这些工作者。妇女们一样精于这种特殊的工艺，她们会编织，能将逼真而每个人都可以看出她们所要表达的故事的图案，织进美丽可爱的织品里。菲罗墨拉正是依此而求助于她的纺织机。强烈的动机使她所编织的故事较任何艺术家所表现的更为清楚明白。在她无穷的痛苦和稔熟卓绝的技巧下，她完成一块挂毯。在毯上，她整个不幸的遭遇表露无遗。她将它交给服侍她的老妇人，告知那是给王后的。

老妇以能携带如此美丽的礼物为荣，便将它带给普洛克妮。普洛克妮正在为她妹妹服丧哀悼，而且整个心情正如她的丧服一般哀痛逾恒。她摊开这个织品，她看到了菲罗墨拉，面容、体型惟妙惟肖，而忒瑞俄斯也一样酷似。她惊恐地清楚所发生的事情，一切就像印刷品般明了地呈现在她眼前。她对暴行的深恶痛绝，使她能自我控制，这时，她已无流泪和说话的余地，她专心一意为搭救妹妹，并设法给予丈夫应得的惩罚。首先，她来找菲罗墨拉

（无可置疑，她是通过使者老妇人之助）。当她告诉菲罗墨拉，她已知道一切时，菲罗墨拉已不能回答。她将她带回王宫。当菲罗墨拉在那里哭泣时，普洛克妮沉思着。“让我们以后再哭吧！”她告诉妹妹，“我已准备采取任何行动，让忒瑞俄斯为他对你所做的一切付出代价。”这时，她的小儿子依提士跑进屋里，在一刹那间，她看着小儿子，并心生恨意，她缓慢地说：“你多么像你父亲啊！”说完这话，她脑海里浮出清楚的计划。她用匕首一刀杀死孩子，将小小的尸体分割，把四肢置于烈火上的锅中。当天晚上将它们供给忒瑞俄斯作晚餐，她看着他吃下，然后告诉他，他所进食的是什么东西。

在惊愕恐惧之下，他一时无法动弹，而这两位姐妹得以逃跑。可是，行抵道利斯时，他追上她们，而当他准备杀她们时，神将她们变成鸟儿。普洛克妮成为夜莺；而菲罗墨拉变成燕子，因为她的舌头被割掉，所以只能叽叽喳喳地叫，却不能唱歌。普洛克妮是：

> 翅膀褐色的鸟儿，
> 善于音乐的夜莺，
> 她永远在哀叹：啊！伊提士，孩子，
> 我失去了，失去了。

所有的鸟类中，她的歌声最甜蜜婉转，因为她最为悲伤，她永远忘不了她所杀的儿子。

恶毒的忒瑞俄斯也变成一只鸟，一只丑陋而大嘴的鸟，有时被叫作鹰。

（叙述这故事的罗马作家，不知何故，使两姐妹混淆了，而说没有舌头的菲罗墨拉是夜莺，这是极明显地不合情理，但是，在英国诗中，她还是常被这么称呼。）

普洛克妮和菲罗墨拉的侄女是普洛克丽丝，而普洛克丽丝几乎和她们一样不幸。起先，她幸福地和风神亚奥勒斯的孙子凯珀哈洛斯结婚，但婚后只过数周，凯珀哈洛斯便被化为人形的黎明女神奥罗拉带走。他酷爱狩猎，习惯于清晨追逐野鹿，因此，有好几次在天破晓时，黎明女神看到这位年青的猎人，最后，她爱上了他，于是带走了他。但凯珀哈洛斯爱普洛克丽丝，纵使是这位美丽的女神，也无法使他移情别恋，他的心目中只有普洛克丽丝。最后，奥罗拉因她的计谋无法动摇他坚定不移的信心而愤怒，便遣他回到妻子那里，但是，她的动机是要他确定在他不在家时，他的妻子是否像他对她一样的忠贞不贰。

这个阴狠的建议，使得凯珀哈洛斯因忌火中烧而发疯。他离家多时，而普洛克丽丝又如此美丽……他决定要努力探查她是否只爱他一人，而不会答应任何的求爱者。他依计自己易容化装，有些人说，奥罗拉帮他化装，但不管如何，这个伪装技术高明。当他回家时，没有人能认得出来。看到全家人都在盼望他归来，这是值得欣慰的，但他的计划使他克制了自己。然而，当他被允准见普洛克丽丝之面时，她那极明显的哀痛、她悲伤的面孔和温雅的态度，几乎使他放弃原先计划的试验。可是，他并未放弃，他无法忘记奥罗拉的讽刺话语。他立刻试着使普洛克丽丝爱上他——一位陌生人，因为她认为他是陌生人。他热情如火地向他求爱，又不断地提醒她说，她的丈夫已抛弃她了。但无论如何，经过很长的时间他还是无法使她动心。对于他的祈求，她总是同样地回答："我是他的人，无论天长地久，我对他的爱始终不渝。"

但是有一天，当他又再一次吐诉哀求、劝诱和保证之词时，她踌躇了一下。当然，她并未屈服，只是没有严词拒绝他而已。但凯珀哈洛斯认为这已够了，他喊道：“虚伪而无耻的女人啊！我是你的丈夫，我亲眼见证你是不忠者。”普洛克丽丝盯着他看，然后一语不发地离开他及这个家。她对他的爱似乎已成恨了。她讨厌所有的男人，独自跑到山里居住。凯珀哈洛斯迅速地恢复理智，发现自己所扮演的行为无聊至极。他到处找她，直到找着她为止，然后谦卑地求她原谅。

她无法立刻原谅他，因为她对于他欺骗她的怨恨过于深切。然而，最后他还是赢回了她的欢心，他们共同度过几年的愉快生活。后来有一天，他们和往常一样出去打猎，普洛克丽丝给凯珀哈洛斯一支瞄什么都有击必中的矛。夫妻两人抵达森林里，分头寻找猎物，凯珀哈洛斯锐利地环顾四周，他看到前面有个东西在树丛里蠕动，便击出他的矛。这支矛射中了目标，普洛克丽丝倒在地上一命呜呼，长矛射穿她的心窝。

普洛克丽丝的姐妹之一是奥丽西雅。北风神波利尔斯爱上她，但她的父亲伊列奇修斯和雅典人反对他的求婚。因为普洛克妮和菲罗墨拉的悲惨命运以及恶毒的忒瑞俄斯的事情均来自北方，所以，他们痛恨所有住在北方的人，他们拒绝将这名少女给予波利尔斯。但他们以为他们能拒绝伟大的北风神所要求的东西，这实在是太愚蠢了。有一天，当奥丽西雅和她的姐妹们在河岸上嬉戏时，波利尔斯化作一道大风，将她带走。杰提斯和加雪斯是她为他生的两名儿子，曾和伊阿宋一起前去寻找金羊毛。

后来雅典的伟大教师苏格拉底曾经谈论过这个故事，有一回，和他得意的门生年轻人费度鲁斯一起散步，他们悠闲地边走边聊天。费度鲁斯问道：“这里附近的某个地方，是否就是传说中波利尔斯从伊里苏斯河岸带走奥丽西雅的地方？”

“那正是这个故事。”苏格拉底答道。

“你认为这是正确的地点吗？”费度鲁斯问道，“这条小溪清莹宜人，我能幻想少女们在附近嬉戏的可能。”

“我相信，”苏格拉底答道，“这地方是在下游大约四分之一哩处，我想，一定有某种波利尔斯的祭坛在那里。”

“苏格拉底，请你告诉我，”费度鲁斯说，“你相信此故事吗？”

“聪明的人是多疑的，”苏格拉底回答，“如果我怀疑的话，那么我也不是唯一的怀疑者。”

这个对话发生在公元前 5 世纪的末期，从那时起，这个古老的故事已开始从人们的记忆中消失了。

克里雅莎是普洛克丽丝和奥丽西雅的妹妹，而且她也是一名不幸的女人。当她几乎还是一位小孩时，有一天她在岩石上采集番红花，那里有个深洞。当她在用作篮筐的面纱里装满黄花时，她便向家里走回去，忽然间，她被一名男人抱进怀里，这名男人不知从哪里出现，好像是隐形人突然现身一般。他长得非常俊美，但她已吓得魂飞魄散，根本没有注意到他的长相。她呼喊着母亲，但却一点也无济于事。拐走她的是阿波罗本人，他将她带进深黑的洞穴中。

他虽然是一位神，但她恨他，尤其是当孩子临盆时，他对她没有一点表示，也没有给她任何帮忙。她不敢禀告父母。像许多故事所显示的，以爱人是神而作为无法抗拒的借口，是不被接受的。如果一名女子承认此事，则她要冒任何被杀的危险。

当克里雅莎快要分娩的时候，她单独前往那个黑洞中，她的孩子就在那里出生。她本想将孩子留在那里让他死去。后来，由于极想知道孩子的遭遇的心理所驱使，她又回到洞里。洞中空无一物，四下里也见不着血迹，这孩子不是被野兽吞噬的。同时，更为奇怪的事，她用来包裹孩子的柔软东西，她的面纱和她亲手编织的东西都不见了。她惊惧地想到，是否一只大老鹰或兀鹰进来，并用它残忍的钩爪将所有的衣物连婴儿一起攫走。这似乎是唯一可能的解释。

过了一段时间，她出嫁了。她的父亲伊列奇修斯王将她许配给一位外国人，这位陌生人曾在战时帮助他。这个人名叫克素托斯，可确定他是希腊人，但却不属于雅典或亚地加人。他被认为是一名外国人和侨民，而因为这样，当他和克里雅莎没有孩子时，雅典人瞧不起他，而不认为那是不幸的事情。无论如何，他比克里雅莎更企盼一名儿子，因此，他们前往希腊人遭遇困难时的庇护所特尔斐，求问神他们是否有希望得到一名儿子。

克里雅莎将她的丈夫和一名祭司留在城里，独自前往神殿。她在外庭发现一名祭司模样打扮的美少年，他正用一个金盆盛着的水来清洗圣地，当他工作时，口里唱着赞美神的圣歌。他和善地看着这位雍容可亲的女士，而她也看他，于是他们开始交谈起来。他告诉她说，他能看出来她出身高贵而且鸿运亨通。她痛苦地答道："鸿运！还不如说悲伤使生命无法忍受。"她所有的不幸；她的恐惧、她很久以前的痛苦、她对孩子的悲伤，以及多年来隐在她心中的秘密负担，尽包括在这句话里。但看到这名男孩露出惊讶的眼神，她镇定一下自己，并问这位孩子，他是谁。他是如此年青，但他看起来却像献身希腊至圣场所的高尚工作的人。他告诉她，他的名字是伊翁，可是他不知道自己的身世。有一天早晨，阿波罗的女祭司也是女先知者皮索妮丝发现他这么一个婴儿，躺在神庙的台阶上，于是她像母亲一般慈蔼地将她抚育长大。他一直都很快乐，愉快地在神庙里工作，以替神而非替人工作为荣。

然后，他提起勇气温和地问她，为什么她会如此伤心？她的眼睛总是泪水盈盈？这不是前来特尔斐的朝拜者的态度，朝拜者应该以能接近真理之神阿波罗的圣殿而感到高兴的。

“阿波罗！”克里雅莎说，“不！我不想那么接近他。”接着，她为向伊翁的吃惊和谴责的表情答复而告诉他，她是为一项秘密的任务而来到特尔斐城；她的丈夫是来求问他是否能得到一名儿子，但她是为了查探一名孩子的命运，这个孩子是属于……她支吾一下而沉默下来，然后她迅速地说：“……是属于我一位朋友的，一位不幸的女人，她曾被你的特尔斐圣神所辱。他迫使她怀孕，当孩子出生时，她将孩子抛弃了，这名孩子必然会死。这件事发生在数年前，但她想确定一下，并想知道这名孩子是如何死的。因此，我为她来此求问阿波罗。”

听到她带来对他的主人的控诉，伊翁惊骇住了。“这绝非真实，”他激昂地说，“这一定是某个男人所为，而她为了遮羞，故将之推到神的身上。”

“不！”克里雅莎肯定地说道，“确实是阿波罗做的。”

伊翁哑口无言。然后，他摇摇头。“就算这是真实的，”他说，“你所做的却是愚蠢的。你不应该来到神坛而企图证实他是一个坏人。”

当这名奇怪的男孩说话时，克里雅莎感到她的希望逐渐转弱而趋于消失。“我不会接近他的，”她无奈地说，“我将照你的话去做。”

她那莫名所以然的感情，在心灵里叩击着。当俩人站在那里默然对视时，克素托斯走进来，脸上和举动间表露出胜利的神情。他向伊翁伸出双臂，伊翁冷漠怒然地向后退却。但克素托斯试图拥抱他，使他感到极度的不安。

“你是我的孩子，”克素托斯喊道，“阿波罗已宣布此事。”

痛苦的反抗心理撞击着克里雅莎的心灵，“你的儿子？”她直接问道，“谁是他的母亲？”

“我不知道，”克素托斯迷糊了，“我想他是我的儿子，但或许是神将他赐给我。无论什么情形，他是我的儿子。”

这三者间，伊翁淡然冷漠，克素托斯迷惑但很愉快，克里雅莎觉得她恨男人，而且她无法容忍以某一位低贱女人来路不明的儿子冒称是她的儿子。这时，阿波罗的女先知者，年老的女祭司进来了。在她手上拿着两件东西，克里雅莎彻底地看着它们，这些东西使她愕然惊骇。其中一件是面纱，另一件是少女的斗篷。这位神圣的女人告诉克素托斯，祭司想和他谈谈。当克素托斯走后，她将她所带的东西交给伊翁。

“亲爱的少年，”她说，“当你和你新认的父亲前往雅典时，你必须带着这些东西。它们是当我发现你时，裹在你身上的衣物。”

“啊！”伊翁喊道，“我的母亲必是用它们来包裹我，它们是我寻找母亲的线索。我将走遍天涯海角——走遍欧洲和亚洲寻找她。”

但克里雅莎已悄悄地走近他，而在他能再度发怒和挣脱前，她已张臂拥抱他的脖子；她一面抽泣，一面将她的脸贴在他脸上而呼唤他：“我的儿子——我的儿子！”

伊翁承受不了。“她一定是发疯了！”他喊道。

“不！不！”克里雅莎说，“那个面纱，那个斗篷，它们都是我的。当我离开你时，我用它们盖住你。知道吗！我告诉你的那位朋友……并非朋友，而是我本人。阿波罗是你的父亲。啊！不要不理我，我可以证明一切。打开这些包裹用的衣物，我将告诉你在它们上面所有的刺绣，我用这双手完成它们。瞧瞧吧！你可以发现两条小小的金蛇钉在斗篷上，我将它们钉在那里的。”

伊翁发现那些宝石，于是将视线由宝石移到她身上。“我的母亲，”他迷惑地说，“但这是真理之神的过错吗？他说我是克素托斯的儿子。母亲啊！我迷糊了。”

“阿波罗并没有说你是克素托斯的亲生子，他把你当成礼物送给他。”克里雅莎喊道，但她也感到战栗。

一道突然而来的光线射到俩人的身上，使他们往上看。于是，他们所有的痛苦都在畏惧和惊讶中忘却了。一个无比美丽和庄严的神像高高地立在他们头上。

“我是帕拉斯·雅典娜，”这个显像说，“阿波罗派我来告诉你，伊翁是他和你的儿子，他从你遗弃孩子的洞中把孩子带到这里。克里雅莎，带他跟着你去雅典吧！他是值得统治我的领土和城市的。”

她消失了。母子俩人互相地望着，伊翁乐得忘怀。但克里雅莎呢？阿波罗最后的补偿，是否能弥补她所受的一切痛苦呢？我们只能作猜想，因为故事并未提及。

神与人的传说

人类的世纪

众神创造的第一批人是有名的黄金的一代。那时候克洛诺斯统治宇宙。人们过着衣食不愁、无忧无虑的幸福生活。由于大地上生长了各种甘美的水果、蔬菜，还有大批大批的牛羊牲畜，因此在这里没有繁重的劳动和扰人的贫困。人们安详地从事劳动，几乎没有年龄的界限。当他们感到死亡即将来临时，便沉浸在温暖而又柔和的长眠之中。

随着时间的推移，黄金的一代人从地球上逐渐消失了。他们成为地球的佑护神，飘摇在地面上，他们维护着善良和正义，惩罚一切丑恶的事物和举动。

后来，众神创造了第二代人，他们是白银的一代。第二代人与第一代人在生理和心理上有了巨大的不同。他们娇生惯养，不勤于劳动，不善于动脑。他们往往过了一百多年后，在思想上仍不成熟。当他们一生只剩下短短的几年时，毫无理智的生活把这批人推入了苦难的深渊。他们无法调节自己激烈的感情，相互间妒忌，肆意地违反自然界的法规。他们的恶劣行径，使得宙斯十分生气。他要在地球上除掉这批人，因为他不愿意看到有人亵渎诸神。

诸神又创造了第三代人，他们是青铜的一代。 他们跟白银的一代又不一样。 他们性格粗鲁，行为恶劣，从早到晚只知道拼斗厮杀。 他们专门寻吃动物，鄙视并且拒绝采食田野上的各种果实。 他们顽固、执拗，思想僵化得犹如花岗岩，人也长得非常高大，不同寻常。 青铜代人的武器和住房都是青铜铸成的。 那时候世界上还没有铁，他们用青铜农具耕种田地。 他们陷入了连绵的战争。 可是，不管他们长得多么高大，手段多么残忍，面对黑色的死亡，他们却无可奈何，一点逃遁的办法也没有。 他们只得乖乖地离开亮堂堂、光闪闪的太阳世界，钻进阴森可怕的冥府之中。

当这一代人也长眠在大地怀抱的时候，宙斯又创造了第四代人。 这批人应该住在肥沃的地面上，比上一辈人显得高尚和正义。 这是神的英雄的一代，即祖先们称作半人半神的英雄。 可是，这批人最后也因为陷入战争和重重矛盾而惨遭灭绝：其中一部分人倒在底比斯的七座城门前，那是为了夺取国王俄狄浦斯的王国；另外一些人为了美女海伦而成群结队地跨上战船，僵卧在特洛伊城周围的田野上。 当他们在尘世间结束了战争和苦难以后，宙斯把他们送往极乐海岛，让他们居住和生活在那里。 极乐海岛位于世界之极的大洋里，那是风景优美的地方。 他们生活得无忧无虑，非常幸福。 肥沃的岛国给他们提供了蜂蜜一般的甜蜜水果，一年三茬。

给人们讲述这一优美传说的希腊诗人希西阿无限感叹地说：“如果我，唉，如果我跟刚刚诞生的第五代人不共天日的话，如果我能早一点去世，或者是迟一点出生，该多么理想啊！ 因为这一辈人是铁的一代！ 彻底堕落，彻底败坏，他们充满着痛苦、罪孽；他们满心忧虑和苦恼，日夜不得安宁。 诸神源源不断地给他们送上悲惨的新折磨，他们还是自身最大的祸害。父亲反对儿子，儿子加害父亲，客人仇恨款待他的朋友。人间充满着怨仇，即使兄弟之间也不像从前那样坦诚相见，没有友爱。甚至对白发苍苍的老人，人们也缺乏怜悯和敬重。老人们受到许多虐待。这批残酷的人啊，你们怎么想不到神的法庭，你们竟然忘却了老人的养育之恩。强权霸道，拐骗欺诈的人横行天下。他们心里恶毒地盘算着如何去毁灭对方的城市和村庄。正直、善良和公平被人踩在脚底下；拐子、骗子扶摇直上，几乎被抬上九重云霄。权利和节制遭受践踏；阴险恶毒的人侮辱高尚善良的人。他们口出狂言，用诽谤和诋毁制造事端。实际上，这是一批非常不幸的人。从前，主管羞耻和神圣畏惧的女神还常常来往人间，可是后来他们住不下去了，悲哀地用白色衣衫裹住自己漂亮的身躯，离开了人间。这时候，人间社会充满着绝望和痛苦，没有任何的拯救和希望……”

丢卡利翁和皮拉

世界上曾经有过一个铁的时代。作为宇宙之主的宙斯不断地听到这代人的恶行和弊端，便决定亲自扮作凡人的模样前去视察地球。他来到大地以后发现情况比传说中还要恶劣。

一天傍晚，他趁着夜幕走进阿耳卡狄亚国王吕卡翁的内室。吕卡翁不仅待客冷淡，而且残暴成性。宙斯通过奇迹表明自己是一位神。一群人看得目瞪口呆，都一字排开，在神面前跪了下来。吕卡翁却不以为然。他嘲笑这些虔诚的人装模作样，说：“让我们考证一下，看看他到底是凡人还是神！”为此，他决定趁着客人在半夜酣睡不醒的时候把客人一刀杀掉。在这之前他先悄悄地杀了一名人质，这是摩罗西亚人送来的可怜人。杀掉的人质被洗剥以后，吕卡翁让人剁下他的四肢，然后丢在沸腾的水里烧煮，尸体的其余部分分别放在火上又烘又烤，做成菜肴，给陌生的客人端上作夜宵。

宙斯把这一切都看在眼里，被这顿奇特的晚餐激怒得跳了起来。他唤来一团复仇的怒火，把火置放在这个没有心肝的人的大院里。国王惊恐万分，想夺路逃到野外去。可是，他发出的第一声呼号却突然变作凄厉的嚎叫；他身上的衣服变成蓬乱的毛皮；两只手竟然颤颤悠悠地落到地上，变成了两条前腿。从此吕卡翁成了一条嗜杀成性的恶狼。

宙斯回到奥林匹斯神山。他与众神一起商量，决定根除这一代丧尽天良的人。他想把闪电扔到世界的每一个角落，可是担心上天会陷入火海，担心宇宙之轴会因此而被烧毁。于是，他放弃了这种粗鲁报复的想法。他把独眼神给他锻铸的霹雳锤搁在一旁，改向地球灌注倾盆大雨，决定用大水灭绝人类。这时候，所有的风都被锁在亚奥勒斯的地窖内。只有南风例外。他接受命令后，扇动着湿漉漉的翅膀直扑地面。南风面目狰狞，一张脸黑得犹如锅底。他的胡须沉甸甸的，好像满天乌云。洪水从他的白发间奔流直下，他的额间弥漫着一片浓雾，胸脯间雨水流淌。南风挂在天空里，用一只手紧紧地抓住云彩，开始狠狠地挤压他们。一霎时，雷声隆隆，瓢泼大雨自天而降。田地里的青苗全被泡出土地。农民整整一年来的辛勤劳动付诸东流。

宙斯的弟弟波塞冬也不甘寂寞，急忙赶来破坏。波塞冬把所有河流都召集起来，说："你们应该肆无忌惮地掀起万丈狂澜，冲毁房屋，捣毁堤坝！”河流们雀跃欢腾，不折不扣地完成他的命令。波塞冬亲自上阵，手执三叉戟，掘地引水。洪水突破缺口，汹涌澎湃，势不可当。

人类尽所有的力量来救自己。有些人爬到高山；有些人划着船航行在淹没的屋顶上，或者越过自己的葡萄园，让葡萄藤扫着船底。鱼在树枝间挣扎，逃遁的牡鹿和野猪则为涛浪所淹没。所有的人都被冲去。那些幸免的也饿死在仅仅生长着杂草和苔藓的荒芜的山上。

在福喀斯的陆地上，仍然有着一座山，它的山峰高出于洪水之上。那是帕耳那索斯山。丢卡利翁由于受到他的父亲普罗密修斯关于洪水的警告，并为他造下一只小船，现在他和他的妻皮拉乘船浮到这座山上。被创造的男人和妇人再没有比他们还善良和信神的。

宙斯召唤大水淹没地球，报复了人类。他看到人类几乎全部陈尸水下，只有一对可怜的夫妇还在水中漂泊。这是一对无辜而又信仰众神的夫妇。宙斯平息了怒火。他唤来北风，北风顿时驱散了重重乌云，牵走了浓浓密雾，让天空重见光明。海洋王波塞冬见状也立即把三叉戟搁在一旁，安抚着汹涌奔腾的海潮。海水驯服地退到高高的堤岸下，洪水也回到原来的河床。树林从深水中露出了树梢，树叶上面覆盖着厚厚的淤泥。山坡重新显示了青葱优美的姿色，洪水终于从陆地上退了回去。

丢卡利翁环顾四周。荒芜的大地一片泥泞，世界犹如一座大坟墓，静寂得可怕。先前的喧哗已经无影无踪。看着这一切，他的眼泪止不住地挂落面颊。他回过头去，对妻子皮拉说：“亲爱的，我朝远处望了一下，没有看到一个活人。我们两个人组成了这个世界的整个人类，而其他人全都命归水下，葬身鱼腹。可是，我们也很难生存下去。我看到的每一朵云彩都给我带来无限的惊恐。即使将来没有危险了，我们孤孤单单地被抛在这个被众神遗忘了的地球上，又怎么生活呢？唉，要是我的父亲普罗米修斯教会我造人的本领，教会我如何把灵魂灌注在捏成的泥团里，那该多好啊！”妻子听他说完，也很悲伤。两个人抱头痛哭。他们没有了主意，只好来到一半已被毁坏了的女神忒弥斯的神坛前，双双跪下，恳求着说：“啊，女神，请告诉我们，我们应该如何塑造业已崩溃的一代！求你帮助沉沦的世界，让它重新恢复生命！”

“你们应该离开我的祭坛，”坛前传来女神的声音，“戴上面纱，解开腰带，然后把你们母亲的骸骨扔到你们的身后去！”

他们很久沉思着这神秘的言语。皮拉最先突破沉默。“饶恕我，伟大的女神，”她说，“如果我战栗着不服从你；因为我踌躇着，不想以投掷母亲的骨骼来冒犯她的阴魂！”

但丢卡利翁的心忽然明亮了，好像闪过一线光明。他用抚慰的话安慰他的妻。“除非我的理解有错误，神祇的命令永不会叫我们做错事的，”他说，“大地便是我们的母亲，她的骨骼便是石头。皮拉哟，要掷到我们身后去的正是石头呀！”

对于忒弥斯的神谕这样的解释他们还十分怀疑。但他们又想，试一试原也无妨。于是他们走到一旁，如被告诉的那样蒙着他们的头，解开他们的衣服，并从肩头上向身后投掷石头。一种奇迹突然出现：石头不再是坚硬易碎。它们变得柔软，巨大，成形。人类的形体显现出来了。起初还不十分清楚，只是颇像艺术家从大理石雕琢成的粗略的轮廓。石头上泥质润湿的部分变成肌肉，结实坚硬的部分变成骨骼，而纹理则变成了人类的筋脉。就这样，在短时间内，由于神祇的相助，男人投掷的石头变成男人，女人投掷的变成女人。

自此以来，人类都没有否认他们的这一起源；这是坚强硬朗的一代，适宜从事任何繁重的劳动。

皮拉后来给丢卡利翁生下儿子赫楞。赫楞成了希腊人的祖先。

伊　娥

彼拉斯齐人是古代希腊最初的居民。他们的国王名叫伊那科斯。伊那科斯的女儿人才出众，聪明漂亮，大家都高兴地唤她伊娥。奥林匹斯神山上众神对她十分垂青。只要伊娥在勒那莫地上出现，诸神就会把眼睛注视着她，久久不愿离开。

宙斯特别爱她。他扮作凡人的模样，下界来千方百计地挑逗伊娥，说：“哦，年轻的姑娘，能够拥有你的人是多么幸福啊！可是世界上任何凡人都配不上你，你应该成为至高无上的神的妻子。告诉你吧，我就是宙斯，你不用害怕！中午时分酷热难挡，快跟我到树林的阴影下面去休息，树林就在我们的左侧。阳光炙炙，你何苦遭受折磨？你不走进茂密的森林里去，我愿意保护你。我是执掌天庭统治的神，可以把闪电直接送到地面。”

姑娘非常害怕，一溜烟地逃走了。如果不是这位法力无边的神滥用权术，把整个地区变作一团漆黑，姑娘几乎已经逃脱厄运。现在，她裹胁在浓幛密雾之中。不一会儿，她竟然感到步履艰难，担心撞在岩石上或者掉在河水中。不幸的伊娥终于落入神的暴力。

天后赫拉是宙斯的妻子。长期以来，她早已习惯丈夫对婚姻的不忠。她发现地面上有一块地方在大白天也遮掩于一片迷雾中。这片浓雾不是自然原因移来的。赫拉顿时想起了她那不忠实的丈夫。她站在奥林匹斯神山的山顶上，睁大着眼睛到处张望，就是找不到宙斯。“如果我不受这一切的欺骗的话”，她十分恼怒地自言自语，“我大概又在遭受丈夫的戏弄！”

因此她离开天上的高空，乘云下降到人间，并吩咐屏障着引诱者及其猎获物的云雾散开。宙斯预先知道她来到，为了要从她的嫉恨中救出他的情人，他使这伊那科斯的可爱的女儿变形为雪白的小母牛。即使这样，这头牛看起来仍是很美丽的。赫拉即刻看透她的丈夫的诡计，假意夸赞这头美丽的动物，并询问他这是谁的，从那里来，它吃什么。由于窘困和想中止赫拉的问话，宙斯扯谎说这小母牛只不过是地上的生物，没有别的。

赫拉假装对于他的答复很满意，但要求他将这美丽的动物送她作为赠礼。现在欺骗遇到欺骗，怎么办呢？假使他答应她的请求，他将失去他的情人；假使他拒绝她，她的酝酿着的疑嫉将如火焰一样地爆发，而她也真的会殛灭这个不幸的女郎。他决定暂时放手，将这光艳照人的生物赠给他的妻子，他想她的秘密是隐藏得很好的。

赫拉表示很喜欢这赠礼。她在小母牛的颈子上系上一根带子，并得意扬扬地将她牵走，小母牛的心怀着人类的悲哀，在兽皮下面跳跃着。但这女神不放心她自己的行动，她知道除非把她的情敌看守得非常严密，她是不会放心的。她找到阿瑞斯托耳之子阿耳戈斯，他好像最适宜于做她心想着的差事。因为阿耳戈斯是一个百眼怪物，当他睡眠时，每次只闭两只眼，其余的都睁着，在他的额前脑后如同星星一样发着光，仍然忠实于它们的职守。赫拉将伊娥交托给阿耳戈斯，使得宙斯不能再得到这个她从他那里夺去的女郎。太阳下山时，他将小母牛锁起来，项间挂上沉重的铁链。姑娘的食物是一些苦涩的青草和树叶，坚硬而又冰凉的大地成了姑娘的眠床。她在泥泞而又龌龊的水塘里饮水解渴。这一切仅仅因为她是一头小母牛。

伊娥常常忘掉她现在已经不属于人类。她想伸出可怜的双手，借以唤起阿耳戈斯的怜悯和同情。可是，她突然想起自己没有手臂，那是两条前腿；她想苦苦地向他哀求，然而从她口中出来的只是哞的一声惨叫。哞声倒把姑娘自己都吓了一跳。

阿耳戈斯跟她并不总是待在一个固定的牧场。赫拉希望不断地调换伊娥居住的地方，借以最终逃脱丈夫的寻找。伊娥的看守牵着她在国内到处转动。一天，伊娥被牵着来到了自己的故乡。他们来到一条河边，这里是伊娥孩童时代经常玩耍的地方。这时候，伊娥第一次从清净的河水中看到了自己的面容。

当水中出现一个头顶双角的动物脑袋时，她惊吓得倒抽一口冷气，不由自主地后退几步，不敢看下去了。姑娘留恋万分地来到姐妹们和父亲伊那科斯身旁。可是大家都不认识她。伊那科斯抚摸着美丽的牲口，又从灌木丛中捋了一把树叶，送到小母牛的口旁。伊娥感激地舔着他的手，用泪水和亲吻湿润了父亲的手指。老人却一无所知。他不知道自己抚摸的是谁，更不明白刚才被谁充满感激地抚摸过。

伊娥终于有了一个拯救自己的主意。她尽管被变作一头小母牛，可是自己的灵魂却是不受折磨的。姑娘灵机一动，用脚在地上踩出一行字体，以此引起了父亲的注意。伊那科斯很快从地面灰土上的文字中知道，原来面前站着的竟是自己的亲生女儿。“天哪，我是一个不幸的人！”老人惊叫一声，张开双臂，紧紧地抱住落难女儿的脖颈。“我在全国各地到处寻找，想不到就是这样地看到了你！痛煞我也！我在四面八方寻找你的时候，内心的痛苦却比见到你时还要轻松万分！你为什么不说话？可怜你不能给我说一句安慰的话，只能用一声长哞回答我！我真是个傻瓜蛋，我一直在想，如何才能给你找上一个匹配的夫婿，想着给你置办新娘的火把，赶办未来的婚事。现在，你却成了牧群中的孩子……”

阿耳戈斯是一名残暴的看守。他还没有等到悲伤的国王讲完话，就从她的父亲那里把伊娥抢走，牵着她远远走开，另到一块荒凉的牧场。他自己爬到山顶上，用那一百只谨慎的眼睛看望着四周，执行着他的职务。

现在宙斯不能再忍受对于伊娥的悲恸。他召唤他的爱子赫耳墨斯，命令他诱骗那让他恼恨的阿耳戈斯闭上他所有的眼睛。赫耳墨斯将飞鞋绑在脚上，戴上旅行帽，有力的手上握着散布睡眠的神杖。他这样装束着，离开父亲的住屋飞降到地上。他放下他的帽子和飞鞋，只是持着神杖，所以他看起来好像一个执鞭的牧童。他诱使一群野羊跟随着他，来到伊娥在阿耳戈斯永久监视下啮着嫩草的寂寞的草原。赫耳墨斯抽出一种叫作绪任克斯的牧笛，开始吹奏乐曲，比人间的牧人所吹奏的更美妙。

赫拉的仆人对于这意外的音乐很喜欢。他从高处的座位上站起，向下呼叫：“你是谁呀，最受欢迎的吹笛者哟，请来我这里的岩石上休息。为你的牧群你再找不到比这里更茂盛更葱绿的青草，而那一排茂密的树林也给予牧群以舒适的阴凉。”

赫耳墨斯感谢阿耳戈斯，爬上去坐在他的身边。他开始谈话，他的话那么生动迷人，所以时光不知不觉地过去，阿耳戈斯的百只眼皮都感到沉重。现在赫耳墨斯吹奏芦笛，希望阿耳戈斯在他的演奏中熟睡。但伊娥的监护人恐惧他的女主人的愤怒，不敢松懈他的职守。所以他和他的瞌睡争斗，至少要使他的眼睛中的一部分还在睁着。他以最大的努力征服他的瞌睡，又因这芦笛是这样新奇，所以他询问他这芦笛的来源。

“我很喜欢告诉你，假使你能耐心地听下去，”赫耳墨斯说，“在阿耳卡狄亚雪封的山上住着一个著名的山林女仙叫作绪任克斯。树神和牧神都迷恋着她的美丽并热烈地向她求爱，但她一再躲避他们的追逐，因为她恐惧婚姻的束缚。如同束着腰带的狩猎女神阿尔忒弥斯一样，她不愿放弃她的处女生活。最后当山林大神潘在树林中游逛时，他看到了绪任克斯，便走近姑娘，凭着自己显赫的地位急急地希望娶姑娘为妻。女神不屑一顾地夺路而逃，不一会就消失在茫茫的草原上。她一路匆忙，来到充满冰冷淤泥的拉同河边。拉同河缓慢地流动着，可是河面很宽，无法趟涉过去。姑娘万般无奈，只得呼唤她的守护女神阿尔忒弥斯，希望得到她的怜悯和帮助。

“说话间，山神潘已经飞奔到面前。他张开双臂，一把抱住站在河岸旁边的女神。等到他定睛一看，他惊奇地发现怀中只抱了一根芦苇。山神心情忧郁地悲叹一声，想不到声音经过芦苇管时变得又粗又长。奇妙的声音让失望的神十分欣慰。‘好吧，变化多端的女神，’他突然灵机一动，又高兴地喊叫起来，‘我们的结合还没有结束！’说完，他把芦苇切成长短不同的小秆，用蜡把芦苇秆封扎在一道，当场就以姑娘的名字命名声音悠远的芦笛。

从此以后，这样的牧笛都叫绪任克斯。”

赫耳墨斯一面讲故事，一面注意地看着百眼看守。这故事还没有讲完，他看到阿耳戈斯的眼睛一只只地眯缝下去。最后，看守的一百只眼睛全部睡着了。眼看时间已到，这位神的使者压低声音，用手上的魔杖一一地触摸了阿耳戈斯的百只神眼，借以深化效果。阿耳戈斯终于抑制不住地呼呼大睡。赫耳墨斯迅速从牧人上衣的口袋内掏出一把利剑，把阿耳戈斯的脑袋齐脖子一剑斩断。

伊娥获得了解放。她仍然保持着小母牛的模样，只是已经除掉了颈上的绳索。她高兴得在草地上来回奔跑，无拘无束。当然，地面上的这一切故事都逃脱不了赫拉的目光。她给自己爱情的竞争对手又想出了一种新型的折磨法：她送去一种牛虻，让牛虻叮咬可爱的小母牛，直到小母牛忍受不住，发疯为止。

小母牛惊恐万分，被牛虻追来逐去，逃遍了世界上的无数地方。它逃到高加索，逃到斯库提亚，逃到亚马逊人那里，也到了基米里人的博斯普鲁斯海峡和俄罗斯的阿瑟夫海。它穿过海洋到了亚洲。最后，经过长途奔逃，它绝望地来到埃及。伊娥站在尼罗河河岸上，疲惫万分地把两只前蹄弯曲着伏在地上，然后仰起脖子，朝奥林匹斯张着一双哀求援助的眼睛。小母牛的眼神深深地感动了宙斯，宙斯急忙来到妻子身旁。他一把抱住赫拉，请她对可怜的姑娘大发慈悲。姑娘虽然迷途在外，却是洁白无辜的。宙斯在神立誓的斯提克斯河，即阴阳交界的冥河边上向妻子发誓，从此以后再也不以爱情为理由追踪姑娘了。

正在这时，赫拉又听到小母牛朝着奥林匹斯神山发出求救的哀叫声。这位神之母终于受到感动，软下心肠，答应丈夫恢复伊娥原来的姑娘面貌。

宙斯急忙来到尼罗河边，伸出手抚摸着母牛背。奇迹立刻出现了：小母牛身上蓬乱的牛毛消失了，它的牛角收缩进去，牛眼变小，牛嘴往后变成小巧的双唇，肩膀和两只手也渐渐地成型；一会儿，牛蹄也不见了；小母牛身上的一切，除了美丽的白色以外全都不见了。伊娥从地上站立起来。她重新恢复了从前楚楚动人的美丽形象，亭亭玉立，格外令人疼爱。

就在尼罗河的急流边上，伊娥给宙斯生下了后来的埃及国王的厄帕福斯。当地人民十分爱戴这位神奇变化并且最终获得拯救的女子，把她尊为女神。伊娥在那里统治了很长时间，成了当地的女君主。不过，她始终没有得到赫拉的彻底宽恕。赫拉唆使野蛮的库埃特人劫持了她那年轻的儿子厄帕福斯。伊娥不得不再次长途跋涉，寻找被人抢走了的儿子。后来，宙斯用闪电劈死了库埃特人，她在临近埃塞俄比亚的国境旁才找到了儿子。她带着儿子一起回到埃及，让儿子在一旁辅佐她治理国家。

厄帕福斯长大以后娶妻门菲斯，生下女儿利比亚。从此以后，人们把埃及西边的国家称为利比亚，那是因为厄帕福斯的女儿曾经有过这个名字。厄帕福斯和他的母亲在埃及受到人们的尊敬和爱戴。为纪念他们，埃及人后来为他们立下庙宇，尊奉他们为埃及的神——伊西斯神和阿庇斯神。

法厄同

太阳神的宫殿是用华丽的大石柱支撑着建造起来的。它们闪亮着黄金般的色泽和宝石般的火花。宫墙的上方镶嵌着雪白铮亮的象牙，两扇银质的大门上雕刻着美丽的花纹和人像，记载着人间无数美好而又古老的传说。一天，太阳神阿波罗的儿子法厄同大步跨进宫殿，要求与父亲谈话。他跟父亲保持着一段距离，因为父亲身上散发着炙人的热光，靠近以后烧烤得让人忍受不住。

阿波罗身穿古铜色的衣服。他坐在国王般的宝座上，座上装饰着耀眼的绿宝石，座前站立着他的文武随从，分左右两行。他们是：日神、月神、年神、世纪神、时序女神、时光女神等组成一行；而春、夏、秋、冬四大季节神组成第二行。但见春神花枝招展，颈脖间围着鲜花项链；夏神目光炯炯，披着金黄的麦穗衣裳；秋神仪态万千，手上捧着芬芳诱人的葡萄；冬神寒光嗖嗖，雪花一般的白发显示了无限的智慧。阿波罗端端正正地坐在他们中间。他正要抬头说话，突然看到儿子来了。儿子也为这天地间稀罕的威武仪仗万分惊讶。

“什么风把你吹来父亲的宫殿，我的孩子？”他友好地问道。

“尊敬的父亲，”儿子法厄同回答说，“凡间有人嘲笑我，他们谩骂我的母亲克吕墨涅，他们说我的天堂出身是谎话，说我是杂种，说我的父亲是不知名和姓的野男人。我因此跑来，希望父亲给我一个凭证，让我在全世界能够出示它，从而表明我是你的儿子。”

听完这番话，阿波罗按下头间的万丈光芒，命令年轻的儿子走上一步，靠近着说话。他拥抱着儿子，说：“我的孩子，你的母亲克吕墨涅已将真情告诉你，我永远不会在世人面前否认你是我的儿子。为了要永远消除你的疑虑，你向我要求一件礼物吧。我指着斯堤克斯河发誓（因为诸神都凭这条下界的河发誓），你的愿望将得到满足，无论那是什么。”

法厄同好容易等他父亲说完，立刻喊道："那么让我的最狂妄的梦想实现吧，让我驾驶一整天着太阳车吧！"

太阳神的发光的脸突然因忧惧而阴暗。三次四次他摇着他的闪着金光的头。"啊，儿子哟，你诱使我说了轻率的话。但愿我能收回我的诺言吧！因为你要求的东西是超过你的力量的。你很年轻，你是人类，但你所要求的却是神祇的事，且不是全体神祇所能做的事。因为只有我能做你那么热心地想尝试的事，只有我能站立在从空中驶过便喷射着火花的灼热的车轴上。我的车必须经过陡峻的路。即使是在清晨，在它们精力旺盛的时候，马匹都难攀登，路程的中点在天之绝顶。我告诉你，在这样的高处，即使我站立在车子上，也常常因恐怖而震动。当我俯视在我下面的那么遥远的海洋和陆地时，我的头会发晕。最后路程又陡转而下，需要准确的手紧握着缰绳。甚至于在平静的海面上等待着我的海的女神忒提斯也十分恐惧，怕我会从天上摔下来。还有别的危险要想到，你必须记住天在不停地转动，这种驾驶须得抗得住它的大回转的速度。即使我给你我的车，你如何能克服这些困难呢？不，我的亲爱的儿子哟，不要固执着我对于你的诺言。趁时间还来得及，你可改正你的愿望。你应该可以从我的脸上看出我的焦虑。你只需从我的眼光就可以看到我的心情，做父亲的忧虑是多么沉重啊！挑选天上地下所能给予的任何东西，我指着斯堤克斯发誓，它将是你的！——怎么你伸出你的手臂拥抱着我呢？唉，还是不要要求这最危险的事吧！"

这青年恳求又恳求，而且阿波罗毕竟已经说出神圣的誓言，所以只得牵引着儿子的手，领他走到赫淮斯托斯所制作的太阳车那里。

阿波罗对时序女神一声命令，让她们迅速套马。女神们从豪华的秣槽旁牵过喷吐火焰的骏马，秣槽里堆着长生不老的神马饲料。大家一阵忙碌，将漂亮的辔具给马套上，父亲却在一旁用圣膏涂抹儿子的面颊，否则，他无法忍受熊熊燃烧的火焰。他把光芒万丈的太阳帽戴到儿子的头间，止不住叹息一声，警告说："孩子，千万要爱惜耀眼的光刺，紧紧地抓住缰绳。骏马识途，它们是自由奔驰的，很难控制并且驾驶它们。你不能过分地弯下腰去；否则，地面会烈陷腾腾，甚至会火光冲天。可是你也不能站得太高，当心别把天空烧焦了。上去吧，黎明前的黑暗已经过去，抓住缰绳吧！或者——现在还有一丁点儿时间，你可以重新考虑一下，把金车交给我，让我去给世界送光明，而你留在这里静坐观看！"

年轻人好像没有听到父亲的讲话，嗖的一声跳上金车，满怀喜悦地抓住缰绳，朝着忧心忡忡的父亲点点头，表示由衷地感谢。

四匹双翼的骏马嘶鸣着，火花充满了空间。马蹄踩动，法厄同让马儿拉着车杆，即将起程了。外祖母忒提斯走上前来，她不知道外孙法厄同的命运，亲自给他打开两扇大门。世界蓦地展现在年轻人的眼前，无边无际。骏马沿着轨道飞速往前，奋勇地撕开了遮掩额前的晨雾。

骏马们似乎感到今天驮在背上的是另外一个人，觉得套在颈间的轭具比平日里轻松了许多。如同一艘载重过轻的大船会在海上前后晃动一样，太阳金车也在空中不断跳跃，左右摇摆，好像是一辆空车。后来，套车的骏马终于明白了今天的特殊情况。它们离开了平常的轨道，任意地奔跑起来。

法厄同上下颠簸，失去了主张，不知道如何抓紧缰绳，也找不到原来的道路，更没有办法驯服这批撒野的奔马。

当这位不幸的年轻人偶尔朝下张望，看到下面诸多的国家和大片土地时，他紧张得面如土色，膝盖也开始哆嗦起来。他回过头去，看到自己已经走了很长一段路程，可是面前的路更长。他手足无措，不知道怎么办才好，只是慌张而又直瞪瞪地看着远方，双手抓住缰绳，他不知道自己在什么地方，也不能控制狠命奔驰着的马匹。当他从天顶向下观望，看见陆地这么遥远地展开在下面。他的面颊惨白，他的两膝因恐惧而颤抖。他向后回顾，已经走了这么远；望望前面，又更觉辽阔。他心中算计着前方和后方的广阔距离，呆呆地看着天空，不知如何是好。他的无助的双手既不敢放松也不敢拉紧缰绳。他要叫唤马匹，但又不知道它们的名字。他看见许多星座散布在天上，它们的奇异的形状如同许多魔鬼，他的心情因恐怖而麻木。他在绝望中发冷，失落了缰绳，即刻，马匹们脱离轨道，跳到空中陌生的地方。有时它们飞跑向上，有时它们奔突而下，有时它们向固定的星星冲过去，有时又向着地面倾斜。它们掠过云层，云层就着火并开始冒烟；后来车子便愈来愈低地向下飞奔，直到车轮触到地上的高山，大地因灼热而震动开裂，一切都开始颤动，草丛枯槁，树叶枯萎而起火，大火也蔓延到平原并烧毁谷物。整个的城市冒着黑烟，整个整个国家和所有的人民都烧成灰烬，山和树林，都被烧毁。据说就在此时埃塞俄比亚人的皮肤变成了黑色，河川都干涸或者倒流。大海凝缩，本来有水的地方现在全成了沙砾。

全世界都着火，法厄同开始感到不可忍受的炎热和焦灼。他的每一呼吸就好像从滚热的火炉里流出，而车子也烧灼着他的足心。他为燃烧着的大地所投掷出来的火焰和浓烟所苦，黑烟围绕着他，马匹颠簸着他，最后他的头发也着了火，他从车上跌落，并在空中急坠而下，犹如在晴空划过的流星一样。远离开他的家园后，广阔的厄里达诺斯河接受他，并埋葬他的震颤着的肢体。

他的父亲，太阳神，眼看着这悲惨的景象，褪去头上的神光，陷于忧愁。据说这一天全世界都没有阳光，只有大火照亮了广阔的田野。

欧罗巴

腓尼基王国的首府泰尔和西顿是一块富庶的地方。国王阿革诺耳有一个女儿，名叫欧罗巴。她一直住在父亲的王宫大院里，与世隔绝。

一天，欧罗巴在午夜时分做了一个奇异的梦，她梦见世界的两大部分都化作女人的模样，双方激烈地争夺，希望得到她。其中一位妇女非常陌生，而另一位——她就是亚细亚——长得完全跟当地人一样。亚细亚十分激动，她温柔而又美丽，却又像抢劫一样强行抓住欧罗巴的胳膊，拉着她往前，不容欧罗巴作丝毫的抵抗。“跟我走吧，亲爱的，”陌生女人对她说，“我带你去见宙斯！这是你命中注定的大事！”

欧罗巴醒来以后，心慌乱地跳个不停。她从床上爬起来，刚才的梦还清清楚楚地浮现在眼前，犹如白天一般。她久久地坐在床上，直挺挺地，一动也不动。“天上哪一位神，”她寻思着，“给我送来这样一幅景象？梦中见到的那位陌生女人是谁呢？我是多么渴望能够遇上她啊！她待我是多么友好，即使动手抢夺我时，还始终向我微笑着！但愿诸神让我重新返回到梦境中去！”

清晨，明亮的阳光拂去了姑娘夜间美梦的记忆。一会儿，许多姑娘又都聚拢过来，一同游戏玩耍。毫无疑问，她们都是显赫家庭的名门闺秀。大家推举欧罗巴当头，并邀请她一起前往海边的草地上散步休憩，这是姑娘们乐意聚会的地方。濒临大海，鲜花铺地，多么美妙的去处。姑娘们穿红着绿，衣服上绣着美丽的花卉。

所有的女郎都持着花篮。欧罗巴自己也持着一只金花篮，上面雕刻着神祇生活的灿烂的景致。那是赫淮斯托斯的制作。很久以前，波塞冬——大地之震撼者——向利比亚求爱的时候，将它献给了她。它一代一代地流传下来，直到阿革诺耳继承了它并将它作为一种家传的宝物。可爱的欧罗巴摇摆着这更像新娘的饰品而不是日常用品的花篮跑在她的游伴的前头，来到这金碧辉煌的海边的草地上。女郎们散发着快乐的言语和欢笑，每个人都摘取她们心爱的花朵。一人采摘绚丽的水仙花，另一人折取芳香的风信子，第三个又选中美丽的紫罗兰。有些人喜欢百里香，别的又喜欢黄色番红花。她们在草地上这里那里地跑着，但欧罗巴很快就找到她所要寻觅的花朵。她站在她的朋友们中间，比她们高，就如同从水沫所生的爱之女神之在美惠三女神中间一样。她双手高高地举着一大枝火焰一样的红玫瑰。

当她们采集了她们所要的一切，她们蹲下来在柔软的草地上开始编织花环，想拿这个作为挂在绿树枝上献给这地方的女神们的谢恩礼物。但她们从精美的工作中得到的欢乐是注定要中断的，因为突然间昨夜的梦所兆示的命运闯进了欧罗巴的无忧无虑的处女的心里。

宙斯，这克洛诺斯之子，为爱神阿佛洛狄忒的金箭所射中。

在诸神中只有她可以征服这不可征服的万神之父。因此，宙斯为年轻的欧罗巴的美所动心。但由于畏惧嫉妒的赫拉的愤怒，并且若以他自己的形象出现，很难诱动这纯洁的女郎。他想出一种诡计，变形为一匹牡牛。但这不是平凡的牡牛啊！更不是那行走在常见的田野，背负着轭，拖着重载的车的牡牛！他是高贵而华丽，有着粗颈和宽肩。他的两角细长而美丽，就如人工雕琢的一样，并比无瑕的珠宝还要透明。他的身体是金黄色的，但在前额当中则闪烁着一个新月形的银色标记。燃烧着情欲的亮蓝的眼睛在眼窝里不住地转动。在自己变形以前，宙斯曾把赫耳墨斯召到奥林匹斯圣山，指示他做一件事。“快些，我的孩子，我的命令的忠实的执行者，”他说，“你看见我们下面的陆地么？向左边看，那是腓尼基。去到那里，把在山坡上吃草的阿革诺耳国王的牧群赶到海边去。”即刻赫耳墨斯听从他父亲的话，飞到西顿的牧场，把阿革诺耳国王的牛群赶到国王的女儿和太尔的女郎们快乐地玩着花环的草地上。牛群散开来，在距离女郎们很远的地方啮着青草。只有神祇化身的美丽的牡牛来到欧罗巴和她的女伴们坐着的葱绿的小山上。

他十分优雅地移动着，他的前额并无威胁，发光的眼光也不可怕。他好像是很和善的，欧罗巴和她的女伴们夸赞这动物的高贵的身体和他的和平的态度。她们想要在近处更仔细地看他，轻抚着他的光耀的背部。这牡牛好像知道她们的意思，愈走愈近，最后终于来到欧罗巴的面前。最初她吃了一惊，并瑟缩着后退，但这牛并不移动。他表现出十分驯善，所以她又鼓着勇气走来，将散放着香气的玫瑰花放在他嘘着泡沫的嘴唇边。他亲切地舐着献给他的花朵，舐着那只给他拭去嘴上的泡沫并开始温柔爱抚地拍着他的美丽的手。渐渐地这生物使女郎更加着迷了。她甚至冒险去吻他的前额。公牛发出一声欢乐的哞叫。哞叫声不像平常公牛的咆哮，听起来倒像是吕狄亚人的牧笛声，在山谷间飘荡回转。

公牛温顺地躺倒在姑娘的脚旁，无限渴望地瞅着她，用头摇摆着，向她示意自己宽阔的牛背。

欧罗巴高兴地对伙伴们喊道："你们快过来，我们可以坐在美丽的牛背上。这里地方很大，我敢打赌，一下子可以坐四个人。这头公牛又温顺又友好，一点也不像别的蛮牛。我想它大概有灵性，像人一样，只不过缺少说话的本领！"说完，她从伙伴们手上接过花环，挂在牛角间，然后大胆地骑上牛背。其他的伙伴们仍然犹豫不决。

这时，公牛一骨碌跳起身，迈开轻松的步伐，欧罗巴的女伴们却怎么也赶不上。当它走出草地，面对一片光秃秃的沙滩时，公牛反而加快了速度，活像一匹飞奔的骏马。欧罗巴还没有来得及想发生了什么事，公牛已经猛地一步跳进了大海，高兴地驼着猎物游开了。姑娘用右手紧紧地抓着牛角，左手抱着牛背。风儿劲吹，鼓动着她的衣服，好像张开的船帆。她非常害怕，回过头去盯着自己已经留在远方的故乡。欧罗巴大声呼喊女伴们，可是风又把她的声音挡着送了回来。海水在漂浮的公牛旁缓缓地流着，姑娘生怕弄湿了衣衫，她努力地把双脚提起来。公牛却像一艘海船一样，平稳地向大海纵深游去。一会儿，背后的海岸消失了，太阳沉入了水面下。夜色朦胧之中，惊恐不安的欧罗巴看到周围水天一色，除了波浪就是星星，她十分孤寂。

公牛驮着姑娘一直往前。它们在游动中迎来了黎明，在水中又游了整整一天。周围永远是无边无际的海水，可是公牛却能十分机智地分开波浪，它那可爱的猎物身上竟然没有沾上一点水珠。傍晚时分，它们终于来到了另外一边的海岸，公牛爬上陆地，来到一棵大树旁，让姑娘从背上轻轻走下来，自己却突然消失不见了。姑娘正在惊异，却看到面前站着一位穿戴齐整如神一般的男子。男子向她解释说，他是克里特岛的主人；如果姑娘愿意嫁给他，他可以保护姑娘。欧罗巴绝望之余便朝他伸出一只手去，表示答应他的要求。宙斯实现了自己的愿望，然后……他又像来时一样地消失了。

一轮红日冉冉升起，欧罗巴从昏睡中慢慢地醒了过来。她惊慌失措地环顾四周，呼喊着父亲的名字。这时候，她想起了所发生的这一切，于是十分哀伤地怨诉着："我是个卑劣的女儿，怎么可以呼喊父亲的名字？败坏的道德必须让我忘掉一切！"她仔细地审视周围，心里反复地问着："我从何而来，往何而去？——可是，难道我真得醒着，这件丑事难道是真的吗？不，我肯定是无辜的，也许只是一场梦幻歪曲着我的精神。"

姑娘展开手掌，揉了揉双眼，似乎想把这场丑恶的梦从眼前拭掉。可是那些陌生的情景犹在，不知名的山峦树木包围着她。大海的波涛汹涌澎湃，奋力地撞击着悬崖峭壁，发出震天动地的轰隆声。

绝望之中，姑娘愤恨不已，高声地呼喊起来："天哪，该死的公牛要是再度出现在我的面前，我一定把它的妖角全部拧碎，可是这只能是一种愿望而已！家乡远在天边，我除了死还有什么出路呢？天上的神，给我送上一头雄狮或者猛虎吧！"一头凶猛的野兽也没有，眼前只是一片陌生。太阳从蔚蓝的天空里露出了容光焕发的笑脸。

如同被复仇女神所驱使，欧罗巴突然跳了起来。她大声呼号："如果你不想结束这种不名誉的生活，难道你不会感到父亲会诅咒你吗？"

这样，她一心想死却又没有死的勇气。突然，她听到一种嘲弄的低语，她怕有人窃听，吃惊地向后望着。那里闪射着非凡的光辉，站立着阿佛洛狄忒，在她旁边是带着小弓箭的厄洛斯，她的儿子。女神的嘴角上露着微笑。"平息你的愤怒，不要再反抗了，"她说，"你所憎恶的牡牛会走来并伸着他的两角让你折断的。在你父亲的宫殿里送给你这梦的便是我。请息怒吧，欧罗巴哟！你被一个神祇带走。你命定要做不可征服的宙斯的人间的妻。你的名字是不朽的，因为从此以后，收容你的这块大陆将被称为欧罗巴。"

欧罗巴恍然大悟，默认了自己的命运，跟宙斯生了三个强大而聪慧的儿子。他们是弥诺斯、拉达曼提斯和萨耳珀冬。弥诺斯和拉达曼提斯后来成为冥界判官。萨耳珀冬是一位大英雄，死之前在小亚细亚当吕喀亚王国的国王，是一位德高望重的长者。

卡德摩斯

卡德摩斯是腓尼基国王阿革诺耳的儿子，是欧罗巴姑娘的兄长。宙斯劫持了欧罗巴以后，国王阿革诺耳十分痛苦。他急忙派出卡德摩斯和其他三个儿子福尼克斯、基立克斯和菲纽斯外出寻找，而且告诉他们，找不到妹妹不准回来。

卡德摩斯出门以后东寻西找，始终打听不到妹妹欧罗巴的消息。当他几乎不抱还能找到妹妹希望的时候，他转身去找太阳神福玻斯·阿波罗，请求神指点，他到底应该落脚何地才好，因为他实在没有勇气回到父亲那里去。阿波罗迅即给他指示："你将在一块孤寂的牧场上遇到一头牛。那头牛还没有套上轭具，它会带着你一直往前。等到牛躺在草地上休息的时候，你可以在那里造一座城市，而且将城市命名为底比斯。"

卡德摩斯刚要离开卡斯泰利阿水泽，突然，他看到前面绿色的草地上有一头母牛在神色疑虑地啃草。他朝着太阳神阿波罗做了一个致谢的祈祷，迈开轻松的步伐，朝着母牛的方向走了过去。母牛领淌过了凯菲索斯浅流，站在岸边不走了，抬起头，大声地哞叫着然后又回过头来，看着跟在后面的男子，然后满意地躺了下去，卧伏在高高的草地里。

卡德摩斯感激地跪在地上，亲吻着这块陌生的土地。后来，他想给宙斯呈献一份祭品，于是派出仆人，命他们到活水水源处取水，以供神品饮。

附近有一片古老的森林，是樵夫和斧子从来没有光顾过的地方。森林里的山石间涌出了一股清泉，蜿蜒流转，穿过了层层灌木。泉水晶莹甜蜜，十分可爱。在这片森林里隐藏着一条巨龙。它火红色的头冠闪闪发光，眼中喷射着熊熊的火焰，身体在不断地变粗膨胀；口中伸出三条长舌，犹如三叉戟，吱吱有声；龙口内长着三排尖尖的牙齿。腓尼基的仆人们走进山林，正把水罐沉入水中，准备打水时，蓝色的巨龙突然从洞中伸出脑袋，口中发出一阵可怕的响声。腓尼基人的水罐从手中滑落，血液冻结在脉管中。毒龙把它的鳞甲的身躯盘成一堆，高昂着头，狰狞下视，最后便冲向腓尼基人，或用毒牙咬死，或用卷缠勒杀，或用口中流出的毒涎或恶臭将他们毒毙。

卡德摩斯想不出什么事留住了他的仆人，便来寻找他们。他的紧身服是他从狮身上剥下的一张狮皮，他的武器是一支矛和一支标枪，而比这更好更坚强的则是他的勇敢的心。一进到树林里，他就看见一大堆尸体——他的死去的仆人们；也看见得胜地盘踞在尸体上面的仇敌。它的肚子膨胀着，正舔食着它的牺牲者的鲜血。

"唉，我的可怜的朋友们哟，"卡德摩斯叫着，"或者我替你们复仇，或者我和你们死在一起！"说着就拾起一块大圆石向毒龙投去。这样巨大的石块是会使岩壁都震颤的，但毒龙却一动也不动。它的黝黑的厚皮和坚硬的鳞甲保护着它如同铁甲一样。随后卡德摩斯投掷他的标枪，这次结果比较好，枪尖一直深入到怪物的脏腑。它为创痛所激怒，回过头来咬碎标枪，但枪头却坚牢地刺在身上。它又挨了一剑，这使它更加暴怒，它张着巨口，毒颚里喷吐着白沫。毒龙如一支箭一样地冲来，但胸部却碰在树干上。卡德摩斯闪过它的进攻，束紧身上的狮皮，用枪头刺到毒龙的口里，让它的毒牙在枪头上消耗它的力量。这怪物口吐鲜血，染红了它周围的草地。但伤势不重，还能躲避攻击。最后卡德摩斯一剑刺去，贯穿毒龙的脖颈，并刺入橡树，因此毒龙被钉在树身上。橡树被压弯，被龙尾鞭打得呜咽起来。

卡德摩斯久久地打量着被斗败的恶龙。当他想离开的时候，只见帕拉斯·雅典娜站在他的身旁，指点他说，必须把龙的牙齿播种在松软的土地下面，从中自会长出未来的人民。卡德摩斯听从女神的指教，在地上开了一条宽阔的畦，然后把龙的牙齿撒入土内。突然，泥土下面开始活动起来。卡德摩斯首先看到一杆长矛的枪尖，然后又看到土中冒出了一顶武士的头盔。整片树林在晃动。不久，泥土下面又露出了肩膀、胸脯和一条全副武装的胳膊。最后，一位雄赳赳的士兵从土中诞生了。当然，还不止一个。不一会，地下长出了一支武装的队伍，清一色的全是男人。

卡德摩斯吃了一惊，以为又面临着一场恶战，连忙摆开了架势。可是部队中有一位男子却对他喊道："别拿武器，千万别参加内讧的战争！"说完，他对准刚从畦中生长出来的一位兄弟狠狠地挥一拳，而他自己又被别人用梭镖打倒在地。一时间，男人们混战一团，厮杀得难解难分。大地母亲吞饮着她第一批儿子的鲜血。恶战以后只剩下五个男子，其中一人——后来取名为厄喀翁——首先响应雅典娜的倡议，放下武器，愿意和解，其他人一致同意。

腓尼基王子卡德摩斯在五位士兵的大力帮助下建造了一座新的城市。根据太阳神阿波罗的旨意，卡德摩斯把这座城市叫作底比斯。

众神为了嘉奖卡德摩斯，便把美丽的姑娘哈墨尼亚嫁给他为妻。大家都赶来参加婚礼，赠送了不少的礼物。爱与美的女神阿佛洛狄忒是哈墨尼亚的母亲，送上一根贵重无比的项链和无限优美的丝织面纱。

卡德摩斯和哈墨尼亚生了女儿塞墨勒。宙斯对塞墨勒十分垂青。由于受到赫拉的诱惑，塞墨勒曾经要求天神宙斯显示一下真正的神的面貌。宙斯因为答应了要满足姑娘的要求，不敢失约，就在雷声隆隆、电光闪闪中走近姑娘。塞墨勒忍受不住，临死前给宙斯生下了一个孩子。那就是狄俄尼索斯，又叫巴卡斯。宙斯把孩子交给塞墨勒的妹妹伊诺教育抚养。后来，伊诺带着另一个儿子墨里凯耳特斯躲避丈夫阿塔玛尔斯杀害时，不幸失足落海。

母子俩人被波塞冬救起，当了救助别人的海神。从此以后，伊诺称作勒克锡亚，她的儿子名叫帕勒蒙。

后来，卡德摩斯和哈墨尼亚年老。他们为子女们的不幸而万分悲伤，于是双双前往伊里利亚，最后变作两条大蛇，死后被接纳进仙境福地。

彭透斯

酒神巴卡斯，又名狄俄尼索斯，是宙斯和塞墨勒在底比斯所生的儿子。所以，他就是卡德摩斯的外孙，被封为果实神，又是种植葡萄的首创神。

狄俄尼索斯是在印度长大的。不久，他离开了养育自己成长的众女神，准备去周游世界，向世人传授种植葡萄的技术，同时还要求人们敬重他的神道。他对待朋友宽厚大方，可是对不相信他的神道的人却常常施以残酷的惩罚。不久，狄俄尼索斯声名大振，传遍希腊全国，还闻名于故乡底比斯。那时候，卡德摩斯已经把王国传给彭透斯。彭透斯是从土中出生的厄喀翁和阿高厄的儿子。阿高厄是巴卡斯母亲的妹妹。彭透斯藐视众神，尤其憎恨作为亲戚的狄俄尼索斯。

当酒神巴卡斯带着一群欢乐的狂热的信女到来，准备对底比斯的国王阐述神道时，国王却十分顽固，坚持不听年老的盲人占卜者提瑞西阿斯的警告和劝说。这时，有人告诉他，底比斯城内涌现了许多男人、妇女和姑娘。他们亦步亦趋，紧紧地跟着新来的神。彭透斯愤怒地破口大骂："是什么神经病迷惑了你们，竟然成群结队地跟在后面？尽是些懦弱的傻瓜和疯癫般的女人。你们难道忘掉出身于怎样的英雄民族吗？你们难道甘愿让一个娇生惯养的男孩征服底比斯吗？他是一个虚荣的懦夫，头发间套着一个葡萄叶编织起来的花环。他身上穿着的不是铁甲，而是青铜和黄金。他不能骑马，是个逃避每一场战斗的懦夫。如果你们终于清醒过来，那么将会看到，他实际上跟我们一样是个凡人。我是他的堂兄弟，宙斯并不是他的父亲。他那显赫的神的仪式全是虚伪的一套！”骂完，他又转过脸来，命令仆人们把这一新运动的领头给抓起来，套上脚镣手铐。

国王的亲戚朋友们大吃一惊。他们为罪孽的命令诚惶诚恐，十分害怕。老国王卡德摩斯年事已高。他摇摇头，不赞成外孙的行为，可是这一切却越发激怒了彭透斯。

这时候，派出去执行任务的仆人都头破血流地逃了回来。

“我们什么地方都找不到他，”他们回答，“但我们带来一个他的信徒。他好像跟从他还没有多久。”

彭透斯用愤怒的眼光观察他的俘虏喝道：“你这该死的东西！你必须立刻处死，作为其余的人的警告。你叫什么名字？你的父母是谁？你是从哪里来的？并告诉我你们为什么要扮演这种愚蠢的新奇的角色？”

犯人回答，他的声音平静而坦然，“我的名字叫阿科忒斯，迈俄尼亚是我的家乡。我的父母都是普通人。我的父亲没有留给我田地，也没有牧群。所有他教我的乃是怎样持竿钓鱼，因为这技术是他唯一的宝物。不久我也学会了怎样驶船，并认识星星和星座，知道风向，并知道哪里是最良好的口岸。我也成为一个航海人了。一次，我们向着得罗斯航行，到达一处不知名的海岸，并在那里下锚。我从船上跳下，走上湿润的沙滩，并离开同伴，独自一人在岸上过夜。第二天大清早起来，我爬上一座小山要看看风向，那时，我的同伴们也离开了船舶。在我回去的时候，我遇到他们拖着一个在空阔的海岸上捉到的青年。这孩子如同女郎一样美丽，他是酒醉昏沉并且蹒跚地走着。当我更近地观察他后，我觉得他的脸和他的动作显出他不是凡人。‘我不知道什么神隐藏在这个青年的心里，’我向水手们说，‘但我可以确定他是天神。’于是我转向这个青年，‘无论你是谁，我请求你对我们有好意并保佑我们工作顺利。饶恕那些将你带走的人吧！’

“‘这是多么愚蠢呀！’人们中的一个叫起来，‘别向他做祈祷！’于是别的人都笑起来。因为利欲熏心，他们捉住这个青年不放，并将他拖上船去。我怎样反对也无效。众人中有一个最年轻且最顽强的，他是在堤瑞尼亚城犯杀人案逃亡出来的人，他抓住我的咽喉，把我嗖的一声扔在水里。我如果不是偶然抓住一根船上的绳索，几乎淹死在水里。

“这时候，大家七手八脚地把男孩拖上大船。他躺在那里犹如酣睡一般。后来，他被大家吵醒，于是来到船员中间，大声问道：‘你们为什么大声喧哗？我怎么会来到这里？你们要把我送到哪儿去？’

“‘你不用害怕，’有一个阴险的船员回答说，‘你给我们指点一个自己愿意去的港口，我们将随你的心愿，把你一直送到那里。’

“‘好吧，’男孩说，‘请你们把船开往那克索斯岛，那里是我的故乡！’

“这批骗人的水手假心假意地答应他，并且吩咐我立即张帆，准备启程。那克索斯岛位于我们的右上手方向。可是当我在升帆

时，他们却嘟哝着示意我，‘你这个笨蛋，你在干什么？你难道疯了吗？向左！’

“我不明白，‘那请你们换一个人来执行命令！’说完我就退了下来。

“‘好像真的离不开你似的！’有一个二愣子大声地说着，走上前来，升起船帆。

“就这样，那克索斯在右边，船却向着相反的方向奋力行驶。男孩似乎这时才发现骗局。他抑制住一丝冷笑，在后甲板上眺望着大海。他佯装绝望的样子，哀求着：‘呵，水手们，你们答应把我送到那克索斯，现在行驶的方向错了！你们这些男子汉骗一个孩子，那是没有道理的。’

“水手们只是嘲笑着看看他和我，手上不停地划桨，没有改变方向。

“突然，船停在海上，一动也不动了，好像搁浅似的，不管水手们如何用桨划水，都无法前进半步。一会儿，葡萄藤缠住了船桨，还不断地往上延伸，已经靠近船帆了。

“巴卡斯——原来男孩就是他——神采奕奕地站在那里，他的前额束着叶子做成的发带，手中执着缠绕葡萄藤花环的神杖。在他的周围，出现一种神奇的异象：虎、豹和山猫都爬在甲板上，一种芳香的酒在船上如同水一样地流过。水手们都失神而恐怖地回避着他。有一个人刚要叫，却发现他的嘴已变成鱼的嘴。别的人看了这样子还来不及惊怖地叫出声音，也发生了同样的情形。他们的身体缩小，皮肤坚硬并变成淡蓝色的鱼鳞。他们的脊骨弯曲，两臂缩成鱼鳍，两足变成鱼尾。所有的人都变成了鱼，并跳到海中，随着浪涛上下地游着泳。在二十人中我是唯一剩下的人。我四肢战栗着，想到下一秒钟我也要失去我的人形。但因为我没有伤害过他，所以巴卡斯和蔼地对我说话。‘别害怕，’他说，‘将我送到那克索斯去。’当我们到达那克索斯岛，他传授我在他的圣坛前供奉的司仪。”

“我们已不耐烦再听下去了，”彭透斯国王叫着，“抓住他！”他命令他的扈从们，“使他受千种苦刑，并将他拘押在地牢里！”他的仆从们遵命，使这个水手戴上枷锁并将他囚禁在地牢里。但一只不可见的手却将他放走了。

这事件表示他对于巴卡斯的信徒开始迫害。彭透斯的母亲阿高厄和他的姊妹们都参加了这异教神祇的活动。他派人去捕捉她们，并将所有的巴卡斯的信徒都禁锢在城中的监狱里。但没有人力的帮助，他们也仍然都逃脱了。监狱的门大开，他们冲出来到树林中去。他们都怀着巴卡斯信徒的狂热。国王的仆从带着一队武装战士奉命去捕捉酒神，却又十分惶惑地转来。

彭透斯更加怒不可遏，组织了全副武装的士兵、马队和轻骑。没想到巴卡斯却亲自来到国王面前。他答应将女信徒一起带来，可是国王必须穿上女人的衣衫，因为他是男人，又不是他的信徒，当心女人们把他撕成碎片。国王彭透斯非常不乐意而又满腹狐疑地接受了建议，跟在神的背后。不料当他走出城外的时候却突然精神错乱起来——这是万能的神送给他的教训。他好像觉得眼前有两个太阳，一个双倍大的底比斯城，每一座城门都有原来的两倍高，而巴卡斯在他的眼中却像一头公牛。公牛迈着大步走在前面，头上竖着一对巨大的牛角。他自己则违心地充满着对巴卡斯的激情。他希望并真的得到了一根酒神杖，于是一路往前，迅猛异常。

他们来到一座深山大谷，周围布满了松树。醉心于巴卡斯的妇女们向着神唱着颂歌，用新鲜的常春藤包裹着手上的酒神杖。可惜彭透斯已经双目失神。也许是巴卡斯故意如此地引导他，总之他没有看到妇女们兴奋无比的集会。

酒神奇异地把一只手伸向天空，抓住松树的树冠，将它弯曲下来，就像拨弄一根柳树的树枝一样，然后把疯狂的彭透斯置放在上面，让松树慢慢地回到先前的位置。

犹如经过一场奇迹，国王稳稳地坐在高高的树冠上。山谷里隐藏着无数女子，她们都是巴卡斯的信徒。大家看到了国王，可惜国王看不见她们。

这时候只听见酒神巴卡斯对着山谷大声地呼喊了一声："妇女们，他就是嘲笑我们神圣节日的人，惩罚他吧！"

森林里没有一片树叶飘动，没有一声野蛮的叫喊。巴卡斯的信徒们立起身来，因为她们听到了呼唤的声音。等到她们认出了原来是自己的主人时，大家顿时激烈地奔跑起来。疯狂的野蛮来自神的差遣，驱使着她们穿过淙淙流动的山溪。她们终于走近了，看到坐在树顶上的冤家对头。顿时，大家像乱了窝的马蜂。石块、折断的松树枝和酒神杖一齐飞向不幸的国王。可是这些东西都达不到他所在的松针茂密的高处。后来又用橡树的硬木棒掘着松树周围的泥土，直到树根露出，彭透斯悲哀地喊叫着，和树身一起倒下。酒神在他的母亲阿高厄的眼皮上画了符咒，所以她认不清她的儿子，如今由她来示意刑罚开始。这时恐怖使彭透斯恢复知觉。"啊，不是你么，母亲呀！请不要由你来惩罚你的亲生的儿子的过错呀！"他叫唤着，并伸出两臂抱着她的脖子，"你不认识你自己的儿子，你在厄喀翁的屋子里生下来的你自己的彭透斯么？”但巴卡斯的狂热的女信士却口吐白沫并睁大眼睛望着他。她所看见的并不是她的儿子，而是一只凶悍的狮子。她抓着他的右肩，撕掉他的右臂。他的姊妹们又扭断他的左臂。同时全体暴怒的妇人也涌上来，每人都撕去他的身体的一部分，使得他完全肢解了。阿高厄满是血污的两手捧着他的头，并将它安置在她的神杖上，仍然相信着那是一个狮子的头，并胜利地持着它通过喀泰戎的森林。

珀耳修斯

珀耳修斯是宙斯的儿子。他出生后，他的外祖父阿克里西俄斯——亚各斯国王，将珀耳修斯和他的母亲达那厄装在一只箱子里，投入大海。因为一则神谕说：国王的外孙将会夺取他的王位和生命。宙斯保佑着在万顷碧波中漂流着的母子平安。她们顺流一直漂到赛里福斯岛，靠近了海岸。这里由两位兄弟——狄克堤斯和波吕得克忒斯——治理着岛屿，是赛里福斯岛上的两位国王。狄克堤斯正在海边捕鱼，看到水里漂来一只木箱，就连忙把它拉上海岸。回到家中，兄弟俩人对遭遗弃的落难人十分同情，便收留了他们。波吕得克忒斯娶达那厄为妻，并悉心地教育珀耳修斯，把他扶养成人。

珀耳修斯长大以后，继父波吕得克忒斯劝说他外出去经历生活的险遇，从而能够建功立业，做一番大事业。勇敢的小伙子雄心勃勃，准备砍下墨杜萨那颗丑恶的脑袋，把它送往赛里福斯，交给国王。

珀耳修斯整理完行装就上路了。诸神引导他一直来到遥远的地方。那是一群可怕妖怪的父亲福耳库斯居住的地方。珀耳修斯一开始就遇到了福耳库斯的三个女儿格赖埃。她们生下来就是满头白发。三个人都只有一只眼睛，嘴里只有一颗牙齿，互相之间轮流着使用。

珀耳修斯把她们的牙齿和眼睛全部拿掉，三个女子哀求不已，请求归还她们这些不可缺少的东西。他提出一个条件，请她们指明寻找仙女的道路。因为仙女都是奇异的造物，拥有飞鞋、神袋和狗皮头盔。有了这些东西，人们就可以随心所欲地自由飞翔，看到愿意看到的人，而别人却看不见他。福耳库斯的女儿们给珀耳修斯指路，并且讨回了自己的眼睛和牙齿。

到了仙女那里，珀耳修斯得到了那三件宝贝。他背上神袋，在脚上系上飞鞋，戴上狗皮头盔。此外，他又从赫耳墨斯那里得到一把铁镰刀。他用这些神物把自己武装一新，跳起身，向大海飞了过去。那里住着福耳库斯的另外三个女儿，即戈耳工。只有名叫墨杜萨的第三个女儿是肉身，所以珀耳修斯奉命来割取她的头颅。他发现戈耳工们都在熟睡。她们都没有皮肤，却有着龙的鳞甲；没有头发，头上却盘缠着许多毒蛇。她们的牙如同野猪的獠牙，她们的手全是金属的，并有着可以御风而行的金翅膀。珀耳修斯知道任何人看见她们便会立刻变为石头，所以他背向这熟睡的人们站着，只从发光的盾牌里看出她们的三个头的形象，并认出墨杜萨来。雅典娜指点他怎样下手，所以他平安无事地割下了这个怪物的头。

但这事刚刚做完，飞马珀伽索斯立即从她的身体里跃出，随着又跃出巨人克律萨俄耳，两者都是波塞冬的儿子。珀耳修斯将墨杜萨的头装在皮囊里，仍如来时一样，往回飞奔。但如今墨杜萨的两个姊姊醒了，从床上起来。她们看见被杀死的妹妹的尸体，即刻飞到空中追逐凶犯。但女仙的狗皮盔使珀耳修斯不会被人看见，所以她们看不见他。他在空中飞行时，大风吹荡着他，使得他像浮云一样左右摇摆，也摇摆着他的皮囊，所以墨杜萨的头颅渗出的血液，滴落在利比亚沙漠的荒野，遂变成各种各样的毒蛇。从此以后，利比亚地方多蝮蛇和毒虫之害。珀耳修斯仍然向西飞行，直达到阿特拉斯国王的国土才停下来休息。

国王有一个结着金果的小树林，派了一条巨龙在上空看守着。珀耳修斯要求在这里住一夜，但得不到允许，因为国王害怕他的宝物被偷。这使珀耳修斯十分恼火，于是他从皮袋中掏出墨杜萨的首级，自己却背过身子，把首级向国王递了过去。国王身材高大，如同一位巨人。他看到墨杜萨的头后立即变作一块巨石，简直像一座大山，胡须和头发一直延伸到城外的树林；肩膀、手臂和大腿统统成了山间脊梁；那颗脑袋变成山峰，直冲九霄云外。

珀耳修斯重新系上飞鞋，戴上头盔，鼓动着翅膀飞上高空。他一路飞行，来到埃塞俄比亚的海岸边。那是国王刻甫斯治理的地方。珀耳修斯降落云头，看到耸立大海之中的山岩上捆绑着一位年轻的姑娘。海风吹乱了她的头发，姑娘泪流不止。珀耳修斯为她的年轻美貌所动心，便跟她打起招呼："你为什么捆绑在这里？你叫什么名字？家住哪里？"

姑娘反背着双手，沉默着，一声不吭，羞愧难言。她真想用双手掩住自己的脸面，可是却不能动弹，眼睛里饱噙着辛酸的眼泪。终于，她开口了。她是为了不让陌生人造成错觉，以为她真的做了什么见不得人的事，说："我叫安德洛墨达，是埃塞俄比亚国王刻甫斯的女儿。我的母亲曾吹嘘，说我比海神涅柔斯的女儿们，即海洋女仙更漂亮。海洋女仙十分愤怒。她们共有姐妹五十人，于是请海神发大水，来淹没整个国家。海神果然派了一条大鲨鱼，让它前去吃掉陆上的一切。一则神谕告诉我们，如果想使国家得到解救，必须把我，即王后的女儿丢入海中喂鱼。国内顿时人声鼎沸，纷纷要求我的父亲采取这一拯救全国的办法。绝望之余，国王下令将我锁在这里。

姑娘的话还没有讲完，只见滔天的海浪漫山遍野，滚滚而来。海水中冒出了一个妖怪。妖怪胸脯宽阔，盖住了整个水面。姑娘见到后发出一声惊叫，而姑娘的父母亲也接踵而来。他们看到大祸临头时万分绝望，母亲的神情中明显地流露出内疚的痛苦。他们紧紧地抱着捆绑着的女儿，却无能为力，一点也没办法。

这时候只听见陌生人说道："你们要想痛哭流涕，将来还有时间；现在迫在眉睫的事是救人。我叫珀耳修斯，是宙斯和达那厄的儿子。神的翅膀使我能在空中飞行，墨杜萨已死在我的宝剑下。假使这个女郎是自由的，并可以在许多人之中选择她的配偶，我也并不是配不上她的。但像她现在这个样子，我却要向她求婚。并愿意搭救她。"这时，欣幸的父母不仅把女儿许给他，并以他们自己的王国作为她的妆奁。

当他们正在互相谈论，这妖怪却如扯满风帆的船舶一样游了过来，距离悬崖只有一投石的距离了。青年用脚一蹬，腾空而起。妖怪看见他在海上的影子，就飞速地向影子追逐，意识到有一个敌人要骗取它的猎获物。珀耳修斯从天空俯冲下来，如同一只鹫鹰落在这妖怪的背上，并以杀戮墨杜萨的宝剑刺入它的后背，直到只剩刀柄在外。他抽出刀子来，这有鳞甲的妖怪就跃到空中，忽而潜入水底，并四向奔突，就好像被一群猎犬追逐着的野猪一样。珀耳修斯一再向这怪物刺击，直到黑血从它的喉管喷涌而出。珀耳修斯的翅膀濡湿，他不敢再仅靠他的水淋淋的羽毛。幸而他发现一根尖端还露在水面的帆柱，他左手抓着它，支持住自己，右手持着宝剑，一次，两次，三次，四次地刺杀着怪物的肚子。海浪将它的巨大尸体运走，不久它也就从海面消失了。珀耳修斯跳到岸上，爬上悬崖，解开女郎的锁链。她怀着感谢和爱欢迎他。他带着她到她那正庆幸着得救的父母那里，金殿的宫门也大大地启开，来迎接这个新郎。

但结婚的盛宴未终，正在欢乐的时候，宫廷中突然充满扰攘。国王刻甫斯的弟弟菲纽斯，过去曾向他的侄女安德洛墨达求过婚，只是在她遭到危难的时候却舍弃了她。现在他带着一支武装队伍，来重申对于她的要求。他挥舞着他的长矛闯入结婚的礼堂，并对珀耳修斯高声叫骂，以至于他听着都很吃惊。“我来找抢去我的未婚妻的贼人复仇！任你的翅膀，你的父亲宙斯，都不能使你逃脱！”他一面说着，一面瞄准着矛头。

刻甫斯站起来，叫唤着他的兄弟：“你发疯了！”他说，“什么东西驱使你干这种坏事？并不是珀耳修斯抢去了你的未婚妻。当我们被迫同意让她牺牲的时候，你舍弃了她。作为一个叔父或者一个情人，你袖手旁观，看着她被绑走而不援救。你自己为什么不从悬崖上去夺取她呢？现在你至少应当让她归于那个正当地赢得了她，并以保全我的女儿而安慰了我的晚年的人。”

菲纽斯不作回答，他凶恶的眼光一会望着他的哥哥，一会望着他的情敌，好像在暗暗揣度着应该先从谁下手。踌躇了一会之后，他在暴怒中用全力向珀耳修斯投出他的矛。只是投不准确，矛头扎进床榻的垫子里。现在珀耳修斯已经跳了起来，向菲纽斯进来的那扇大门投出他的矛。假如不是他闪在祭坛后面躲开了，那必然会刺穿他的胸脯。但它毕竟刺中了他的一个同伴的前额，所以全部扈从的武士都拥上来，短兵相接地和参加婚礼的宾客们搏斗。他们格斗得很久，但因闯入者与宾客之间众寡悬殊，珀耳修斯终于发觉自己被菲纽斯及其武士围困住了。箭镞在空中飞射如同暴风雨中的冰雹。珀耳修斯背靠着一根柱子，利用这有利的据点招架敌人，阻止他们前进，并杀死很多的武士。但他们人数太多了，当他知道单凭勇气已经没有用，他不得不依靠最后的手段。“是你们逼我这样做的，”他喊道，“我想到老冤家那里寻求帮助，是我的朋友，都请把脸转过去！”说毕，他从神袋里取出墨杜萨的头，朝着对手伸了过去。

对手正盲目地向这边冲过来。“你应该去找另外一个人，”菲纽斯一边冲锋，一边蔑视地叫喊道，“刻甫斯才会被你的鬼名堂吓倒。”可是，当他伸手准备投掷梭镖时，手却僵硬得不能动弹了。后面的人接踵而来，一个个难逃变成石头的厄运。这时候，珀耳修斯干脆把戈耳工的首级高高地举起，让大家都能够瞅见。他用这种办法把最后的不速之客全都变成了僵硬的石块。

直到这时，菲纽斯才对这场无理取闹的争端感到后悔。他看着左右全是姿态不同的石像，呼喊着朋友们的名字，疑虑地推动着他们的躯体。他们全都成了花岗岩。他惊恐万分，一改往日的骄横，绝望地哀求着：“饶恕我的生命吧！王国和妻子都是你的！”说完他转过身子。可是珀耳修斯为刚才阵亡的朋友而激怒，不想宽恕。“你这个叛徒，”他愤怒地骂着，“我将在岳父的房子里给你永远竖立一块纪念碑！”

菲纽斯左躲右闪，不想看到那可怕的头颅，可是它却终于进入了菲纽斯的视野。一霎时，菲纽斯带着可怕的神色僵硬成一团。他双手下垂，呈现一副当差听命的仆人姿态。

珀耳修斯终于能够带着年轻的妻子安德洛墨达返乡了。他们恩爱无比，前程辉煌，并且看望了母亲达那厄。当然，珀耳修斯始终记着外祖父阿克里西俄斯所遭受的折磨。外祖父由于害怕神谕，悄悄地逃到彼拉斯齐国当了国王。珀耳修斯来到时，那里正在举行比武。他不知道外祖父就在这里当国王，还准备去亚各斯问候外祖父。珀耳修斯看到比武十分高兴，抓过一块铁饼扔出去，不幸正好打中外祖父。不久，他就知道了事情的原委，明白了打死的人是谁。他非常悲痛地在城外择地埋葬了外祖父阿克里西俄斯。外祖父死了以后王国也就归属珀耳修斯。从此以后命运再也不嫉妒他了。安德洛墨达给他生了一群可爱的儿子，父亲的荣誉永远埋藏在儿子们的心中。

阿斯克勒庇奥斯

色赛利城有一名少女，名叫科萝妮丝，她是美得如此惊人，以至阿波罗爱上她。但是，很奇怪的是，她一点也不喜欢这位爱她的神，反而暗地里喜欢一位凡人。她没有考虑，这位绝不欺骗人的真理之神，也绝不会受别人欺骗：

特尔斐的彼西尔安人之主，
他有一位足以信赖的伙伴，
正直而不迷失理智。
这伙伴就是他的心智，它洞悉万物，

永远不接触虚伪，万物，
或神或人都无法瞒过，
他知悉一切已成或尚在计划的行为。

科萝妮丝愚蠢地希望阿波罗不知道她的不忠贞。据说，带消息给阿波罗的是他的鸟——乌鸦，那时候的乌鸦一身洁白，羽毛雪白而漂亮。天神们愤怒时，常表现得完全不公平，阿波罗在盛怒之下，惩罚他的传信者，将它的羽毛变为黑色。科萝妮丝当然是被杀了。有些故事说是阿波罗亲手杀的；但别的故事则说是他使雅特密丝用她百发百中的箭射死她。

虽然阿波罗残酷无情，但当他看这位少女被置于火葬堆上，而烈火熊熊燃烧时，他感到一阵哀痛。他自言自语："至少我要救我的孩子。"就像塞墨勒死时阿波罗所为一般，他将快临盆的孩子抢救出来。他将孩子带到聪明而仁慈的老山杜尔喀戎那里，在皮里昂山洞中抚养他长大，并告诉喀戎，这孩子名叫阿斯克勒庇奥斯。许多高贵的人曾将他们的孩子托给喀戎抚养教育，但在他所有的门下弟子当中，已死的科萝妮丝的儿子最得喀戎的宠爱。他不像别的少年终日嬉戏而爱好运动，他最希望勤习养父传授他关于医术的一切，而那是不单纯的东西。喀戎精通药草、一般的咒语和冷却的煎药；但是，他的这位门下弟子比他更高明能医治各种疑难杂症。不论什么人是因四肢受伤或因疾病而身体衰耗，他都能使他们脱离痛苦：

一位温和的医师，他驱逐苦痛。
他是极端痛苦者的安慰者，人们的福音，
带给他们黄金般的健康。

他是普天下的恩人。然而，他也为自己惹来神怒，并因此获罪，众神决不饶他。他认为："人类的思想太伟大了。"有一回，他接受一个大酬劳使某人起死回生，而结果他办到了。据许多人说，这位起死回生的人，便是忒修斯的儿子希伯里杜斯，他死得很冤枉；另据说，希伯里杜斯永远不受死亡的威胁，他居住于意大利，永远长生不死，在那里他被称为弗比厄斯，被当成神般地崇敬着。

然而，从哈得斯的地狱救他回来的这位伟大的医生，没有这样的好运道。宙斯不允许一位凡人有操纵死者之权，于是用他的雷电殛死阿斯克勒庇奥斯。阿波罗为其子之死而大怒，便前往独眼巨神赛克洛普斯制造雷电的地方埃特纳火山。有人说，他用箭射死赛克洛普斯，亦有人说，阿波罗射死他的儿子。这下子轮到宙斯恼火了，他判阿波罗做阿德米托斯王的奴隶——时间是一年或九年说法不一。赫拉克勒斯从哈得斯的地狱救出的阿尔西斯提斯，正是这位阿德米托斯王的妻子。

但是，阿斯克勒庇奥斯虽如此不取悦于神人之主宙斯，却在地球上得到他人所无法得到的荣耀。在他死后几百年，病患者、残废者和盲目者都来到他的庙里求医。他们在庙里祈祷膜拜，然后去睡一觉。在他们的梦里，这位善良的医生便告诉他们如何才能医治其病。蛇在这医疗中扮演重要的角色，至于什么角色则不得而知，但它们被认为是阿斯克勒庇奥斯的神圣仆人。

几世纪来，千千万万的病患者确信，他使他们脱离痛苦，并使他们恢复健康。

伊翁和克里雅萨

雅典的国王伊列奇修斯有一位漂亮的女儿，名叫克里雅萨。

国王视爱女为掌上明珠。太阳神阿波罗事先没有征得国王同意便与克里雅萨结了婚。克里雅萨生了一个儿子。由于害怕父亲生气，她把孩子锁在木箱里，置放在山洞里。那儿是她跟太阳神幽会的地方。她虔诚地希望众神能够怜悯被遗弃了的儿子。为了不让儿子身上毫无辨认的印记，她把自己当姑娘时佩戴的首饰挂在孩子的身上。

儿子出世的事自然瞒不过阿波罗。他既不想背叛自己的妻子，又不想让自己的孩子落得无依无靠，于是他寻到了兄弟赫耳墨斯。作为神的使者，赫耳墨斯可以在天地之间自由来往，不受阻拦。"亲爱的兄弟，"阿波罗说，"有一位凡间女子给我生下了一个孩子，她是雅典国王伊列奇修斯的女儿。她因为畏惧父亲，所以把孩子藏在一个山岩洞穴内。请你帮忙给我救下这个孩子，把孩子连同木箱和襁褓送到特尔斐。那里有我的神殿，你可以把孩子搁在神殿的门槛上，其余的事情由我去办，因为这是我的儿子。"

赫耳墨斯展开翅膀，急匆匆来到雅典，在指定的地方找到了孩子，然后把孩子放在柳条筐里，背着来到特尔斐，按照阿波罗的指示，他把孩子搁在神殿的门前，打开柳条筐的盖子，以便有人及时发现孩子。这些事情都在夜间完成。

第二天早晨，当太阳升起的时候，从外面走进一位特尔斐的女祭司。她正想跨进神殿，突然发现了睡在柳条筐内的婴儿。她猜测是一个私生子，便想把孩子从门槛前移走。可是她在内心却突然升起了一股怜悯，那是神搅动了她的心思。女祭司把孩子从筐内抱起来，带在自己的身边抚养着，尽管她也不知道谁是孩子的父母亲。

孩子一天天长大，终日在父亲的神坛前玩耍，却对父母亲的实际情况一无所知。他出落成一位标致少年。特尔斐的居民把他从小就看作神殿守护，大家都喜欢他，让他当看管祭品的司库。于是他在父亲的神殿里高高兴兴地生活着。

克里雅萨从此以后再也没有听到太阳神阿波罗的信息，她以为神早已将她和儿子忘掉了。

这时，雅典人开始和邻国欧玻亚岛的人民进行最惨烈的战争。最后欧玻亚人失败了，大部分由于从阿开亚来的一个外乡人带给雅典特别有效的援助。这个外乡人便是克素托斯——宙斯之子亚奥勒斯的儿子。他要求和克里雅萨结婚，作为他的援助的报酬。他的要求被答应了。但那好像是太阳神惩罚他的情人与别人结婚，所以她不生育，一直没有孩子。若干年后，她想起到得尔福神堂去求子，而这正合阿波罗的意思。

公主和她的丈夫被一小群仆人伴随着出发到得尔福去。就在他们到达神庙的时候，阿波罗的儿子跨过门槛，依照着惯例以桂枝打扫院子。他看见这个向神庙走来的贵妇人，她一见神殿就啜泣起来。她庄严的态度使他很惊讶，他冒昧地询问她所以悲痛的原因。

“我不奇怪，”她叹了一口气回答道：“我的悲痛引起了你的注意。因为我的可悲的命运很可以从我的脸上看得出来。”

“我并不想干预你的伤心事，”这青年说，“但是，假使你愿意，请告诉我你是谁，是从哪里来的。”

“我是克里雅萨，”公主回答，“我的父亲是伊列奇修斯，雅典是我的故乡。”

这青年在兴奋中叫起来：“多么体面的地方呀！你所出生的

家族又多么有名望！那是真的么——我们在图画上见过——你的曾祖父厄里克托尼俄斯像一棵树苗一样从土里长出来的，雅典娜女神将这泥土所生的孩子放置在匣子里，使两只巨龙看守着，并将它带给刻克洛普斯的女儿们去保护，但这他们禁不住自己好奇心，打开匣子，看见幼儿，便突然发了疯，从城堡的岩石上跳下来摔死了？”

克里雅萨默默点头，因为她的祖先们的故事使她想起已失去的孩子的命运。但他站立在她的面前，仍继续着他的天真的询问：“并且也请告诉我，尊贵的公主哟，”他问道，“那也是真的么，因为遵照神谕，你的父亲伊列奇修斯为了战胜敌人而牺牲他的女儿，即你的姊妹们？假使这是真的，为什么你一人还活着？”

“那时我刚刚生下来，”克里雅萨说，“我还躺在我母亲的怀里。”

“后来大地劈裂，并吞食了你的父亲伊列奇修斯么？”这青年又追问着。“波塞冬真的用他的三尖叉杀害了他，他的坟墓就在我所供奉的阿波罗所最喜欢的岩洞附近么？”

“陌生的年轻人，别提起那岩洞！”克里雅萨很悲痛地打断他的话，“那正是发生背信弃义和重大错误的场所。”她沉默了一会，然后又恢复镇静。她以为这个青年不过是神庙的卫士而已，所以她告诉他，她是王子克素托斯的妻子，她同他到得尔福来，祈求神赐给她一个儿子。“福玻斯·阿波罗，”她叹息着说，“只有他明白我没有儿子的原因。只有他能帮助我。”

“你真的没有孩子么？”这青年悲哀地问。

“没有，”克里雅萨说，“我非常羡慕你的母亲有你这么一个可爱的儿子。”

“我不知道谁是我的母亲和父亲，”年轻人悲伤地说，“我也不知道我是从哪里来的。我的养母是神庙的女祭司，她曾经对我说过，她对我十分同情，便把我养大。从此以后，我就住在神庙里。我是神的仆人。”

听到这番话时公主心里一动。她沉思了一会，又把思想转了回来，心痛地说：“我认识一个妇人，她的命运跟你的母亲一样。我是因为这位女人的悲惨命运来到这里的。跟我一起过来的还有她的丈夫。他为了听取特洛福尼俄斯的神谕，特地绕道过去了。趁他没有到神殿之前，我愿意把那位女人的秘密告诉你，因为你是神的仆人。那位夫人说过，她在目前的婚姻之前曾经跟伟大的神福玻斯·阿波罗有过甚密的交往。她并没有征求父亲的意见便跟阿波罗生了一个儿子。女人将孩子遗弃了，从此杳无音讯。为了在神面前打听儿子的生死下落，我代那位女人亲自赶到这里。”

“这个孩子死了多久了？”年轻人问。

“如果他还活着，那么跟你同龄。”克里雅萨说。

“你的那位女友的命运跟我多么相似啊！”年轻人惊叫着，“她寻找自己的儿子，我寻找自己的母亲。而这一切都发生在一个遥远的国度里，只是我们都互不相识。可是你别指望香炉前的神会给你一个满意的答复。你是为了向他申述一位女人的悲惨命运而来的，他不会愿意担任其中的仲裁！”

“别说了！”克里雅萨打断他的话，“那位女人的丈夫过来了，你千万别让他知道我向你吐露的秘密。”

克素托斯高高兴兴地跨进神殿，赶忙来到妻子身旁。

“特洛福尼俄斯给了我一个幸福的消息，他说我不会膝下荒凉地离开这里。”“咦！这位年轻的祭司叫什么名字？”克素托斯问。

年轻人走上一步，谦恭地回答说，他只是阿波罗神殿的仆人。这里是特尔斐人最敬重的圣地，他们通过抽签进行挑选，然后围着三脚香炉，听取女祭司从这里颁发神谕。

克素托斯听完这番话，立即指示克里雅萨，以祈求者所必须持着的花枝装饰自己，在那露天底下周围饰以桂叶花环的神坛前祈求阿波罗的吉利的神谕。他自己连忙退到神龛后面，而那青年则仍然在前庭守护着。不久之后，青年听见大门启闭的砰然的响声，接着又看见克素托斯满心快乐地跑出来。他急切地用两臂拥抱着这个青年，叫唤他“儿子”，叫了又叫，要求他也拥抱他并热烈地向他亲吻，直到阿波罗的这个年轻仆人认为他是发了疯，用青年人的膂力将他推在一旁，但克素托斯却不以为意。“神已向我启示，”他固执地说，“神谕宣示我，我出来遇见的第一个人便是我的儿子，——一种神祇的赐予。为什么会这样，我不知道，因为我的妻从没有替我生过一个孩子。但我相信神灵。如果他愿意，请他揭露这秘密吧。”

现在这青年不再反对了，而且自己也感到快乐。但是他还有所不能满足。因为当他亲吻并拥抱他的父亲时，他悲叹道：“啊，亲爱的母亲哟，你在哪里呢？什么时候我可以看见你的慈爱的面孔呢？”此外，他也十分担心那个没有生过孩子的克素托斯夫人——他想自己是从没有见过她的，——会对这意外的义子说些什么话？雅典城会怎样接待他这个并非他父亲合法子嗣的人呢？但克素托斯嘱咐他勇敢些，并答应不拿他作为儿子而是作为一个客人来介绍给他的妻子和他的人民。于是他给他起了一个名字伊翁，意即步行者，因为当他把他当作儿子拥抱在怀里的时候，他正在神庙的前庭漫步。

同时，克里雅萨伏在阿波罗的圣坛前祈祷，动也不动。但她的虔诚却激怒了一个盲目忠于伊列奇修斯家族的老仆人。他认为克素托斯国王对婚姻很不忠诚，所以愤恨地说要把这个将来继承伊列奇修斯王位的私生子清除掉。克里雅萨认为自己被丈夫和从前的情人，即阿波罗神遗弃了。她痛苦难熬，于是听信了老仆人的谋害计划，并且把从前跟神私通的关系也告诉了他。

克素托斯跟伊翁离开神殿，又一起登上巴那萨斯的高山顶上。那是祭祀巴卡斯神的地方。伊翁在这里浇祭一番，然后在旷野上跟仆人们一起搭建了一座漂亮的帐篷。他用从阿波罗神庙里带来的地毯作为帐篷的装饰。那看起来非常雅致。帐篷里搁起了长餐桌。餐桌上摆满了山珍海味、金杯、银碗和名酒，十分丰盛。雅典人克素托斯派人进特尔斐城邀请所有的居民前来参加宴会。一会儿，帐篷里挤满了头戴花环的贵客。在饭后用点心的时候走出一位老人，他那特殊的姿态引得客人们哈哈大笑。老人走进帐篷，打量着掌酒官。克素托斯认出他是妻子克里雅萨的老仆，于是当着客人的面夸奖他的勤奋和忠诚。大家也称赞他慈祥善良。

老人站在酒柜前，开始给客人们服务。等到宴会罢了开始吹笛子时，他传令仆人，撤去桌上的小杯，端上金银大碗，好像要给年轻的新主人斟酒。老人走近酒柜，满满地倒了一碗酒。他趁人不注意时将金碗轻轻晃了晃，在碗内放致人死命的剧毒。老人悄悄地来到伊翁身旁，往地上滴了几滴烈酒，算是祭祀。这时候只听见旁边站着的一位仆人毒骂了一句。伊翁是在神殿里长大的，知道神圣的风俗，明白无意的咒骂实际上是一种凶兆的表示，于是便把碗里的剩酒全部倾倒在地。此外，他命仆人给他递上一只新碗，他以此进行隆重的浇祭仪式。客人们全都跟在他的后面仿效他。

正在这时，外面飞进来一群圣鸽。它们都是在阿波罗神殿里长大的。鸽子进帐后看到地面上全是浇祭的美酒，于是全都飞下来，争相抢饮。鸽子喝过祭酒后都没受到伤害。唯有啄饮过伊翁从第一只碗内倒出来的酒的那只鸽子扑腾着翅膀，发出一阵阵哀鸣，不一会竟痉挛着死掉了。

伊翁愤怒地从椅子上站了起来，紧握双拳，大声地呼喊着："是谁竟然要谋害我？老头子，你说！是你给我混合酒的。"他一把抓住老仆人的肩膀，不让他逃走。这仆人承认了他的罪过，并且供出了克里雅萨，说是受她指使。听完这话，怒火中烧的伊翁离开帐篷，所有的人都在惶惑中拥挤在他的身后。在露天之下，在得尔福贵族们的环绕中，伊翁高举双手宣示："神圣的大地哟！你见证这伊列奇修斯家的异国的妇人要毒杀我呀！"

"用石头打死她，用石头打死她！"众人都异口同声地叫嚷，并跟随伊翁去寻觅克里雅萨。克苏托斯被那可怕的揭发弄得昏头昏脑，不知自己要怎么做，也随着其余的人走去。

克里雅萨正在阿波罗圣坛等候她的不顾死活的阴谋的结果。但结果正和她所希望的相反。远处的扰攘的声音使她从沉思中站立起来。喧声渐渐逼近，一个忠实于她的侍者从暴怒的群众中抢先跑来，告诉她阴谋已被发觉，得尔福的人民决心要杀害她。"紧靠着圣坛吧，"她的女仆们再三劝告她，"假使这神圣的地方不能从凶手们手里挽救你，那么至少他们所犯的流血的罪恶也是无可救赎的。"

同时，暴怒的得尔福人由伊翁率领着越来越近，在已到达庙门之前，她已听到随风传来的那个青年的愤怒的言语。“神保佑我！”他叫道，“因为这桩没有实现的犯罪原来是要使我摆脱那个含着敌意的继母。她在哪里呀？这有着毒牙的蝮蛇，两眼闪射着死之火焰的毒蛇在哪里呀？让我们从最高的悬崖把这女凶犯扔下去吧！”拥挤在他周围的群众呼叫着响应他。

当他们到达圣坛，伊翁就抓住这个妇人，那正是他的母亲，但此时对于他好像是死敌一样。他想拖着她离开那作为屏障的圣坛。但阿波罗不愿儿子杀害母亲。他的神意将克里雅萨所计划的阴谋和对于她应有的责罚暗示给他的女祭司，使她的心灵颖悟，所以她突然明白了一切所发生的事情，并知道她的养子伊翁正是阿波罗与克里雅萨的儿子，而不是她自己在隐晦的预言中所宣示的克素托斯的儿子。她离开三脚圣坛，取出她从前在庙门口找到的在其中发现新生婴儿的那只篮子，和她小心谨慎保存着的信物，匆忙来到祭坛旁，看到克里雅萨和伊翁正揪扯得难分难解。

伊翁看到女祭司，连忙迎上去，说：“亲爱的母亲，尽管你没有生我，可是我却愿意叫你母亲！你知道我躲避了怎样的祸事吗？我还没有找到父亲，他的妻子却想出了谋杀我的计划！”女祭司听后警告他说：“伊翁，请以一双干干净净的手回到雅典去！”伊翁沉思了一会儿，寻找着合适的回答：“杀掉自己的敌人难道是没有道理的吗？”

“在我把话讲完以前，你千万别动手！”仁慈的女祭司说，“你看到这只小篮子吗？你就是装在这里被送来的。”

“这只小篮子跟我有什么相干？”伊翁问。

“里面还有襁褓，你那时就被包裹在里面。”女祭司回答说。

“我的襁褓吗？”伊翁大吃一惊地叫喊了起来，“这是一条线索，可以帮助我找到我的亲生母亲。”

女祭司给他递上开着的小箱子，伊翁贪婪地伸过手去，从中抓出一堆小心翼翼折在一起的亚麻布。他十分悲伤地打量着这些宝贵的证物，眼里饱噙着泪水。克里雅萨也渐渐地去除了怯意。她一眼瞅见了拿在伊翁手上的证物和小木箱，心里顿时明白了。只见她跳起身来离开了祭坛，高兴地惊叫起来：“我的儿啊！”说毕用双手紧紧抱住诧异不已的伊翁。伊翁却满腹狐疑地看着她，不情愿地摆脱身子。克里雅萨往后退了几步，说：“这块亚麻布向我证明了一切，孩子！你把它摊开，那我就能够找到当年给你的记痕。这块布的中间画着戈耳工的首级，周围全是毒蛇，像盾牌一样。”

伊翁半信半疑地展开亚麻布襁褓，突然满怀喜悦地叫了起来：“呵，伟大的宙斯，这里是戈耳工，那里全是游蛇！”

“木箱里还有一条小金龙，”克里雅萨继续说，“用于纪念厄里克托尼俄斯箱内的巨龙，这是送给婴儿挂在颈项上的首饰。”

伊翁在篮子里又搜索了一阵，幸福地微笑着，看到了巨龙画。

“最后一个标志，”克里雅萨说，“是从雅典橄榄树上摘下来的橄榄，它们组成了一个果环。这是我给婴儿戴上的礼物。”

伊翁在箱底又搜索一阵，果然发现一个美丽的橄榄花环。“母亲，母亲！”他呼喊着，声音不时被呜咽声打断。伊翁抱住母亲的脖子，在她的面颊上频频地吻着。最后他离开了母亲，想去寻找父亲克素托斯。这时候，克里雅萨公开了有关他出生的秘密，告诉他，他就是在那座庙里忠诚服务了那么多年的神的儿子。

克素托斯把伊翁看作神恩赐的宝贵财富。他们一行三人又回到阿波罗神殿，感谢神的恩典。女祭司却从三脚香炉上给他们指示未来，伊翁将成为某一大族的鼻祖，即爱奥尼亚人的祖先。

雅典国王夫妇满怀喜悦和对未来的希望，带着重新找到的儿子返回家乡。特尔斐城的百姓全部出门相送，十分热烈、隆重。

代达罗斯和伊卡洛斯

雅典的代达罗斯也是一位厄瑞克族人——墨提翁的儿子，伊列奇修斯的曾孙。他是一位擅长艺术的人，是建筑师、雕刻家，从事石刻艺术。世界各地都十分赞赏他的艺术品，人们对他创作的石柱佩服得五体投地，说它是具有灵魂的造物。因为从前的大师创作艺术作品的时候都让人物的眼睛闭着，让双手连着自己的身体，懒散地垂落下来，而他却是第一个例外。他雕刻的人像都是张开着眼睛，往前伸展着双手，双腿呈现迈步的姿势。可是，代达罗斯是一个爱虚荣和爱嫉妒的人。这一缺点使得他不惜违法犯罪，将他驱入苦难的境地。

代达罗斯有一位侄子，名叫塔洛斯。塔洛斯从叔学艺，立志要比叔叔具有更大成就和能力。还在儿童时，塔洛斯就已经发明了陶工旋盘。他利用蛇的腭骨作为锯子，用锯齿锯断一块小木板。后来，他又依样造了一把铁锯，从此成为锯子的发明者。塔洛斯还发明了圆规。开始的时候，他把两根铁棒连结起来，然后让其中一根固定位置，让另一根旋转。塔洛斯是个善于开动脑筋的人，还发明了其他一些工具。他的这些成绩都是独立完成的，没有叔父即师父的帮助。为此他的名声大振，获得了很大的荣誉。

代达罗斯担心他的学生的名声不久将会超过他。他抑制不住一股嫉妒的怒火，竟然阴险地把侄子塔洛斯从雅典城墙上推下去，残酷地杀害了自己的学生。代达罗斯埋葬侄子的时候十分惊恐，诡称是在掩埋一条蛇，可是他仍然因为谋杀而受到古希腊雅典最高法院的传唤和审讯，结果被判有罪。

他逃到克瑞忒，在那里，得到弥诺斯国王的保护，尊他为上宾，并称他为一个杰出的艺术家。他委任代达罗斯替牛首人身的恶怪弥诺陶洛斯建造一所住宅。这艺术家用尽心思建造一所迷宫，其中的迂回曲折使进到里面去的任何人都会迷惑得眼花缭乱。无数的柱子盘绕在一起，如同佛律癸亚的迈安德洛斯河的迂回的河水一样，像是在倒流，又回折到它的源头。当这建筑完成以后，代达罗斯自己走进去，也几乎在迷宫中找不到路出来。在迷宫当中居住着弥诺陶洛斯，它每九年就要吞食七个童男七个童女，这些童男童女是根据古老的规定，由雅典送来给克瑞忒王进贡的。

虽然享受着赞美和优待，代达罗斯渐渐感到从故乡放逐，长久流落孤岛，且不为弥诺斯所信任的痛苦。他想设法逃脱。在深入思考之后，他欢快地叫起来："让弥诺斯从海上陆上都封锁我吧，但我还有空中呀！即使他这样伟大而有权力，但在空中他是无能为力的，我将从空中逃出去！"

他一说完就开始行动。代达罗斯运用他的想象力来驾驭自然。他将鸟羽依一定的次序排列，其初是最短的，其次是长的，依次而下如同自己生长的一样。在中间他束以麻线，在末端则胶以蜜蜡。最后把它们弯成弧形，看起来完全如同鸟翼一样。

代达罗斯有一个儿子叫作伊卡洛斯。这孩子看着他父亲工作，并热心地参与其中。有时伸手去按住被风吹动的羽毛，有时用大指与食指揉捏黄色的蜜蜡。代达罗斯放任他，并看着这孩子笨拙的动作微笑。当一切都完成，他将这翼缚在身上，取得平衡，然后飞到空中，轻便得如同鸟雀一样。他降到地上之后，他又训练他的幼子伊卡洛斯，他已为他制造了一对较小的羽翼。“亲爱的儿子，你要当心，你如果飞得太低，羽翼会掠过海水，然后变得沉重，从而把你拉入水中；可是你要是飞高了，你那翅膀上的羽毛将会靠近太阳，甚至会着火。”

代达罗斯一边说话一边把羽翼给儿子系在肩膀上，他的手却在微微地发抖。最后，他拥抱着儿子，还给他一个鼓励的吻。

两个人展开翅膀渐渐地升上了天空。父亲飞在前头。他像一只带着雏鸟第一次离开窝上天飞行的老鹰，左右操心着。他不时地回过头来，看儿子飞行状况如何。开始的时候一切都很顺利。不久他们就到达萨玛岛上空，随后又飞越了提洛斯和培罗斯。

伊卡洛斯兴高采烈，感到一切都很美好，不由得骄傲起来。坦塔罗斯操纵着羽翼朝高空飞去。惩罚终于来临了！太阳以强烈的光热融化了封蜡，用蜡封在一起的羽毛开始松动。伊卡洛斯还没有发现，羽翼便已经完全散开，从他肩膀两面滚落下去。不幸的孩子只得用两手在空中绝望地划动，可是他抓不住空气，一头倒栽着滚落下来，最后掉在汪洋大海的万顷碧波之中淹死了。

这一切来得突然，都在瞬间结束了，代达罗斯还没有看到。当他又一次回过头来看儿子的时候，儿子不见了。“伊卡洛斯，伊卡洛斯！”他预感不妙，大声呼喊起来，“你在哪里？我到哪里才能找到你？”最后，他惊恐地朝下面瞅了一眼。他看到海面上漂着许多羽毛。代达罗斯连忙结束飞行，降落在一座海岛上，收起羽翼。

代达罗斯张大眼睛，满怀希望地寻找着。一会儿，汹涌的波涛把他儿子的尸体推上了海岸。天哪！被他杀害的塔洛斯以此报仇雪恨了！绝望的父亲掩埋了儿子的尸体。收留伊卡洛斯尸体的海岛自此以后被叫作伊卡利亚，永志纪念。

代达罗斯埋葬了儿子的尸体，又继续向前飞去。他一路来到西西里岛。那是国王科卡罗斯统治的地方。就像从前在克里特岛上受到弥诺斯的款待一样，他在这里也受到上等礼遇，被当作尊贵的客人。他的艺术天才使得当地居民十分惊讶。他在那里兴修水利，挖了一座人工湖，又把湖水顺着河流一直送到临近的大海。他在陡峭的山峦顶上——无法攀登的险要去处，连树木也难生长——建立了一座城堡。通到那里的羊肠小道是这般窄小弯曲，只用三四个人就足够防守。科卡罗斯国王选择这不易到达的要塞存放他的珍宝。代达罗斯在西西里岛上完成的第三件工程乃是一深幽的地洞。这里，他以一种巧妙的设计引来地下火的热气，所以通常又冷又湿的岩洞，现在却舒适得如同暖室一样，人体渐渐地出汗，但不会觉得太热。他也扩充了厄律克斯半岛上的阿佛洛狄忒的神庙，并献给这女神一个黄金的蜂房，那些六角形的小蜂窝制造得这么精巧，看起来就像蜜蜂们自己筑成的一样。

但现在弥诺斯王知道他逃到了西西里岛，决定派一队人来追捕他。他装备了一支大舰队，从克瑞忒航行到阿格里根同。他的军队在这里上岸，并遣使于科卡罗斯，要求他归还这个逃亡者。科卡罗斯为这异国暴君的要求所激怒，盘算怎样可以毁灭他。他假装同意他的要求，答应一切照办，并请他赴会商量。弥诺斯来到时，受到了豪华的款待。他们准备好热水浴来恢复他旅途的疲劳。但当他进入浴缸之后，科卡罗斯命人加足火力，直到他的贵宾煮死在滚水里。西西里王将他的尸体交给克瑞忒人，解释说弥诺斯王是在沐浴时失足落入热水之中的。因此，他的从人以一种盛大的葬仪埋葬弥诺斯于阿格里根同的附近，并在他的墓旁建立了一座阿佛洛狄忒的神庙。

代达罗斯仍然留居于西西里岛，享受当地主人不倦的礼遇。他引来许多著名的大师，并在那里成为一个雕刻学校的创办人。但自从他的儿子伊卡洛斯死后，他从来没有感到快乐过。他的劳动使他所托庇的地方变得庄严灿烂，他自己却进入了忧伤烦恼的晚年。他死于西西里，并被安葬在那里。

坦塔罗斯

坦塔罗斯是宙斯的儿子，吕狄亚王国的君主。他的首都定在西庇洛斯，他本人则是位富裕而又出名的国王。由于出身高贵，众神对他十分信任。他可以跟宙斯同桌用餐，不用回避诸神的谈话。可是他的虚荣心又让人们感到他实在不配这样的信任。坦塔罗斯开始对众神作恶。他向凡人泄密，告诉他们天上诸神是如何生活的。他从诸神的餐桌上偷蜜酒和神丹，并把这些珍馐佳酿分发给凡间的老百姓。有人在克里特的宙斯庙里偷走了一条黄金铸成的狗，并将金狗藏在坦塔罗斯家里。坦塔罗斯窝藏赃物，后来还拒不交出金狗，将赃物窃为己有。

有一天，他邀请众神到家中做客。为了考验一下众神通晓一切的本领，他让人把自己的儿子珀罗普斯杀死，然后煎烤烧煮，做成一桌菜，款待大家。在场的谷物女神得墨忒耳因为思念被抢走的女儿珀耳塞福涅而心神不定，出于礼貌她稍微尝了几口这顿可恶的宴席。其他神则早已发现了这场诡计，纷纷起身，把撕碎的男孩肢体丢在锅里。珀尔策·克罗托让他重新活了过来，可惜肩膀上缺了一块。那是被得墨忒耳吃掉的，后来只好用象牙补了起来。

坦塔罗斯因此得罪了诸神，罪恶滔天。他被诸神投入冥府，让他在那里备受苦难和折磨。他站在一池深水中间，波浪一直滚动到他的下巴。可是他却忍受着烈火般的干渴，从来也喝不上一滴凉水，虽然凉水就在嘴边。他只要弯下腰去，想用嘴喝水，池水立即就从身旁流去，留下他孤身一人空空地站在一块平地上，就像有一个妖魔作法，把池水抽干了似的。这时候他又饥饿难挡，在他身后就是湖岸，岸上长着一排果树，结满了累累果实，树枝被果实压弯了，吊挂在他的额前。他只要抬头朝上张望，就看到树上水汪汪的生梨，红扑扑的苹果，火灼灼的石榴，香喷喷的无花果和绿油油的橄榄，这些水果似乎都在微笑着向他招呼。可是，等到他踮起脚来准备摘水果时，空中就会刮起一阵飓风，把树枝吹弹回去。伴随着这场折磨的还有持久不断地死亡般的恐惧，因为头顶上空吊着一块巨大的山石，山石随时都会坠落下来，危险万分。

坦塔罗斯蔑视众神，被罚到冥府忍受三重折磨。这种折磨永无休止，将一直延伸下去，无穷无尽。

珀罗普斯

珀罗普斯是坦塔罗斯的儿子。与父亲相反，珀罗普斯对众神十分虔诚。父亲被惩罚送入冥府以后，他被邻近的特洛伊国王伊洛斯赶出了故国家园，一路辗转，来到希腊。他在选中一位未婚女子准备结婚的时候，还是一个乳臭未干的少年。他的妻子名叫希波达米亚，是伊利斯国王俄诺玛诺斯和妻子斯忒洛珀的女儿。这位妻子很难娶得，因为一则神谕曾经对父亲指明，他在女儿找到丈夫的时候便会死去。父亲信以为真，因此千方百计地阻挠任何前来向他女儿求婚的人。他让人四面八方张贴告示，说希望娶他女儿的人必须跟他赛车，只有赢他的人才能享受这份荣誉。如果国王赢了，那么他的对手就会被斩首示众。

比赛就从比萨开始，一直到哥林多海峡的波塞冬神坛为止。国王规定了车辆出发的顺序：他想先给宙斯贡上一头公羊祭品，于是让求婚的人驾上四匹马车在头上先走，等到他祭供完毕，然后就开始追赶。他的驾车人叫密耳提罗斯。国王站在车上，手上提一柄长矛。他如果赶上前面的车辆，将用长矛把求婚的人挑翻在地。

求婚的人纷至沓来，大家都仰慕希波达米亚的年轻美貌。另外，他们虽然听说有苛刻的比赛，不过都不以为然，大家把国王俄诺玛诺斯看作是年老而又虚弱的老朽，认为他有意让年轻人先走一程，那是他实际上没有比赛的意思，而在后面可以为自己获得一个体面的借口。大家来到伊利斯，希望娶国王女儿为妻。

国王每次都十分友好地接待他们，给他们提供一辆漂亮的马车。四匹马在前面拉动，威武雄壮。他自己则去向宙斯祭供公羊，而且动作一点也不匆忙紧张。等到祭供完毕，他跨上一辆轻便车，前面由两匹骏马菲拉和哈尔彼那拉动，轻快异常，赛过强劲的北风。他很快就赶上了前来求婚的人。他残忍地用长矛刺穿了这些小伙子。前后十二名求婚人枉死在他矛下。

这时候，珀罗普斯为求婚来到这座海滨半岛（这座岛后来就叫作珀罗普纳索斯）。不久他就听到有关求婚人在伊利斯惨遭厄运的消息，于是他趁着黑夜来到海边大声地呼唤强大的守护神波塞冬。波塞冬应声随着波浪来到他的面前。“伟大的神，”珀罗普斯恳求说，“如果你自己也垂意爱情女神的礼品，那么就请交给我，让我平安地渡过俄诺玛诺斯的铁矛灾难，让我在最快的路上到达伊利斯，并保佑我取得胜利。”

珀罗普斯的恳求立即生效，水中响起一阵哗哗声，波涛中推出了一辆金光闪闪的神车，前面有四匹带翼的飞马拉动，速度犹如飞箭一般。珀罗普斯飞身上车，飓风一般地朝伊利斯赶了过去。

俄诺玛诺斯看到珀罗普斯时，十分吃惊。他一眼就认出了来者乘坐的是波塞冬的神车。可是他不愿意拒绝与小伙子按照既定顺序比赛。此外，他对自己骏马的神力充满信心。

珀罗普斯经过长途奔驰十分疲倦。他让骏马休息几天，等到恢复精力以后，便摆开架势，准备比赛。一路上他扬鞭催马，已经快要接近比赛的终点了。俄诺玛诺斯国王按照常规先给宙斯祭祀牺牲，然后跳上马车，呼啸一声从后面赶了上来。他挥舞着长矛，已经看到前面求婚人的后背了。他正要扑过去用长矛刺死珀罗普斯，海神波塞冬急忙从中帮助。为了保护珀罗普斯，国王的车轮在比赛途中突然松动了，马车顿时瘫作一团。俄诺玛诺斯飞出马车，一跤摔在地上，当时就死了。这时候，珀罗普斯驾着四匹飞马顺利地到达终点。他回头一看，只见国王的宫殿里烈火熊熊，早已烧成一片火海。原来是雷电击中了宫殿，将它烧成平地，只剩下一根柱子露在外面。珀罗普斯驾着飞骑朝失火的宫殿扑了过去。他从烈火中勇敢地救出了自己的未婚妻希波达米亚。

后来，他把自己的统治扩大到伊利斯全国，并夺取了奥林匹亚城，创办了闻名世界的奥林匹克运动会。他和妻子希波达米亚生了很多儿子。儿子们长大成人后，分布在珀罗普纳索斯全境，各自建立了自己的王国。

尼俄柏

尼俄柏是一个骄横的女人。她的丈夫安菲翁是底比斯的国王。他从缪斯女神那里获得一把漂亮的古琴。他在弹奏古琴的时候，底比斯城墙上的砖石竟然自动地粘合起来。尼俄柏的父亲名叫坦塔罗斯，是众神的客人——当然是在被推入冥府以前。她成为强大王国的女君主，漂亮动人，仪态万千。不过她感到最为高兴、自豪的还是有七个儿子和七个女儿。人们称她为幸运的母亲，尼俄柏自己也扬扬得意，认为的确如此。

有一次，盲人占卜者提瑞西阿斯的女儿曼托受神指使，站在街道中间呼唤底比斯城的妇女全都出来祭拜勒托和她的孪生孩子——阿波罗和阿尔忒弥斯。底比斯的妇女应该在头上戴一顶桂花树的花环，焚香礼拜。底比斯城的女人一起涌了出来，尼俄柏也跟在宫女的队列里。她穿着一件镂金嵌银的衣裳，神采奕奕，美丽无比。妇女们在露天摆上祭供，尼俄柏站在她们中间。她环顾四周，眼睛里露出得意而又骄傲的神情，大声地说：

“人们给你们胡乱编造了几位神，你们就显得如此虔诚。可是，这些享受天堂特权的人难道真的来到你们中间了吗？你们给勒托摆上了祭供，为什么不在我的名下焚香礼拜？我的父亲可是赫赫有名的坦塔罗斯，是唯一可与众神一起用餐的凡人。我的母亲叫狄俄涅，普雷雅德的妹妹。他们都是天空上闪闪发光的人物。阿特拉斯也是我们的祖先。他是一位力大无穷的人，把整个天体都扛在自己的肩膀上。宙斯是我的祖父，又是众神之祖。所有的夫利基阿人都听从我的指挥。底比斯的城池，包括所有的城墙都隶属于我和我的丈夫。它们是由于我们弹奏古琴才缝合而成的。我的宫殿里珍藏着无限的珠宝。我身姿漂亮，十足像一位女神。我生了一群儿女，世界上谁能与我相比：七个如花似玉的女儿，七个强壮的儿子，不久就会有七个女婿，七个媳妇。请问，我难道没有足够的理由骄傲吗？你们还敢把勒托，一位提坦神的不知名的女儿放到我的前面去吗？她在陆地上几乎找不到一块生养孩子的地方，只有漂浮的提洛斯岛才给她提供了这样的机会，而且那也是出于同情和无奈。她一共生了两个孩子，真可怜啊，刚好是我的七分之一。我难道不可以比她高兴六倍吗？谁敢否定我更幸福？谁敢否定我将会永远幸福的命运？命运女神如果要毁灭我的一切，那她一定得忙碌一阵，否则还不那么方便！所以你们应该撤掉全部祭供！各自回家，以后再也不要参加这类愚蠢的活动！”

妇女们惊恐地取下头上的花环，撤下供品，悄悄地回家去，不过大家心里都在悄悄地祷告，请求宽恕她们亵渎神灵之罪。

在提洛斯的库恩拖斯山顶上，勒托带着一对孪生儿女。她睁开神眼，把远方底比斯发生的一切都看得清清楚楚。“你们看，孩子，”她说，“我作为你们的母亲为生下这一对儿女而感到自豪。我除了赫拉以外没有避让过任何人，今天却被一个撒泼的人间女子侮辱了一番。如果你们不支持我，我将被她赶出古老的圣坛。我的孩子，连你们也遭到尼俄柏的恶毒咒骂！”

阿波罗打断了母亲的讲话，说：“别生气，她早晚会遭到惩罚！”他的妹妹也随声附和。说完，兄妹两人都隐身在云层背后。不一会，他们就看到了底比斯的城墙和城堡。城门外面是一块宽广的平地，那是比赛车马的演武场。尼俄柏的七个儿子正在那里欢乐戏耍：一边骑着烈性野马，另一边进行着激烈的比武竞赛。大儿子名叫伊斯墨诺斯，骑着快马不断地打着回旋。突然，他双手一抬，缰绳啪的一声滑落下去。他被一支飞箭射中心脏，顿时从马上跌落下去。他的兄弟西庇洛斯在一旁听到空中飞箭的声音，吓得连忙伏鞍逃跑。可是一支飞镖追上了他，西庇洛斯当场毙命，从马上滚落下来。另外两位兄弟——其中一人如同其祖父一样也叫坦塔罗斯，另一位叫弗提摩斯——揪扯着躺在地上。这时候又听见了弓箭响声，结果被一支飞箭双双穿透，死于非命。第五个儿子叫阿尔菲诺耳，他看到四个哥哥都已经死了，便惊恐地赶了过来，把哥哥们冰冷的肢体抱在怀里，想让他们重新活过来，不料他最后也倒在一起。因为福玻斯·阿波罗狠狠地射去一箭，正中阿尔菲诺耳的心口。第六个儿子，达玛锡西通是一位温柔的青年，蓄着长长的卷发。他被一箭射中膝盖骨。正当他弯下腰去，准备用手拔去箭镞的时候，另一箭又从他口中穿过，把他一直送到极乐世界。第七个儿子还是个小男孩，名叫伊里俄纽斯。他看到这一切，急忙跪在地上，伸开双手，哀求道："呵，诸神啊，请饶恕我吧！"哀求声尽管打动了可怕的射手，可是他的利箭却飞了出去再也唤不回来了。男孩扑地一声倒了下去。他也死了。

不幸的消息很快传遍了全城。安菲翁——孩子的父亲——听到传说时，悲伤已极，禁不住拔出刀来自刎而死。他的仆人和全体市民哭声震天，他们的悲哀声不久就传进内宫。尼俄柏久久不能理解这样可怕的消息。她不相信天上的神竟会如此强大，可是不久就已经彻底明白了。这时候她跟从前的尼俄柏判若两人。她刚才还把众多的妇女从强大的女神祭坛前吓唬着轰走，还趾高气扬地走过全城，抬着头，不可一世，现在却一下子惊惶失措地扑到野地里，抱着儿子的尸体。只见她又伸开双臂，指向天空，然后大声呼喊着：“勒托，你这个残酷的女人，看着我的苦难，你该赏心悦目了吧，该心满意足了吧！七个儿子的死亡把我一下子扔进了坟墓！”

这时候她的七个女儿也一齐穿着丧服来到身旁。风儿吹散着她们的长发，她们悲伤地站在那里，围着七个惨遭横死的兄弟。

看到女儿，尼俄柏苍白的脸上突然闪过一道幸灾乐祸的异样光彩，她忘乎所以地看着天空，嘲笑着说：“不，我即使遭到了不幸也胜过你的幸福；即使遭到了这么大的损失，我还是比你更富裕，还是一个强者！”

话还没有说完，人们又听到一阵弯弓搭箭的声音，大家都十分害怕，只有尼俄柏无动于衷。巨大的不幸已经冷却并坚固了她的心。突然，七姐妹中有一人紧紧地捂着自己的心口。她挣扎着拔出箭镞，软软地瘫倒在一个已死的兄弟身旁。另一个姐妹急忙奔向不幸的母亲，想去安慰她，可是箭下无情，她也一声不响地倒了下去。第三个姐妹在逃跑中被射倒在地，其余的几个也相继倒在已死的姐妹身上。只剩下最后一个女儿了，她惊恐地躲在母亲的怀里，钻在母亲的衣服下面。

“给我留下最后一个吧，”尼俄柏凄苦万分地朝着苍天呼喊着，“她是兄弟姐妹中最年轻的人！”可是，她还在哀求的时候，孩子也突然从她的怀里瘫倒在地。尼俄柏孤零零寂寞地坐在她丈夫、七个儿子和七个女儿的尸体中间。她伤心得突然僵硬了：头发在风中一动也不动，血色从脸上消失了，眼珠直瞪瞪地，一点也不转动。她的身体内已经没有了生命，血管里也停止了血液的流动和脉搏。尼俄柏变成了一块冰冷的石头，只有眼泪在流淌。石洞一般的眼睛里滴落着眼泪，流个不息，无穷无尽。

一阵巨大的旋风裹着石块，把它提到空中，又吹过了大海，一直把她送到尼俄柏的故乡，搁在吕狄亚国度的一座荒山上，上面是西庇洛斯山岩。尼俄柏成了一座石像，搁在那里，石像整日整夜地流着悲伤的眼泪。

阿克特翁

阿克特翁是阿里斯塔俄斯和卡德摩斯的女儿奥托纳沃的儿子。他父亲是一位生性喜爱打猎的人。阿克特翁年轻时跟智慧的半人半马的肯陶洛斯人喀戎学习打猎的诀窍。有一回，他跟一群欢乐的伙伴在基太隆山区的森林里围猎。时到中午，火辣辣的太阳当空照耀，酷暑难熬，大家急切地希望寻找一块树荫纳凉。这时候，阿克特翁把伙伴们召集起来，对大家说："我们今天打到了许多野味。因此，今天的围猎到此为止！明天再一起进行。"说完，他解散了围猎的队伍，自己则带着几条猎犬走进森林深处，希望找一块荫凉的地方，睡一觉避暑纳凉。

附近有一座山谷，名叫加耳菲亚，长满了松树和柏树，是呈献给阿尔忒弥斯的一块圣地。山谷的深处拐角上有一个树丛覆盖着的山洞。清泉聚成一池湖水，年轻的女神如果狩猎回来，常常在这里洗澡，借以消除疲劳。这时候，她正由一群仙女陪同着，走进山洞。她把猎枪、弓箭和箭袋交给后面扛武器的女子。一位仙女给她脱下衣服，还有两位仙子姑娘从她脚上松下鞋带。聪明而又美丽的库洛卡勒将阿尔忒弥斯那松散的头发扎成一把。然后她们从清泉里舀来凉水，让凉水慢慢地从她身上冲洗流淌。

正当女神冲凉洗澡十分快乐的时候，卡德摩斯的外孙儿阿克特翁来到树丛深处。他无意之中踏进了阿尔忒弥斯的圣林，找到一块凉爽的休息地，非常高兴。仙女们突然看到闯进一位不速之客，一齐惊叫起来，冲过去，围住女主人，不让这位男人的目光落在她身上。可是女神高高地站在那里。她满面通红，羞愧难当，一双眼睛直瞪瞪地盯着闯入浴地的男子。那人还呆呆地站在那里，不肯移动半步。他非常吃惊，完全被眼前这幅美景迷住了。多么不幸的男人啊！他如果迅速逃走，尽快地退出这块是非之地，那该多好啊！这时候，只见女神突然俯下身子，退到一旁，用手在湖水里舀起一掌水，喷在对面小伙子的头上和脸上，一面又大声地威胁着说："去向人们披露吧，告诉人们你看到了什么，如果你有本领的话！"

女神的话还没有说完，小伙子感到一阵害怕。他扭头就跑，他跑得多快啊，连他自己都感到吃惊。不幸的男人没有发现，原来他在头上长出了一对树枝般的角，脖子也变长了，耳朵往外延伸，又长又尖。他的双臂变成了大腿，两只手变成了蹄子，四肢掩住了身上斑斑点点的毛皮。他已经不是人了，愤怒的女神将他变成了一头鹿。奔逃中他从水的倒影里看出了自己的容貌。"天啊，我这个可怜人！"他真想呼喊一声，可是嘴巴却僵硬得犹如石头，发不出声来。他痛哭流涕，脸颊上挂满了泪珠，只有心脏和理智还残留在身体里。

他该怎么办呢？回到外祖父的宫殿里去吗，还是深深地藏在树林里？正当他又羞又怕的时候，他的一群猎狗围近过来。它们一齐冲向这只雄鹿，将它赶得漫山遍野地乱奔狂逃。他一会儿跃上悬崖峭壁，一会儿跳下深山峡谷，惊恐万状地在他从前围追猎物的熟悉的场地上逃命，他没想到自己成了今天围猎的目标。最后，一条凶恶的猎犬吠叫着窜上去，一口咬在他的背上。其余的猎狗呼啸而上，锋利的牙齿将他咬得遍体鳞伤。正在这时，他的一群狩猎的朋友也闻声而来。他们一齐放出恶狗，让它们拼命撕咬着这头壮鹿。猎友们高声欢呼着，寻找他们的头领。“阿克特翁！”呼喊声传遍了深山密林，“你在哪里？瞧，我们猎到了多么肥壮的野鹿！”

可怜的鹿被穿在他的朋友的猎枪上，渐渐地断了气，死于非命。

普洛克妮和菲罗墨拉

潘狄翁是从地中形成的厄里克托尼俄斯和帕茜特阿仙女所生的儿子，后来治理雅典当了国王。潘狄翁娶妻策雨茜泼，一位漂亮的女水神。策雨茜波生下一对孪生儿子，即伊列奇修斯和波特斯。此外她还生下两个女儿，普洛克妮和菲罗墨拉。

有一回，底比斯的国王拉布达科斯与潘狄翁发生争执，率领部队涌进了希腊的阿提喀州。雅典人经过激烈的抵抗，最后都缩在城内。潘狄翁眼看敌人兵临城下，匆忙向英勇善战的色雷斯国王忒瑞俄斯发出呼救。忒瑞俄斯是战神阿瑞斯的儿子。他迅速率领部队前来解围，最后把底比斯人赶出了阿提喀州。潘狄翁感激涕零，把女儿普洛克妮嫁给这位声誉赫赫的英雄为妻。

可是，迎接婚礼的并不是婚礼歌，也不是神的未婚妻，不是婚姻守护神赫拉，更不是仁慈可爱的贤娴贞洁的三女神。恐怖狰狞的复仇女神挥舞着昏暗的火把，那是她从葬礼上拖来的猎物。象征灾难的猫头鹰停在房子的山墙边，下面正是忒瑞俄斯和普洛克妮举行婚礼的地方。年轻的夫妇一点也不知道有这些灾异，高高兴兴地渡过海去，祭祀神灵，受到底比斯人的热烈欢迎。普洛克妮生下儿子伊迪斯的时候，色雷斯全国轰动，热烈庆祝。

不知不觉又过去了五年时间，普洛克妮逐渐感到远离家乡的孤单和寂寞，心中非常怀念妹妹菲罗墨拉。于是，她来到丈夫面前说："如果你对我还有一点爱情的话，那么请让我回到雅典，去接我的妹妹；或者你去那里，将她接过来。你可以告诉父亲，她在这里稍住一时就会回去的。否则父亲会不放心，而且，他也不愿让女儿离开很长时间。"

忒瑞俄斯很快就同意了。他带着仆人，当即就乘船开往雅典。不久，他们到了雅典的海港城市拜里厄司，受到岳父的热情接待。还在进城的途中，忒瑞俄斯就转告了妻子的愿望，并对国王保证，让菲罗墨拉不久就回到家乡。到了宫殿以后，菲罗墨拉亲自前来问候姐丈忒瑞俄斯，向他提了一千个问题打听姐姐的情况。忒瑞俄斯看到她光彩夺目，美丽动人，心里早就燃起了一股欢腾而又压制不住的爱慕之情。他从此刻便下决心想要诱骗菲罗墨拉。

他暂时按住心中翻江倒海的激烈情绪，又说到妻子渴望妹妹的迫切心情。他尽管心中酝酿着邪恶的计划，表面上却装作像一个谦逊君子。潘狄翁对他称赞不已。菲罗墨拉也被迷住了。她用双手勾住父亲的脖子，恳求他同意，让她到远方看望姐姐。国王心情沉重地答应了女儿的请求，女儿则万分高兴，连忙谢过父亲。

然后，他们三人一起进入宫殿，宫殿里早已摆好宴会的餐桌。美酒、佳肴，又吃又喝，真如人间神仙，美不胜收。傍晚时分，太阳落山了，大家各自就寝休息。

第二天清晨，年迈的潘狄翁在跟女儿分别时止不住热泪滚流。他紧紧地握住女婿的手，说："我亲爱的儿子，因为你们都有此番愿望，我把心爱的小女儿托给你。凭着你的婚姻和我们的亲戚关系，望着天上的众神，我恳请你，千万要像慈祥的父亲一样爱护妹妹，而且不久以后就将妹妹送回来。"他一边说，一边吻着自己的孩子，然后跟他们一一握手，嘱他们转达对女儿普洛克妮和外孙女的问候。一会儿，波涛声伴随着橹槁声，船儿张开大帆，慢慢地驶入了汪洋大海。

不久他们就到了色雷斯。水手们把船稳稳地停靠在港口，他们一起上岸。由于旅途疲劳，大家各自回家去了。忒瑞俄斯却悄悄地把菲罗墨拉带进密林深处，将她锁在一间牧人小屋里。菲罗墨拉十分害怕，流着泪打听姐姐的情况，忒瑞俄斯谎称普洛克妮已经死了，为了爱护潘狄翁老人的身体，他才故意编造了邀请菲罗墨拉的故事。实际上他是为了娶菲罗墨拉为妻，才赶去希腊的。说完他又假惺惺地哭了起来，装作十分悲伤的模样。

菲罗墨拉又苦苦哀求，然而一切都无济于事，她只得流着痛苦的眼泪屈服于暴力，成了忒瑞俄斯的妻子。可是，没过多久她就恢复了理智和思考，在心中升起了一股不祥的预感和可怕的怀疑。她默默地沉思着，忒瑞俄斯为何将我锁在远离宫殿的密林深处，像对待犯人一样？为什么他不让我像一个真正的王后一样生活在他的宫殿里呢？

有一次，她无意中听到仆人们的议论，知道普洛克妮原来还活着，知道她跟忒瑞俄斯的结合原来是一场罪恶。她成了以为已死的姐姐的情敌，跟姐姐在争风吃醋。她的心里充满着无名怒火和对姐夫背叛姐姐的仇恨。想到这里，她飞也似的冲进他的房间，喊叫着告诉他，说自己已经知道真相。她狠狠地诅咒他，要把这桩卑鄙的秘密，把他的罪恶和过失向全世界宣布，让大家知道他是怎样无耻的人。她的话激怒了忒瑞俄斯，同时他也十分害怕。

忒瑞俄斯做出一个恶毒的决定。为了保险起见，他决定不让任何人知道他的这桩丑闻，可是他又害怕杀害一位手无寸铁的女子。他从剑鞘中抽出宝剑，将女孩的双手紧紧地捆在背后，比画着利剑，像要杀害她一般。她高兴地期待着一刀结束她不幸的生命。可是，正当她痛苦地呼喊父亲名字的时候，忒瑞俄斯却举刀割掉了她的舌头。现在他不再担心有人泄露秘密了。他像什么也没有发生似的离开了可怜的女孩，严厉地命令仆人对她严加看管，不准稍有疏忽。

忒瑞俄斯回到宫殿，来到普洛克妮身旁。当她问到妹妹怎么没有一起回来的时候，他叹息一声，硬挤出几滴眼泪说，菲罗墨拉已经死了，而且早就埋葬了。普洛克妮听后急忙撕下身上的金银彩服换上一身黑纱丧服。她悲伤地筑起了一座空墓，给妹妹的亡灵摆上祭供。

一年过去了，被残暴制哑的菲罗墨拉仍然活着，看守和大墙封锁了她的一切自由。她有口难言，不能向人间数落忒瑞俄斯的卑鄙和可耻。可是不幸磨砺了她的理智。她坐在织机旁，在雪白的麻纱布上织出了紫铜色的字样。她要让这场丑剧大白于天下。她费尽力量完成了工作，然后又以种种手势苦苦地哀求仆人将织物送给王后普洛克妮。仆人答应了，他不知道其中的奥妙。

普洛克妮展开织物，读懂了这则骇人听闻的秘密。她没有流泪，甚至都没有发出一声叹息——她的痛苦太深了，思想中只有一个念头：报仇！向这位暴徒报仇！

夜晚来临了。色雷斯的妇女们热情地庆祝巴卡斯酒神节。王后也头戴葡萄花环，手里拄着酒神杖，匆忙跟着一群妇女来到丛丛的密林。她在内心充满着悲愤的痛苦，大声呼号着，发泄着巴卡斯的怒火。她一步步地走近孤寂的牧人小舍，那里关押着她的妹妹菲罗墨拉。她兴奋地呼唤一声便扑了过去，拉着妹妹一路来到忒瑞俄斯的宫殿。她把妹妹藏在一间密室里，告诉她："眼泪救不了我们！为了洗雪这场冤仇大恨，我做好了一切准备。"说话间，她的小儿子伊迪斯走了进来，他要前来问候母亲。母亲却直瞪瞪地看着他，小声地自言自语："他长得很像父亲！"儿子在她身旁跳了起来，用小手臂钩住母亲的脖子，在她脸上密密麻麻地吻了个遍。母亲的心只是稍微地感动了一阵，然后，她一把推开孩子，拿出一把尖刀，以疯狂的报复欲望将尖刀推进亲生儿子的心脏。

国王忒瑞俄斯坐在祖先的祭坛前。他的妻子给他送上可口的菜肴，他吃得津津有味。等到酒醉饭饱以后，他问了一声："我的儿子伊迪斯在哪里？"

"远在天边，近在眼前，他离你不能再近了！"普洛克妮冷笑了一声，回答说。

忒瑞俄斯疑虑地环顾四周，只见菲罗墨拉走了进来，她把一颗血淋淋的孩子的脑袋扔在父亲的脚前。国王顿时明白了这一切，掀翻了这一桌翻肠倒胃的饭菜，从刀鞘里拔出剑，扑向两位拼命逃跑的姐妹。她们跑得真快，像展翅飞翔一样。咦，她们真的长出了翅膀；其中一人飞进了树林，另一个飞上去落在屋顶上。普洛克妮变成一只燕子；菲罗墨拉变成一只夜莺，在胸脯前还残留着几滴血迹，这是杀人的烙印。当然，卑鄙的忒瑞俄斯也有变化。他变成一只戴胜。他以高耸的羽毛和尖尖的嘴永远地追赶着夜莺和燕子，成为它们的天敌。

可是，神话也是越来越神的。另有一则类似的，却稍微缓和的传说里讲道：底比斯国王仄忒斯的夫人埃冬对她的弟媳尼俄柏十分妒忌，因为尼俄柏一共有六个儿子，六个女儿，而她却只有一个儿子，名叫伊迪斯。埃冬受妒火驱使，趁着夜深人静的时候潜入尼俄柏的儿子和伊迪斯一起睡觉的房间。她手起一刀——本想杀掉尼俄柏的孩子——却杀害了自己的儿子。第二天清晨，埃冬发现了真情，绝望得差一点昏死过去。天上的神却对她十分同情，把她变作一只夜莺。春暖花开的时候，她躲在树枝丛中，以抑扬顿挫的音调悲叹着自己的孩子，那是被她亲手杀害的。她无数遍地呼唤着“伊迪斯，伊迪斯！”

仄忒斯与安菲翁

卡德摩斯的儿子，底比斯国王波吕多洛斯病危弥留之际把他尚未成年的儿子拉布达科斯托交给他的岳父尼克透斯抚养。尼克透斯统治了很长时间。拉布达科斯在这期间长大成人，可是他只执政一年就死了。尼克透斯又接管抚养拉布达科斯的小儿子拉伊奥斯的任务。

尼克透斯有一个漂亮的女儿，名叫安提俄珀。众神之父宙斯对她十分喜爱。可是另一位垂青她的美貌的青年埃波卜俄斯却也悄悄地来到底比斯，诱骗了姑娘。他在西基翁占有了安提俄珀，要她做了妻子。安提俄珀的父亲十分生气，率领部队进入埃波卜俄斯的国家。双方发生了激烈的战斗，结果两败俱伤，埃波卜俄斯勉强赢得了胜利。底比斯人则得抬着他们奄奄一息的国王退了回去。国王在临死前，确定他的兄弟吕科斯为王位继承人，一直到拉伊奥斯长大成人再把王位交给他。国王还再三叮嘱兄弟，千万别忘记向埃波卜俄斯报仇雪恨，一定要把安提俄珀重新接回底比斯。

吕科斯对着垂亡的兄弟发誓，一定要完成他的遗愿。后来，他积极训练部队，准备对埃波卜俄斯发动战争。可是埃波卜俄斯也因为伤势过重而死了。他的王位继承人洛墨冬心甘情愿地把安提俄珀送交了出来。吕科斯接她回底比斯的途中，安提俄珀在埃洛宇特拉生下两个儿子。两个儿子生下以后就被遗弃在山里，一位善良的牧牛人收留了孩子，将他们拉扯长大，给他们取了名字，叫安菲翁和仄忒斯。不过谁也不知道，安菲翁和仄忒斯竟然是神之祖——宙斯的儿子。再说两个孩子虽说相互间感情深厚，可是在性格上却有很大的差异。仄忒斯逐渐发展成为一个头脑冷静却又十分健壮的牧人。安菲斯却喜欢唱歌、弹琴，并从赫耳墨斯那里得到一件古琴礼物。安菲翁的艺术造诣很高，连阿波罗也常常止步不前，悄悄地听他弹奏，演唱。

正当兄弟俩人在寂寞中成长的时候，他的母亲安提俄珀却心情十分沉重，忍受着感情的煎熬。吕科斯是个善良温和的男人，可是他妻子狄耳刻却是一个恶毒的女人。她十分妒忌，以为丈夫一定爱上了自己的侄女，于是常把无名怒火发泄到可怜的姑娘身上。

有一次，她把一块烧得通红的铁块搁在侄女的头发上，另有一次用拳头将侄女打得鼻青脸肿。安提俄珀受尽了种种折磨，像女奴一般地纺纱、劳动，还得不到一餐饱饭。白天，她就关在阴暗的地下室里，晚上只能睡在光溜溜的木板上。

终于，安提俄珀熬出了头。

一天夜晚，宙斯让她手上的镣铐自行脱落，关闭她的监狱大门也“呀”的一声自行打开了。可怜的安提俄珀飞一般地逃到基太隆的山头上。她孤身只影，还迷了路。她看着周围又黑又怕，不知道该往何处走动。慌乱之中，她来到深山密林里面，看到眼前有一间牧人住的小草棚。安提俄珀走上前去，请求暂住一宿。她看到从房间里走出两位年轻人。安菲翁马上想收留这位可怜的女人。不知怎么的，他对这个女人怀有一股难以名状的亲切的感情。倔强的仄忒斯开始想拒绝她，可是后来他也良心发现，终于同意让求宿的人借住一夜。

可是狄耳刻已经发现囚禁的女子逃走了。她顺着踪迹追了过来，找到两位年轻人，让他们相信安提俄珀是一个卑鄙的罪恶女人。由于受不住王后的利诱和威胁，兄弟俩顺从地牵来一头烈性公牛，准备把他们的生身母亲绑在牛身后，要让牛把她拖曳而死。

正在紧急关头，年老的牧人匆匆忙忙地赶了过来，是他曾经把兄弟俩人从死亡的边缘上救了回来。牧人大声呼喊：“安提俄珀是仄忒斯和安菲翁的母亲！”听完叙述，兄弟俩人把满腔怒火一股脑儿地发泄到狄耳刻身上。狄耳刻取代了安提俄珀，被紧紧地绑在烈牛背后让牛在山地上拖曳着走了一遭，受尽折磨而死。酒神巴卡斯将狄耳刻的尸体变成一池泉源。它就在底比斯城附近。泉源按照恶毒的王后命名，一直涌流很久，没有干涸。

安菲翁和仄忒斯带着他们重新寻得的母亲一起回底比斯，将软弱的吕科斯赶下台，自己亲自上台执政，还围着城池砌造了牢固的城墙。仄忒斯从山上搬来巨大的石块，用于建造城墙。安菲翁弹起他的古琴。瞧吧，巨大的石块伴随着古琴声响的韵律自动叠合在一起，形成一堵密不透风的城墙。有名的底比斯城墙就是这样建成的。安菲翁发明了七弦古琴。为表彰他的聪明才智，城墙上一共建造了七座城门。

普洛克丽丝和凯珀哈洛斯

普洛克丽丝是伊列奇修斯的一个女儿，姐妹中间数她长得最漂亮。她爱上了赫耳墨斯和凯克洛珀的女儿赫耳塞所生的儿子凯珀哈洛斯。结婚的时候，所有的雅典人全都赶来贺喜，可是这一对夫妇却没能白头偕老，永相伴随。幸福没有扎下根来，没有驻足常留。

一天早晨，凯珀哈洛斯在打猎时追赶一头鹿进了丛山密林。他遇到一位年轻的女子奥罗拉，即曙光女神。曙光女神见来人长得漂亮，十分倾心，便一把搂住他，把他从山中劫持到自己的宫殿。可是不管奥罗拉如何动人，凯珀哈洛斯还是不改初衷，始终怀念着自己喜爱的妻子。他百般地恳求女神，让他回到普洛克丽丝身边去。奥罗拉尽管十分伤心，却十分感动。她说："好吧，你可以重新回到普洛克丽丝那里去。可是你终会有一天殷切地希望再也不要看到她。"

凯珀哈洛斯在回去的途中始终想着女神的话，心里渐渐地产生一股恐惧和怀疑：普洛克丽丝真会对他保持忠诚吗？最后他决定变幻成另一副模样去考验一下妻子。奥罗拉似乎已经改变了他的形象。他一路匆忙来到雅典，回到自己家中。大家见来了一个生人，没有在意，又纷纷议论女主人的贞洁，讲到她对失踪了的丈夫的担忧。他想方设法地走进了妻子的房间。可是不管他如何诱骗，妻子却始终不为这个陌生人所动。这时候他几乎不能再继续装下去了。如果他猛地扑上前去，抱住妻子，泪水浇面，吻着妻子，那该是多么欢乐的久别重逢。不幸的是他却坚持着还要试探。他对普洛克丽丝许以重金礼品，而且诡称凯珀哈洛斯已经不在人世。普洛克丽丝经不起利诱交迫，竟然犹豫着动摇了。这时候，凯珀哈洛斯忍不住蛮横地骂了起来："不忠诚的女人，你这回可是露出了狐狸尾巴！我就是你准备背叛的丈夫。"妻子羞愧难当。她一声不响，含着屈辱悲伤地离开了丈夫的家。

普洛克丽丝来到遥远的克里特岛。她加入了喜欢狩猎的贞洁女神阿尔忒弥斯的队列，从此仇恨一切男人。凯珀哈洛斯却十分后悔，非常怀念可爱的妻子。当然妻子也不能简单地把往日感情一笔勾销：阿尔忒弥斯见此情景便送她一根绝不会偏离目标的梭镖和一条奔跑如飞的名犬雷拉泼斯。普洛克丽丝带着宝贝，高高兴兴地回到雅典。她原谅了后悔莫及的丈夫，重新跟他一起生活了很多年，夫妻和睦美满。因为再也用不上梭镖和雷拉泼斯，于是她就把这两件宝贝作为第二次结婚后的晨礼送给了丈夫。

凯珀哈洛斯喜欢趁着清晨外出到山上打猎，不带仆人，不骑马，也不带猎狗。等到心满意足地打上许多猎物时，他就寻找一块树荫处，呼唤晨风前来吹拂自己，好让自己消除疲劳，解除困乏。为此，他对着天空自言自语："来吧，可爱的曙光。来吧，你是个友好的女子。给我力量，给我凉爽！"

一天，有个人从旁走过，听到他含情脉脉地呼喊，那人相信凯珀哈洛斯正在呼唤当地的女仙，要在密林中私自幽会。他急忙赶回去，找到普洛克丽丝，把这一情况原原本本地告诉她。普洛克丽丝十分悲伤，痛哭流涕，愤恨丈夫欺骗了自己。而且，他的情人叫曙光，真凭实据，如何抵赖得了？可是后来她又想到不能轻易地相信以免冤枉了自己的丈夫。她疑虑重重，又恨又怨，打定主意，亲自去探听一回，弄个水落石出。

第二天一大早，凯珀哈洛斯一如往常又上山打猎去了。狩猎完毕，他高兴地躺在草地上休息，愉快地唱起来："来吧，温柔的曙光，快来按摩疲劳的我吧！"他正唱得高兴，突然停了下来——附近的树丛里发出一阵窸窸窣窣的声音。他以为那是一头鹿，于是立即拿起梭镖，那支百发百中的神镖，猛地扔了出去，正好打中他的妻子。

"痛死我了！"可怜的妻子大叫一声，连忙用手捂住伤口。凯珀哈洛斯还没完全听清妻子的声音便急忙扑了过来。他看到妻子普洛克丽丝已经躺在血泊之中，连忙撕下自己的衣服，绑扎妻子的伤口。妻子却已奄奄一息，眼看不济事了。她只是费力地低语着："对着天上的神，对着神圣的婚姻，我诅咒你，是你破坏了我们的幸福。可是，我死了以后，你千万别让曙光进入我们共同生活过的安静的房间。"

凯珀哈洛斯直到这时才明白原来是一场误会。他抽泣着解释这一切，说话时早已泪流满面。他发誓，自己是无辜而忠诚的。

唉，可惜已经晚了！妻子又一次回过神来，温柔地看着丈夫，苍白的嘴角边上泛起一阵痛苦的微笑，脸色十分平静，犹如阳春三月——就这样，她躺在丈夫的怀里，停止了最后的呼吸。

埃阿科斯

河神阿索波斯一共生有二十个女儿。二十个女儿个个如花似玉，其中最漂亮的要数埃癸娜。有一次，宙斯看到了这位女仙。他心中燃点起一股炽烈的爱情之火，于是摇身一变，变作一头苍鹰，从云空中直扑下来，劫持着姑娘一直飞到当时被称作安诺纳的岛屿才停下来。后来，这座岛也被称作埃癸娜。阿索波斯到处寻找他的女儿。一天，他来到哥林多城。阴险的暴君西绪福斯向他透露，是宙斯劫持了他的女儿。阿索波斯跟宙斯免不了一场激烈的交锋。宙斯用闪电迫使追赶者退回了自己原来的河床。

宙斯和埃癸娜生下儿子埃阿科斯。埃阿科斯聪明伶俐，虔诚正直，深得众神的欢心。长大以后，埃阿科斯治理岛屿，是一位开明善良的国王，受到大家的拥护和爱戴。

这一年希腊遭受大旱，土地龟裂着张开着干巴巴的大口渴望雨水。可是空中却是万里无云。庄稼、果实全都枯萎干瘪，河流湖泊也都干得露了河床。人畜死亡，尸横遍野，人间一副悲惨的景象，让人目不忍睹。

希腊人深受灾难之苦。他们前往特尔斐求取神谕。女祭司宣布说，如果埃阿科斯向宙斯求情，干旱会立即停止，因为埃阿科斯是杰出的人，他的行为能够感动天地。希腊的各位君王连忙派出使者前往埃癸娜，请国王代他们向宙斯求情。埃阿科斯登上岛屿的最高山头，举起双手，向他父亲请求帮助。他的祈祷刚刚结束，天空间突然浓云密布。顿时间瓢泼大雨，浇遍全希腊，解除了这一年的干旱之苦。

于是，宙斯的儿子既是强大的国王又是虔诚的祭司，无论百姓或是神，都对他十分喜欢。他娶了妻子恩达埃斯。妻子给他生下两个强壮的儿子——珀琉斯和忒拉蒙。他还有第三个儿子，名叫福科斯，是海中仙女涅瑞伊得斯姐妹彼萨玛特所生。在世人的眼睛里，埃阿科斯不仅是最善良的，也是最幸福的人。

可是，严厉的天后赫拉却痛恨这个名叫埃癸娜的王国，因为这是与她争风吃醋的情敌的名字，它勾起她的一腔宿怨。她给全岛送去可怕的瘟疫。瘴气和令人窒息的毒雾弥漫山野，阴惨惨的浓雾裹住了太阳，然而就是不下一场雨。四个月过去了，海岛上天天刮着闷热的南风，地上升起一股股死亡的气息，池塘和河流里的水全都发绿变臭，荒芜的田野里毒蛇成群。它们的毒涎渗流在井水或河水里，四处泛滥。疯狗、疯牛、疯羊，飞禽走兽全都疯了。最后，瘟疫的灾害也降临到人的身上。尸横遍野，一片恶臭。

仁慈而又高尚的国王虽然跟他的儿子们幸免于难，可是他目睹这一切都悲伤无比，连心都在淌血。唉，他的臣民们忍受着死亡的折磨！他向天神苦苦地哀求着："哦，宙斯，尊敬的父亲，我如果真是你的儿子，或者你并不因为我感到惭愧，那就请你归还我应有的一切，或者干脆让我死掉！"

天上突然打起一道闪电，安静的天空中传来了隆隆的雷声。埃阿科斯愉快地看到恩赐的先兆，他感谢父亲给他的恩惠和希望。埃阿科斯站在一棵巨大的栎树旁，这是献给宙斯的祭品。宙斯的多度那圣栎树就是它的种子长出来的。突然，国王的目光落在这棵巨树的树干上。那里有无数的蚂蚁，在树皮和树根上匆匆忙忙地爬来爬去，拖曳着一颗颗粗壮的谷粒。“赐给我这么多的臣民吧！”埃阿科斯大声呼喊着，“让他们充满空旷的城池，就像这里有许多蚂蚁一样！”这时候，树冠突然动摇起来，树叶沙沙，犹如弹奏一曲优美的歌儿。国王听着，跪倒在树旁，吻着大地和神圣的树干，答应给宙斯祭献丰富的礼品。直到夜幕降临的时候，他才满怀着希望，安静地回去休息。

这一夜他做了一个奇怪的梦：栎树又浮现在眼前，蚂蚁忙忙碌碌地搬运谷粒。可是，这些奇怪的小虫子却在不断地长大，而且越来越大，最后都直立起来。它们的脚的数量在减少，身体逐渐地呈现人的形状。国王正在奇怪，却突然醒了。他睁开眼睛，发现原来是一场美梦。然而怎么啦？远方传来一阵阵嘈杂的讲话声。

房门被急速地拉开了，儿子忒拉蒙一头撞了进来，大声地呼唤着：“父亲，快来，出奇迹了！真是闻所未闻！宙斯给了你这么多，远远超过你所希望的事。”听到这话，埃阿科斯急步走了出去。看看门外的奇迹，他感动得流出了热泪。正如他所梦见的那样，他的面前站着黑压压的一大群人。他们越来越近，向他恭贺，把他当作自己的国王。他高兴地欢呼起来：“了不起啊，蚂蚁们，等着，你们从此以后就叫密耳弥多涅斯人。”

英勇的密耳弥多涅斯人就是这样起源的。他们对自己的历史毫不忌讳，因为他们是一个勤劳得像蚂蚁祖先一般的民族。他们一年四季在辛辛苦苦地劳动，节约每一颗粮食，对生活十分知足。埃阿科斯把无主的财物和田地分配给这批海岛的新居民。后来，当这位虔诚的国王年迈逝世的时候，众神一起把他扶上冥府判官的宝座。与他一起共事的还有弥诺斯和拉达曼堤斯。埃阿科斯的儿子和孙子都成为人间豪杰。忒拉蒙的儿子是强大的埃阿斯。珀琉斯的儿子阿喀琉斯，打仗时英勇无比，赛过神仙。

菲利蒙和巴乌希斯

在夫利基阿王国的一座山坡上生长着一棵千年栎树。旁边有一棵菩提树，也有千年之龄。两棵树的四周围着一堵矮墙，伸展在外的树枝上挂着漂亮的花环。不远处是一池湖水，水面上飞着苍鹭和潜水鸟。这里景色幽雅安静。

关于这两棵树的传说是这样的：

有一回，宙斯带着他的儿子赫耳墨斯经过这里。儿子手上拿着一根拐杖，这回却没有戴上翼帽。他们化作人的模样，前来考验人的友好程度。为此，他们敲过了一千户人家的大门，请求住宿一夜。可是人们却十分自私残忍，以至于天上的神在人间到处找不到落脚的地方。

这天，他们来到村子的尽头处。这里有一幢小草房，屋顶上盖着稻草和芦苇，显得矮小贫穷。可是贫穷的屋子里却住着一对幸福的夫妇，正直的菲利蒙和他的妻子巴乌希斯。

他们相依为命，厮守着一起度过了愉快的青春，又在一起步入了幸福的晚年。由于贫穷，他们无力做出多少善事，可是他们却能忍受清贫，诚挚的爱情永远也不衰竭。他们膝下荒凉，没有子女，小屋里却时常传出他们欢乐的笑声。

正当两位神弯着腰走进矮房子的小门时，这对热情的夫妇早已朝着他们迎了出来。老人搬出椅子请客人坐下休息。老太太急忙走近灶边，拨弄着火苗尚存的柴灰，把干木柴和干树枝堆砌在一起，然后轻轻地吹着火星，让它重新点燃木柴。木柴点燃以后，老太太又急忙在火上挂了一把水壶，而菲利蒙早已从菜地上取回了大白菜。老太太接过白菜，挑选洗净，菲利蒙又在熏黑的厨房中取来一块熏制的猪肉。他们一直盼望有一个隆重的时刻，用熏肉招待客人，趁着菲利蒙切斩猪肉烧汤的时候，老太太则跟客人们热情地谈话，问寒问暖，借以缩短等待的时间。他们还把热水舀入木盆，给客人舒舒服服地烫脚清洗。

神愉快地微笑着，接受着热情的款待。正当他们用热水烫脚的时候。老太太又去给他们铺床了。床就搁在小屋的当中，芦苇花作褥垫，柳条编织成床脚和床架。菲利蒙又取出了地毯。这些都是节日时才用的家什——由于年长时久，地毯也早已磨损破旧了。两位神高高兴兴地坐了上去，准备用膳。桌子上摆开了新鲜的瓜果和饭菜，有橄榄和秋天的大樱桃，水灵灵的，味道鲜美。此外还有萝卜、菊苣、上等的乳酪和在热灰中烧煮的鸡蛋。老太太用一只瓷盘把菜肴一一端上来，其中还有一罐葡萄酒。一会儿，菲利蒙又从灶边端来了热腾腾的大菜。饭后，老太太帮助菲利蒙一起，把杯盏往桌旁移动了一下，腾出地方搁放饭菜点心。有核桃、无花果、圆圆的大枣，还有两瓢李子和喷香的苹果。葡萄发出诱人的甜味，桌子中间还有一块乳白色的蜂蜜片。神吃得津津有味。他们看到主人的脸上充满了愉快而又热情的笑容，看到他们慷慨而又忠实的神情，心里更加喜欢。

等到大家酒足饭饱的时候，菲利蒙发现葡萄酒酒罐仍然满满的。一点也没浅下去。直到这时他才惊讶而又害怕地意识到今天的客人都是谁了。他诚惶诚恐地请求神的谅解，因为家道贫穷，所以拿不出丰富的菜肴款待他们，请神高抬贵手，千万别见怪！

可是老夫妻俩还有什么能够拿出来招待客人呢？ 突然，他们想起外面牲口棚内还有一只肥鹅，他们愿意拿来孝敬神。 想到这里，两口子急忙走了出去。 可是鹅逃得比他们还要快，扑扇着翅膀，嘎嘎地叫着，一忽儿跑到东，一忽儿跑到西，把两个老人累得气喘吁吁，奔得上气不接下气。 蠢鹅不蠢，最后冲进小屋，躲在两位客人的背后，似乎在向两位神哀求保佑。 神果然站了起来，面露慈祥的微笑，说："我们想考验一下人间的友好程度，所以化了装来到人间。 你们的邻居十分悭吝，难逃厄运惩罚。 你们却必须离开这幢房子，跟我们到山顶上去。 这样你们就不会跟有罪的人忍受同样的苦难。"

菲利蒙和妻子巴乌希斯连忙答应，他们拄着拐杖，费力地朝陡峭的山上走去。 将近山顶的时候，他们胆战心惊地回头看了一眼，山下的平地早就成了汪洋大海。 高楼大厦也塌倒在地，只有他们的那幢小房子还屹立在波涛里，如一个漂亮的小岛。 正当他们惊讶不止，悲叹村民命运的时候，只见可怜的小草房竟然变成一座华丽的庙宇。 门口耸立着粗大的石柱，金色的琉璃瓦在阳光下闪发着艳丽的色彩，地面上铺着光溜溜的大理石。

宙斯转过身来，看着颤颤发抖的两位老人，说："告诉我，你们有什么愿望？"菲利蒙跟老伴商量了一阵，回答说："我们希望成为你们的祭司！ 请你大发慈悲，让我们看守这座庙宇。 我们相互厮守着过了一辈子，所以也希望将来死在同一个时辰。"

他们的愿望实现了，两个人在有生之年担任看守庙宇的任务。有一天，菲利蒙和巴乌希斯感到自己的生命已经走到了尽头，于是又双双站在庙门口的台阶上。 巴乌希斯看着菲利蒙，菲利蒙看着巴乌希斯。 突然，他们身上都长出了碧绿的树叶。 这一对虔诚的夫妇迎来了自己的大限：他变成了一棵栎树，妻子成为菩提树。两棵树互相对望着，厮守着，就像他们生前一样永不分离，流传为千古美谈。

阿拉喀涅

在吕狄亚王国里有一座小城许珀巴。那里住着一个出身低微的年轻妇女，名叫阿拉喀涅。她的父亲伊特蒙是科罗封地区的颜料商，母亲早年去世，也是出身于贫穷人家。可是阿拉喀涅却闻名四方，因为她作为织布女子，其手艺胜过所有的姐妹们。连山区和河水女仙们都来到她的草屋，赞赏她的精湛艺术。阿拉喀涅将羊毛纺成粗纱、把粗纱不断整细并且灵巧地晃动纱缍或用细针缝绣，这些动作都像纺织大师帕拉斯·雅典娜的一样。可是阿拉喀涅却不买帕拉斯·雅典娜的账，常常不服气地大声说："我并没有向女神学本领！女神可以来跟我比赛。如果我输了，甘愿忍受任何的惩罚！"

雅典娜听到这番吹嘘的话很不高兴。她变作老太婆的模样来到阿拉喀涅的小草房，劝说道："不值钱的年龄终会有一点作用的。经验随着时光才能成熟，因此你千万不能鄙视我的建议！你的纺纱本领超过了凡间的任何女子，取得了巨大的荣誉，你该知足才是。向女神低头臣服吧，请求她原谅你所说的大话！只有这样，你才能得到宽恕。"

阿拉喀涅有眼不识女神。她一边穿线一边生气地回答说："老太婆，你真愚蠢，年龄的重担已经淡化你的智慧。回去跟你的女儿说教吧，我不需要你的劝告。帕拉斯为什么不亲自来？为什么她不敢跟我比赛？”女神的宽容总会有尽头的时候。

“她就在这里！”女神大喝一声，突然显现了天神的面貌。在场的女仙子跟吕狄亚的妇女们顿时跪倒在女神的脚下，只有阿拉喀涅不动声色。可是她倔强的脸上也微微红了一下。宙斯的女儿应战了。

两个人在各自的地方架起布机，一起开始了工作。她们将羊毛染成千百种颜色，让金线穿过其中，于是织出了漂亮绝顶的图案，让在场的人赞叹不已。

雅典娜在图案中织出了雅典的城堡和山岩，织出雅典与海神争夺国家的战争故事。宙斯率领着十二位神坐在其中。另一边站着波塞冬，手持巨大的三叉戟，奋力冲向山岩，激起一层层咸津津的海浪，四散漂溅。艺术女神也在画中，拿着盾牌和长矛，头戴钢盔，胸前是一个可怕的神盾图案。上面讲的是她用枪尖让荒凉的土地上长出橄榄树的故事。雅典娜把自己的胜利织进图案，而在四只角上她又织了人们由于骄傲而遭受神惩罚的四则故事：色雷斯国王赫莫斯和他的王后罗杜泼，狂妄自大，自称宙斯和赫拉，因此被变作两座山；另一个角落上是一位不幸的母亲，名叫皮格玛恩，败在赫拉手下，变作一只鹤，常常跟自己的孩子发生纠纷争执；第三个角落上织出的女子叫安提戈涅，洛墨冬的漂亮女儿，一头卷发十分动人，以至于要跟赫拉比美，天后盛怒之下，把她的头发变作毒蛇，折磨并撕咬头皮，十分吓人，最后还是宙斯发善心，将她变作一只仙鹤的模样，不过它现在还时常炫耀自己的年轻美貌；最后的一幅画上是帕拉斯哀悼女儿的故事。她们骄傲自大，不可一世，激起赫拉的愤怒。赫拉把她们变作自己庙前的石阶，父亲悲伤地跪在石阶上，以泪洗面，浇洒在冰冷的大理石上。雅典娜织出了漂亮的橄榄枝叶的花环，把四幅图案连结在一起。匠心所至，巧夺天工。

与此相反，阿拉喀涅在织物上织了一些嘲笑神的题材，尤其嘲笑了宙斯。例如他一忽儿变作公牛，一忽儿变作雄鹰或天鹅，然后又变作淫荡的色鬼萨蒂尔，或者是熊熊燃烧的火焰或金雨。宙斯就是以这些形象前来愚弄人间女子的。这些故事都编织在一根常青藤上，饰以许多花卉。当她完成织造以后，连帕拉斯·雅典娜也佩服其无可挑剔。可是她从画面上看到阿拉喀涅对神的嘲笑。雅典娜十分愤怒。一把抓过织物，撕得粉碎。另外她还用梭子在阿拉喀涅的额角上连敲了三下。可怜的阿拉喀涅顿时失去了理智，拿起一根绳子围在自己的脖子上，便颤悠悠地吊挂在空中了。女神一见便动了恻隐之心，一把抓住绳子，把阿拉喀涅从绳扣中解救出来，说："你应该保留一条生命！你的全族直至孩子都将受到惩罚。"说完，女神在阿拉喀涅脸上撒了几滴魔液，然后扔下她独自走了。

阿拉喀涅却可怜地发生了变化，她的头发、鼻子和耳朵全都消失不见了。整个人干瘪地收缩变成一只细小难看的蜘蛛。不过，直到今天她还操持着古老的艺术，把线跟线努力地搭织起来，织成一张漂亮的蜘蛛网。

弥达斯

有一回，强大的酒神狄俄尼索斯带着他的女祭司巴克坎忒斯和农神萨图恩轻轻松松地前往小亚细亚。他们一行人在特莫洛斯山区庆祝节日。山坡上长满了茂密的葡萄藤。可是西勒诺斯老人却没有来，因为他被甜蜜的葡萄气息熏陶得如醉如痴，睡着了，耽误了盛会。夫利基阿的农民看到一位昏昏欲睡的老头儿，便用花环扣住他，把他带到国王弥达斯的面前。国王敬畏地迎接了这位神朋友，留下他，摆起欢乐的酒宴，招待他十天十夜。到了第十一天清晨，国王把他的客人送到吕狄亚国的旷野上，将他交给了酒神巴卡斯，那是狄俄尼索斯的别名。

酒神十分感动，答应让国王任意挑选一份礼物。只见弥达斯开口说："伟大的巴卡斯，请让我挑选一件宝贝。它使我具有魔力，让一切碰着我的东西全都变成闪闪发光的黄金。"酒神惋惜他没有挑选更好的礼物，但满足了他的愿望。

弥达斯高高兴兴地离开了酒神回去了。路上，他匆忙尝试了一下。瞧吧！他刚从栎树上折下一根树枝，树枝立即变成黄金；他从地上拣起一块石头，石头顿时金光闪闪，成了结结实实的金块；他从麦秆上摘下麦穗，收获的却是金粒；他刚从树上摘下水果，水果霎时变成黄金，真像赫斯珀里得斯看守的金苹果。弥达斯十分奇怪，也十分高兴。他一路回到自己的宫殿，跨进门槛的时候，他的手指刚触到门框木柱，木柱顿时成了金柱。甚至连水也是一样，他把双手浸入水中，水变成了黄金。

弥达斯喜出望外，立即叫来了仆人，吩咐给他准备一顿丰盛的晚宴。他要庆祝一番。不一会，餐桌上摆满了山珍海味，煎鸡烤鸭，水果面包，一应俱全。国王伸手抓过一块面包——面包变成石头一般坚硬的黄金，他把一块肉塞进嘴里——闪闪发光的黄金差点绷断了他的门牙。他端起了高脚酒杯——喷香扑鼻的美酒早已成了滚滚流动的黄金淌进了他的喉咙。

直到这时他才明白原来自己竟然乞求到了一份多么可怕的礼

物。他富到天，穷到地，诅咒着自己的愚蠢，因为他已经没有办法充饥解渴，这种生活的结局自然不难想象。他绝望地用拳头猛打自己的额角——哦，天哪，他的脸也金光闪闪，变成一张金脸，他十分害怕，举起双手向苍天哀求："饶恕我吧，狄俄尼索斯神，饶恕我的愚蠢，去掉加在我身上的点金术吧！"

巴卡斯是一位友好的神。他听到这位愚蠢人后悔的祈祷，对他说："你应该前往珀克托洛斯河，在山地里找到它的源头。在山石中喷涌泉水的地方，你可以把头浸入冷水中去。清净的泉水可以洗刷你的黄金罪孽。"

弥达斯遵循神的吩咐，魔法迅速消退了。可是点金的魔力却传给了河水。从此以后，水中常常蕴含着丰富的矿物，可以提炼宝贵的黄金。

弥达斯从此恨透了一切财富。他离开了华丽的宫殿，喜欢在原野和山地漫步浪游。他敬重牧神潘。潘喜欢蹲在阴凉而隐秘的岩石山洞里。但是弥达斯虽然改变了生活起居，然而一颗心却仍然像从前那样愚蠢无比。

牧神潘喜欢在特莫洛斯山上给女神们吹奏笛子。他是一位带有羊腿羊脚的神。大公羊自然是雄劲十足的标志。有一次，他竟然大胆地向阿波罗挑战，比试武艺。年迈的山神特莫洛斯充当仲裁。他已经白发苍苍，太阳穴上戴着一圈栎树叶花环，周围坐着女仙和凡人。大家都兴致勃勃地希望看这场比赛的结果。国王弥达斯也在其中。

特莫洛斯端端正正地坐在山石上。他看到牧神潘开始吹奏管笛，笛音悠扬，声震云霄，十分轻松快活。弥达斯听得着了迷。潘吹奏结束以后，阿波罗走上前来，左手拿了一把象牙七弦琴。

他用手弹了一番琴弦，琴声犹如天霆之音，听者全都肃然起敬。特莫洛斯宣布阿波罗赢得比赛的胜利。

在场的人除了弥达斯全都热烈鼓掌，表示赞同。弥达斯却禁不住大声呵斥起来。他认为潘该是赢家。阿波罗趁人不注意走上前来，抓住弥达斯的两只耳朵轻轻地一拉，却不料把他的耳朵拉长了许多。嘿！这下瞧吧，两只耳朵尖尖地往外伸展着，外面全都长了一层灰暗的长毛。原来神容不得他这般愚蠢的人枉生一副人的模样。从此，两只驴耳朵装点着国王的头面，国王羞愧得无地自容。他找来一条宽大结实的头巾，希望遮住丑陋的长耳朵，从而对外界保守秘密。不过，纸里包不住火。弥达斯有一个专门的理发师，他给国王理发时发现了这重秘密。他惊讶得几乎要向全世界披露这桩奇异的新闻。可是他没有这个胆量，于是便悄悄地来到河边，在地上掘了一个洞，用嘴向洞口吐露了一番心事和秘密，然后才心满意足地离开。没有几天，洞口周围长出一圈茂密的芦苇。微风吹过，芦苇低声悄语，相互传说着："国王弥达斯长了一对驴耳朵！"

弥达斯的秘密终于传遍了天南地北。

墨勒阿革洛斯和狩猎野猪

卡吕冬国的国王俄纽斯十分虔诚，他把这一年获得丰收的首批果实献给众神：谷物归得墨忒耳，葡萄归巴卡斯，油料归雅典娜。每位神祇都有相应的祭品，可是他却忘掉了月亮和狩猎女神阿尔忒弥斯，她的祭坛前空空如也，连香火也没有。女神十分生气，决定报复国王。

女神朝卡吕冬国的原野上送去一头巨大无比的野猪。野猪血红的眼睛里喷射出熊熊燃烧着的火焰。猪背又阔又硬，一副獠牙往外叉着，如同象牙一般。它在庄稼地来回践踏，把葡萄和橄榄连藤连枝一起咬断吃掉。牧人和牧羊狗看到它都赶紧躲开，根本没有办法守护牧羊。野猪成了可怕的妖怪。

国王的儿子墨勒阿革洛斯挺身而出。他召集一批猎人和猎犬，准备捕杀这头凶恶的野猪。他邀请了全希腊国一批最勇敢的人前来围猎。其中也有来自亚加狄亚的英雄处女阿塔兰忒。她是伊阿里斯的女儿，幼年时被遗弃在树林内，由一头母熊哺乳。后来，她被猎人发现带回，并由猎人将她抚养成人。从此她就依树林为家，靠狩猎为生，出落成一位漂亮的女子，却对男人十分仇恨。她拒绝一切男人。有两个半人半马的妖怪企图在荒野之中伏击她，都被她用弓箭彻底制服。现在，她对狩猎十分感兴趣，顾不上人间陌生的拘束了，她把头发挽成发髻，象牙色的箭袋挂在肩上，左手操弓，脸色红润，俨然一位风流倜傥的美男子。

墨勒阿革洛斯看到这位女子人才出众，便寻思着："能够娶这位女子为妻的丈夫该是多么幸福啊！"时间让他来不及多加思索，因为危险的狩猎任务迫在眉睫，再也不能拖延了。

猎人们首先来到一座原始老林。它从平原缓缓沿山坡盘旋而上。男人们来到这里以后，大家分头行事。一部分人张罗地网架设陷阱；一部分人解开猎犬的铁绳；又有一部分人顺着踪迹追赶下去。不一会，他们来到一座峻峭的山谷，山谷里长满了灯芯草和沼泽水草。柳树和芦苇密密麻麻连成一片，野猪就躲在这里。它被许多猎犬惊扰，窜了出来，折断了大量树木。猎人们齐声呼唤，紧紧抓住铁矛，眼看着野猪面对面地冲了过来。不料野猪看到前面人多势众，便朝斜刺里穿了过去。 猎人们赶紧追过去，朝它开枪，投掷飞镖。 可是这一切都无济于事，反而激怒了它的野性。 它瞪着冒火的眼睛重新转过头来，扑向猎人。 一会儿，三个猎人已被他踹倒在地，几乎当场死去。

阿塔兰忒及时赶到。 只见她弯弓搭箭，朝着野猪射去一箭，正中野猪耳下。 猪鬃上第一次沾上了血迹，染成一片通红。

墨勒阿革洛斯看到野猪受了伤，立即给猎人们报出了这一好消息。 男人个个羞愧难当，因为一个女人竟然跑在他们前头立下大功。 他们猛地跳起身子，又把长矛和飞镖朝野猪扔过去。 可是这一阵混乱反倒妨碍了围猎野猪。 有个亚加狄亚人愤怒地扑上去。他用双手举着一柄利斧，可是他刚到野猪旁边，还没有来得及砍杀，就被野猪的獠牙拱翻在地，差点送了性命。 这时候，伊阿宋投去一枪，不料正好打中一条猎狗。 墨勒阿革洛斯接连投出两枪，第一枪投在地上，第二枪正好打中猪背。 野猪兽性大发，在原地暴躁地打转，口中喷吐着鲜血和白沫。 墨勒阿革洛斯赶上去，举起长枪，一枪刺进野猪的颈背。 霎时间，猎人们纷纷举枪刺杀，野猪顿时被戳成一团蜂窝。 它挣扎着倒在血泊之中，奄奄一息了。

墨勒阿革洛斯一脚踏在死猪的头上，用剑连毛带肉地剥下了猪皮。 他把猪皮连同猪头一起交给勇敢的阿塔兰忒，对她说：“收下猎物吧！ 按理说它应该归我。 可是其中更大的荣誉却是属于你的！”

猎人们却认为她不该享受这份荣誉。 他们站在一旁，口中愤愤不平。 墨勒阿革洛斯的几个舅舅更是不服，紧握着拳头，猛地站到阿塔兰忒面前，说：“放下手中的猎物，你休想取得这份不义之财，它是属于我们的！”说完，他们从女人那里把礼物拿过来就走了。墨勒阿革洛斯哪里受得了这样的侮辱，他大叫一声：“你们这批强盗！”挺起长矛就朝一个人刺了过去。等到第二个舅舅刚刚明白怎么回事时，墨勒阿革洛斯的长矛也已经在他身上前胸而进，后胸而出了。

再说墨勒阿革洛斯的母亲阿尔泰亚听到儿子围猎野猪的胜利消息后很高兴。她匆匆忙忙地前往神庙，准备去给神摆设祭供，感谢神灵佑护。途中，她看到的却是人们正抬着她两位兄弟的尸体。阿尔泰亚匆忙赶回宫殿，穿上哀悼的礼服。可是阿尔泰亚却听说凶手原来是自己的儿子墨勒阿革洛斯。她强忍着泪水，将一股悲哀变成满腔仇恨，思量着想要替兄弟们报仇。她想起墨勒阿革洛斯生下不久的时候，命运三女神曾经前来祝福过：“你的儿子将成为一个勇敢的英雄，”第一个女神预言说。“你的儿子寿命好像……”第二位女神还没有说完，第三位女神就接过了话头：“木柴一样，它搁置在炉火上熊熊燃烧，火苗永远也不会消失。”

命运女神刚刚离开，作为母亲的阿尔泰亚连忙把木柴从火中取出来，用水浇灭，然后藏在自己的卧室里。现在她悲愤异常，又想起这段木柴，于是匆忙走进房间，吩咐仆人用大根硬木架在树枝上面点起熊熊大火。阿尔泰亚的心里交织着母亲之爱和手足之情的矛盾。她四次走近火堆，准备将木柴扔入火中，又四次把手抽出来。终于，兄弟的情谊战胜了母爱。她呼喊了一声：“啊，复仇女神们，请你们前来看顾这根烈火中的祭品吧！还有你们，我的朋友们，你们刚逝的亡灵，也张目观看吧，我在为你们干着什么事？我的母亲的心已经破碎。不久，我也将步你们的后尘，赶上你们！”于是，她闭上眼睛，用一只颤抖的手将木柴投进熊熊燃烧的烈火。

墨勒阿革洛斯这时候正在回城的旅途上。 突然他感到内心有一股难以名状的灼痛。 刚到宫殿，难以忍受的疼痛迫使他一头躺倒在床铺上。 他竭力地挣扎着，心里十分羡慕那些凯旋的猎友。他们一个个兴高采烈，庆祝狩猎的胜利。 墨勒阿革洛斯赶紧把兄弟和妹妹、年迈的父亲以及心力交瘁的母亲喊到跟前。 母亲还呆呆地站在火堆旁，瞪着一双迟钝的眼睛看着烈火在熊熊燃烧。 儿子的痛苦随着火焰而剧烈。 最后，当木柴成为一片苍白的灰烬时，儿子的痛苦也彻底消失了。 父亲、姐妹和整个卡吕冬都为失掉了这位英雄而悲哀。 只有母亲远远地站在那里，人们看到她始终不忍心离开火堆，不过她也已经死了。

关于墨勒阿革洛斯还有一则更为古老而又简单的传说，其中没有阿塔兰忒的故事。 那一天，墨勒阿革洛斯捕杀了凶恶的野猪。这件事惹恼了月亮和狩猎女神阿忒耳弥斯。 她挑动附近的库埃特人跟墨勒阿革洛斯的埃陀利亚人发生争斗。 墨勒阿革洛斯十分悍勇，只要他披挂上阵，库埃特人总是大败而逃。 他们赶紧躲在城墙后面，寻找逃命的地方。 有一回，墨勒阿革洛斯在战斗中打死了一名库埃特人，不料他却是墨勒阿革洛斯的舅舅。 母亲阿尔泰亚听到消息禁不住把儿子诅咒了一顿。 残暴的复仇女神厄里倪厄斯听到了咒骂。 这是一个凶恶的女神，她身材高大，眼中冒血，头发由许多毒蛇盘结而成，专管惩罚人间罪恶，尤其对家庭和氏族内部的不和更是严惩不赦。

墨勒阿革洛斯取得了胜利，却受尽了屈辱。 他非常生气，回到城里闭门不出。 不久，库埃特人又耀武扬威地涌到城门下。 他们大肆叫骂，百般寻衅。 卡吕冬国陷入一片恐慌。 城内的老人和祭司、年迈的父亲俄纽斯都跪在他的脚下请求他出战。姐妹们、朋友们，甚至包括后悔莫及的母亲都来到他的房间，可是他们都不能让他回心转意。

库埃特人已经朝城内开火了。炮弹落在宫殿上下，城内一片火海。这时候，墨勒阿革洛斯的夫人克勒俄帕特拉也来请求。墨勒阿革洛斯见夫人虔诚恳切，终于答应再上战场。他拿起武器，把库埃特人彻底打败。可是他自己却也没有能够活着回来。复仇女神听信了他母亲的诅咒，让他正在青春年华时英年早逝。据说，墨勒阿革洛斯是被阿波罗的弓箭射死的。

阿塔兰忒

阿塔兰忒是一位闻名于世的女英雄。她在卡吕冬围猎野猪时建立了丰功伟绩，争得许多荣誉。不过论她的身世却也悲惨。她出生时，她的父亲望儿心切，见是个女儿，便把她遗弃山林。山中有一母熊，因为熊崽被猎人捕杀，正急得到处乱走时发现了弃婴，便把她叼回洞中，用熊奶给她哺乳。有一天，几个猎人经过那里。他们看到了熊孩，把她带回去，抚养成人。因此，阿塔兰忒从小就是在亚加狄亚的阴凉山林里长大的。她健步如飞，十分骁勇。太阳和山风让她的脸色变得一片黝黑，可是她却出落得犹如一位美丽的林中仙女，又像月亮和狩猎女神阿尔忒弥斯。在寂静的山林里，阿塔兰忒生活得纯洁而自豪，不愿出嫁为妻，却喜欢徒步打猎，手拿猎枪成了最大的快乐。

有一天，两个半人半马的妖怪——律科斯和许勒奥斯——看到了漂亮的女猎手。他们商量了一阵，决定劫持她，逼她成亲。当他们靠近她的时候，阿塔兰忒却嗖嗖射出两箭，两个妖怪应声倒地。她的英勇常常使得许多男子羞愧，让他们自叹不如。当珀利阿斯的儿子为纪念亡父而举办演武比赛时，阿塔兰忒也参加了这场著名的决斗。她跟力大无穷的珀琉斯比赛角力。珀琉斯是埃阿科斯的儿子，阿耳戈英雄之一。不过他还是败在阿塔兰忒的手下。

阿塔兰忒长大以后，重新找到了自己的父母亲。她的父亲伊阿索斯曾恳求女儿一定要嫁给一个勤劳的丈夫。阿塔兰忒却不愿意听这种话，因为她记得从前占卜时曾经得到一则预言："逃避丈夫吧，阿塔兰忒，可是你却逃脱不掉丈夫！"她不知道这是什么意思。

为了摆脱那些累赘而又咄咄逼人的求婚人的困扰，她在一块草地边上埋下一根三尺木桩。她宣布木桩成为比赛奔跑的起点，只有胜过她的人才能成为她的丈夫，而比她后到目的地的人要被处死。条件虽然苛刻，年轻美貌的姑娘的魅力却更吸引人。前来求婚的人络绎不绝，几乎踏翻了门槛。

有一回比赛的时候，连英俊的小伙子希波墨涅斯也坐在观众席上，大声地嘲笑那些求婚人的愚蠢。可是等到阿塔兰忒来到他面前，他也被姑娘的美貌征服了，惊讶得连一句话也说不出来。

比赛开始了。勇敢的阿塔兰忒让那些前来求婚的人先跑一程。她满怀信心，稳操胜券，然后像飞箭一般赶了上去。激烈的奔跑更显示了姑娘的青春魅力。她已经高高兴兴地到达终点，回过头来看着一群求婚人还正气喘吁吁地跑。

这时候，只听见希波墨涅斯来到木桩旁边大声地喊叫起来："你为什么专门跟体弱无力的人进行比赛？你敢跟我比吗？如果命运看顾我，让我取得胜利，那么你至少不会感到委屈。我叫希波墨涅斯，麦伽洛宇斯的儿子，海神波塞冬的曾孙。要是我输掉了，那么你的荣誉将会更大，因为你终于战胜了希波墨涅斯。”

阿塔兰忒含情脉脉地看了他一眼，希波墨涅斯是个漂亮的少年。“你最好放弃跟我比赛，”她说，“你还年轻，出身尊贵，为人高尚，任何一个姑娘都会愿意嫁给你，让你当她们的如意郎君。可是，你如果和我比赛奔跑，我是不会输给你的。那种结局多么可怕啊！”

她紧紧地盯着风流倜傥的小伙子，还没有意识到，自己的心里早就燃起了一股激烈的爱情。希波墨涅斯悄悄地向着爱情女神祈祷：“神圣的阿佛洛狄忒，请仁慈地佑护我吧！”女神听到他的祷告，飞速地前往塞浦路斯，在一棵神奇的树上摘下三只金苹果。然后她又不动声色地来到希波墨涅斯身旁，把奇异的苹果交给他。

又一轮比赛开始了，喇叭热烈地吹奏起来。希波墨涅斯一马当先，奔跑在前，周围响起一阵阵热烈的掌声。希波墨涅斯拼尽全力，双腿犹如生了风一般，可是离终点还有不少路程。

阿塔兰忒紧紧地追近上来。他急忙从口袋里掏出一只阿佛洛狄忒送交的金苹果，扑地一声扔在地上。阿塔兰忒吃了一惊，急忙站住，弯下身子，从地上把金苹果拾了起来。这时候年轻的小伙子已经往前奔跑了很远的路程。当阿塔兰忒重新赶上他的时候，他又把第二只苹果扔在跑道上。阿塔兰忒又抵制不住诱惑。

“慈悲的女神，保佑我取得胜利吧！”希波墨涅斯大声地祷告着，又扔出了第三只金苹果。阿塔兰忒犹豫了一会儿，还是弯下腰去拾了起来。希波墨涅斯顺利地到达终点。周围响起一片欢呼声，祝贺他取得了胜利。

听说，比赛输掉的阿塔兰忒丝毫没有不乐意当希波墨涅斯妻子的神情。这真是一对世间少有的恩爱夫妻，甜甜蜜蜜，如胶似漆。他们生了一个儿子，儿子名叫帕耳忒诺派俄斯，风流倜傥，温文尔雅，后来壮烈地死在攻打底比斯的战斗中。

柏勒洛丰

柏勒洛丰是科任托斯国王格劳卜斯的儿子。他由于不慎失手杀了人畏罪潜逃，来到提任斯，即国王普洛托斯统治的地方。柏勒洛丰在这里受到了热烈的款待并被赦免了罪行。柏勒洛丰长得英俊魁梧。国王普洛托斯的王后安忒亚对他一见倾心，禁不住时刻想要引诱他。可是柏勒洛丰心地善良，为人高尚，拒绝王后的挑逗。王后见欲望不能得逞，恼羞成怒，于是在丈夫面前百般地挑拨离间说："我的丈夫，如果你不想戴上绿帽子，最终寻得一个好名誉的话，你应该把柏勒洛丰打死，因为他是个不忠实的人，企图诱骗我背离你的爱情。"

国王听信了这番鬼话，心里升起一股无名怒火。可是他对年轻的柏勒洛丰十分赏识，所以又不忍心加害于他。左右思量，他还是不愿放弃能够让柏勒洛丰受到报复的愿望。为此，他决定把柏勒洛丰派到岳父伊俄巴忒斯那里去。伊俄巴忒斯是统治吕喀亚的国王。

柏勒洛丰不知就里，高高兴兴地带上普洛托斯国王交给他的家信朝吕喀亚走去，准备把信原封不动地交给伊俄巴忒斯，其实信上写着请国王把来者处死的建议。正当柏勒洛丰急匆匆往前走，走向死亡时，天上诸神连忙过来佑护他。渡过大海以后，柏勒洛丰穿过美丽的河流克珊托斯，一路来到吕喀亚，见到了国王伊俄巴忒斯。伊俄巴忒斯是一位热情好客的英明君王。他设宴招待陌生的贵客，连来者是谁都没有问起，更没有问他从哪里来。他的高尚的行为和君王的风度表明，他的客人也一定不是等闲之辈。他给客人享受各种荣誉，每天都像过节似的宴请他，还给诸神上供一头牛的祭品。一直到第十天，他才问起客人的身世和去向。

柏勒洛丰介绍说，他刚从普洛托斯国王那里来，说罢又把一封家书交给伊俄巴忒斯。伊俄巴忒斯国王读女婿写给他的家信，吓得倒抽了一口冷气，因为他对面前这位骑士般的贵客十分喜爱。可是他想，如果没有重大缘由，他的女婿一定不会动此杀机。国王点点头，不过他拿不定主意。面前的小伙子已经是他的客人，而且举止高尚文明。他怎能忍心把这样一位朋友突然杀掉呢？最后，他只得委婉地鼓励小伙子投身凶险的战事。他估计那是必死无疑的地方，断无生还的道理。

想到这里，他便下令让柏勒洛丰去收拾危害吕喀亚的妖魔喀迈拉。喀迈拉是丑恶的堤丰和巨蛇厄喀德那所生的怪物。妖怪上半身像狮子，下半身像恶龙，中间像山羊，嘴里喷吐着火苗，烈焰腾腾，着实可怕。

天上众神可怜这位无辜的年轻人。他们眼看着柏勒洛丰将要遭遇滔天大祸，便急忙送给他一匹带有翅膀的神马珀伽索斯，供作脚力。珀伽索斯是波塞冬和墨杜萨生育的后代。可是神马如何才能帮助一位凡人呢？它从来还没有让一位凡人骑坐过，十分狂野地撒泼，连抓住它都不可能。柏勒洛丰忙碌了一阵，累得一身大汗，最后竟然在皮勒纳河边睡着了。

柏勒洛丰做了一个梦，梦中见到了他的佑护神雅典娜。雅典娜交给他一副华丽的辔具，辔具上带有金色的饰物，还说：“你怎么睡着了？带上这件器具吧，给波塞冬祭献一头公牛。记住，使用这副辔具！”柏勒洛丰突然从梦中醒来，跳起身，看到手上果然有一副金光闪闪的马辔具。

柏勒洛丰找到解梦和算命的波吕德斯，把梦中的情景告诉他，请他圆梦。波吕德斯劝他听从女神的建议，杀一头公牛祭祀波塞冬。此外，波吕德斯还让他给佑护女神雅典娜造一座祭坛。等到这一切都完成以后，柏勒洛丰果然毫不费力地就把带翼的神马驯服了。珀伽索斯佩上辔具，全副装备，然后从空中降落在地，弯弓搭箭，射死了妖魔喀迈拉。

接着，伊俄巴忒斯又派柏勒洛丰前去跟索吕默人打仗。索吕默人蛮勇好战，与吕喀亚相邻。出乎国王的意外，柏勒洛丰又在艰苦的战斗中取得了胜利。后来，国王又派他去跟亚马逊人作战，他也安然无恙地渡过了这道难关。伊俄巴忒斯见几次为难难不住柏勒洛丰，于是心生一计，在柏勒洛丰凯旋回来的途中设下一重埋伏，准备把柏勒洛丰一举杀掉。可惜吕喀亚的士兵在袭击柏勒洛丰时全被他一个个打翻在地，没有一个生逃出去。直到这时，伊俄巴忒斯看出，原来他热情款待的客人根本不是罪犯，而是神的宠儿。他再也不敢加害客人了，连忙把柏勒洛丰接回宫殿，封他当了个并肩王，还把女儿菲罗诺厄嫁给他为妻。吕喀亚人送给他最肥沃的土地和作物。他的妻子生下三个孩子，两男一女，生活过得十分美满。

时过境迁，柏勒洛丰的幸福也渐趋尽头。他的大儿子伊桑特洛期有一次在跟索吕默人战斗中不幸阵亡。女儿拉俄达弥亚跟宙斯生了英雄的儿子萨耳珀冬，后来却被月亮和狩猎女神阿尔忒弥斯用箭射死。只有小儿子希波洛库斯活到高龄。他在特洛伊人反对希腊人的战斗中派自己的儿子，英雄格劳库斯率领一支庞大的吕喀亚的部队帮助特洛伊。当时，伴随格劳库斯一同出征的还有叔父萨耳珀冬。

柏勒洛丰因为拥有双翼的神马而渐渐骄傲起来。他甚至想到奥林匹斯山参加众神会议，可是神马却不愿听从他的指挥。它树起身子，猛地蹿上天空，把骑手突然抖落在地上。柏勒洛丰虽然没有被当场摔死，还能艰难地爬了起来，却被扔在一块陌生的地方，到处漂泊流浪。从此，他仇恨众神，羞于见人，一直躲藏着，隐居在没有人烟的地方。

狄俄斯库里

海中仙女勒达是美丽的女子海伦的母亲。此外，她还生了两个儿子，即卡斯托耳和波吕丢刻斯。卡斯托耳是斯巴达的国王廷达瑞俄斯的儿子，属凡人，而波吕丢刻斯则是宙斯跟勒达所生的儿子，所以属神的行列。可是这一对兄弟朝夕相处，不愿分离，并且俩人面貌相似，所以人们干脆按卡斯托耳父亲的名字把他们称作廷达里得斯，有时候又称他们是狄俄斯库里，意思为宙斯的儿子。两个儿子成为母亲的掌上明珠，伴陪着她一直到老。他们长得一表人才，共同创建了伟大的英勇业绩，生活得愉快幸福。

卡斯托耳善于驾驭各种烈马，而波吕丢刻斯是他那个时代的最出名的拳击大王。他们还在年轻的时候就已经崭露头角，显示了豪迈的英勇气概，尤其当他们听说忒修斯抢走妹妹海伦的时候，更是大显身手。他们兄弟俩人骑上神赠送的追风马，风驰电掣，一路朝着强盗逃走的方向追下去，直到阿非得纳城堡，把妹妹从城堡中解救出来。

后来，这一对孪生兄弟又参加围猎卡吕冬公猪的活动，并参加阿耳戈英雄的征伐。波吕丢刻斯在跟凶残的珀布律喀亚国王阿密科斯拳击时一拳击中他的耳根，把他的头盖骨打碎致死。通过这一系列的战斗，狄俄斯库里兄弟俩人建立了不朽的功勋，以至于大英雄赫拉克勒斯任命他们担任奥林匹克运动会的主持和领导。

那时候，美索尼亚的国王名叫阿法洛宇斯，是廷达瑞俄斯国王的姻弟。他也生有两个英勇无比的儿子，取名林考斯和伊达斯。林考斯即希腊语敏锐的眼睛之意。他也确实名实相副，因为他可以透过树干甚至透过地面看到后面或下面的东西。伊达斯力大无穷，甚至对阿波罗也全无惧怕。

阿波罗爱上河神奥宇纳奥斯的女儿玛尔珀萨。他将玛尔珀萨锁在自己的神殿里。不料伊达斯对玛尔珀萨也十分垂青，勇敢地闯入圣地，偷偷地带走了自己爱恋的女子。阿波罗十分生气，赶上前来，站在伊达斯面前，威胁着要将他杀死。伊达斯毫无畏惧，弯弓搭箭，对准阿波罗准备战斗。要不是宙斯及时赶到排解了这场纠纷，他们一定会厮杀得难解难分，直到日月无光，天地惊颤。宙斯劝说他们，让玛尔珀萨在他们中间自由选择。玛尔珀萨愿意嫁给伊达斯。伊达斯十分高兴，将她带回家去。可惜玛尔珀萨为此也付出了代价，她必须青春早逝，不能长寿。

林考斯和伊达斯跟狄俄斯库里兄弟曾经是非常衷心的朋友，可惜后来又成了不共戴天的敌人，原因是这样的：

有一回，两对兄弟共同出外抢劫。他们在亚加狄亚抢到一群牛，四个人商量着准备瓜分。伊达斯掌执公牛。他把一头公牛分成四份，宣布说将其中一半给首先吃掉自己那份的人，其余的一半归剩下的三个人共有。瓜分完毕，他们四个人开始了稀罕的比赛。不料其他人刚刚开始动嘴，伊达斯却早已吃完了自己的一份。他理所当然地走过来，又从兄弟三人手上拿走一份，吃了起来。狄俄斯库里兄弟感到上了当。他们越想越生气，干脆闯进美索尼亚，抢走月神福柏以及洛宇契珀斯和许勒拉的女儿，抢走林考斯兄弟的妻子，并跟他们婚配。然后，弟兄俩人商量着将掠物藏在安全的地方。那是一棵蛀空了的大栎树，他们躲在树内，窥视着林考斯兄弟的动向。

林考斯急忙来到达埃格拖斯。他登上最高峰往下一看，伯罗奔尼撒半岛尽收眼底。他看到弯曲的海岸和蔚蓝的大海。一会儿，他那敏锐的眼睛就已经发现了卡斯托耳跟波吕丢刻斯藏匿的地方。他们迅速猛扑着追了过来。狄俄斯库里兄弟还没有发现，只见伊达斯扔过来一杆沉重的标枪，标枪穿透了卡斯托耳的胸膛，他扑地一声倒在地上。波吕丢刻斯看到兄弟躺在血泊之中，怒不可遏地跳出来，准备跟面前的两个仇敌作一殊死的拼斗。林考斯兄弟一看架势，吓得连忙往后退。匆促之间，他们来到父亲阿法洛宇斯的墓旁。蛮勇过人的伊达斯突然搬起坟丘上的墓石，朝着后面追来的人砸过去。

墓石没能伤害波吕丢刻斯。他猛地扑到林考斯面前，用长矛把林考斯戳翻在地，结果了他的性命。波吕丢刻斯又追上了伊达斯。他跟伊达斯面对面站着。仇人相见，分外眼红，一场恶战在所难免。他们都发誓要为死去的兄弟报仇雪恨，于是一方面使尽了吃奶的力气，另一方面亮出了看家的绝招。你来我往，直杀得天昏地暗，日月无光。

宙斯高高在上，把这一切都看在眼里。这时候，伊达斯正从地上拾起一块巨石，高举着准备朝波吕丢刻斯的头上砸去。宙斯一看自己的儿子要吃亏，急忙扔出一道火光闪电。闪电击中伊达斯，可惜阿法洛宇斯的两个儿子就这样死于非命。

波吕丢刻斯抬起眼睛，感激地看着父亲，然后朝奄奄一息的兄弟奔了过去。卡斯托耳还没有咽气，正在作着痛苦的挣扎。波吕丢刻斯大声地呼喊起来："啊，父亲宙斯，让我跟他一起去死吧！"

天父听到儿子的呼声，弯下身子对儿子说："你是神胎，具有不死之身，因为你是我的儿子；他的父亲是个凡人，与你不能相比。儿子，你必须自由选择。你愿意在奥林匹斯与神为伍，永世永生当神，还是跟你的兄弟同甘共苦，分担他的命运？那样你必须有一半时间生活在黑暗的冥府，另一半时间则享受神的天庭快乐。"

波吕丢刻斯立即高高兴兴地选择了与兄弟分担命运的机会，宙斯这才让卡斯托耳口眼闭合。从此以后，这一对兄弟犹如在人世间一样永不分离。他们一天跟天父宙斯以及其他神一起过天庭的生活，另一天则在黑暗的冥王哈得斯那里过地狱的日子。人们遇到生活中的苦难时都愿意向他们祈求，因为他们是世人危险场合中的慈悲救助。鏖战的时候，这一对兄弟常常出现在困苦的英雄面前，犹如闪烁的星星，指引他走向胜利。在巨浪滔天的洋面上，即使暴风掀起了万丈狂澜，他们都会鼓起金色的翅膀，降落下来，救助绝望的落难者。

默浪姆珀斯

阿密忒翁是克瑞透斯的儿子。他在美索尼亚建造了一座城市皮洛斯，一家人住在里面，极尽天伦之乐。妻子伊多墨纽为他生下两个儿子，取名皮亚斯和默浪姆珀斯。默浪姆珀斯就是黑脚的意思，那是因为有一回，当时他还是一个孩子，在野外游玩时睡着了，热辣辣的太阳当空烤晒着他的双脚，一双脚顿时变得漆黑。兄弟俩人相亲相爱。父亲把他们从小送入乡间，沐浴着湖光山色，在诗情画意的田园里生活得十分悠闲而宁静。

他们的住宅门前有一棵古老的大栎树。年长日久，树干内盘踞着一个硕大的蛇窝。默浪姆珀斯十分喜爱这些聪明的小动物。当人们宰杀大蛇的时候，他常常为无依无靠的小蛇们觉得惋惜。于是，他垒起木材，点起火，把被打死的大蛇烧成灰烬，又把小蛇带回家去，慢慢地饲养着。蛇儿渐渐地长大了。有一次，它们趁主人睡觉的时候爬了出来，游上了他的肩膀，并且用舌头舔遍他的耳朵。

默浪姆珀斯惊醒过来后，突然发现自己能够听懂飞越头顶的飞鸟的歌声。从此以后他成了一位远近闻名的预言人和占卜家，因为鸟儿能够预知未来。后来，他又学得了本领，从祭供的牲口内脏中获知未来的信息。于是，默浪姆珀斯成了预言神阿波罗的座上客。他们常常在一起，谈得十分投机。

除了默浪姆珀斯以外，在皮洛斯城还有一位知名人士，名叫纳洛宇斯。他的女儿佩罗是一位绝色美女，天下慕名前来求婚的人络绎不绝。纳洛宇斯却一个也不答应。默浪姆珀斯的兄弟皮亚斯也看中了佩罗，心中燃起了一股强烈的爱情之火。他来到纳洛宇斯面前，表示对他女儿垂慕之意。纳洛宇斯回答说，只有能够把伊菲克洛斯的牛群给他牵来的人，才能娶他的女儿做妻子。那群牛是他的母亲的遗产。这群牛现在被围圈在帖撒利的菲拉克地，旁边有一条恶狗看守着，无论是人或者牲口都休想靠近得了。

皮亚斯想尽了办法，甚至不惜冒险去偷，可是都没有得手。最后，他只好请兄弟帮助他一起完成任务。默浪姆珀斯虽然知道人们会在这场大胆的冒险举动中将自己抓住，把他当作小偷关押起来。可是，他实在因为兄弟情谊，不惜铤而走险。而且他知道，再过几年以后，他最终可以获取这批牛群。打点行装以后，他欣然履约，动身前往菲拉克。到了那里他正要下手偷牛时，就被当场抓获。他被上了手铐脚镣以后，锒铛入狱，从此不见天日。

几乎过去了整整一年时间。一天，默浪姆珀斯正苦闷地坐在监狱里，突然听到屋檐下面的木椽里有一批钻木虫正在起劲地劳作，同时又在热烈地论长说短。默浪姆珀斯向它们提了一个问题。他想知道这场破坏性劳动的进展程度。“快了，快了，现在还有一小部分没有钻透！”虫子们七嘴八舌地纷纷回答，“再过一个小时就可以大功告成了。”默浪姆珀斯听说以后急忙呼喊着寻找典狱长，说这座监狱即将塌毁，希望换到另一幢房子里去。他的要求刚刚实现，监狱的房子就倒掉了。

事隔不久，这个囚犯具有预言本领的消息就在沸沸扬扬的传说中进入了王宫。国王菲拉扣斯，即伊菲克洛斯的父亲，连忙召见这个囚犯。他让人解开了囚犯身上的锁链，然后把他引到一旁，向他保证，只要他能治愈伊菲克洛斯的疾病，他就可以得到那笔牛的财产。

伊菲克洛斯在小时候又健康，又强壮。天有不测风云，一场特殊的事故让他突然患上了疾病。从此以后他就病恹恹的，衰弱不堪。默浪姆珀斯答应进行一次尝试，而国王再次重申愿把那群牛作为代价送给他。

默浪姆珀斯杀掉两头牛，祭供宙斯。另外，他又切下一些牛肉，剁成碎屑，呼唤鸟儿前来就餐。不一会，鸟儿从四面八方飞着聚拢过来。占卜的默浪姆珀斯问它们是否晓得伊菲克洛斯生病的原因，鸟儿们都不知道。突然，一只年轻的小鹰提了个建议，说它的父亲由于年迈体弱，这回没有来，留在家中，蹲在窝里，也许它知道一点这方面的秘密。默浪姆珀斯立即派了几名使者前往并找到了那只老鹰。老鹰不久便蹒跚着飞了过来，对默浪姆珀斯讲述了以往的一个故事：

一天，菲拉扣斯在树林里砍柴时，看到儿子在附近游玩滚耍，便开了一个玩笑，想吓唬一下儿子。他把手中的斧子嗖的一声扔了过去。斧子擦着儿子的鼻尖，飞进面前的树林里，从此拔不出来了。父亲开个玩笑不要紧，儿子伊菲克洛斯吃了一惊，恐吓却钻进了骨髓，因此患上重病。

“如果找到那把斧子，”老鹰见多识广，对默浪姆珀斯说，“那就刮下斧子上的铁锈，用铁锈浸酒，让伊菲克洛斯分十天喝下，这样他才能重新获得健康。”

默浪姆珀斯按照老鹰的指示和建议找到了那把斧子。他刮下铁锈，让铁锈溶入酒中。伊菲克洛斯把酒分十天喝下，果然从此精神大振，又健康，又潇洒。国王十分高兴，不忘诺言，把一群牛给了默浪姆珀斯。默浪姆珀斯赶着牛回到了皮洛斯，把牛献给国王纳洛宇斯。因此，他接回了漂亮的佩罗，让兄弟与她完婚，并一起在美索尼亚生活了几年时间。

伊菲克洛斯大有出息。他成为一个比赛中所向无敌的英雄。名扬天下。伊菲克洛斯尤其善于奔跑，速度之快让人为之惊叹。他在麦田上奔跑时可以脚不着地，到达终点时还没有伤害一根麦穗。有时候，他还敢于在惊涛骇浪的大海上疾走，海水都不会湿到脚踝骨。

再说附近的亚哥利斯国，原来由国王——孪生兄弟阿克里西俄斯和普洛托斯——共同治理。兄弟俩人从小就不和睦，长大以后更是为统治王国的权力争得不可开交。最后，阿克里西俄斯占了上风，把普洛托斯赶出了国家。普洛托斯逃到吕喀亚，见到国王伊俄巴忒斯。伊俄巴忒斯收留了他，并将女儿许配给他为妻，然后让他统领一支军队赶回亚哥利斯。他在那里占领了提任斯城。一批独眼巨人在这里给他建造了堡垒，堡垒外围有城墙，固若金汤，难以攻拔。阿克里西俄斯不得不与兄弟平分王国。他成为亚哥利斯国王，弟弟普洛托斯当了提任斯国王。

普洛托斯生有三个女儿，十分美丽，前往求婚的希腊人纷至沓来。可是三个姑娘却十分骄傲。有一回，她们进入一座众神女王赫拉的庙宇，竟不知天高地厚地说，她们父亲的房子要比这里更加光辉灿烂，富丽堂皇。女神自然不会容忍有人嘲笑她的神圣；她把疯癫打入邪恶的姑娘体内。三个女人顿时丧失神志。她们以为自己是愚蠢的母牛，便哞哞地吼叫着走出庙门，走遍全国，到处叫唤。三位姑娘疯疯癫癫地走遍亚哥利斯、亚加狄亚以及伯罗奔尼撒整个地区。姑娘们的父亲十分惆怅。他因为听说了预言家默浪姆珀斯的高超本领，于是派人把他找了过来，央求他医治三位可怜的姑娘。

默浪姆珀斯说：“我可以满足你的愿望，不过你要将三分之一的王国割让给我。”国王十分吝啬，不愿意接受这一苛刻的条件。

结果三个姑娘咆哮和疯癫得更为厉害。她们的疯癫甚至传染给别的女人。被传染的人都残忍地杀死自己的亲生子女，离家出走，然后像牛一样地哞哞地叫着，漫无目标，到处走动。

国王普洛托斯十分害怕，再次派人找来默浪姆珀斯，请求帮助。这回他一口答应割让三分之一的王国，可是预言家却拒绝相助，除非普洛托斯答应把另外三分之一王国割让给默浪姆珀斯的兄弟。国王虽然感到对方的要求过于苛刻，不堪忍受，可是他害怕时间耽搁久了，默浪姆珀斯会向他要整个王国，于是便一口答应了。

默浪姆珀斯召集了一批身强力壮的处女，率领她们进入了群山之中。他让年轻的女人们大声呐喊并举行种种顶礼膜拜的狂热舞蹈。三个疯狂的姑娘果然也在其中，一直被拖到西克翁附近。在这场疯狂的活动中，国王普洛托斯的大女儿承受不起，疲倦而死，而另外两个女儿却被治好了疯癫。那是因为默浪姆珀斯向被激怒的女神赫拉祭供了牺牲并做了祈祷，赫拉才原谅了她们。姑娘们终于恢复了理智。她们的父亲慷慨地履行了诺言。他除了把三分之二的国土给了默浪姆珀斯兄弟以外，还把两个女儿分别嫁给他们兄弟。默浪姆珀斯和皮亚斯成为强大的国王。他们香火鼎盛，后代兴旺，繁衍出一支庞大而又荣耀的后裔，即默浪姆珀蒂氏。他们祖先预言的本领自然也世代相传。

俄耳甫斯和欧律狄刻

俄耳甫斯是一个杰出的歌手，他的歌声无与伦比。他是色雷斯国王，河神俄阿戈斯和缪斯卡利俄珀的儿子。阿波罗送给他一架弦琴。当他拨动琴弦，悠扬的琴声四处飘扬的时候，天上的飞鸟、水下的游鱼、林中的走兽，甚至连树木顽石都不由自主地运动过来，聆听这一奇妙的声音。俄耳甫斯的妻子欧律狄刻是位温柔的女子，伉俪恩爱，至诚至深，天上少有，地上稀罕。可惜好景不长，婚礼上的欢乐歌声还在蓝天白云下回荡的时候，死神就已经伸出魔手，裹挟着年轻的欧律狄刻离开了人间。原来美丽的欧律狄刻正伴随着众位仙女在原野上散步，突然一条毒蛇从隐藏的草地里游了出来。它在欧律狄刻的脚后跟上咬了一口，欧律狄刻立刻倒在地上，奄奄一息。

山川、河谷，不，天地间响起仙女们悲哀的回声。俄耳甫斯也悲痛万分，把满腔的激愤化作歌声。可是他的眼泪和请求却挽救不了妻子逝去的命运。这时候，他勇敢地做出一个闻所未闻的惊人抉择，准备前往残酷的阴间冥府，要使阴府世界归还他的妻子欧律狄刻。

他从特那隆进入了阴间世界的大门。死人的阴影惊恐地围绕着他。他穿过奥卡斯的黄泉地段，不顾阴惨惨的畏惧，一直来到面色苍白的冥王哈得斯和他严厉的妻子的殿前。他在那里竖起弦琴，拨动了琴弦，以甜蜜的歌声唱了起来：

> 啊！冥府的主宰，仁慈的君王，请接受我的恳求吧！我不是出于好奇才来到这里，不是的，只是为了我的妻子才敢冒犯尊严。阴险的毒蛇咬她一口，让她中毒。她倒在自己艳丽的青春花丛中。她只是我的短暂的欢乐。瞧吧，我愿意承担这一无法承担的苦难，脑海里也已经翻腾了千万遍。可是，爱情绞碎了我的心肝。我不能没有欧律狄刻。因此我恳求你们，可怕而又神圣的死亡之神！凭着这块无比恐惧的地方，凭着你们地界的无限荒凉，把我的妻子重新还给我吧！重新给她一条生命！

如果这一切都没有可能，那么请把我也收入你们的死人行列中。没有我的妻子，我绝不重返阳间！

一番话，字字如金，掷地有声。

他一边唱，一边用手指弹着琴弦，悠扬的琴声让没有血性的鬼魂们听得如痴如醉，眼泪不由自主地滚落下来。悲惨的坦塔罗斯不再思饮流动的凉水；伊克西翁的惩罚车轮停止了转动；达那俄斯的女儿们放弃了徒劳的努力，依偎在一起，在骨灰坛前，静静地聆听；西绪福斯忘掉了自己的折磨，盘坐在刁钻的石块上，听美妙无比如怨如诉的音乐。那时候，据人们后来回忆说，甚至连残酷的复仇女神欧墨尼得斯都在脸颊上挂满了泪水。主宰阴司的冥王夫妇尽管凄惨阴郁，可是他们也第一回动了恻隐之心。冥后珀耳塞福涅召唤欧律狄刻的鬼影，影子犹豫不决地走上前来。只听见阴司女神吩咐俄耳甫斯说：

“你就带上她回去吧，可是得记住：只要你们俩人没有穿过冥界的大门，你就绝不允许朝她回顾一眼。这样她就能够重归于你。要是你过早地看她一眼，那么你将永远地失去她。”

两个人一声不吭地在阴暗的道路上攀登着。周围是夜晚的恐惧。俄耳甫斯心中充满了渴望。他仔细地听着，希望听到妻子的呼吸声以及她在走动时衣服发出的沙沙声。可是周围死一般的寂静，他的心里洋溢着一股抵御不住的恐惧和爱情。他终于回过头去，飞速地看上一眼。唉，天哪！他看到欧律狄刻的眼神无比悲哀却又娇柔万千地注视着自己，可惜她的身影却不由自主地往后移动起来，坠入可怕的深渊。他绝望地伸出双臂，希望挽回自己的妻子。然而不成，她第二次死去了。

俄耳甫斯手脚冰凉，惊恐万分地站在那里，然后又一头扑向阴暗的深渊。但是，这一回不行了。在冥河上渡亡灵去冥府的神明卡隆拒绝让他再过漆黑的冥河。俄耳甫斯在河岸上接连坐了七天七夜。他不吃不喝，悲哀的泪水像散落的珍珠。他恳求地府的神灵们大发慈悲。可是，他们全是铁面无私的，绝不会第二次再动恻隐之心。俄耳甫斯伤心裂肺地回到了阳间。他悄悄地躲在寂寞的色雷斯山林里，隐居了三年。

一天，这位神仙般的歌手又像往常一样坐在光溜溜的青石板上唱了起来。森林为之感动，渐渐地移拢过来，伸出茂密的树枝为他挡荫遮日。林中的走兽和欢乐的飞鸟也停住了步伐和飞行。它们侧耳倾听，神奇的歌声使它们为之动容。可是，这一天正巧有许多色雷斯妇女正在庆祝酒神巴卡斯的节日。她们在树林里手舞足蹈，十分欢闹。妇女们痛恨这位歌手，因为自从死掉妻子以后，歌手就断绝了跟所有女人的友谊。

女人们看到了歌手。“你们瞧，他正在嘲笑我们呢！”有一个疯狂的女子突然喊了起来。霎时间，大家呼啸着朝他聚拢过来。她们捡起了石块，或者把手中的酒神杖纷纷投向唱歌的俄耳甫斯。忠诚的动物们奋起抵抗，要保护这位可爱的歌手。可是，当他的歌声逐渐地淹没在疯狂的女人们愤怒的号叫声中的时候，它们惊恐地逃进密林中去了。这时候，一块石头击中俄耳甫斯的太阳穴。他奄奄一息地倒在青石板上。

这批杀人的女人刚刚离开，一群鸟儿扑扇着翅膀飞了过来。它们悲伤地盘旋在青石板的上空。此外还有许多动物、溪水和树木、女仙们都急忙赶了过来。仙女们一律穿着黑衫。她们悲痛地哀悼俄耳甫斯，然后又一起动手，埋葬了他那伤痕累累的尸体。河神赫伯罗斯急忙升腾海水，接过了俄耳甫斯的头和手琴。汹涌的波涛在呜咽声中把头和手琴直送大海，送到列斯堡岛的滩涂。

那里的居民虔诚地从水中捞上这两件东西，埋葬了俄耳甫斯的头，把手琴挂在一座神庙里。

因此，那座岛上出了许多有名的诗人和歌手。他们在坟前追悼神仙般的俄耳甫斯，甚至连岛上夜莺的鸣啭也比其他地方的更为悦耳动听。他的灵魂飘扬着进入了阴间世界，俄耳甫斯在那里重新找到了日夜思恋的亲人。他们一起生活在福地仙境，永生永世再不分离。

刻宇克斯和哈尔西翁

刻宇克斯是长庚星和仙女菲罗尼斯所生的儿子。一则预言说他将会遇上不祥之兆，他非常惊恐，决定前往小亚细亚的克拉罗斯。那里有一座名声很响的阿波罗神殿。他的妻子哈尔西翁是风神亚奥勒斯的女儿，对丈夫十分温顺体贴。她想打消丈夫出门的念头，或者至少能够说服丈夫，带上她一起漂洋过海，踏上这趟危险的旅途。

“我虽然不忍与你分离，”刻宇克斯试图安慰妻子，“可是我当着金光闪闪的父亲的面对你起誓，当月亮完成第二回圆缺的时候，我就回来了。”说完，他就着手整理行装。

临近告别的时候，哈尔西翁抑制不住内心的痛苦。“再见！”她呜咽着说了一句便晕倒在海岸上。刻宇克斯急忙想奔过来，可是船上的水手们已经把船桨放入水中。他们摇动起来。海水涨潮了，他无法久留。

当哈尔西翁抬起一双模糊的泪眼时，她看到丈夫正站在大船的后甲板上，用手向她召唤着。她连忙挥手，目送着大船，直到白色的船帆消失在视线之外。然后，她回到家中，一头扑在床铺上放声大哭。从此，她时时刻刻地惦记着远方的亲人。

帆船离岸以后渐渐驶进大海。海面上轻拂着一股微风，顺风顺水，大家把船桨搁在一旁。一会儿，一半路程就已经过去了。这时候，风云突变，可怕的东风神欧洛斯趁着夜幕自南往北，呼啸而来。它给汹涌的波浪套上一道白色的泡沫镶边，海面上掀起了巨大的风浪。“放下横杆！”舵手大声疾呼，“把船帆卷住裹紧！”他的话刚一出口就被狂风卷走了，消失在隆隆作响的巨浪之间。大家手忙脚乱，各行其是：有人收起了船桨，有人急忙修补船舵上的破洞；这里收下了船帆，那里再把打进来的海水舀入大海。正当大家忙作一团的时候，风力更加肆虐起来，几乎把大海吹了个底朝天。舵手心惊胆战地站在船舵旁边，失掉了主张，不知道今天到底该怎么办。

天上乌云密布，漆黑的夜晚降临了。电闪阵阵，雷声隆隆，滔天的巨浪盘旋而上，降落的时候给船上送去无数的咸水。人们大声地号叫，船体开始松动了。又一阵巨浪扑进了大船的内舱，许多人眼巴巴地看着自己被无力地卷入进去。

刻宇克斯只是思念着妻子哈尔西翁。他的嘴唇间不断重复着妻子的名字。可是尽管他无限地惦念着哈尔西翁，他还是感到十分庆幸，妻子毕竟没有一同前来经历这场骇人听闻的危险。

突然，裂断的主桅杆倒了下来，轰隆一声打碎了船舵。又是一阵巨浪，它胁裹着大船沉入了海底，水手们多数被卷进了漩涡。刻宇克斯连忙抱住一块木板。当他感到双臂麻痹的时候，他大声呼喊着“哈尔西翁”；当波浪铺天盖地在他头顶轰然落下时，他叹息了一声“哈尔西翁”；最后，在他即将淹死的时候，他在口中还勉强发出一声“哈尔西翁”。

哈尔西翁在家里数着白天和黑夜，看看丈夫还有几天就可以回到家乡。 她已经翻寻出衣服，准备欢乐地迎接丈夫刻宇克斯。 当然，她也没有忘掉给诸神，尤其给赫拉端送祭供，请她保佑刻宇克斯安全健康，将他送回故乡。 赫拉焦虑地看着这一切，对彩虹女神伊里斯说：“快去睡神洞府，请他给哈尔西翁托一个梦，把刻宇克斯的真实命运告诉她。”伊里斯就是为诸神报信的使者。 听完吩咐，她立即穿上七彩衣衫，越过闪闪发光的天庭桥梁，一直来到睡神居住的山岩洞府。

在地球的西方边沿上有一座高山，山上有一个大洞，这里是睡神的王宫。 太阳神阿波罗的光芒永远也不能进入。 地面上升起一股浓密的重雾，笼罩着一切，使得周围始终一片朦胧。 这里是寂静的故乡，没有一丁点的声响。 附近流动着蜿蜒的溪水，在洞府的门前引人入睡般地喃喃自语。 河的两岸生长着茂密的青草，散发着诱人的清香。 夜晚就从它们的茎叶里积聚着迷醉的神液。 山洞门敞开着。 最里面的小房间内有一张乌木床，铺着波浪一般的软垫，睡神无比舒坦地睡在床上。 他伸开四肢，周围站立着一群漂亮的美梦，千姿百态。 他们是睡神的儿子。

伊里斯踏进洞府，她的亮闪闪的衣衫照亮了内室。 睡神疲惫地抬起眼睛，然后又闭了起来。 他酒醉糊涂地点点头，表示欢迎，然后才爬起来！ “什么风将你送到这里来的？”他终于懒洋洋地问了一句。 神的女使迅速传达任务，并赶紧离开那里前住奥林匹斯。 因为她不敢久待，否则瞌睡的迷醉实在吸引人。 那股引人酥骨的香味弥漫了整个洞府。

睡神哈欠连天地从他千百个孩子中挑选了莫耳甫斯，让他去执行神的命令。 莫耳甫斯立即扇起无声的翅膀，穿过黑夜悄悄地来到熟睡中的哈尔西翁床前。 莫耳甫斯装扮成淹死的刻宇克斯模样，面色苍白，一丝不挂，水答答的胡子，湿淋淋的头发，双颊上全是泪水。他看着哈尔西翁说："可怜的妻子，你还能认出刻宇克斯吗？难道死亡已经改变了我的脸型？你是认识我的！不过我不是刻宇克斯。我只是他的阴影。亲爱的，我已经死了。我的尸体漂浮在爱琴海上。狂风巨浪击沉了我们的船只。你快穿上悲痛的黑衫，尽情地痛苦吧。我不能在没有哀悼的气氛中进入地府。"

睡梦中的哈尔西翁颤抖着朝他伸出双臂，呜呜咽咽地把自己哭醒了。"哦！请停一下！你如此匆忙地要到哪里去？"她努力地追忆着梦中消逝了的景象。"让我跟你一起走吧！"等她一切都明白过来的时候，她用双手捶打着自己的头，扯拔着自己的头发，撕碎了身上的衣衫，无限悲痛地号啕大哭。

清晨，她走出家门，来到海边。她站在那回送别亲人的地方，一双泪眼，搜索着远方，张望着。突然，她在遥远的波浪丛中似乎看到一个人的身影，正朝着海岸漂泊过来。"正是他！"不幸的女人喊了起来，连忙伸出双手，希望拉住丈夫的尸体。"你难道就是这样回到我身旁的吗？现在，让我来接你！"正当她准备跃入海浪的时候，她却突然被一双翅膀托到空中。她悲哀地鸣叫着变成一只小鸟，越过水面，呜呜咽咽地飞到丈夫的胸膛上。而他也好像感到妻子已经来临，特意放慢了漂流的速度。众神看到这幕情景大为感动。他们变换了刻宇克斯的模样，又重新借给他一回生命。夫妇俩顿时都化成海上的翠鸟。它们永远忠实于往日的爱情，至诚至深，永志不变。

隆冬时节，海面上每年都有七天风平浪静的日子。哈尔西翁停驻在光滑如镜的海面上，那里有一个漂浮的鸟窝。说起来还得感谢她的父亲亚奥勒斯。他在这段时间内把所有的风儿全都关锁在家中，从而保佑外孙们获得平安和宁静。

雅辛托斯

雅辛托斯是拉哥尼亚国王阿弥克拉斯的儿子。福玻斯·阿波罗看中了他，对他十分喜欢。他想把雅辛托斯请到奥林匹斯山上去，让小伙子终日伴随自己。

阿波罗常常离开特尔斐神殿，来到斯巴达城附近的欧罗塔水边，跟他的朋友雅辛托斯一起游玩戏耍。他为此几乎忘却了操弓练琴。

一天中午，正当热辣辣的太阳当头迎空的时刻，他们晒得脱掉了衣服，身上擦了一层油，然后又一起练习掷铁饼。阿波罗先拣了一个大铁饼，思忖着搁在手臂上，然后用力向高空扔了过去。阿波罗不愧为大力士，扔出的铁饼在天空嗖的一声飞过去，把一朵白云劈作两半。过了很久，铁饼才重新落到地上。

雅辛托斯急忙跳上前去，想抓住铁饼，马上效法他的天神师父，也创造一个铁饼奇迹。不料铁饼在坚硬的泥地上弹跳起来，重重地砸在雅辛托斯头上。阿波罗眼看不妙，脸色苍白地赶到出事地点，一把托住正要倒下去的孩子。他想把孩子僵硬的肢体重新温暖一下，再擦去孩子脸上的血迹，却发现伤口极其严重，连忙抓了一把药草，敷在伤口上。可是，一切已经太迟了！雅辛托斯的头无力地垂挂在阿波罗的胸前。阿波罗千呼万唤，悲痛的泪水洒遍了孩子的面庞。唉，为什么他偏偏是一位神，不能替孩子或者干脆跟孩子一起去死！

最后，他大声地说："不！你不能就这样死去！我的歌声将为你四处传扬。你将成为花朵，亲自听到我的痛苦的心声。"

他的话还没有说完，只见滴洒在草地上的鲜血突然变作一朵风信子花。花朵呈现暗灰的色泽，犹如紫金黄铜。一根花茎上长满了百合一般的鲜花。花朵的花片上都清清楚楚地长出了一行表示神叹息的字母：ai，ai。看到花的人似乎都听到阿波罗在悲痛地叹息：唉！唉！

从此以后，拉哥尼亚国每年夏天都要纪念雅辛托斯和他的天神朋友。人们举办一个盛大的节日，悲悼英年早逝的孩子，纪念阿波罗的忠诚友谊。在当地，这个节日就被称作雅辛托斯。

萨尔摩纽斯

萨尔摩纽斯是西绪福斯的兄弟，亚奥勒斯的儿子，伊利斯的国王。他是一个豪富，却又是无理的狂横君主。他建造了一座漂亮的城市——萨尔摩尼亚，要求那里的臣民们对他像神一样地祭奉和尊重，要求人们把他当作宙斯一样向他礼拜。他甚至穿戴得像宙斯一样视察全国。此外，他还让人打造一辆行车，跟雷神的行车一模一样。萨尔摩纽斯还模仿宙斯挥舞着火把，以为这是射向人间的道道闪电；而且，他还把拉车的马匹赶上铁桥，让马蹄声音作隆隆的雷声。每当这样寻欢作乐的时候，他还会命令周围的人躺倒在地，以便让他感到这是被雷电触死的人。

宙斯在奥林匹斯上睁开慧眼，看到了这个蠢人的愚蠢举动。他从浓浓的乌云中抓过一道真正的闪电，对着地上的萨尔摩纽斯劈下去。一道火花把国王打倒，烧毁了由他建造的城市。可惜城内的居民也都被雷电击中。

萨尔摩纽斯的女儿蒂洛却是个贤惠的女子，生育了几个英雄儿子。她跟波塞冬生下珀利阿斯和纳瑙宇斯。另外她又跟自己的凡人丈夫克瑞透斯生下埃宋（伊阿宋之父）、斐瑞斯（阿德米托斯之父）和阿密忒翁。

伊利锡颂

伊利锡颂的女儿因父亲的悲惨遭遇而被给予一种能力，能够化身为各种形状，就像普鲁托斯王（阿古斯国王）所具有的能力一样伟大。但是说来也够奇怪的，她有这种能力却是为她那饥饿的父亲伊利锡颂寻求食物。这个故事，是善良的女神西莉丝（即蒂美特）出现残忍和报复心的唯一故事。伊利锡颂肆无忌惮而恶意地砍倒丛林里供奉西莉丝的一棵最高大的橡树。当他命仆人砍伐它时，他的仆人皆畏缩着不敢做这种大为不敬的事。因此，他亲自抓起斧头，砍伐那森林女神们经常围绕着跳舞的巨大树干。

当他砍下去时，血从树里流出来，同时，一个声音从里面发出，警告他说，西莉丝一定会惩罚砍伐者的罪行。但这些奇迹不能遏制他的愤怒。他不断地砍伐，直到这棵大橡树倒在地上为止。森林女神们急忙跑去告诉西莉丝所发生的一切，这位女神大为震怒，她告诉她们说，她将用前所未闻的方法来惩罚这名罪犯，并说："即使最丰盛的食物也无法满足他；当他正在狼吞虎咽时，他还是饥饿。"

饥饿女神遵命行事。她进入伊利锡颂睡觉的房间，用她那细瘦的手臂拥抱他，将他抱在污秽的胸怀中，把自己灌注在他身上，而将饥饿移至他体内。由于极端渴求食物，他醒了过来，叫一些东西来吃。但他越吃得多，就越需要食物。甚至当肉到他咽喉时，他又饿了。他用所有的财产购买永不能令他满足的食物。最后，除了他的女儿外，他已一无所有。他也将女儿卖了。在她的买主停船的海岸上，她向海神波塞冬祈祷，救她免于为奴婢。于是，海神听到她的祷告，他把她变成渔夫。

在她身后不远的买主，看见绵亘的海岸上只有一位男人正忙于整理钓丝。他问渔夫：“不久前在这里的女孩去那里了？这是她的足印，但这些足印突然中断了。”被认为是渔夫的人回答：“我向海神发誓，这儿除了我以外，没有一名男人或一名女人到这海岸上。”当对方在极为困惑下走向船去时，这名少女恢复原形。她回到父亲身边，告诉他所发生的事，而使他高兴。他由此发现有无穷的机会靠她赚钱；他一次又一次地卖她，每一回波塞冬都为她变形，一下变为雌马，一下又变为一只鸟，不断如此下去。但最后，当她用这种手段赚钱还无法满足他的需求时，他转而求于自己的身体，不断地啃吃自己的身体，直到他杀死自己为止。

西古德

布莉希德是一位华尔邱利（奥丁神的女儿，称为“好战的处女”），因为不服从奥丁神而被罚永远睡眠，直到某一个男人唤醒她为止。她要求前来的必须是一位心无所惧的人。于是，奥丁将她床铺四周用火焰围着，这些火焰只有英雄才能抗拒。西格蒙的儿子西古德完成这个壮举，他强迫他的马穿过火焰，而唤醒布莉希德。因为他证明了他的勇敢，布莉希德便乐意献身给他。数日后，他将她留在原来火焰包围的地方而离去。

西古德来到乔奇族人的家里，和国王古拿结拜为兄弟。古拿王的母亲顾林希德为了要西古德娶她女儿顾得伦，使他饮下足以使他忘记布莉希德的魔酒。于是他便和顾得伦成了亲。然后，西古德又借顾林希德的魔力化身成古拿，再度驱马穿过火焰，为古拿赢取布莉希德，古拿不是英雄，他本人无法这么做。西古德陪她度过三个夜晚，但他把他的剑放在俩人之间的床上。

布莉希德跟着西古德来到乔奇族，西古德再度回复原形，但是布莉希德全然不知。她和古拿结婚，她认为西古德对他不忠，而古拿曾为她策马穿火。有一次她和古拿发生冲突，因而得知真相，于是她计划报仇，她告诉古拿说，西古德违背对他的诺约，当他宣称把剑放在他们之间的那三个夜晚，其实他占有了她；除非古拿杀了西古德，否则她要和他分手。古拿因为曾发过结拜的誓言，因此他本人不能杀死西古德。但他说服他弟弟，趁西古德熟睡之际而将他杀死。顾得伦醒来时，发现丈夫的血流遍她的身上：

当布莉希德听见顾得伦的哭泣声时，
只有那么一阵子，
她尽心尽意地大笑。

但是，虽然——或因为——她带来他的死亡，当西古德死时，布莉希德也不想再活下去。她告诉她的丈夫：

在众人之中我只爱一个人，
我永远不会变心。

她又告诉他，当西古德策马穿火为古拿赢取她时，他并没有违背他的誓约：

我们同睡在一张床上，
仿佛他是我的兄弟，
可叹生于人世间的男男女女，
背负着太深重的悲哀。

她自杀了，临终时，她要求将她的尸体和西古德一起火葬。

顾得伦默默地坐在西古德遗体之旁，既不说话，也不哭泣。

人们替她担心，除非她能找到慰藉，否则她的心将要破碎，于是，妇女们一个接一个地向她倾诉她们自己的哀戚：

每个人都曾忍受最凄惨的痛苦，
丈夫、女儿、兄弟、姐妹——
其中一人说——都被带走，但我还是苟活着。
“然而，顾得伦还是不为哀伤而哭泣，
在这位英雄的身体旁，
她是多么冷酷啊！”

另一个人说，我有七个儿子死在南方，我的丈夫也如此，八个人全死在战场上；为了墓葬，我亲手整饰这些尸体，这半年来我承受了一切，而没有人来安慰我：

然而，顾得伦还是不为哀伤而哭泣，
在这位英雄的身体旁，
她是多么冷酷啊！

接着，一位比其他人较聪明的妇女掀起死者的殓衣：

她将他俊美可爱的头颅，
放在他妻子的膝盖上，说：
“看看你心爱的他，
并将你的嘴唇放在他的嘴唇上，
仿佛他依然活着。”
顾得伦只在那么一望之下，
她看到他整个头发和着血凝成一块，
以及曾那么明亮的双眼已紧闭着，
于是，她俯下身而低着头，

泪水就像雨滴般地落了下来。

以上故事说明：人，生而受苦，宛如余烬扬于空中。生活即是受苦，唯一解决生命问题的方法，就是勇敢地承受痛苦。西古德首次向布莉希德前去的途中，遇到一位智者。于是，他向智者请教他未来的命运：

无论如何残酷，
请不要隐瞒任何事情。

智者回答道：

你知道我不会说谎，
你不会被卑污所辱，
但是，命中注定的日子——
一个愤怒和惨痛的日子，
将会降临你身上。
但，人类的统治者，你要永远记住，
幸运存在于英雄的生命里，
而一位比西古德更高贵的人，
将永远不会生存于阳光之下。